U0146994

Moon Island
月島
Ebb Isle
退潮小島
雷米王國
Lemme
埃提波
Eltivo
奧雷
Orlie
珊斯魯
Sansru
Orlanne
奧蘭尼公國
Sansruria
珊斯魯里王國
滅亡之地
Mortal land
Keltica
卡爾地卡
帕爾蘇
Palshu
雷克迪柏
Lekordable
Anomarad
安諾瑪瑞王國
Nenyaffle
尼雅弗
Durnensa
杜蘭沙
Rugdurnense Union
盧格芮
Rugran
盧格杜蘭司聯邦
Ron
羅恩
Travaches
奇瓦契司共和國
海肯
Haiacan
Children of the Rune

Children of the Rune

vol.4

符文之子

冬霜劍 Winterer〔愛藏版〕卷四

［完］

全民熙 Jun Min-Hee ——— 著

邱敏文、陳麗如 ——— 譯

符文之子
冬霜劍

想熬過寒冬的人啊，這說不定是
非常漫長、永無止境的寒冬

戰勝了寒霜與風雪
忍受了狂風與雪水
那終於降臨的春天

說不定會化爲溫暖陽光照射在你屍體上吧

因此你要將內心如刀刃般挺立
以準備對付那千年如一的寒冬

一定要活下去

一定要活下去

一定要活下去

符文之子

冬霜劍 卷四 目次

Children of the Rune

第十七章

幽靈之地

Haunted Land

01 尋找眞相

「閣下，小姐來了。」

前往攝政家拜訪，經常可以看到坐在門外平台上，正忙著揀菜或處理鮮魚的年輕夫人。訪客通常只要向她輕輕地點頭示禮，她就會擦擦手，起身進屋，到最裡面的房間通知說有訪客前來。她不在那裡時，人們就會坐在平台上等待她回來，或者下一次再來拜訪，因爲除此之外就別無辦法了。除了少數幾種罕見的例外，其他人沒有經過她，是不准直接拜見攝政的。

而今天來訪的人，正是屬於那少之又少的少數，而且也只有她可以不向夫人行禮，她甚至喜歡挑夫人不在的時間來拜訪，一股勁地往攝政的房間跑去；萬一夫人在的話，她有時還會裝作沒看到就直接走過去。

不管怎麼樣，名義上她還是自己的母親。

「讓她進來吧。」

微抬下巴等待著的莉莉歐珮，一聽到房內攝政的回應聲傳來，就用最快的速度推開門扉進去，趕緊又關上門，那是厭惡看到繼母臉孔的行動表現。

「那麼討厭的話，妳就上午的時候來啊。」

攝政也知道莉莉歐珮討厭夫人，沒有阻止的原因，完全是因爲攝政自己也認爲夫人沒什麼了不起，只要島民們尊敬她就夠了。這種奇怪的邏輯一直主宰著攝政的頭腦。

「早上要去思可理學校嘛。唉呀，好煩喔，什麼時候才能結束啊。」

「剩下不到一年了，有什麼好傷腦筋的。」

「今年春天要舉行淨化儀式，要是儀式之後也可以順便畢業，該有多好啊……」

可是，就算莉莉歐珮貴爲攝政之女，也不能隨意打破月島長久以來的規定。莉莉歐珮和賀托勒同樣在一月誕生，今年初就滿十五歲，因此會和賀托勒一樣，先參加淨化儀式，隔年才畢業。

莉莉歐珮那麼希望畢業，並不單純因爲想要甩掉上學的麻煩事，而是若能同時完成這兩件事，她就可以名副其實成爲攝政的繼承者，在眾人面前展現強大的權威。莉莉歐珮已經對得過著和一般少女一樣的生活感到厭煩，想成爲和祭司們一樣的特權階級的慾望，左右著她全部的思考。

「先別說這個，爸爸，有關這次藏書館失火的事，那眞的是不小心發生的嗎？」

攝政原本半閉著的眼睛，又稍微張開了一些，觀察著莉莉歐珮的臉，然後若無其事地說：

「如果不是不小心，又怎麼會著火呢？去揭露這件事的眞相，對妳沒有什麼好處吧。」

「藏書館燒燬了，您怎麼看待這整件事呢？陳列在裡面的書籍，一點用處都沒有嗎？」

攝政沉默了一陣，然後低聲說：

「那個地方，我本想找個時間親自去整頓一番，剛好發生了這種事，就不用我動手，事情也就自然解決了。」

莉莉歐珮因爲不知道藏書館內有什麼，又全然不知攝政與伊利歐斯祭司之間的事，因此無法理解攝政的想法。不過，她本來就不關心藏書館，所以相關的事就算不知道也無所謂。

「或許您說得對，但是我比較納悶的是地鼠那小子，他應該確實是被人毆打過，至於是誰打的，想也知道！爸爸您應該也知道是誰吧，如果那些孩子和火災有關係，而您卻放任不管，對您也不會有好處吧？」

不管是莉莉歐珮或攝政，都和奈武普利溫與達夫南做了相同的推理，認為是艾基文那一夥人做的。不同的是，達夫南已經從一開始認為的全部有罪，慢慢地找尋出奇怪的線索，有條不紊地一步步接近嫌犯；而莉莉歐珮則是不管證據是什麼，打算依據平時所想到的判斷，立刻揪出嫌犯。

「艾基文是妳的堂弟，沒必要因這種事和他們撕破臉。莉莉，妳仍舊認為賀托勒不合適嗎？」

莉莉歐珮的嘴稍微噘了一下，就沉默了。攝政的話是對的，她一直在找尋任何可以不和賀托勒聯姻的藉口。

莉莉歐珮還不敢把不滿直接說出來，沒想到攝政卻先開口說：

「賀托勒和妳都是屬於青銅豹支派，確實不能說你們是符合傳統慣例的婚姻。要是眞的討厭他，妳有找到比他條件更好的對象嗎？」

「爸爸！」

莉莉歐珮只是蹙起漂亮的眉毛，沒有接話。攝政的嘴角揚起微笑，旋即又斂起笑容，然後令人驚訝地說出了莉莉歐珮期盼的話：

「妳的人選如果是將要成為劍之祭司的少年，也是不錯。」

莉莉歐珮的臉龐瞬間微微泛紅，隨即平靜下來。攝政的話，雖然看起來好像是在撤回之前的反對態度，但從另一個角度想，就是他一定要成為劍之祭司，攝政才有可能允許。

一切都還是未定數，可是莉莉歐珮不久後還是微揚起眼眸，回答說：

「爸爸您說得也沒錯。不管怎樣，我不要失敗者，與我相配的非得是勝利者才行。」

無論是決鬥的失敗者、銀色精英賽的失敗者，亦或是無法成為劍之祭司的失敗者，她都認定是不配的。

□

幫不上忙的日子，一天天地流逝。

距離默勒費烏斯祭司宣布「該放棄歐伊吉司了，已不可能生還」，又匆匆過了兩天。在那期間，達夫南也曾針對一種可能性，反覆思索了好幾次，但還是認為不合常理，因此保留著沒說。

他最近都是在思可理的課結束之後，先到默勒費烏斯祭司家一趟再回家。那天，他如往常一樣，先去過默勒費烏斯祭司的家；回家一看，雖然天色還很早，但奈武普利溫卻已經回來了，而且看起來似乎正在等著達夫南回來。

「到這裡來坐下，有點消息了。」

第一次提出疑點之後，奈武普利溫就利用自己的權威做了一些調查，打聽那些與達夫南同齡的少年們在事件當天的行蹤，結果發現那天村民們在跑去藏書館之前，有人記得曾看到一個臉色蒼白的少年，可疑地站在村子入口。還有，在與思可理學校的校長談話過後，他打聽到有幾名學生前一天還很正常，但在火災隔日，就突然因為身體不舒服而沒到思可理上課；那幾個學生之中，有兩個在火災發生後的第三天還是繼續缺席，不過並不包括艾基文。

「依據我們的推理，雖然已經可以確認是哪些人，但若沒有決定性證據也沒用，除非奇蹟發生，讓歐伊吉司醒來，說出一切眞相，否則唯一的辦法就是讓他們自己出來自首。眞是急死人了。」

奈武普利溫將雙手交叉抬高放在後腦袋上，輕輕地呼了一口氣。達夫南明白他之所以堅決站出來，並且連這種調查也做，是爲了要消除自己的罪惡感；一想到這，達夫南的心也變沉了。

「要有其他辦法的話，那只有悄悄地讓那些臭小子心生害怕。舉例來說，你進去藏書館的時候，其實歐伊吉司還有點意識，留下了一些什麼話。」

「嗯，奈武普利溫，你以前在培諾爾宅邸時……那時，蘭吉艾的妹妹蘭吉美，你想起來了嗎？」

奈武普利溫似乎馬上就明白了達夫南想說的話。

「那叫作『心靈溝通』。你是要問那種方法可不可以用在歐伊吉司身上？當然可以試看看……不過不太建議使用，因爲使用對象需要具有某種程度的體力，使用起來才安全。而和當時的蘭吉美比起來，歐伊吉司的身體正在極度惡化，如果和別人的靈魂直接碰撞，所產生的衝擊，說不定會讓那僅剩的微弱呼吸就此斷氣。」

達夫南突然冒出一句：

「如果有某種超然的東西存在，而且完全目睹當時的情形……那樣就好了。」

「你是說月女王？可是月女王即使將每件事都看在眼裡，在這種情況下，通常是什麼話也不會說的。」

達夫南想要說並的不是月女王，於是又吞吞吐吐地說：

「除了月女王……打個比方，比如說像死去的人的靈魂，因此留下來到處流浪……」

「你現在在說什麼啊？」

奈武普利溫詫異地轉動著眼球，正眼看著達夫南。

「你認爲那天在藏書館裡面，除了歐伊吉司之外，還說不定有其他什麼人死去嗎？」

「啊？當然不是……」

「不是就好。等一下，你該不會是說，萬一眞的有那種靈魂的東西到處徘徊，他們可以輕易地就和我們對談？」

「那個……」

達夫南被問得語塞了，即使自己說了，也不能確定奈武普利溫一定會相信，要是傑洛叔叔在場的話，會比較容易說明。

然而，令人吃驚的是奈武普利溫居然這樣說：

「所以說，你有親身經歷過那樣的事？至少，你相信有那樣的事，對不對？我說得對嗎？」

「啊，所以你是不是認爲那種事眞的可能存在呢？」

「喂，小子，是你自己剛才先那樣講的，不是嗎？你既然那樣講，或許有可能，所以我才問你呀。」

「那個……」

奈武普利溫笑著說：

「到現在爲止，我從來不曾不分青紅皀白就質疑你說的話，可是你剛才是不是認爲我絕對不會相信你說的話？眞是的，你這小子對別人眞是連一點信任感也沒有！」

「……」

不知道爲什麼，自己總是會先假設否定的結果。臉上寫著不好意思又有點泛紅的達夫南，徐徐地述說：

「事實上是很久以前的事了……」

自己剛抵達月島時曾見到幻影的事，奈武普利溫是知道的，那時有聽到像孩子的腳步聲，但卻看不見——現在回想起來，那很有可能是恩迪米溫那些幽靈小孩們的腳步聲。自從那次以後，默勒費烏斯祭司便拿冬霜劍做實驗，但是做到一半，達夫南就突然失蹤，並第一次見到了幽靈，第二次則是從峭壁掉落下來時見到的，最後他還說到在上村和怪物格鬥時，就是憑藉恩迪米溫的力量才得以脫險。此時，奈武普利溫的眼瞳發出異采。

「這麼說來，他眞的是擁有巨大力量的幽靈，不是嗎？雖說是少年模樣，卻無法輕易推估他實際上是怎樣的存在。加上那種幽靈也不是只有一個，還有比他們年紀大的『成人幽靈』，是不是這個意思……」

冷不防地，達夫南的頭上被輕輕地敲了一記。

「你這小子，爲什麼那麼重大的事情卻隱瞞到現在？你這個不能讓人信任的小子！」

「因爲我根本就不敢想你會相信這種事。」

「我再說一次，你這個小子『對別人眞是連一點信任感都沒有』！」

「好啦，你再說下去，簡直是在打擊我……」

然後，奈武普利溫便陷入沉思，手指在桌上敲得噠噠作響。達夫南想了一下，就說出火災那天與傑洛一同去的墓地，並說傑洛也曾在那裡看過幽靈們。聽到這些話，奈武普利溫的眼睛睜得更大。

「就我所知，傑洛先生在魔法力量與感應的才能方面，遠不如一般普通人，怎麼也會發生那種事？是眞的嗎？看來是因爲傑洛一直很仰慕過去文明的關係。很好，那麼或許再到那墓地去，可以遇見那些幽靈們，不是嗎？原來如此，達夫南，你想再和他們見面，問問看這次火災的事，你是這樣打算的，對嗎？」

這的確是說到達夫南的心坎裡，於是他點點頭。

「很好，要是可以成功的話，那也是好事一樁嘛。但是，可以完全信賴他們嗎？到目前爲止，光憑他們對你很親切這一點，是不足以完全信賴他們的，不管怎麼說，他們都存在於我們的世界之外，誰也無法輕易判定他們的親切代表著什麼意義。」

「……」

單是有關信賴的問題，達夫南就反覆思考了很久。因爲他曾被很多人欺騙過，所以對人的信賴減低了不少，但是達夫南可以確定自己對恩迪米溫的確有很大的信賴感。奈武普利溫看著達夫南的眼睛，大概已經抓到達夫南的內心想法，但仍然一邊搖頭一邊說：

「假設他們眞的把一切眞相都告訴你，那仍然不能成爲決定性的證據，也就是說，不能把幽靈們說的話當成證據。還是只有等歐伊吉司甦醒過來，別無其他辦法。」

「如果……他們擁有讓歐伊吉司甦醒過來的力量呢？」

「嗯？」

奈武普利溫馬上又再度陷入沉思，看來達夫南這次的問題很難反駁。

「但這可能性還是很小……雖說很小，還是想要試一試，你是不是這個意思？只要可以讓他醒過來，沒有比那更好的事，雖說……嗯，實際上，所謂幽靈，就是有那種可以自由進出很多人意識的能力，這麼看來，也不是完全做不到，只是……」

導入這話題之後，奈武普利溫就有好半天都不說話，但最後還是不得不這樣說：

「嗯……好，我讓你去，但是不能只讓你一個人去。」

「您是說您要一塊兒去？」

「對我來說，沒有任何事比你的安危更重要了。」

如果奈武普利溫也在場，不知道恩迪米溫會不會現身，因爲很久以前和伊索蕾在一起的那一次，恩迪米溫就只是藏入達夫南體內，並未在伊索蕾面前顯露形貌。

奈武普利溫看著達夫南的臉，露出了像是在培諾爾城堡教導達夫南劍術時的嚴峻表情，然後說：

「在還不清楚他們是怎樣的存在之前，我不確定自己能給你什麼樣的幫助，但如果讓你單獨前去，我將無法原諒我自己。身爲你的保護者，我有我的義務啊。」

達夫南雖然說不出話來，但也只有聽從奈武普利溫的話，畢竟奈武普利溫不但了解他的心情，而且還尊重他的決定。萬一失敗，就到時再想法子了。

□

那天下午，他們兩人就前往傑洛帶達夫南去過的那個隱密墓地，等待夜色降臨。達夫南依照自己的意思把冬霜劍也一併帶來，而且用很長的布疋將它層層疊疊地包裹在其中。

第一次看到墓地，奈武普利溫表現出令人印象深刻的反應：

「天啊，當初到月島來的人竟然比我想像中還要多很多，而這之後盡力增加的人口，不過是一點點而已，可見月島島民對於我們最關鍵的任務相當地懶散怠惰。」

太陽緩緩地下山，奈武普利溫趁著天色變暗之前，仔細地看過幾塊石碑。然而，由於石碑上刻的是古文，因此根本有看沒有懂，而且兩人都差不多。奈武普利溫只是哼了一聲，就用這種事不屬於他的天命所在來辯護。達夫南看著奈武普利溫深陷的眼窩，挖苦著說：

「看來雖說是祭司，也不是每個都擁有同樣的能力。」

「這是當然的事，每個祭司都有他特長的領域，舉個例子……像默勒費烏斯祭司那樣把房間弄得亂七八糟的祭司，恐怕再也找不到第二個了。」

「那種人即使在一般人之中也很難找吧！」

奈武普利溫之後便草草結束了這話題，故作文雅地鑑賞著石碑，而達夫南則是衝著奈武普利溫傻笑之後，跑到最大的石碑旁坐下。過了一會兒，太陽完全下山了，達夫南感覺到奈武普利溫也來到身邊坐著；他們故意不帶油燈或火炬之類的東西。

「以前，恩迪米溫曾經說過和他再次相見的辦法……」

在上村和怪物發生血戰之前，大半夜找來的恩迪米溫，曾經說過他是利用達夫南在圓珠洞穴裡的記憶珠子做媒介，只要他可以和達夫南的意識相連結，兩人之間就會產生溝通管道。

可是，如果要用這個方法，就非得要有可以使記憶珠子破裂的強烈事件。像那次從峭壁騰空墜落，被冬霜劍的力量關在冰繭之中，達夫南的靈魂與恩迪米溫得以再次相遇，也是因爲冬霜劍的歷史與恩迪米溫的意識有某種強烈的關聯。但是，達夫南現在坐在奈武普利溫身邊，只感覺到非常安全，似乎不可能出現那種意識的驟變；到底怎麼辦才好？

奈武普利溫聽完了達夫南的說明之後，整個人就像一下子栽到沉鬱的思索之中，不發一語。達夫南抬頭望著黑壓壓的天空，然後用已經可以適應這樣暗度的眼睛環視著，漸漸辨認出石碑頂端。

驀然，達夫南想起傑洛說的話：

「傑洛叔叔說他當時是小睡之後醒來，看到用綠色石頭砌成的巨大房子，幽靈們在那間房子裡進進出出，而且還互相聊天……」

這時，達夫南的腦海裡出現了巨大聖殿——或者是已經消失的魔法殿堂——的模樣。莊嚴的建築物裡，有著成列的梁柱，梁柱上方雕刻著藤蔓的樹葉；大理石打造的地基，連接著五層階梯，上面有長形迴廊包圍著南邊與北邊四面，而在這三角形斗拱的美麗單層建築物內，供奉著預言家們虔誠裝滿聖水的石缽……

想到這裡的時候，達夫南不由自主地打住回想，因爲傑洛並沒有將自己看到的建築物模樣向達夫南仔細說明過，怎麼會浮現出那麼具體的影像呢？

「奈武普利溫，我有種奇怪的感覺……」

當達夫南說出剛才發生的事之後，奈武普利溫皺起眉頭思索了一下，說道：

「就如同到這裡來之前所說的，在最初來到月島時，你不是也曾在村落的入口處看到幻影，之後又陸續看到刻著亡者之名的方尖碑，以及和幽靈小孩一起在樹林間跑跳玩耍之類的事……那種種一切，我認爲是覆蓋在我們世界之上的異空間風貌，而你現在腦海裡無意中浮現的那棟建築物，應該也是同樣的道理。你打從一開始就具有可以看見異空間的力量，這和你的意識不相干。你之所以可以到那裡面，正是因爲冬霜劍的影響，說不定你現在正代替那把劍的眼睛在看呢。」

對於這種說法，達夫南用相當堅決的口氣回答：

「即使眞是那樣，我也覺得沒關係了。就算是受到它的影響，說不定我和這把劍是共生關係呢！這把劍利用我，我又利用這把劍，得到各自想要得到的。」

這種發言聽起來相當危險，然而，奈武普利溫只是看了一下達夫南的臉，就不再說話了。

達夫南閉上眼，如果可藉由冬霜劍看見特別的事物，達夫南一定不客氣地盡情利用。碰到像今天的狀況，即使是並非自己所擁有的力量，也會誠懇地希望能夠借用，何況是自己可以擁有的力量，哪有嫌棄的道理。

你的力量，

就是我的力量。

黑暗中的影像，像是正蒙著半透明的面紗，微微地閃著亮光。天空之下、土地之上，高拔的峭壁像洋裝的裙襬，山丘上排列著刻有亡者之名的墓碑，周遭盡是黑色藤蔓和夜色地衣；石磚倒塌之後又再重鋪的這座城市上方，有著銀青色的蝴蝶飛來飛去……

藏青的夜和銀白的月，流瀉在這巨大聖殿的牆壁；聖殿早在千年前就存在，現在也是，只不過現在的形體是由影子幻化成的。半透明的人影在夜色中行走，霧氣凝聚成他們的衣衫。

一個綁著銀色髮辮的人徐徐走著走著，就轉頭看看達夫南，嘴巴張張闔闔地說了些什麼。達夫南聽不見，雖然努力想要聽，而且四周也很安靜，卻什麼也聽不到。然而，達夫南並沒有就此放棄，繼續一面傾聽，也嘗試著自己用力去說話。

可是，什麼聲音也發不出來。

達夫南集中注意力觀察著對方的嘴唇；很快地，即使聽不到聲音，也感覺到似乎可以了解他的話；對方一直在重複說著同樣的話。

「放開手，快放開那人的手。」

有抓住什麼人的手嗎？達夫南驚愕了半天，才領悟到原來自己的手正被奈武普利溫的手抓著。在閉上眼睛之前，達夫南緊緊抓住奈武普利溫的手，而他也牢牢握住自己的手。

身穿霧氣衣衫的銀白色人，繼續說著：放手，快放開他的手。

達夫南想要暫時放手看看，可是奈武普利溫那邊不放開。一時之間，達夫南的身體抖動了一陣，突然感覺肩膀被人猛烈搖晃，有什麼聲音想靠近他的耳朵，一直衝撞過來，卻被看不見的帷幔阻擋而無法進入。但是，突然有個詞語穿破重重帷幔傳到他腦裡，而他的眼睛也同時一下子睜開了。

「波里斯！」

死勁抓著達夫南的肩膀搖晃的人，當然是奈武普利溫，呼喚達夫南的名字的人也是他。

「啊……什麼事啊？」

「喊你以前的名字，你才會醒來嗎？你是睡著了，還是……」

奈武普利溫感覺到原本安靜闔眼的達夫南，手突然動來動去，想要甩脫自己的手，於是在不安之下，慌亂地想將他搖醒，叫了「達夫南」好幾次，卻似乎無法觸及到他的意識，最後將他喚醒的是他以前的名字——波里斯。

達夫南雙眼矇矓，環顧著四周，可是那個全身如同清晨霧氣般發光的人，早已經消失不見了。

「我、看到了。」

「看到他們了？」

達夫南回想著剛才所看到的景象，說道：

「有一個人叫喚我，可是聽不到聲音；然後他要我放掉你的手，我想把手放掉的話，是不是就可以聽到他的聲音……」

「所以，你就想把手甩開嗎？眞是的，你這小子到底……」

奈武普利溫看起來似乎有點發火了，他把剛才放開的達夫南的手，再次牢牢抓著，然後說：

「別想甩掉我的手而去，因爲我絕對不會放任你又像以前一樣，好幾天醒不過來，或者永遠醒不過來。」

「……」

怎麼做才好呢？達夫南就這樣抬頭仰望著天空；頭頂上的天空和稍早之前完全一樣，全然看不見那些幻影。

「我聽說死去的人在一定的時間之後就會忘記自己，僅存慾望的狀態。他們要經過非常長的一段時間，才能在沒有任何慾望的狀態下觀看活人。當然，我所見過的他們，應該已經活得夠長久了，所以才可以這樣。」

「這也是幽靈們告訴你的吧？你還是無法確定他們對你有沒有懷抱任何慾望，是吧？」

「如果只是說想要相信他們，理由通常是不夠充分的……或許我是無法確定吧。」

夜裡的風好冷，還不到五月的初春呢。奈武普利溫把帶來的毛毯蓋到達夫南的肩膀上，然後大大伸了個懶腰，接著就開玩笑似地拋出了一句話：

「現在如果沒有你的話，我就不知道怎麼活下去了。」

達夫南沒辦法回答什麼，只是將奈武普利溫的手抓得更緊而已。

即使可以和伊索蕾在一起，但如果那樣會對奈武普利溫造成任何傷害的話，達夫南還是無法忍受。所以他只能讓一切都回歸到剛認識時的那個樣子，不要讓任何人的心受傷。

然而，達夫南自己都已經改變了，所謂「像以前一樣」其實也不再是眞正的幸福，這一點達夫南曾想到，但他仍試著去認爲可以再回到從前，只要他自己忍下來就可能實現。伊索蕾也是，奈武普利溫也是，維持現狀比較好吧。

「奈武普利溫，那麼這次這樣好了，我會牽著你的手，你就隨我一起來吧，彼此都不要把手放掉，無論我做出什麼動作，請你一起去就是了，即使聽不見聲音，難道就不會看見什麼嗎？若是再這樣靜靜等待，才是眞的什麼也做不成了。」

達夫南再次閉上眼睛，感觸到揹負在背上的冬霜劍。他倚靠在石碑上，左手緊握住奈武普利溫的右手，等待著引導者出現。

結果不需要等待，剛剛那個人馬上就在達夫南眼前出現，而且再次做個手勢，並說了些什麼。達夫南沒有放開手，直接就站起來，並且走近他。

但是當達夫南快接近時，他就變得離遠一點，而且又再說了些什麼。於是兩人就持續著這種方式，慢慢地在異空間移動，並走到綠色石頭砌成的聖殿之前。

有時，達夫南的精神一恍惚，差一點就放掉奈武普利溫的手，但奈武普利溫則是絕對不會鬆手，所以就這樣一起走下去。奈武普利溫的眼裡可能什麼也看不見，但是達夫南卻看到了，他看到眼前有一些像絕壁一般高聳的六角形柱子，原來那是幢宛如抹上月光粉末般閃閃發亮的綠石屋。

石屋前有著寬約十公尺的階梯，踏上階梯中央走上去，腳接觸到的地面既堅硬又光滑。五層的石階全部走完之後，就來到大廳。他看到有很多影子人類在大廳內到處自由進出，雖說沒有秩序，但是他們步履緩慢、神態從容，所以沒有發生互相碰撞或糾纏的事。

達夫南看了他們好一會兒，但是都沒人瞄他一眼，所以不知道到底應該怎麼辦；既聽不到聲音，也沒辦法說話，而剛開始引導達夫南到這地方來的人，也在混入他們之間後消失了蹤影，再也找不到了。感覺上自己就好像是來觀賞慢板圓舞曲舞會的那種懵懂少年。

這時，徘徊在他四周的眾多靈魂中，突然衝出了一個靈魂，然後往達夫南的正前方跑過來。看到對方的臉，達夫南嚇了一大跳，他不是別人，正是恩迪米溫；雖然期待與他見面，但沒想到是用這種方式。

「……」

可是，依然什麼話也聽不見。恩迪米溫露出相當吃驚的神色，繼續以急促的語調向達夫南大喊著什麼，但他仍然一句話也聽不懂。達夫南也同樣大聲地問了問題，卻好像完全都沒有傳達到。

恩迪米溫馬上就看出了原因，指著達夫南的手，用很明顯的唇形說：「放開他的手。」

達夫南搖了搖頭，這跟他是否相信恩迪米溫無關，而是因爲他無法違背奈武普利溫的意思。

恩迪米溫似乎更加驚訝，過了一會兒後，恩迪米溫改變心意，用唇語和手勢對達夫南說起話來。幾句話重複了好多次之後，達夫南終於可以聽得懂了。

「不要進來，他們大多只是過去的形影而已，實際上像我這種具有人類靈魂的幽靈少之又少，現在，他們沉醉在自己的想法裡，才看不見你，萬一被他們看見的話，就絕不會輕易放你走。將你帶來這裡的是『誘惑的影子』吧？它是沒有實體的，跟著它來不安全，快點出去，因爲你手上牽著人的關係，你不管在哪一個空間都會受到限制。」

達夫南雖然想用和恩迪米溫類似的方式傳達意思，但因另一隻手像被綁住般，所以沒有那麼容易。然而恩迪米溫大略可以看得懂，於是點頭示意他們趕緊離開，並指著出口。但是達夫南搖搖頭，用唇語說：「我是特地來見你的，有事要問你。」

恩迪米溫想了一下，走到前面，比著要他跟隨的手勢。達夫南隨即跟上，走下石階，眼前立刻出現一條鋪著地磚、盡頭被霧氣掩蓋的路，之後他們兩人便走上那條地磚路。

這時，達夫南才發現恩迪米溫的衣著和以前有很大的不同，飄逸的衣角微微灑上白色寶石粉般的東西，一眼就看得到衣袖上繡著銀色禿鷹，頭上還有頂樣式簡單的金色頭冠。

不久之後，恩迪米溫就走出了地磚路，也不知是從何時開始，路旁左側出現了斜坡峽谷，然後恩迪米溫就往峽谷邊內側的山洞入口走了進去。

山洞內部有一塊地方，以四方形磚頭砌成及腰高度的磚牆，圍繞著一座像是水已乾涸的枯井，又似泡澡的池子。洞頂鑿空，可以瞄到湛藍的天空，投射下來的光線就像在黑暗中生長的綠色蔓藤捲鬚般，一下子就伸展過來觸及到肩膀。

恩迪米溫爬上牆邊，輕輕地坐下來，回頭看達夫南，他用唇語說：「有什麼要說的就說吧。」

達夫南也同樣動著嘴唇說：「先等一下，首先，有沒有辦法讓我握住手的人也一起聽？」

恩迪米溫搖頭：「不可能。」

達夫南再問一次：「怎麼會？」

恩迪米溫用唇語回答：「因爲那個人不是你，而你則是憑藉著那劍的力量。還不如把手放開，和我說完話之後，再回去他那裡不就好了嘛。」

這次，輪到達夫南搖頭：「不行，我和他約好了，對不起。」

達夫南也和恩迪米溫一樣，走到像澡池似的邊緣，騎坐在上面，然後說：「我想要知道的，是有關不久前我們的世界發生的大火，你也有看到嗎？」

恩迪米溫回答說：「哪有可能看不到，那是很大的事故啊。」

達夫南又說：「因爲那事故，有個孩子瀕臨死亡邊緣。如果你那時有看到事情經過的話，可不可以完整地說給我聽？」

恩迪米溫先是一直盯著達夫南的眼睛，然後說：「對不起，用這種方法對話實在太難了，請體諒一下，我就直接和你的意識接觸好了。」

於是恩迪米溫從坐著的地方跳了下來，走到達夫南面前，伸出兩手貼住他的臉頰，同時閉上眼，以額頭觸及達夫南的額頭。

瞬間，達夫南眼前什麼也看不到，宛若退潮時被掃過的沙灘；然而在清明的意識中，彷彿有一個人的聲音正竭力地呼喚著自己。終於聽到了，而其餘的聲音則全都不見了，只剩下他們兩人的聲音輪流大聲響起，反覆應和著。

「和平時一樣說話就好了，我們的聲音會通過腦部互相傳遞。你想問有關火災的事吧？」

「嗯，想要知道那起火災發生之前，那孩子是否發生了什麼事？還有，我也很想知道放火的是誰？」

「詳細經過我不清楚，不過那孩子並沒有引起火災，火燒起來的時候，那孩子已經沒有意識了。」

忽然，達夫南腦海中浮現出火災現場的景象，看到恩迪米溫剛才述說的狀況，宛如恩迪米溫將自己的記憶灌注到達夫南的腦海中一般。

然而，由於恩迪米溫並沒有到藏書館裡面，因此沒有看到裡面發生的事情。達夫南看到有幾名孩子從著火的藏書館裡衝出來，跑了十幾步之後駐足回頭；其中有一名就如同奈武普利溫所推測的，用備用鑰匙將門鎖住，然後跟在後面跑了過來；少年們交談了幾句之後，就往村落的反方向消失了蹤影。

「這是我所看到的全部，他們是誰你認得出來吧。」

「當然，對了……還有一件事，我想問你，那孩子正逐漸接近死亡邊緣，而且還有一個人因為那起大火而失明，有沒有辦法可以幫助他們呢？或許，你……知道幫助他們的辦法？」

「那個……」

恩迪米溫的意識原本一直沒有停頓地流暢傳來，此時卻打住了。無庸置疑，他是停止了溝通，沉浸在思緒之中。不久之後，聲音再度傳達過來。

「失明的人可能沒辦法了，但失去意識的孩子可能有救，因為他無法甦醒的原因是靈魂的問題。但是，如果我為那孩子做那件事的話，我們的大人們馬上就會知道，因為那不是普通的力量……你若眞的想救那孩子，只有一個辦法。」

「那是什麼？什麼都好，趕緊告訴我。」

「我不敢保證你會遇到怎樣的事，但你要不要去見見我們的大人們？」

「你說什麼？」

達夫南一時之間慌亂了起來，但馬上就鎮定下來。

「雖然你說不敢保證會遇到怎樣的事，但也有可能什麼事都不會發生。我現在並沒有立場逃跑，我不能只因爲對未來不確定，就想尋找安全的方法，我得冒這個不確定的危險。好，我要直接去請求你講的那些大人，救一救那孩子。」

「你知道為什麼我要你直接去見他們嗎？」

「不知道，難道還有其他的理由嗎？」

「嗯。」

然後，恩迪米溫放下他的手，額頭也不再貼近，聲音消失，面對著達夫南，用唇語回答：「他們已經注意你很久了，他們想要知道你的存在會不會是個威脅。你去見他們，然後證明你自己，消除他們的疑慮；希望你可以從他們那裡得到你想要的禮物。」

恩迪米溫轉身往入口處走去，看了達夫南最後一眼，簡短地說：「下次再見了。」

周圍忽然間轉暗，什麼也看不見，同時有種令人不舒服的味道鑽進鼻子。達夫南摸索了一陣之後，才對奈武普利溫叫道：

「這裡是哪裡呢？」

當兩隻手臂倏然摟住他的同時，達夫南感覺自己再度回到本來的世界。

達夫南在奈武普利溫的牽引下，走了幾步路。原來剛才和恩迪米溫一起坐著的地方，在現實中是條粗大的老樹根。達夫南全身上下，連頭髮上，都沾染了樹汁和樹葉，腳則不知踩過什麼，濕到腳踝部位了。

02 第一個眞相

連續下了三天雨。

一路淋雨從思可理學校回來的達夫南，原本想換掉濕透的衣服，後來改變主意，再度出門，心想反正在家裡也沒辦法洗澡，不如趁著已經淋濕了，到河裡去盡情泡水玩個痛快。

其實他要去的那條河與其說是河，不如說比較接近小溪；地點位在村落外緣，環繞著樹林邊而流。由於這是唯一一條對島民生活有實際幫助的河流，所以人們也就不再另取名字，只是稱之為「河」。

到達河邊的達夫南，將衣服脫在一旁，只穿件短褲就跳進水裡。

即使不是大雨，但因連續下了三日，水位漲高了不少，以前只不過及膝的地方，現在已經淹到大腿上了。達夫南站在那地方仰著頭淋雨，卻不知爲何感覺那雨還滿溫暖的。

不久後，達夫南將身體浸入水中，慢慢浸泡到手臂的位置，就往更深處移動。在最乾旱的季節，只要走到超過他身高的地方，河中央就會有突出的石頭，那是最佳的垂釣位置，天氣晴朗時，還是小孩們打水戰打得最厲害的地方，不過現在這種時候當然是四下無人。

達夫南到月島之後，就按部就班地把游泳好好學了一番，因爲要成爲島民是不能不會游泳的。還記得自己從一開始就相當努力想要盡快學會。那時他已經選擇居住在月島，所以什麼事都費盡心力想要學著適應。

達夫南慢慢順河而下，他現在的泳技已經比一般月島小孩都還要高明了，甚至比當初教他游泳基本動作的小孩還要好。不對，應該說那孩子的實力一開始就沒有好到哪裡去；但卻是當時唯一對他用心，想看看能不能教他些什麼的少年，而且之後也一直都只有歐伊吉司一個人願意用心教他。

游到了腳碰不到地的地方，探出頭來一看，漸漸變大的雨點，一點都不嫌煩地繼續落到水面，達夫南於是甩頭再度潛入水中。再往更深的河床底層處，就會有蜉蝣生物混著泥土浮沉漂流，就像沉澱在意識底層的記憶瑣事般，始終不會消失不見，只是淡淡地漂流著——而自己，早已在那記憶水流中載浮載沉。

他不想再這樣繼續下去了。

達夫南改變方向，逆溯水流往上游，雖說氣不夠，但仍勉強撐住，往那漂流的蜉蝣生物的反方向衝去。再也憋不住時，就將身子一翻，往那片不怎麼明亮的水面浮上去。

「呼呼……」

灰色的河流在灰濛濛的天空下奔流，達夫南不知何時又回到剛才下水的河岸邊附近，抵達了河中的石頭島，正要爬上滑溜石頭的他，再一次仰頭淋雨。

砰！

猛然，陌生的聲音鑽進耳裡。又一次，砰！

達夫南抹去睫毛上的水珠，往河邊望去，有個少年正朝他這邊丟著小石頭，並不像是故意要投中他，而是想要叫喚他似地；因爲雨絲的關係，他看不清對方的臉孔。

「達夫南！」

那聲音很熟悉。那一瞬間，雨也開始變小了，達夫終於看清那個和自己一樣冒著雨、個子很高的少年，不是別人，正是賀托勒。

奇怪的是，他看起來似乎很高興見到達夫南，但達夫南卻不知要不要回應他，猶豫不決起來。

「你占到很不錯的位置哦。」

賀托勒這次從手裡丟出的不是小石頭，而是其他什麼東西。達夫南反射動作手一伸，馬上就接住了，一看是顆擦拭得亮晶晶的蘋果。

就在達夫南將蘋果拿在手上，什麼話都沒說的當下，賀托勒已往水中前進了幾步站著，笑嘻嘻地說：

「沒有下毒，安心吃吧。」

「你是不是有什麼話要和我說？」

達夫南沒好氣地問他，但賀托勒並不在意，只是聳聳肩，又掏出另一顆蘋果就大口咬下去，咬得帕沙帕沙作響；吞了幾口之後，他才再開口說道：

「我知道你對我打從心裡地不高興，我只是因爲從剛才就一直在看你，所以想向你打聲招呼而已。你也別不高興，我對你討厭我的態度可是一點怨言都沒有。不過，我想應該有很多話可以和你聊一聊。」

達夫南確實感到賀托勒眞的有什麼話想和自己說，同時也想起藏書館事件的背後說不定有艾基文或賀托勒參與，現在和他說話也不是件壞事，搞不好還可以逼問個什麼出來。

達夫南自己也咬了一大口蘋果吃起來，表示出願意應答的意思，賀托勒於是點點頭坐到河邊。

兩個人的距離雖說大約有十二、三步，但因爲雨絲已變得更細，所以對話起來並不成問題。像這樣的下雨天，應該沒有人會到河邊來偷聽吧。

「在銀色精英賽時，不管是你或是我，都似乎想要實際地做個了斷，卻又很巧妙地告吹了。坦白告訴你也無妨，當時我和你即使有機會決鬥，我也沒有把握能贏你。不管那是不是你自己的能力，或者是你的劍，或是從其他地方而來的能力，可以確定的是，你的實力超越我，而且那個子爵兒子也是從一開始就不是你的對手。」

「你是表示說，即使我願意再度和你決鬥，你也會拒絕了嗎？」

「呵，是呀，不過要是你眞的那樣邀請的話，我還是會認眞考慮看看。」

賀托勒想要擦拭由臉頰不斷滴流下來的雨水，卻好似在擦眼淚般，達夫南看著覺得很好笑。賀托勒最近把頭髮稍微留長綁在後方，他一邊說話，一邊好像習慣似地抓起髮尾，扭轉把雨水擰去。

「還有，我在從大陸回來的途中，碰到了要找你的人。」

「你是說，有人在找我？」

這是他完全料想不到的話題，在大陸上確實有人要找他，但那些人怎麼會見到賀托勒呢？

「你會被嚇到也不無道理，當時我也是嚇了一大跳。啊，你一定想知道我怎麼會見到他們吧？說來也是件滿稀奇的事，他們從很早以前就一直在尋找你了，而令人啼笑皆非的是，他們原本以爲我是你。」

達夫南和賀托勒長得完全不像，所以那一剎那，達夫南覺得他可能在騙自己，直瞪著賀托勒，不過立刻就聽到賀托勒的解釋：

「當然那不是光因臉蛋而產生的誤會，他們要找尋從雷米埃爾貝島一帶上岸、大約我們這年紀的陌生少年。他們大概在全埃爾貝島上都布滿了監視網，也就是在埃爾貝島上的原住民，他們馬上可以辨認出外地人。而我所搭乘的船，是要去參加銀色精英賽的船中第二艘在雷米上岸的。也許你還不知道，聽說第一艘船的孩子們也一樣被追蹤到，在埃爾貝島一上岸，就立刻被抓起來，所幸得到某個雷米野蠻人的幫助，好不容易才脫困。再來就輪到我那一批遭殃了，那時我們已經參加過銀色精英賽，在借道雷米回來的途中；他們盯得可真緊，連我去了安諾瑪瑞又再回來的事都知道。」

達夫南若是和他們一起參加銀色精英賽的遠征團前往大陸，可以想像一定會毫無疑問地被抓個正著。結果因爲艾基文的陰謀，延後了出發時間，反倒像是成了矇騙追捕者的計策，好像是設計好了讓追捕者先抓住上岸的遠征團，並追蹤去安諾瑪瑞，而達夫南和伊索蕾便利用這空檔，得以安然通過雷米。

「……繼續說下去。」

「雖然我擔心他們是不是也知道月島的存在，幸虧他們似乎還不知道。他們抓住我們之後，仔細打量我們的臉孔，好像發現我們之中並沒有你，於是就問我們知不知道一個叫作『波里斯·貞奈曼』的少年。」

賀托勒搓揉著雙手，露出了苦笑說：

「很久以前你被我激怒時，曾經說過那個名字，所以我才知道他們是在找你。很幸運的是，其他那幾個小子都沒有人知道那個名字，所以要佯裝不知道的只有我一個人而已。」

達夫南這時才找到可以發問的問題：

「是不是一個三十歲出頭的女子，還有一個身形高大、皮膚黝黑的男子，總共兩個人？」

「不，不是，那兩個人都是男的，都長得瘦瘦的，但性格卻正好相反。等一下，看來你是不是也碰到了什麼人？」

現在達夫南終於可以拼湊出全部的詳情了。捉住瑪麗諾芙那時，附近好像有她的同伴，所以她故意拖延時間，而她和同伴當時之所以會分開行動，應該就是因爲賀托勒一行人的緣故。

「如果你碰到了他們，一定難逃他們的手掌心。我所見到的那兩個男的，實在是動作神速。對了，你是怎麼逃出來的？他們應該有認出你吧。」

達夫南猶豫著要不要告訴他，最後只是這樣回答：

「當時我有得到以前認識的人幫忙。」

「說得也是，你都在大陸生活超過十年了，會有人幫你不足爲奇。」

雖然說起來有一點奇怪，但還是不說不行。達夫南想了半天，忽然冒出一句：

「多虧你費心替我隱瞞。」

「別向我道謝，我還欠你兩次呢。」

其實賀托勒只要打定主意，隨時都可以幫助追捕者捉住達夫南，可是賀托勒還記得自己要幫助達夫南三次的承諾，這算是第一次了。

兩個人都將蘋果吃完了，達夫南正在思索要用什麼方式來提那件事。他認爲那件事就和自己栽進艾基文的計謀而從峭壁上跌落差不多。後來雖然奈武普利溫和斐爾勒仕修道士私下協商之後決定隱瞞事實，不過達夫南已從奈武普利溫那裡得知了事件的全貌。

「我知道你弟弟對我懷恨在心，從去年春天的事件開始到現在，我認爲他和這次事件脫不了關係；我這樣想是不是很不應該？」

達夫南直接單刀直入地說出來，沒想到賀托勒居然冷笑著回答說：

「不會不應該啊。」

「我現在說的是什麼事件，你知道嗎？」

「當然是在說藏書館的火災，是吧？也就是讓歐伊吉司瀕死的事。」

賀托勒究竟懷著什麼心思，可以這樣毫不保留說著，達夫南無法輕易悟出其中的道理；不過，既然已經提出，就要繼續緊追不捨到最後。

「你這樣直截了當，我也省得麻煩。好，那麼，我懷疑的是不是事實，你也可以告訴我吧？」

「啊，當然是有某種程度的可能性，但我不知道你認爲我弟弟牽涉到哪種程度。」

雨要停了，濕透的衣服緊貼在身上，比正在淋雨時更覺得寒冷，但臉龐卻泛出熱氣。

「太好了，我應該問得更精確些，是不是艾基文和他的同黨在藏書館裡放火，甚至把歐伊吉司反鎖在裡面？」

賀托勒慢慢地走進水裡，一到比較深的地方，就換成游泳，當然他的泳技非凡。達夫南所在的石頭旁，水只浸泡到石頭的一部分，坐到石頭上面，水只會淹到膝蓋。賀托勒如預期地游過來，站起來仔細地端詳著達夫南的臉。

好像想找出什麼東西似的。

「……你眞的認爲是這樣？」

好久沒有這樣近距離打量賀托勒了，他現在與其說是個少年，倒比較像是個青年。不僅是臉龐，連全身也都完全脫去稚氣。也許是近看的關係吧，感覺上他眼眸中散發出的光彩，也從以前的傲慢轉為某種自負。

「要不然是怎樣？」

「不，我坦白告訴你，我弟弟艾基文的確和那天的事有關係，但並不是如你所想的那樣，是直接放火或者把歐伊吉司關在裡面的人。」

「犯了錯就打算要全部推卸給別人嗎？」

賀托勒笑了。

「我現在為什麼要說謊？現在就只有你和我兩個人而已。」

「那是什麼意思？」

不過，達夫南馬上了解到賀托勒的意圖，賀托勒可以現在坦承，回到村子裡再矢口否認。怎麼看都是要耍達夫南，因為兩個少年若持相反意見，月島島民們沒有理由會比較相信達夫南的話，反而比較會相信年齡較大且出身月島名門的賀托勒。

「你和以前沒什麼兩樣，眞是狡猾，這樣嘲弄我，對你有什麼好處？」

「不要誤會，請你站在我的立場幫我想一下，也就是說，以我現在的立場，就算知道所有眞相，也不能對你說出來。反倒是你要感謝我用這種方法告訴你眞相，這也算是一番好意，你難道不能了解嗎？」

說完之後賀托勒就閉嘴了。達夫南看到他閉上了輪廓深刻的嘴，才領悟到對方說的確實完全出自眞心。縱使之後會遭到否認，也比不知道眞相要來得好。再怎麼說，這都是他這段期間不斷追究、想要知道的事！

「火災發生的時候，艾基文並不在那裡，他這小子唆使孩子們毆打歐伊吉司來激怒你，想讓你去找他們理論，他只是下達這樣的指示罷了。可是為什麼那些孩子會對歐伊吉司出手太重，甚至還放火燒藏書館，就不得而知了。那確實不是有計畫的縱火行動，那種情況下，他們為了保護自己，當然只有把唯一的目擊證人歐伊吉司關在裡面了。」

達夫南感覺一股氣衝上喉嚨，一股灼燙湧上，質問賀托勒：

「現在你說的全部確實嗎？不是你自己的推測嗎？」

「嗯，那些小子是不會對我說謊的，萬一所有事情都被揭露出來，那些小子不可能只是被隨便處罰一下就能了事，到時候，就連最初指使他們的艾基文也一定會被牽扯出來。所以，艾基文與那些小子互相約定要保守祕密，萬一有一點消息走漏，也會由我父親或幾名有力人士出面平息輿論。那幾個小子為了能得到那種保護，已經把全部的事實向我和父親全盤托出了。」

達夫南簡直是怒氣衝天，氣得連耳朵內也嗡嗡響著。最可惡的是，那幾個小子闖出禍來，還只顧著自己的死活，一點兒也不知道羞恥，讓達夫南氣得牙齒直打顫。他們甚至還想要置歐伊吉司於死地來湮滅證據！那幾個與他同齡的少年怎麼會如此自私又邪惡呢？

「你既已知道眞相還打算隱瞞到最後嗎？你也是那種水準的爛人嗎？犯下了那種罪，即使一輩子都沒有人知道……我看月女王應該也不會忘掉吧！」

發覺自己下意識地將月女王掛在嘴上之後，達夫南驚訝得愣住了。賀托勒則是面無表情地呆站了一會兒，稍微低下頭，然後搖了搖頭，再度抬起眼睛看著達夫南：

「沒有辦法，我如果脫離這個立場，應該也不會認同我剛才對你說的話。但我所能做的就這麼多了，不要怨我。」

達夫南不知道還能再說些什麼，他想要用自己的手將那些無恥之徒全部殺死的慾望正沸騰而起。那些人粉碎了一個少年的未來，燒燬一個社會的過去，破壞一個男人的希望，這種人，竟還想要無罪地苟活下來！

「你也……一樣骯髒，即使你告訴我了，也完全不會改變，你從一開始就和他們是一夥的。你若是眞正的戰士，即使只是私下處罰他們也算正當，一點也不足爲奇！」

賀托勒帶著憂鬱卻仍無動搖的眼神看著達夫南，並低聲說：

「我很清楚我能做的限度到哪裡，艾基文到現在爲止所惹的過錯，已經到了該治死罪的程度也說不定。可是，我不能坐視不理，是的，那樣是不行的，因爲我畢竟是那個弱小弟弟的哥哥，即使弟弟犯錯了，也沒辦法，只能保護他，身爲哥哥最終只能那樣。」

「……」

「要是你有弟弟的話，你也會了解我的立場。」

突然之間，達夫南回不出話來，但不久之後，他開始慢慢地，而且用力地猛搖著頭。

達夫南不是要否認賀托勒所說的話，而是嘗試甩開好長一段時間還都無法離開他身邊的耶夫南影子，在賀托勒的話中，他又再次感覺到它的存在。他想要否定賀托勒的話，不是的，耶夫南絕不是那種人。

可是……萬一自己闖下了無法挽救的錯誤，如果耶夫南還活著的話，會不會撒手不管呢？比起弟弟的安全，別人的權利與冤情還更重要嗎？

說來眞令人心痛，達夫南無法做出回答。本來驕傲的耶夫南，爲了保護弟弟，可以屈辱地呑下布滿蛆蟲的食物，或以刀刃刺穿敵人的手背。如果面臨其他狀況，說不定也會毫不遲疑地做出比那更加殘忍的事吧。非常珍愛且想守護一個人時，是不是也代表著一定會不惜於對其他人做出同樣程度的傷害？

不管是對自己或伊索蕾，或是對奈武普利溫造成威脅的人，他都不能原諒；可是自己……卻曾經在攸關伊索蕾與自己性命的問題時，終究沒有在銀色精英賽中砍掉小子爵路易詹·凡·康菲勒的右手。

達夫南認爲那與對耶夫南的喜愛完全是兩回事，不能原諒的事就是不能原諒。然而他還是無法回答賀托勒。

那時，賀托勒低聲地說：

「可是，我和艾基文並不是親兄弟。」

「你說什麼？」

這實在是太出人意料了。達夫南的眉宇之間泛起疑惑，並浮現出斐爾勒仕修道士和賀托勒長相相似的畫面。這麼說來，艾基文可能是領養的小孩囉？但他之後聽到的卻和料想的正好相反：

「你是第一次聽到吧，更精準地說，那孩子和我是表兄弟，我現在的父親和母親是艾基文的親生父母，就是我的舅舅和舅媽，我媽媽是前任攝政閣下的么女，生前一直在鑽研魔法。她在研究魔法時發生意外，和我爸爸一起去世了，孤伶伶的我就給當時還沒有子嗣的斐爾勒仕舅舅領養，他對我比自己親生的艾基文還要疼愛，母親也是，艾基文也是，連一次也不曾以我不是親兒子或者親兄弟來撇清關係或疏遠我。疏離、排斥這類事，頂多只存在於我的想像之中。」

賀托勒更爲堅定地說：

「所以，我保衛他們比什麼事都要來得理所當然！」

說完，賀托勒縱身跳進河裡，很快就游回了岸邊。達夫南知道他是擔心被人聽到，所以才故意靠近過來的。

抵達河邊的賀托勒，腳還浸泡在水中就站起來說：

「我每次一看到你，就會想到從父親那裡聽到的有關伊利歐斯祭司的故事。」

自從得到銀色精英賽冠軍之後，將達夫南和伊利歐斯祭司相比的人已經很多，不過賀托勒的看法不同。

「我並不是因爲到目前爲止所發生的事，而將你們兩個人連結在一起，而是因爲往後可能會發生的事情，而將你們連接在一起。很明顯地，伊利歐斯祭司比較優秀，而現在你雖然在種類上不同，但同樣擁有某種出類拔萃的才能。可是現實上，當奈武普利溫祭司或其他幾位祭司都年老了以後，會再繼續站在你那一邊的人，充其量不過伊索蕾一人罷了，不是嗎？」

賀托勒一面慢慢地轉動胳臂，一面直視著達夫南的臉龐。

「伊利歐斯祭司不僅因爲出類拔萃，又因孤掌難鳴，終於無法在這地方生活下去，雖然基本上他有容易樹敵的個性，再加上太過自信，所以也不會去培植屬於自己的人馬。沒錯，在我們的月島上，連那麼出類拔萃的人，只要獨樹一幟，就會被排擠、被背離。」

「……」

賀托勒往後方退幾步。雨又再度飄落下來。

「你要是不常常回頭看看是不是大家已背離你，終會落得同樣的下場。」

唰啊，又再度下起傾盆大雨。轉身離去的賀托勒身影，就在大雨中消失無蹤。

□

賀托勒那席話的本意究竟是什麼啊。

在下著雨的黑夜裡點燃蠟燭，濕透的頭髮尚未乾透，達夫南仍在等待著夜深卻還沒回家的奈武普利溫，靜靜地看著搖晃的蠟燭。

達夫南無法信任賀托勒的好心，他對從來不曾相信過的人，是不會徹底打開心門的。不管賀托勒的態度怎樣變化，人的本性是不會輕易改變的，雖然他現在好像很爲達夫南擔心，甚至費力去打聽自己想要知道的事，並且毫無保留地將所知告訴自己。而且賀托勒還說，如果處於其他立場，他也不會認同自己所說的話。這一點以身爲有個年幼弟弟的哥哥來說，確實必然會選擇隱瞞事實，即使達夫南並不認同，卻也可以了解。

一切眞相都明白了，但達夫南現在卻更加痛苦，達夫南甚至還想到，賀托勒會不會是要讓自己陷入現在這種痛苦之中，才故意告知一切的。在這種狀況下，自己到底可以做什麼？還是說應該將艾基文，或者其他的嫌疑犯抓起來逼供。

那些無論如何也不像是答案。達夫南想到了恩迪米溫，和他約好了一定要見面，只要他告訴自己可以救活歐伊吉司的辦法，就能從歐伊吉司那兒確認全部的眞相。這麼一來，從賀托勒那裡聽到的全部事實就有用處了，因爲就算歐伊吉司會遭受其他脅迫，他也應該會對自己說實話。

就在這時。

咚、咚咚。

說不定響聲從剛剛就開始了，不過達夫南到現在才聽到敲門聲。咚咚、咚咚。

達夫南一躍而起，到窗邊看看，再一次聽到聲音的時候，便毫不遲疑地走近，打開窗門。

外面什麼人也沒有，不對，好像快看到人影了。

黑暗中，看不見的雨滴正不斷發出聲音。達夫南暫且等了一下，然後注視著徐徐開始浮現的輪廓。

達夫南先開口：

「你來了。」

窗外的影子只是比了一下手勢，而達夫南則要對方暫時等一下似地把手指豎起來，並跑到桌邊，從桌下拿出一塊預備好的木塊，那上面用黑炭不知寫了什麼。他把木塊擺放在桌子中央，最後拿出冬霜劍握在手上。

然後，達夫南再度回到窗邊。

「現在可以了。」

外面的人影又比了一次手勢，彷彿是要達夫南從牆壁穿過似地伸出手來。這一次他真的是以自己的意志，從這地方到其他地方，決然地抬腳跨了過去。

接著，驀然就完全聽不到雨聲了。

03 第二個眞相

這個世界是不是也剛下過雨啊？

在朦朧的霧氣中走了好長一段時間，達夫南一面走，一面想著。迎面而來的空氣不僅潮濕，而且又冰又冷。

就在前面，高大的樹木彼此糾纏，延伸成拱形的隧道。他轉頭打量一下四周，全都只是幾近荒蕪的寬廣平地，稀稀落落散置著一些既像石頭又像傾頹石碑的東西，宛如突出水面的暗礁般直盯著他。天與地的相接處，飄浮著灰色的厚厚雲層，遮掩住邊緣地帶，使得這世界看起來比較寬闊。

引導達夫南的不是恩迪米溫，而是達夫南第一個見到的那個幽靈小孩——尼基逖斯。在達夫南從峭壁上墜落，身體和靈魂分離，與他們玩得開心的那段時間，他相當爽快又很健談，然而今天卻幾乎沒說一句話。他一定也感受到了那股看不見的壓力，顯然達夫南現在要去拜訪的人物，是連幽靈小孩也覺得很難應付的對象。

凝視著夜晚與白天不分的青色雲霧世界，達夫南差點流下了淚水，因爲他想到死去的耶夫南是不是也在這看起來如此冰冷的青色荒地中孤單生活，有沒有朋友，會不會連自己死亡的事實都還無法領悟而一直在徘徊著。

進入了由樹林形成的隧道，四面八方突然充滿沙沙作響的聲音，狹長又尖細的葉片，在永不停息的風中，一面互相碰撞一面竊竊私語；再聽得仔細一點，似乎就能聽出他們在說什麼：

那裡有活人正在走著，
這條路是死亡之路，怎麼會進來這裡？
爲什麼不回去他自己的世界？
我們全都是因爲死了才回不去那裡的……

這時，一陣強風呼地吹襲過來，把他們的悄悄話吹得老遠，周圍再次寂靜下來。接著，傳來雨滴咚咚的聲音；側耳傾聽，隱約聽到有如歌聲般的聲音，就像以前聽過的催眠曲一般低沉，可是內容並不相同。

不要睡著了，絕對不要，
因爲睡著後也沒有所謂的休息，
不要睡著了，永遠不要，
因爲睡著的瞬間，全部一切都會結束，
不要睡著了，直到你斷氣爲止，
因爲睡眠是要來吞噬你的怪物。

你還沒聽到睡眠要來抓你的腳步聲嗎？

達夫南並沒有甩頭不聽，反而更用心地把那歌曲全聽了進去；歌中的睡眠就是死亡。他希冀能永遠平靜安息的那個人，會不會還一直在另一段痛苦的旅程中，找尋著曾經與他並肩旅行的弟弟？

就在達夫南想到這些的剎那，歌曲的節奏又改變了。

辛苦的一天過去了，睡眠的時間還不來，
方才落下的流星，是因爲死去才落下的，
沒有人會去守護已然睡著的你，
會叫醒你的只有殘忍的腳爪，唯獨腳爪。

黑暗長夜還在繼續，早晨絕對不會來，
你啊，無論什麼事都無法忘懷，
在你額頭上親吻，讓你入眠的那一瞬間，
你就將永遠無法停止地作著噩夢。

達夫南忽然發出聲音回答說：

「沒錯，你們的話很對，所謂的休息是不存在的。」

歌唱的聲音停止了，達夫南再一次說：

「也沒有最終獨自一人的隱身處。」

歌聲已不再傳來，可是達夫南卻不由自主地流下淚水，爲什麼會傳來這樣的歌曲，自己比誰都心知肚明。

走到隧道盡頭，前方是片被夜晚露珠所沾濕的草坪，草坪之後，則聳立著好多巨大半球形、頂棚相連的紫色建築物，建築物前方有一條鋪著白色碎石子的路。

此時，之前不管達夫南說什麼都不曾回頭、只顧著往前走的尼基逖斯，轉過身來對達夫南說：

「那個地方我們稱之爲殿堂，進去以後，可以看見恩迪米溫和他的父親，但是最好不要對恩迪米溫表現出任何親近感。還有，如果恩迪米溫看起來不像站在你這邊，也自有他的道理，所以不要怪罪他。那裡還有很多大人，他們問你什麼，絕對不要說謊，因爲他們立刻就會知道。他們質問你是想知道你對眞相的態度，而不是他們不知道眞相。」

達夫南低下頭來看著尼基逖斯。雖說他看起來是大約只有十歲左右的小孩，擁有童稚的臉孔，卻是活了數百年的幽靈。達夫南伸出手說：

「謝了，我不會忘記你們的友誼的。」

尼基逖斯的臉上略露微笑，然後說：

「我也不會忘記和你一起的快樂時光，希望你會有好結果。」

說完，尼基逖斯便往回走，不一會兒就消失在霧氣中。

達夫南獨自走在碎石路上，然後進入那座紫色殿堂。一上階梯，一扇五公尺寬的厚重大門便自動開啓，等他進去之後又自動關上。

剛開始以為裡面什麼都沒有，仔細一看，原來因為內側牆壁就像鏡子般光滑閃亮，所以才沒立刻察覺到有些身體半透明的幽靈們。那些閃爍的牆壁占去了入口處的一半，而裡面則是比較不亮的石頭，形成好幾道拱形，延伸至遠處。眼前那牆壁好像被霧氣或什麼東西遮住了，根本就看不見。

正中央有圓形階梯圍成的下凹寬敞空間，布置了各式花色的大軟墊和繡花布所精製成的座墊，有很多幽靈自在地倚靠著墊子而坐，一邊聊著天。

達夫南一時之間有些手足無措，是不是就這樣進去，然後表明自己是誰？但他們看起來好像都忙著聊天。

還好，立刻就有一個幽靈發現他了。

「你是波里斯．貞奈曼嗎？」

有點奇怪，他們叫的竟是波里斯在奇瓦契司的名字，不過達夫南馬上就想起尼基逖斯的話，他們只不過想了解達夫南被他們質問時的態度。

「那是我以前的名字，我現在叫作達夫南。」

「而且你還有個名字叫霍拉坎。來，下來這裡坐。」

那地方有超過十餘名的幽靈，以非常隨意的姿勢坐著，甚至躺著；到底要擠在哪裡坐下才好，達夫南有點不知所措。他根本沒想到裡面會是這樣的地方。一時間他反倒寧願情況是像自己原先設想的那樣，自己一個人坐在審問石上，被幽靈圍著審問。

然而達夫南還是走過去，拿了一張小的座墊，坐了下去。坐定以後，他才有機會仔細觀察幽靈們的百態。

他們其中大約有五個看起來對達夫南比較關心，其他的則是一副隨便聽聽也好的樣子，自顧自地聊起天來。他們的談話中摻雜著達夫南聽不懂的語言；因爲這圓形的空間相當寬敞，所以對話不會混雜在一起，就好像是個到處有人談天說笑的茶會般。

其中有一位幽靈甚至還請達夫南喝飲料。他以達夫南聽得懂的語言說：

「喝吧，這對活人來說，味道並不算奇怪。」

達夫南想要接過杯子時，手又縮回來說：

「對不起，我是個多疑的人，所以現在還不能喝。」

忽然，原本正在看著其他地方的一個幽靈放聲大笑；或許是因爲屋頂很高的關係，那笑聲隨即變成嗡嗡迴盪、久久不散的回音。

那幽靈開口說：

「很好，活人難免多疑，人類會失去的東西之中，最好的就屬肉體，你還保有它，所以當然會害怕失去它。我要是活著的話，也是會害怕的。」

他的身形高大，仔細打量之後，發現是一副慈眉善目的好人模樣。不過還是像影子般，只不過擁有忽隱忽現的輪廓。

「感謝您的諒解。」

那之後有一段時間沒人和他講話。達夫南環視了一下四周，知道恩迪米溫並不在身邊，心情變得有些沉重，但仍不露聲色地大著膽子開口說話。因爲恩迪米溫的緣故，達夫南已經可以比較自在地面對幽靈。

「我知道各位是相當令人敬畏的人物，所以正緊張得直冒冷汗。我要向各位說的只有一件事，但聽說各位有很多事要告訴我；與其在恐懼中發抖，不如就直接恭聽各位的指教。」

有幾位幽靈們微微地轉頭，彼此露出疑惑的神情，然後又用達夫南聽不懂的語言交談起來。討論完了以後，其中一位向達夫南開口說：

「你，到這裡來和我們玩擲骰子。」

達夫南一時愣住了，爲何突然間又要玩擲骰子，不是說有話要說，所以叫我來嗎？

不知何時，一名身穿古代托加袍（toga）——像是縐縐白色床單——的幽靈，已拿出裝有骰子的皮革筒子，並倒出骰子。光亮的乳白色大理石地板上，五顆象牙骰子滾動的聲音清脆作響。

「擲一顆看看，要先決定先後順序。」

雖說連規則都不知道，但在難以拒絕的情況下，達夫南還是抓起一顆骰子，稍微適應一下手感厚實、觸感冰冷的六面骰子，噹啷一擲，出現二點。

「很好，那麼到這裡來。」

幽靈們依序擲骰子，參加者連達夫南一共有五個。達夫南對幽靈和自己都能拿起的骰子很是稱奇，因爲這地方的所有東西都是那樣透明，唯獨這神奇的骰子可以在彼此手中傳遞。

其他人所擲出的骰子點數，依序是三、六、三、四、一，而擲出一的人好像最先開始。於是，五個人鬆散地圍坐下來，那位白髮幽靈將五顆骰子聚集一塊，並放入皮革筒子內搖晃，這時旁邊一位幽靈半是斥責地說：

「你怎麼還是要靠那個筒子啊？有經過訓練的人，即使單用一隻手掌，也可以辦到才對啊。」

「俗話說：幸運會跟隨那個唯一使用皮革筒子的人，你連這都不曉得嗎？如果貪戀別人的幸運，骰子是會發脾氣的，開。」

他打開蓋子，出現的點數分別是二、二、三、四、六。他稍微嘀咕了一下就將出現二、三、四的骰子留下，剩下的再搖晃，結果出現二和五。那幽靈煞費苦心地再把出現二的那一顆搖晃了一下，出現的卻是五點。

「完蛋了。」

他從衣服裡掏出一枝白亮的粉筆，毫不猶豫地在大理石地板上寫著（二，三，四，五，五）＝十。接著，由下一個幽靈把骰子聚集起來再擲；和之前那一位一樣，可以擲三次來調整點數，最後得到（一，三，三，四，四）＝十五。然後，就輪到達夫南了。

在大陸的時候，賭博之類的事他都不曾有機會嘗試，雖然看了之前兩位的擲法，依舊無法了解他們是根據什麼來取捨，什麼是該留下，什麼是該重擲的骰子，可是如果要發問，好像又會有點尷尬，達夫南於是把眼睛閉起來擲骰子，出現的數字是（一，一，二，四，五）。在一旁沒有參與遊戲的一個幽靈評論道：

「那眞不是什麼好點數。」

達夫南正不知所措時，背後響起熟悉的聲音悄悄說道：

「出現一點的，只要拿一顆再擲一次。」

恩迪米溫不知何時出現在他身旁，在達夫南背後看著他擲的骰子。那些和他一起玩遊戲的老幽靈們一見到恩迪米溫，均微微地點頭示禮，而恩迪米溫也點頭回禮。

達夫南知道恩迪米溫來了以後，才放下了心中的石頭，依照恩迪米溫的指點，一擲出，結果一點變三點。旁邊的一個幽靈驚嘆地叫出：「喔！」

「竟然出現順點（Straight）！聽說骰子反倒特別寵愛那種不懂規則的手，看來這句話是眞的囉，你當然不會想再丟第三次吧？」

在旁的恩迪米溫掏出小小的粉筆，在達夫南前方的地板寫下（一，二，三，四，五）＝四十。可是，達夫南看了還是無法了解遊戲的計分規則。

其餘兩個人所擲出的最終結果各是（二，三，三，三，四）＝九，以及（一，二，二，三，三）＝十一，因此，得到四十點的達夫南第一局就算贏了。而在達夫南還搞不清楚狀況時，一起玩遊戲的幽靈們就看著他說：

「那，第一局算你贏了。說出來可能會令你驚訝，我們在決定要不要接受別人的要求時，最信賴這骰子的力量。或許你在你的世界裡看過這象牙骰子，但這和普通骰子有些不一樣。好了，既然如此，就先聽聽看你的問題吧。首先，你要記住兩點：我們都具有回答你任何問題的能力。還有，之後你不會再像現在這樣容易贏。先聽看看你的話，再繼續丟骰子吧。」

現在遊戲開始了，達夫南點點頭，慢慢整理自己的問題。

由於每贏一次才能發問一個問題，因此達夫南是在非常緊張的狀況下開始進行遊戲的。然而，初學者達夫南，果眞如幽靈所說，有奇妙的運氣跟隨，十四局玩下來，一共贏得四局。當然，他在第一局結束之後，便馬上發問有關藏書館事件的眞相，結果他得到比賀托勒告訴他的還要更精確的事件全貌，包括牽涉到的小孩名字，以及他們的一舉一動。

全部的遊戲都結束之後，達夫南於是問了第二個問題。他問道：如何使他們付出適當的代價。幽靈們簡單地回答說：「讓快要垂死的小孩再次甦醒過來。」

「要怎樣才能救活那孩子呢？活人的醫術目前還無法醫治，如果有救活那小孩的力量，千萬拜託幫忙一下。」

「救活快要死掉的人，不容易也不正確。」

達夫南因爲記得恩迪米溫說過有可能救活，所以並不輕易放棄。他就是爲了這目的，才甘願到這裡來接受審問冬霜劍的事。

「不容易和不可能是不同的，不是嗎？那小孩無辜地犧牲了自己的未來，如果各位是月島島民的祖先的話……」

說到這裡，達夫南發現自己說出了只是推測的話，因此停了下來。而幽靈們則互看了一眼，露出微笑，之後其中一名身穿綠色外衣的幽靈說：

「你說的話也不能說完全錯誤。繼續說下去。」

「所以……我是說……爲了誰也無法幫助的不幸少年，我祈求有奇蹟發生，而這件事對各位而言，不是不可能，也不困難，不是嗎？」

他不知道自己爲何會說得如此尖銳。剛到這地方時所下的決心，在進入「殿堂」的瞬間，就宛如過去式般光彩盡褪，視覺和聽覺都有如在夢中般昏亂，有時模糊，有時卻又像是連隱形之物也看得一清二楚。達夫南甩了甩頭，努力想要找回最初的堅定決心，於是斷然地說：

「我甚至想到，如果可以用他們的生命來換回歐伊吉司的話，我也會那樣做的。」

這句話是完全出自眞心。就在達夫南堅決發言的那一刻，他覺得圍在自己周圍的幽靈們似乎變得更爲透明。

「人類生命所存在的分量，從亡者的角度看，其實每個都沒有太大差異，最壞的惡棍和最厲害的英雄，也只不過是一支小茶匙程度的差別罷了。」

「但是世界上所有人類的價值卻是不一樣的，一支小茶匙若從茶壺的立場來看，重要性就不是那麼小。」

「好吧，就是原來的那句話，你的希望，在你們活人的世界，的確可以用『奇蹟』來形容，即使從亡者的立場來說很微乎其微，但是活人的世界發生的事，還是應該用你們世界的標準來衡量才對，是吧？那麼，如此重大的事又怎麼能輕易就實現呢？」

此時似乎變成自己被自己的理論絆住了，而在達夫南答不出話的這一刻，其他人也全都沉默著。

這時，一直不曾說話的恩迪米溫開口了，他說：

「請不要拐彎抹角，把活人叫到這個地方來，並不是爲了開玩笑吧。各位既然全部加起來已經贏得十次，現在輪到我們來聽他回答問題了。自從有月島存在以來，從未有人能夠這樣輕易地進入我們的世界。雖然我不知道原因，但我認爲各位應該知道他所攜帶的那把『劍』的眞相。」

想到進來之前尼基逖斯對他說的話，達夫南決定就乾脆照著恩迪米溫說的去做，恩迪米溫自有打算。

幽靈們似乎認同恩迪米溫所擁有的某種權威，立刻同意接著說：

「很好，依照我們殿下所說的，就來問十個問題。誰要先來發問？」

達夫南聽到「殿下」的稱呼，頓時呆了一下，不過還來不及問他，就已經聽到第一個問題：

「第一，你是怎麼得到那把劍的？」

最重要的是要誠實回答。尼基遜斯說的話又再度浮現，於是達夫南盡了最大的能力，用最簡略又坦誠的態度回答：

「我出身於大陸，在那裡，我的家族先祖們經過多次的爭鬥後奪得此劍，代代相傳，最後傳到我的手中。」

接著，達夫南前面的幽靈說：

「第二，你若是出身大陸，又為什麼會到這裡定居？」

「我的家族因為內鬥而覆滅，正當我孤苦伶仃時，遇見了月島的劍之祭司，對他產生了信任，並為了和他一起生活而來到月島。」

旁邊的幽靈接著繼續發問：

「第三，你因為那把劍，多次遭到危害，為什麼不遠離那把劍？」

達夫南稍稍露出微笑，因為只有這件事，奈武普利溫或者月島的其他祭司們，甚至是連伊索蕾，也不能違拗他的意思。

「這劍不僅是家族的劍……同時也是為了我才選擇死亡的哥哥最後所託付的劍。當時我年紀小，沒有能力為哥哥做什麼事，這把劍充滿對他的回憶，不管發生什麼事，都不能讓它離開我。」

「但是你不在意因為你的固執而讓自己陷入危險嗎？你哥哥不過是個死去的人，活著的你過度被他的陰影所束縛，不會覺得很不好嗎？」

這次達夫南眞的是眞心誠意地說：

「有些事會比生命更重要，而且也有人即使死去了也宛如沒死。」

「現在到了第五個問題。那麼，你知不知道你剛才說的那個哥哥如今仍在生死的邊緣飄忽徘徊？而且是因爲你留給他的那件白色寒雪甲的關係。這你知道嗎？」

達夫南眼睛睜大了，自己提到「即使死去也宛如沒死」，是指耶夫南即使已經死去，但在自己心中依然沒有死的意思，可是接著出現的這番話，卻實在是太令他意外了。

「不，不知道，那是什麼意思呢？所謂生死邊緣是……他沒辦法死去的意思嗎？那麼，哥哥現在在哪裡？他到底是處於什麼狀態！」

「你的疑問等一下再問，我們完全了解你對那件事全然不知，等一下會讓你發問。」

雖是這麼說，但他們爲了讓達夫南平息心中沸騰的情緒，還是稍微等了一下。達夫南頭垂著頭一直搖晃著，不知該如何是好，但是經過了一些時間，他發現幽靈們無法完全明白活人的苦惱，於是又抬起頭來看著他們。但是就在他這麼一看時，他們的身體又更加透明飄逸。

「第六個問題，你身爲一個外地人，知道月島人源自哪裡嗎？」

「不久前……聽說月島的祖先是由存在於滅亡之地（Mortal Land）的魔法王國卡納波里移民而來；在那之前，只是隱約猜測他們是從某個遙遠地方來的。」

「是嘛，但是卡納波里很久以前就已經滅亡消失了，在你看來，月島島民有沒有努力在尋回古代王國的榮耀？或者他們有沒有那種心意？」

達夫南搖著頭說：

「除了極少數之外，其他人完全不知道自己的過去。月島島民只是自稱巡禮者，對於古代王國的事幾乎都遺忘了。」

「那麼，你自己是不是也無心去找回古代王國的榮耀？你既然決心成爲月島島民，爲何不能那樣做？」

達夫南無法輕易答覆，不禁猶豫起來，這個問題和傑洛要他做的幾乎一樣。

他自問那時無法接受傑洛的請託、不能承諾成爲一個從根本改變月島的祭司，是爲了什麼理由？有太多藉口可以搪塞，但最根本的原因，是自己無法承受那麼重大的責任。他一直都只想做個暗自緬懷死者的隱遁者，怎麼可能去做一個改革社會的鬥士？

在安諾瑪瑞王國認識的蘭吉艾．羅傑克蘭茨，也許就很適合這種事。但是達夫南與蘭吉艾不同，達夫南在自己的私事中製造了太多心理上的債，而且不知道要如何處理這些心理上的負擔。同樣是經歷過極端的悲劇，蘭吉艾就能從心理根本下手，把悲劇封鎖，爲了追求新的理想，可以將以前的感情壓抑住，不留下任何痕跡。

相反地，達夫南凡感受到一次深刻的情感，就都無法抹滅、無法壓抑，也無法拋棄，對達夫南來說，再怎麼重大的理想，也比不過對鍾愛的一、兩人的感情。

「雖然不是確定的答覆……但我大概是做不到。不管是我的意志或能力都太不足夠，無法同時爲了兩種價值而活，對於期待那樣的人……我個人也感到非常抱歉。」

這時候，達夫南想起已經失明的傑洛，他的未來就像無盡的長夜一般漆黑，但自己竟然連他一生的願望都沒辦法幫他實現，達夫南深深遺憾。

「是嗎？那第九個問題再問你有關劍的事，你因爲去年發生的事件，知道了很多這把劍的歷史，你不怕這把劍嗎？被這把劍控制住，和那種無法生也無法死、永遠受著苦痛煎熬的靈魂們一樣，你不害怕嗎？如果你並不害怕，那麼是何種原因讓你如此有自信呢？」

達夫南苦思一陣之後，回答說：

「事實……坦白告訴各位也無妨，我對自己並不是那麼有自信。我經常欺騙自己，而且也常常犯錯。當然，我也沒有特別強大的意志或力量，更沒有比較有智慧或者知識豐富。不過，我會對那把劍有自信，是因爲……當然就是憑藉著一股蠻勇。也就是說，是因爲我周圍的人在擔心我的緣故。」

「那是什麼意思，再多解釋一下。」

達夫南猶豫了一下，回答說：

「不管是誰說什麼，我都不會丟掉這把劍的；我很清楚，那些擔心我的人對我勸說也是沒用的。反正我不會去改變這決定，所以我才想盡量讓他們覺得稍微安心一點。至少我希望，萬一不幸的事情發生了，也最好只影響到我一個人。我討厭我所喜愛、珍惜的人們，因爲我而受到任何一點波及。因此，我裝作可以獨自肩負所有責任，一點也不畏懼，而且什麼方法都知道的樣子……所以才會那樣說大話的。」

達夫南把話說完，臉上露出無可奈何的笑容，旋即又消失。這是自己在對冬霜劍下了決心之後，第一次吐露眞心話。其實，達夫南依然害怕著冬霜劍的力量，而且還擔憂那把劍會對奈武普利溫或伊索蕾，或月島島民們帶來影響，至於顯現給奈武普利溫看的自信心，其實只是希望可以讓他放心。

幽靈們互相對望著，其中一、兩位點了點頭。

「現在問你最後一個問題，就如同你說的，那把劍依舊會對你周圍的人們造成潛在的威脅；那麼，爲了除去那樣的威脅，你有沒有想過自己離開？」

達夫南靜靜地直視著其中一位幽靈的眼睛，然後說：

「您的意思是要我放棄巡禮者的路，回去大陸嗎？」

「和你說的意思有些不同，我是指，萬一有個地方可以得知那把劍的力量，或許在那裡可以找到抑制那把劍的方法。更進一步說，可以去那把劍的鑄造者所在的地方，即使辛苦，你是不是也會選擇去冒那樣的險？」

達夫南的表情還是一樣僵硬。

「您的意思是，有人……鑄造了這把劍？這是人類……所鑄造出來的劍嗎？」

幽靈略聳了一下肩，回答說：

「實情和你說的意思有些不同，因爲問題在於是否應該把他當作人類，還是看作活著的生命體。不管怎樣，你就針對問題回答吧。」

「當然……非去不可，哪裡還有拒絕的理由？不管有什麼危險，也會欣然以赴。如果您知道那地方，拜託請告訴我。」

所有的發問結束，但達夫南卻因爲剛才聽到的話而更加心亂。幽靈們將四散的骰子集中，剛剛拿出皮革筒子的幽靈說話了。

「經過這次問答，我們對你的為人也比較了解了，你還剩下兩個問題可以發問，審慎地考慮之後說吧。」

其實達夫南已經決定好兩個問題的其中一個，他勉強壓抑心中沸騰的情感，發問說：

「剛剛提到有關我的哥哥……他現在是什麼狀況？他分明已經死了，我親眼看到的，那麼他現在是不是變成幽靈，如果不是的話，難道又復活了嗎？」

「哪一邊都不是，他被白色寒雪甲的力量和自己的思念困住，無法變成完全的幽靈，又無法變回活著的身體。他現在的狀態就如你所說，處於生死邊緣，就像你幾天前在你的世界和我們的世界之間遊蕩一樣。而他的思念，不是別的，正是對你的執著，而且你離開以後，又發生了一件事。」

幽靈們略略退後一點坐下，在他們與達夫南之間騰出了很大的空間，空蕩蕩的地板中央出現銀色光點，慢慢地左右搖曳，然後開始擴大範圍，好像融化的水銀一般閃閃發光，瞬間蔓延成一面很大的鏡子，但那不是靜止不動的鏡子，而是如泉水般，不斷從內部湧現並冒出漣漪。

「仔細瞧。」

達夫南探頭往內仔細瞧，忽然就像丟入小石頭般，中央生起很大的漣漪，並不斷地向外擴展，如水銀般濃稠流動的泉水，倏地變成清澈的水。

當表面變得像鏡子般光光亮亮，同時映照出清晰風景時，達夫南失神似地探頭細看。他的喉嚨已經哽住了，那地方是奇瓦契司，是寒冬風吹的荒地，是和耶夫南永遠分離時的草原。

那地方和偶爾在夢境中所見到的有點不同，原以為經過那麼長的光陰，總不會一點變化也沒有，但是一會兒之後，那地方出現了陌生的馬車和馬群；一看不對，達夫南的心便開始發狂似地猛烈蹦跳，而當似曾相識的臉孔出現時，他的臉頓時因驚愕而發青。那不正是培諾爾伯爵！

「怎麼會……怎麼會那樣……」

不久後，草原幻化成夜晚的景象，來歷不明的影子群穿越草原；不久，他們來到埋葬耶夫南的地方，帶著圓鍬之類的工具，開始向下大肆挖掘起來。

「……」

一旁，恩迪米溫看著達夫南憤怒到連話都說不出口的樣子，想起好久以前，他曾經打破記憶的珠子，讓達夫南看到和耶夫南在一起的遺忘回憶。一直以來維持內心平靜的幽靈恩迪米溫，卻在這一瞬間感應到達夫南的憤怒，因而驚愕不已。

不久後，映像中出現的歹徒們幾乎把墳墓都挖翻了，其中一名看起來像是女子的人跳入墳墓中。達夫南連自己的兩頰已經掛上淚水都不自覺，只見他用力緊握拳頭，握到指甲深深陷入手掌中，幾近要把手掌戳破。

映像轉到墳墓裡，達夫南不自主地將身子往前傾倒，好看得更仔細一點。在那裡面有著……達夫南連作夢都無法忘懷的人，就好像活人般，眼睛輕輕閤著……

但是那東西立刻就如夢一般粉碎成末。

是幻覺……嗎？

女子高聲大喊的聲音傳到達夫南的耳裡，這時，他才知道那女子的來歷，她是很久以前曾讓耶夫南和他嚐到世間苦味的女傭兵亞妮卡．高斯。正當達夫南猜測那女子是充當培諾爾伯爵前鋒探子的角色時，映像中的黑夜就突然有如暴風來襲前般開始搖晃。

對達夫南來說，接著發生的事他寧願沒有看到還比較好；挖掘墳墓的人們一個個仆倒在地，亞妮卡也是，其他男子也都拚命想逃，但卻被像看不見的手全數殺害。因爲是晚上，所以看不見凶手的模樣，也不了解確實的情況，但是答案已經明顯地浮現在達夫南心裡。

原以爲哥哥已經選擇了永遠安息，沒想到卻變成他絕對不想看到的悽慘模樣，孤寂地留在那片土地上。因爲他留下的寒雪甲，造成哥哥陷入那種怨念中。哥哥若是見到達夫南，會不會用不同於對待掘墓者的方式對待他……然而，正如同恩迪米溫曾經說過的，被一大堆怨恨纏住的幽靈，是認不得任何人的！

映像變得模糊，到了再也看不見什麼的地步。這時，達夫南反倒是用驚人的沉穩語調問說：

「要怎麼做，才能讓我哥哥安息?不管是如何艱鉅的條件，沒關係，請盡量告訴我。」

達夫南一面用那樣冷靜的語氣說話，一面在心中暗暗斥罵自己，怎麼讓哥哥處在那麼痛苦的狀態，而自己卻連作夢也沒想到過。

「答案和前面那個相同，去尋找那把劍的鑄造者，在那裡有所有答案。在你能解開劍與寒雪甲之祕的那一剎那，你的哥哥就得以安息。」

現在，要去那個地方的理由又增加了一項。達夫南點頭表示謝意。一名幽靈靜靜地觀察他的反應之後，說道：

「那麼，現在就開始來告訴你，該去的地方在哪裡。你若眞的有心要去，就好好看著。」

達夫南探頭去看那個又開始顯現出影像的水銀泉水。

最先看到的是某座高聳城堡的頂端。

尖塔最高點插有一面黑底旗幟，隨風飄揚，旗子中央畫有達夫南從未在任何國家看過的徽誌，那是一頭飛展著四隻翅膀的猛獸，這頭老虎模樣猛獸的身上除了黑色斑紋，其餘全都是金色毛髮。

漸漸地，其他事物也映入了眼簾，終於看清楚那尖塔其實是城堡的一部分，而那城堡與達夫南現在所處的地方一樣，都建有多個圓形屋頂。砌造建築物的白色石塊，一塊塊均非常巨大，大到會懷疑以人類的力量如何來搬運的程度。

視野一拉長，剛才看到的城堡迅速變遠，然後消失在很多其他的建築物之間。光彩明媚的青空下，超過十層樓以上的尖塔和房子櫛比鱗次，一座非常壯麗的都市出現在達夫南眼前。都市中的建築物大都是採圓頂（dome）或是三角形斗拱的屋頂，屋頂之下的柱子或壁龕，鑲滿美麗的花紋、繪畫及雕塑，建物基座與階梯等都是用巨大的石頭砌成，予人一種氣勢磅礴的暢快。主要的建材是石材，其中又以白石和青石最多，甚至也有少部分像是灑上一些銀色粉末般閃閃發亮的深藍色石。

比較特殊的地方是，如此高大的建築物頂端或尖塔中間，大多有著為方便讓鳥類休息而設計的圓形露台，還有一些建築物在人類應該用不著的高聳位置上設有圓弧形入口，感覺像是要給龐大的生物飛翔出發時使用。

西邊突出的四方塔，屋頂上布置了庭園，內部附設有好多處像香菇形狀隆起的小庭園，帶給人既獨特又不安定的美感。其他建築物的頂端燃燒著樣式固定、大小相同的火炬，火炬上方偶爾有不知名的生物身影忽隱忽現。

利用石材、木材和白色繩索做成的橋，連結穿梭在許多建築物之間，街頭巷尾到處都有橋的影子。那些空中通道更是巧奪天工得令人驚嘆，雖說是用石材建成的，有些竟還出現呈螺旋狀旋轉的複雜曲線，更有些轉了好幾圈。在高達幾十公尺的建築物之間到處連結的空中通道，設計之精巧，令人聯想到某種精神層面的價值。幾隻白鳥像裝飾的雕塑般，在橋墩頂端疏落地站著，垂下頭來看著街道。

從建築物之間精巧延伸而出的放射狀寬闊道路，同樣令人印象深刻。這完善的道路網，甚至連現今大陸的任何都市也都無法具備；但在這裡，卻持續連接到都市區外，直到地平線盡頭才消失不見。圍繞著都市的青石城牆，不僅在高度與規模上都非常壯觀，最令人驚嘆的還是位於可供哨兵巡邏的城垛道路左右兩方，上面的猛獸頭顱雕像，不只是巨型的藝術品，甚至不時還會動一動，也會互相對話，無聊時還會打哈欠。

不久後，達夫南在某幢建築物後面，看到一座像是超大噴水池的東西，正噴出一道水柱。如果那是真的噴水水柱，高度肯定最少也有三十公尺。

最後，當達夫南發現更遠處彷彿有面閃閃發光的圓形巨鏡時，影像再次變暗，旁邊傳來幽靈的聲音：

「這是古代卡納波里王國的首都——亞勒卡迪亞，曾經有多達十萬人口居住在那都市。」

「像魔法般消失的魔法都市……那地方的房屋和街道，全是靠魔法建造的吧。」

泉水內再度變明亮，這次達夫南經由一隻小家禽的逃亡，看到一條無盡延伸的沙塵色走廊，左右立著的柱子，發出似在耳際迴響的風聲……走廊盡頭連接著優雅的庭園，庭園的中央有座又小又老的古井。

可是，視線卻達不到古井前面。之後，古井中發生爆炸，光束直直射入雲端。還來不及思考到底發生什麼事的時候，周圍已經變成什麼也看不見的白色。

「那是連賢者們探頭看了，也很難把持住自己的『老人之井』，在那裡，有一條通往不知名世界的路。基本上，魔法師們的好奇心都很重。吉提西一度曾經是國王，從王位退下來之後，不僅成爲新王的首席資政，又身兼魔法師會議的首長，是亞卡岱米的最偉大賢者，而他的名字原意正好就是『呼喚』。古井那邊向他招手，使他著迷於那世界強烈的吸引力而不能自拔，著魔似地介入那邊世界的事好幾年，最後竟然犯下了將自己的靈魂借給那邊世界的失誤。他一配上那世界的武具，就再也不是魔法師吉提西，而變成不折不扣的異界怪物。」

「結果只有召來毀滅。從老人之井跑出數不清的怪物，牠們的世界是力量，純粹只有力量的世界啊，那過剩的力量用災難籠罩了曾經平安又美麗的卡納波里。」

泉水又再度開始呈現影像，可是這次達夫南卻無法輕易看出那到底是什麼，就如同這裡的大理石般，帶著白光薄膜，將一切遮掩住。往更高處，則是再度出現藍天，天空裡布滿數百艘飛船！

「吉提西的姪女同時是國王的長女，有著碧藍色眼睛的艾波珍妮絲，就如同她的名字『高貴』之意般犧牲自我。而且不只是她犧牲而已，在艾波珍妮絲殺掉已變身爲怪物的吉提西後，同屬於『眞理之圓桌』的魔法師們追隨她，將力量集合起來，想要孤立那座已被力量所污染、包圍的亞勒卡迪亞城，並加以毀滅。於是，當時卡納波里各地的魔法師們不論能力高低，都成群結隊地來到亞勒卡迪亞。在他們當中，有一名從七歲開始就以天才魔法師聞名的年輕人艾匹比歐諾——他的名字意味著『活存』，但不知他是否眞的倖存下來了。另外，其中還有一位是隱居賢者卡特雷伯提斯，他老早就在等待死亡日子來臨。他們全都希望犧牲自己能保護留下來的人們。」

「他們的希望有被接受嗎？雖然艾波珍妮絲向來以賢明著稱，然而不知是否因爲眼前的巨大慘劇而失去鎭定，她下了一個很大的誤判，以爲那些集合起來的魔法師們愈是慷慨激昂，她所計畫的魔法就愈容易成功。於是乎已經集結的全部魔法師們，聚集於那座可以一眼望盡亞勒卡迪亞的『清晨塔』思梅勒羅，並將所有人的力量結合起來。」

「他們不管魔法是會成功或失敗，反正已抱著將死的決心，因此也別無所求。但即使是面臨那種狀況，魔法師還是魔法師，往往對最佳方案不會有一致的看法。因爲所謂的魔法師，本是不在乎個人利害，反倒把自尊心看得比什麼都重要。看著討論還沒有結論，趁著異界的力量還沒污染到亞勒卡迪亞外面的大地，造成更嚴重的傷害，艾波珍妮絲決心要按照原計畫，強制執行魔力的開放。於是，施展了卡納波里最最神聖的魔法——『消滅之祈願』。」

「不知道是誰的錯，也不知是哪裡做錯了，反正魔法徹底失敗了，不僅是艾波珍妮絲及無數的魔法師們壯烈犧牲，還讓充斥在亞勒卡迪亞的惡靈黨羽之力，衝向全卡納波里，猛然擴散開來。」

「另外，也算是魔法奏效，雖然黑暗力量幾乎將卡納波里完全消滅，但是當要超過界線的那一瞬間，忽然被不知名的力量給強力抑制下來。因此，即使犧牲了全卡納波里，也實現了他們要消滅異界力量的祈願。」

泉水中映現的是船隊把藍色天空當成海洋滑行飛出去的景象，雲朵與風兒掠過摺疊收合的船帆，船隊向更遠的天際飛去，在視線中漸漸消失。

「由於『消滅之祈願』可能會失敗，因此魔法師們一開始就組織好移民團隊，動員了當時所有的飛船，並將挑好的人選送進飛船裡。艾波珍妮絲的弟弟提西亞宙，以王位繼承者身分肩負著重責，要帶領移民前往那據說存在於遙遠地方的某個大陸。但是，離開卡納波里、剛看見北邊海岸的那天，提西亞宙就如同他的名字含意『祭品』一般，墜落於茫茫大海之中，那也許是捨棄身陷災難的姊姊與父母，獨活下來的提西亞宙所該付出的合理代價吧。」

達夫南驀然感到其中的不尋常，不禁發問：

「爲什麼選擇讓不是國王，而只是王位繼承者離開呢？」

答案眞的是再簡單不過了。

「所謂的國王，在自身的百姓遭遇到有史以來最大的危機時，是不可以選擇獨活而離開這塊土地的。所謂的國王，本來就肩負了應該爲百姓們而死的使命。從這個角度來看，提西亞宙也同樣以死來完成自身的使命。」

國王爲了百姓而自我犧牲……不對，或許原本一開始，國王代表的就是那樣的含意。如果並非血統繼任，而是經由百姓們推舉的國王，就理所當然應該那樣做，不是嗎？

蘭吉艾曾經推崇的共和國，是否就是那種性質的……

「提西亞宙所乘坐的那艘最大的飛船一沉沒，其他船隻也因沒有接收到該供給的燃料，而接連沉入大海。其實，爲了應付那種突發狀況，每艘飛船都特別造成可以航海的構造，然而，因爲卡納波里是內陸國家，加上又擁有飛船這種交通工具，因此幾乎所有人都沒有實際的航海技巧。於是，本來預定前往海外大陸的計畫失敗了，能僥倖抵達這島的，僅只一艘船而已，而那艘船上所搭載的，就是月島島民的祖先們……還有我們這些已成幽靈者。」

達夫南驚慌地盯著他們看，從沒聽說過幽靈坐船移居過來的事。

「那塊土地所謂的污染……難道連死去的靈魂也無法忍受，是那樣的嗎？」

「不是，那地方現在也還有幽靈，是那些在災難發生時失去生命的人，和我們這些在災難之前就已經死掉的略有不同。他們的靈魂現在還無法淨化，失去意識地陷於循環反覆的殺戮之中……也許是因爲『消滅之祈願』的魔法不完全的關係。」

「要你完全了解卡納波里的生命體是很難的。卡納波里從以前開始，就有眾多的幽靈和活著的人類一起共存，新的亡者大都會選擇長眠，但也有少數像我們一樣以幽靈身分展開另一段新人生。卡納波里的活人對我們的存在一點也不覺得奇怪，有時也會來請示，雖然這種人很少，但也算是很合得來的。從那時候起，幽靈們便在這異空間中，建造出與先前類似的居住地，過著永無止盡的生活。還有更奇怪的，也許你已感覺到，幽靈無法在完全沒有人類的地方生存，幽靈們爲了要把持住自我，不能不一直去觀察周圍人類的居住地與他們的生活，然後再去思索。幽靈們要是在沒有人類的地方孤立生活，沒有多久，就會遺忘掉自己生前的記憶或者自我，變成怪物，或是與僅有能量的存在體沒兩樣，所以我們跟著卡納波里的倖存者來到這裡，也因此才會對月島的歷史這麼清楚。」

「那麼說的話，各位會多久……喔，是不是就永遠這樣生活下去？」

「放棄幽靈的生活而選擇休息的人，會透過某種神祕力量的安排，再次輪迴出生——只有極少數例外，在那期間所累積的記憶、知識，以及智慧，全部都會遺忘。幽靈害怕那樣，一旦成爲幽靈，便無法輕易選擇休息。我們的國王陛下，他老人家就是幾千年以來都以現在這種神祕狀態存在了。他在生前也是位國王，不過我們是在死後才有機會謁見他；雖然我們無法確定，但說不定他是卡納波里的第一位國王吧。不管怎麼樣，因爲經過了如此漫長的歲月，我們很害怕遺忘過去的事，不過短短數十載人生的人類，也會因記憶喪失而極度不安，要是幽靈遭遇到那種事，一定會更痛苦。擁有上千年的過去與數不清的繁多記憶，要是全數忘掉再回到白紙似的孩童狀態，要教我們如何不心生恐懼啊。」

達夫南不得不點點頭，同時知道他們生前不是偉大的魔法師就是賢者，愈是厲害的人愈是強烈珍惜自身的生命；他們死了以後不選擇休息，反而開始一段新的人生，正是因爲執著於自己生前那段用心活過的生命。

幽靈們停止對話，眼前的泉水又如普通泉水般，持續不斷地泛起圓形漣漪。達夫南心中暗想，他們爲何要把那種像傳說般的事說給自己聽。有幸聽到這些故事，雖說讓自己對於卡納波里被刻意隱藏的歷史又了解更多，但除此之外，顯然幽靈們還另有用意。

而且顯然是與達夫南有關係的事，可能也……與冬霜劍有關吧，幽靈們也不希望月島滅亡，那麼，當然對冬霜劍的存在也不得不敏感了，不是嗎？

加上他們剛剛又問過自己是否願意去尋找冬霜劍鑄造者……

「你們把很多事呈現給我看，我非常感激，但是爲何把那些事情告訴我，恕我實在無法明白，難道鑄造這把劍的是卡納波里的鐵匠嗎？」

「不是，如果是卡納波里的東西，我們哪會不知道它的力量與用途啊，你的劍不屬於卡納波里，而是『滅亡之地』的東西。」

「滅亡之地，不就曾是卡納波里所在的地方嗎？」

「就如同你所說，滅亡之地位於在卡納波里『曾經存在的』地方，你的劍是在卡納波里變成滅亡之地後才到那裡的。令人驚訝的是——雖然這麼說不怎麼完整——但這東西是在淨化卡納波里全區時，突破艾波珍妮絲已經施展成功的祈願封印，從古井中首先被拿出來的東西。」

達夫南聽到這想也沒想過的事，激動萬分，不禁大喊出來：

「這麼說……這把劍真的……是說這把冬霜劍和滅亡卡納波里的力量同一根源的意思？」

幽靈們全都微微搖頭，他們的模樣就像是在夢境中的預言者們，令達夫南打了個寒噤。

「我們無從知曉那把劍的根源，對它的用途也畏懼存疑，『老人之井』不僅可以通往一個世界，不知道那把劍是從吉提西曾經進去過的那個世界來的，還是其他世界的東西。不過，劍的來源其實並不是那麼重要，反倒該考慮，是不是應該去調查那把劍的力量眞相，它是否有比滅亡古代卡納波里更加可怕的力量呢？那把劍的鑄造者位於幾個世界的交界處上，你可以去找他，並請教一切相關的事情。」

「那麼鑄劍者到底是誰？又位在何方？各位知道，對不對？」

這時，恩迪米溫終於開口說話了：

「我們只是猜測而已。『老人之井』記憶著所有相連世界的事，所以，你只要帶著劍前往老人之井，就可以得知這把劍是從哪裡來的、鑄劍者又在何方，以及這把劍曾在的世界又是在哪個角落。」

達夫南轉頭看著恩迪米溫，然後說：

「我已經充分了解這把劍是經過了怎樣的世界而來的。曾經擁有冬霜劍的人們，無一人可以戰勝自己，全部都自我毀滅了。由於有那麼多人被摧毀，因此某個世界的賢者們，故意將這把劍丟棄到這個地方。我曾經在這把劍的記憶中見到他們，甚至和那些賢者談過話。」

「這麼說來，你更應該去那裡。一切事物均有其本源，應該要找到源頭，你才可能避免和那把劍以前的主人們一樣自我毀滅啊。」

達夫南抬起頭來仰望著天花板，陷入一陣思考。依據月島的規定，即使成了正式的巡禮者，也不能隨意進出大陸；然則，要是將這一切事情稟報戴斯弗伊娜祭司，請求她幫忙的話，至少她會給他一條方便的路，不是嗎？況且她也為了這把劍的力量煩惱了好久，應該會很樂意幫助他。

但是自己重返大陸後，能夠逃過眾多追捕者，並守住內心的平靜嗎？

「那全在你的抉擇，相信你為了自己與月島的未來，會做出正確的決定。」

這時，另外一位幽靈冒出來說：

「就算你不採取行動，也一定會自我毀滅，倒不如……」

內心已有所決定的達夫南，抬起頭來環視周圍，想著若是去滅亡之地的話，那地方的風景應與這裡很相似吧——飄逸在左右柱子之間的乳白色帷幔；重疊參差延伸至遠處的拱形樹林；泛起青色珍珠光彩的大理石上方，散落的小紫花、柳橙、山草莓、老樹皮色澤的座墊和金色的醇酒，以及用銀線繡成的裝飾用羊毛毯。這建築物的模樣，比達夫南曾經見識過的都還要令人印象深刻，而它曾經存在於卡納波里嗎？

現在在這裡留著長髯，穿著飄逸衣衫，神仙般安坐的幽靈們，也只有著像果凍般半透明的身子。他們若是古卡納波里人的影子，那麼此地就是曾經存在於那塊土地上的優雅文明的影子了。

達夫南站起身，向幽靈們深深地彎腰鞠躬，然後說：

「我明白了，剛才告訴我的所有寶貴忠告，我一定會銘記在心，可是在帶著那些話語回去之前，請再回到最初談論的話題，難道眞的沒有辦法救活那小小少年嗎？」

這時，恩迪米溫輕輕站起來，向著眾幽靈與達夫南說：

「父親駕臨。」

眾幽靈全部從座位上起身，而達夫南則轉過身子，有點意外走進來的幽靈竟是約莫四十歲的模樣。不，如果說是恩迪米溫的父親，這種歲數應該算是差不多的，只不過在這地方見到的大人幽靈們，全都是六、七十歲的老人模樣。

身穿紫色衣裳，頭戴精緻冠冕的他，向周圍一一回禮之後說：

「都坐下，提出棘手要求的少年也坐下。」

他的聲音，雖然低沉卻又能像孩童般咬字清晰，彷彿是對所有事都通盤明瞭的賢者之音，同時又有著知無不言的親切感。太奇妙了，怎麼這些相互衝突的特質會集結在一個人的聲音裡呢？

這位想必就是方才幽靈們所提到的國王，達夫南暗自心想，或許是因爲他觀察世事觀察了幾千年，才會變得如此。他一面如此說服自己，一面還是繼續側著頭思考。

神祕的聲音繼續傳來：

「要答應你的請求眞是不容易啊，我通常不會輕易拒絕不自私的請求，只是你的請求相當棘手。要叫醒生病的人或睡著的人並不難，要叫醒已經死去的人也是有可能，可是後者的情況卻大大違背了全能的『死亡』深義；那太陽轉來轉去，哪一天會轉向誰，是任誰也不知道的事啊。」

和其他幽靈發言時不同，達夫南感到一股奇妙的威嚴，但還是開口說：

「歐伊吉司……還沒有死耶。」

「並非如此，你所要救活的小孩，在我看來已經進入死亡的命運。」

從幽靈的口中聽到絕望的話，雖然讓達夫南心頓時猛烈跳起來，但不管怎樣，一定要堅持到最後。於是在心裡打定了主意之後，他說：

「您的意思是說，連這個地方擁有最大能力的陛下您也無法喚醒一個小孩嗎？」

那達夫南這樣一說，那位幽靈的表情放鬆了，而且還笑了出來。在一旁的恩迪米溫，透明的臉頰也泛起紅暈，悄悄地說：

「這位不是陛下，陛下是連我們也不容易謁見的，這位是我父親，只是『攝政王』而已，所以應該稱呼『殿下』才對。」

達夫南也同樣臉紅地向攝政王說：

「請原諒我的無禮，但是我絕不會輕易放棄我的目的，需要償付的代價由我來代替償還，不可以嗎？」

恩迪米溫的頭微微搖了搖，眾幽靈們依舊默默無語，只是站著看著達夫南。

達夫南繼續絞盡腦汁，終於想到了一個主意，而這個想法也正可以看出他「只要有可能性就要試看看」的決心，反正無論是苦苦哀求或是交換條件，都已經行不通了。

達夫南看著攝政王，大膽地提議說：

「剛才我聽說，這裡在決定要不要接受請求時，最信賴這骰子的力量。所以，我向殿下提議玩擲骰子的遊戲，如果我勝利了，請救回那孩子的性命；如果我輸了，那麼不管是什麼事，就請殿下命令我去做吧。」

背後的幽靈們低聲地竊竊私語起來，達夫南一點也不受動搖，直視著攝政王的眼睛，而攝政王也正端詳著達夫南的眼睛。過了一段時間，攝政王突然發出輕鬆的笑聲說：

「真的希望那樣啊，好，這主意也不錯。事實上，死去的人非常喜愛玩擲骰子遊戲，所以我要是因爲擲骰子輸給你而答應你的願望，也許不會生什麼氣吧，但這次不能只是玩簡單的遊戲，這樣你還要試嗎？」

沒有選擇的餘地，達夫南點了點頭。

□

遊戲進行了一段時間，現在，達夫南與攝政王各自只剩下兩欄的機會。

幽靈們稱爲「追擊者（Chaser）」的骰子遊戲，應該是卡納波里非常受歡迎的遊戲，規則很有意思。擲骰子得到點數的方法和之前的遊戲相同，可是因爲達夫南不懂，所以幽靈們便一一寫下來教他。

一、五同花（Chase off）：五顆骰子全是同一點數（五十分）

二、順點（Straight）：由一、二、三、四、五所排列的點數（四十分）
三、次順點（Even Straight）：由二、三、四、五、六所排列的點數（三十分）
四、四同（Four Dice）：四顆骰子同一點數（分數是全部所擲的和）
五、福爾豪斯（Full House）：三顆骰子同一點數，其餘的兩顆骰子同一點數（分數是全部所擲的和）
六、兩對（Choice）：兩顆骰子同一點數，另外兩顆骰子又同一點數（分數是全部所擲的和）
七、六豆（Six Beans）：只有出現點數六的計分（最少零分，最高三十分）
八、五豆（Five Beans）：只有出現點數五的計分（最少零分，最高二十五分）
九、四豆（Four Beans）：只有出現點數四的計分（最少零分，最高二十分）
十、三豆（Three Beans）：只有出現點數三的計分（最少零分，最高十五分）
十一、二豆（Two Beans）：只有出現點數二的計分（最少零分，最高十分）
十二、一豆（Aces）：只有出現點數一的計分（最少零分，最高五分）

回到遊戲上，就是擲骰子十二次，總點數算起來最多的一方獲勝，所以，會在地板上畫上十二個欄位，在每個欄位記錄自己每回所擲出的骰子點數。不過，並非依順序填寫點數，出現五同花時寫在第一欄位，出現順點才可以寫在第二欄位上，一旦分數已經寫上的欄位，即使以後再有更高點數的排列出現，也不能更改，因此，每次要填寫點數時，一定要非常慎重。

然而，骰子點數決定以後，也可能符合條件、可以填入的欄位不只一個。舉例來說，（一、一、

一、二、二）出現時，雖說可以在第五欄位上填寫點數，但那樣算來不過是（一＋一＋二＋二）＝七點而已，考慮到以後有可能出現福爾豪斯等更高的點數，若現在就用掉欄位，稍嫌可惜；因爲各有兩個一點和二點，所以也可以填入兩對的欄位，甚至可用有三個一點來計算，在一豆的欄位上填入三點，不過要是事先沒有好好計畫，有可能玩到最後希望的排列一直不出現，本來可以填上比較高點數的欄位只能淒慘地填上零分。

因爲沒有出現該點數的排列，而又不得不填寫欄位，六豆和一豆都有可能出現零分。像一豆，因爲最高分也不過五分，若期望以後出現更高點數而保留其他欄位的話，即使沒有出現一點，也是可以在一豆的欄位上填入零分，放棄這一欄。

遊戲用這種方式進行到接近尾聲時，剩下的欄位也已不多，正展開所謂鉤心鬥角的短兵相交。現在達夫南還留下的是五同花和四同，剛才出現五個五點時，達夫南心想若使用在五同花上，只有二十五分，太可惜了，於是大膽地填入五豆欄位，但這可眞是大大失策。到現在爲止，達夫南的總分是一百五十一分，對一個初學者來說，可說是非常不錯的分數。

相反地，攝政王只剩下比較容易擲出來的兩對和三豆欄位，總分是二百〇二分。最後兩次機會中，達夫南若擲不出剩餘欄位的排列，那個欄位就只能填上零分，所以達夫南處於絕對的劣勢。

攝政王說話了：

「從現在開始，即使我擲不出一點，你最少也要成功地擲出一次五同花才行喔。」

達夫南苦笑地回答說：

「即使擲出了五同花，而三豆得到零分的話，仍然是一分之差，結果還是會輸掉。」

攝政王先丟骰子，只調整了一次，便輕而易舉地擲出（一，二，二，四，四）＝十三的兩對，現在，攝政王的分數高達二百一十五分。

輪到達夫南丟出骰子，出現（一，二，三，三，六），達夫南大膽地留下六點一顆，其餘四顆骰子再丟一次，令人驚訝的是，竟湊成了（三，三，三，三，六）。

圍觀幽靈哇地發出驚嘆，嘀咕說：「怎麼這麼容易出現四同。」

可是達夫南只是注視著骰子，沉浸在思考中，然後在嘴中像祈願似地，小小聲地喃喃自語，他該不會想重擲四顆出現三點的骰子吧？

嘁唰唰。

大理石地板上四散的骰子，令人驚歎不已地全部出現六點，連恩迪米溫都發出驚嘆。攝政王笑笑說：

「呵呵，這樣嚇人啊，看來我不用點心是不行了。」

但是，更令人驚訝的事情發生了，在幽靈們都還弄不清楚的情形下，達夫南卻不將那樣的排列寫在五同花中，以五十分來計算，而是塡在四同，得到三十分；這樣一來，達夫南的總分變成一百八十一點。

一會兒之後，攝政王將搜集好的骰子放在手上說道：

「原來是這樣，所以你這次是想擲出五同花，那爲何剛才要把出現三點的骰子全數重丟呢？」

攝政王再次丟出骰子，兩次調整後，骰子們就像理所當然似地，變成（三，三，三，三，三）

＝十五，攝政王在三豆所空下的欄位中塡上十五分，最後總分達到二百三十分。

達夫南的最後一次機會，在只能丟出五同花的情勢下，出現了（四，四，五，五，五），他重丟出現四點的兩顆骰子，各自出現了一點、五點，也就是（一，五，五，五，五）。爲什麼會連續出現這麼好的排列？旁圍觀的幽靈們都露出不解的眼神。

達夫南抓起一點的最後一顆骰子。

非得要出現五才行，這次關係重大。達夫南握著骰子，閉上眼睛，口中再次低聲唸著什麼；乍聽之下，似乎是某種歌曲的旋律。

接著甩出了骰子。

掉落的骰子，無法立刻看出點數，而是少有的先碰撞到突出的尖角，然後在地板上旋轉個不停。不單單是達夫南和攝政王，所有人都在注視著骰子的轉動，不過，骰子並沒有馬上停止。

旋轉了數十回之後，還是繼續不停地轉啊轉。

「嗯嗯……」

攝政王發出嗯的聲音，瞟了達夫南一眼，而達夫南則是繼續盯著骰子，嘴裡唸唸有辭；同時可以看到放在達夫南身旁的冬霜劍正微微發光。

骰子就那樣旋轉個不停，轉了超過五分鐘。正當大家都看得慌起來時，恩迪米溫似乎看出了什麼眉目。

「兩位都到此爲止，再這樣下去也不會有結果。」

攝政王點點頭，眉間微微蹙起，漸漸用更嚴厲的表情直視著骰子。然則骰子好像還是沒有要停下來的樣子，幽靈們露出震驚的神色。

「那……現在這樣，豈不是少年在和攝政王殿下較勁嗎？」

「即使那樣，也完全不被壓制，對等地較量著！這是什麼稀奇古怪的情況啊……」

將全副精神都貫注在一件事上的達夫南，完全沒聽到他們的話，除了旋轉的骰子之外，什麼也看不見。一切都在他的計畫之中，如果在這種狀態下輸掉的話，便無法救活歐伊吉司，所有努力都將付諸流水。

但是這種情況不會永遠持續下去。與達夫南的意志不相干，骰子的旋轉漸漸遲緩下來，不一會兒便完全停止了。令人驚奇的是，仍無法決定那顆骰子是什麼點數，因爲它剛好停在稜角上豎立著。

「你很愛冒險喔。」

達夫南醒悟到不能再使用祈願了，於是提起精神回答說：

「因爲我處於不得不冒險的處境。」

「你仔細說明看看。」

「攝政王殿下，您在必要的時候，擁有力量去製造出想要的點數，雖說每一次都只是略作調整，但始終和我保持五十分以上的差距。我在遊戲過程中瞧出了端倪，卻也不覺得有什麼奇怪。攝政王殿下您，始終覺得要把將死的小孩再救活很棘手；雖然我無禮地提議要以骰子決定時大可拒絕，您反而爽快答應了，不是嗎？」

聽到了這種有點無禮的不遜之言，幽靈們的表情都顯得有些不自在，可是當事人攝政王卻是什麼話也沒有，反倒使眼色要達夫南繼續說下去。

「可是對我而言，即使還不夠強，但我有祈願的力量，也就是聖歌，所以才會想盡最大能力試看看；畢竟，不冒險就沒有勝利。您也知道，在只剩下最後兩次機會時，我落後了殿下您五十一分，就算殿下您眞的連一點也擲不出來，我還是得擲出五同花五十分，再加上要有最少一分的四同，才可能會贏。不過，殿下您擲出骰子又得到十三分，在那種狀況下，我知道如果殿下您願意的話，接下來仍可以輕而易舉就得到三豆的最高分十五分，因此可以預估殿下您最高分將是二百三十點。當然，要是我最後這兩次都沒有擲出特別的點數，您是不會做到那個程度，但如果我眞的出現好點數而緊追在後，您當然就會那麼做了。在那種情形下，我要贏殿下，所能得到的最高分數，就是五同花五十點，並且不得不將擲出五個六點的結果塡在四同欄位中。而故意先擲出六點五個，是因爲我認爲反正輪掉的可能性很高，所以想先試一下自己的聖歌有多少效果，有效的話就可以獲勝，不然就會輸掉。要是成功了，我的總分就是二百三十一分，就能以一點之差險勝殿下您了，而且……」

達夫南略帶微笑地說：

「我差一點就成功了。」

「所以剛才你才會不選五顆三點的當作五同花，而要試試全部出現六點的運氣！我明白了，雖然如此，你也有有不知道的地方，你現在和我較量、讓骰子旋轉的能力，不是來自聖歌，你的聖歌還不夠成熟到足以做那種事。不過儘管如此，還是有一股外部力量幫助你達成希望，而那股力量的來源不是別的，正是那把劍。」

慌張的達夫南閉上嘴巴，看向一旁的冬霜劍，當然劍上曾經發出的光芒已經褪去。可是，攝政王一點也沒有不快的神色。

「看來你忘記那把劍會聽從你的願望。好個輸贏啊，但是你和我兩人都犯規了，就讓這最後的骰子來決定我們的輸贏吧，要是出現五，就算你贏了，但要是出現別的數字，就算我勝了。不過這次不管是你或是我來丟，看來都不像是公正的輸贏，所以就由恩迪米溫代表來丟，如何？」

達夫南點點頭，他想，要是恩迪米溫的話，應該會出現對誰都不偏袒的結果。

恩迪米溫毫不遲疑地趕緊將豎立在稜角上的那骰子揀起來，輕盈地扔出去，落下的骰子出現五點。於是，恩迪米溫稍稍揚起嘴角，說：

「啊，結果出來了，父親您輸了，達夫南獲勝，父親您要照約定答應他的願望。達夫南，你在這地方逗留太久了，現在馬上回去比較好。」

攝政王聽了，噗嗤笑了出來。他一笑，周圍的眾幽靈們也才解除了沉重的神情。幽靈們也不是眞的想要偏向哪一方，只是不希望讓攝政王不高興。

「沒錯，你勝利了，我會遵守約定，那小孩明天就會甦醒過來，恢復到和從前一樣健康。不過關於你，我有幾句話要說，在找到鑄劍者並得知所有眞相之前，絕不要像現這樣再濫用它的力量。當你對什麼懷著很懇切的希望時，那把劍會在你不自覺的情況下幫你完成願望，也許反而會引來意外的災殃、讓你的手沾上不想要的血也說不定。我眞摯地不希望你在不知不覺中對別人造成悲劇。請保持平穩的心境，不要去討厭誰，也不要強烈地希求某種力量。這對於活著的人類來說，雖說不是最困難的事，但你得和我們走在同樣的路上，成爲『沒有慾望的人類』才行。」

那雖然是非常困難的要求，但以達夫南現在的處境，也算是最正確的忠告。達夫南點點頭答應下來，因爲攝政王確實爲曾經感到迷惘的自己指出了一條路。至今他一直都不知道該如何抑制劍的力量，如果照攝政王的指引去做……自己就不會像這把劍之前的擁有者那樣，被劍控制了。

可是，自己和一般人一樣，還有很多懇切的希冀：想要報仇、想要守住某些東西、不想忘懷一些事，這一切全糾葛在一起，形成現在的他。他眞的做得到嗎？眞的能成爲「沒有慾望的人類」嗎？

「現在，你該離開了。和我們分別之後，通過那扇門到外面去，你就會看見進來時經過的內心森林（Mental Forest）。走過那個地方，才能回到你自己的世界。要直接走過去，因爲這次沒有引導者，萬一你心裡存有很多思念，會看到很多奇怪的影子，而你到底會看到什麼，我也無法全都知道；有時候可能會看到過去的苦痛，有時則有可能會看到平時所困惑的祕密，但是切勿跟著他們走遠了，要是迷失在內心森林裡，就找不到原本那條路了。」

恩迪米溫起身向達夫南伸出手。

「來，我送你到入口的地方。」

達夫南站起身來，向幽靈們與攝政王行完禮之後，就穿梭在閃著碧光的柱子間，一直走到大門前；在那裡再回頭一看，幽靈們似乎已忘掉了達夫南的事，專心投入彼此的對話中，沒有任何幽靈往這方向看過來。

恩迪米溫忽然把手放入衣裳裡面，很快地掏出什麼，塞入達夫南手中。

「再見，總覺得以後好像再也無法見面了，希望這東西能在你生命中的交岔路上幫得上忙。我看到你在珠子的圓穴中留下的記憶珠子時，就會記得你啦。」

達夫南突然問說：

「方才骰子最後會變成五點，一定是你出了力，是吧？」

恩迪米溫皺了皺鼻頭，露出頑皮的笑容。

「隨你怎麼想，希望你在遙遠的土地上可以永遠幸福，我相信你有能力獲得幸福的，用你自己的力量就可以了。」

門關上之後，達夫南攤開手一看，是一顆剛才擲過的象牙骰子。

05 內心森林

內心森林，剛剛才與尼基遜斯一起走過，現在依然瀰漫著一層霧氣；達夫南因爲不知自己會看到什麼，爲了不要迷路，正快步地想要走出森林。

剛開始時，似乎和攝政王所預告的不同，什麼也看不見，可是就在達夫南想著或許會看到什麼的瞬間，幾個影子與他擦身而過。

最先看到的是個像打鐵匠的老人，不理睬周邊圍繞他的人群，繼續敲打著鐵錘，身旁的牆壁白得發亮。當眼熟的劍舖出現在那裡時，達夫南雖然知道那是誰，但只是搖搖頭，盡可能快步通過。

再走一會兒，路的右側草叢上突然站起一個不知在哪兒見過的少女，達夫南一開始想不起她是誰，過了一會，才記起那女孩是在銀色精英賽中遇到的奧蘭尼公主夏洛特。

看起來年紀還小的夏洛特，站立在壯觀又華麗的石雕棺槨前，一副茫然若失的神情；到底是誰去世了，達夫南無從得知，納悶地又踱走了幾步。結果周圍的樹林瞬間變成了華麗的走道。達夫南心裡一震，趕緊倒退著折回幾步路，才又再回到樹林之中。

這次，換成左側有個金色鬈髮的可愛小孩，哈哈笑著跑過去，看起來像是個小女孩；四周有很多人們張開雙手，笑容可掬地等待著那女孩，但是都沒有達夫南認識臉孔。他們之中有個人的肩上綴有奇瓦契司軍官們經常佩掛的肩章，看到那肩章才大概可以猜測出是在哪裡。達夫南對那張可愛的臉蛋有種說不出的奇妙熟悉感，可是這次什麼也想不起來。

又再往前走下去，他發現不遠的正前方有兩名男子坐在那裡，因為他們擋在路中央，無法輕易閃過去，於是達夫南放慢了腳步。但令人吃驚的是傳入他耳中的對話聲。

「這麼說來，現在……您豈不是就會死了，您現在絕對……」

「死亡不管是你或是我都一樣，只是我比較早死，你比較晚才死而已。」

第一個人的聲音對達夫南來說，真是說不出的耳熟，可是又無法立即認出那是誰的聲音。第二個人的聲音聽起來雖然很沒有氣力，卻令人感覺到不僅清脆悅耳，而且像是很會唱歌的人那樣中氣十足；這個人面對擔憂自己的人時，立刻反拋出那種冷嘲熱諷的話，看來是個自尊心相當強的人。

「死亡並不會特別痛苦，不對，這是我個人想法。根本沒有人等我回去村裡……現在我誰也想不出來。但是如果大家知道像祭司大人您這樣的人無法活著回去，所有人都會很悲傷的。而我……他們會覺得……無所謂。」

「你說所有人都會很悲傷？但我看至少像攝政要是知道我不能回去的話，準會很高興，而且除了他之外，不喜歡我的人還多著呢，哼……萬一你可以活下去，而我又死了，對你反而有利。」

「為什麼那樣想呢？我從來不曾討厭過祭司大人您啊。」

達夫南內心不由自主地有所感受，走了幾步靠近過去，看到一片樹林被像雲又像霧的濕氣如同面紗般籠罩著，裡面有兩名精疲力竭的男子，其中一人倚靠著樹木，另一人則吃力地想要坐正。

倚靠在樹旁的男子外貌看起來約三十幾歲，身材非常高大，體格壯碩；為了看清他的臉孔，要再靠近一些才行。達夫南留心地注意他們會不會發現自己，小心翼翼地往前走了幾步，還好，一直走到那個坐得很正的男子背後方時，他們都好像沒有發現達夫南。

「你在說謊，我都那麼討厭你了，你怎麼可能會不討厭我。」

「事到如今，也沒有非要說服您的必要了。說句單純的眞心話，我一直都在試著去了解祭司大人您的內心。我雖然理解卻無法遵從您的心意，只能說我很抱歉。」

倚靠著樹幹的男子只是發出嘲笑聲，不做回答；他隆起的眉骨下，有刀鑿般深邃的五角形眼眸，湛藍色的眼珠子，有個性的下巴，輪廓很深，這種人……雖不算是眉清目秀的美男子，但足以讓男人不自覺地自慚形穢；不對，是位確實會讓人感動並且產生強烈印象的人。那樣的人，竟然像是受了傷般，臉色蒼白、神情黯然，讓人看了以後不知爲什麼會生出一股複雜的心緒。無論是誰，若是看到活了幾百年，粗到可以幾人合抱的巨木遭到雷擊而倒下，或是森林王者凶悍禿鷹被箭射中時，都會油然產生這股惋惜情緒吧。

看到這名男子被汗水浸濕、散亂一頭的金色髮絲之間，有著槍尖般長又尖細的下巴時，達夫南的腦海中有著模糊的重疊影像。不久後，那男子吃力地抬起手，將遮住臉頰的髮絲往後撥，並將頭往後仰。此時達夫南才確認了他的身分。

他的肩膀後方揹著的東西，對達夫南來說，是再眼熟不過的，那雙劍正是伊索蕾的劍……雖說劍柄不像現在那麼沉舊，不過的確是伊索蕾現在所佩帶的劍，除了她之外，這對劍只有一位主人，不可能是別人。

伊索蕾的父親，伊利歐斯祭司。

這麼說來，達夫南現在所目睹的……不就是伊利歐斯臨死前的事嗎？那他身旁的人呢？

「您一定依然無法原諒我，就誠如您所說，若是即將死掉的生命，即使早一點死，也不會有什麼改變，反正我這條命是祭司大人您救的，如果現在當著您面前結束生命，可以平息您長久以來的憤怒，即使只有那麼一丁點效果也好，我願意那樣做。」

年輕時的奈武普利溫和現在很像，也許是因爲不修邊幅的緣故，加上更爲咄咄逼人的個性，還有不遜於伊利歐斯的會鑽牛角尖，他話一說完，就馬上敏捷地拔出自己的劍立在地上。但是伊利歐斯反而放聲大笑說：

「你的想法很好笑，如果要你用那種方式償還的話，早就向你索命了。可這是不同的問題，還不如你也討厭我好了，而且我的心情也會比較安寧。說眞的，你即使現在回去村落，也是不到幾天就會陷入瘋狂的，乾脆不要回去，死在這裡也是不錯的選擇，但是，現在那把劍……」

這一霎時，伊利歐斯的聲音忽然斷掉，他睜大眼睛，臉上有些痙攣，突然判若兩人般地怒氣沖沖吼說：

「那劍！你那把劍是從哪裡得來的？」

奈武普利溫一副不知所以的表情。仔細打量他年輕時的臉龐，五官比現在更細緻，比較接近美男子的外貌，特別是眼神，英氣勃勃。

「當然這是我的老師鑄造並送給我的東西，有什麼問題嗎？」

那一瞬間，伊利歐斯的話戛然停住，痛苦地呻吟一下，才問說：

「那個眞的是……所謂你的老師……歐伊農匹溫那老人所鑄造的嗎？如果眞是事實的話……喔，實在是……」

達夫南成爲大約發生在十多年前的事件的新目擊者，自己覺得非常離奇，專心聽著他們的對話，視線也自然而然地瞟往奈武普利溫拄在地上的劍。那劍與其說是砍傷了什麼，反倒比較像是被湧出的血給完全濺染般，整支劍刃都沾了血，而令人驚訝的是，劍身上也出現了達夫南曾看過的文字。

你的血是否也已經預備等候著。

從奈武普利溫那裡借來，得到銀色精英賽冠軍的劍，也曾出現同樣的字句，達夫南記得很清楚，當那把劍砍上瑪麗諾芙的頸部、沾染上鮮血時，也曾經出現過字句……

啊，應該是這樣的，奈武普利溫曾經帶去大陸，也曾經借給達夫南的那把劍，是奈武普利溫向歐伊農匹溫學習後，從小就開始使用的；而那把劍，就是現在的年輕奈武普利溫手中拿的那把。

但是，無法了解伊利歐斯究竟爲什麼而吃驚。

「歐伊農匹溫老人所鑄造的劍上……都會產生那種字句嗎？」

「雖說都會產生某些文字，但這種字句只有在給孩子們的劍上才會有，目的是想給初次殺人的小孩一些警戒。我也是小時候拿到這把劍的，但您是不是也——」

奈武普利溫說到這裡時，伊利歐斯突然從背後咻地抽出一把劍，割了自己的手腕，那把劍不知磨得有多銳利，手臂上立刻就出現微細的裂紋，很快地，鮮血便汩汩流下來。奈武普利溫嚇了一跳，馬上起身要壓住伊利歐斯的手，但是伊利歐斯使出僅存的力氣，粗魯地甩開他，並將鮮血抹在自己的劍刃上。

就如達夫南所預料的，劍的表面出現了和奈武普利溫劍上同樣的字句。現在伊索蕾的佩劍是繼承自伊利歐斯，而在大陸時，已經證實她的劍上會產生和自己的劍一樣的文字。

伊利歐斯的嘴角微微露出嘲笑，先是用咬牙切齒的語調低聲說著，然後便無法忍住受到傷害的自尊心而高聲吼出：

「很好，我終於知道那個老頭是如何徹頭徹尾地愚弄了我，從頭到尾，他就打算要耍弄我。用那不怎麼樣的同情心……讓我變成了現在這副模樣！他是不是以為總有一天我會向那傢伙的學生下跪認錯，所以才那樣渾然無事地過日子，然後就死掉？為何當初他什麼話都不說？我犯下了那麼多錯，剛才還如此蠻橫，難道他就是想要看到我陷於罪惡感的悲慘樣子嗎？用那種方式讓我連轉圜的餘地都沒有，即使我都要死了，也無法回報！這個可惡的老頭！會下地獄的該死老頭！」

伊利歐斯因無法克制自己的暴怒而氣得直發抖，身上再也找不到半絲先前的冷靜。從那在憤怒之餘幾近詛咒、越來越激烈的吼聲中，達夫南讀出了埋藏在其中的矛盾情感。表面爆發出來的憤怒和惡言深處的悔恨，對於再也無法轉寰的事深藏著遺憾，也可以發現他基於自尊心，不得不這樣表現。達夫南從伊利歐斯的舉止中感覺到他並不是個賢者，也不是個完人，他可以為了維護自尊心，毫不遲疑地傷害自己；這樣的人，現在究竟是怎麼了？

而年輕的奈武普利溫，也不像現在那樣，會站在對方立場思考。

「為什麼如此辱罵我老師？請您說出理由來，如果繼續這樣，我也無法再忍氣吞聲了。」

這一剎那間，伊利歐斯豎起的金色眉毛瞪著奈武普利溫，那表情和伊索蕾之相似，讓達夫南嚇得全身一震。

「如果無法忍受，你就打我啊！放著等死和直接打死確實不同，與其慢慢等死，痛快死掉還比較好，這樣，在要死之前，我的心境也變會得安寧多啦。」

「我眞是無法了解您在說些什麼，究竟是爲什麼呢？我的老師到底沒告訴您什麼呢？祭司大人，您的那把劍……那把劍也是我的老師鑄造送給您的嗎？」

伊利歐斯沒有回答，只是一邊咒罵一邊站起身來。雖說身體已經惡化到得拄著劍，才可以勉強站起來的程度，他依然蹣跚地邁開步伐，然後，他就走進了濃霧之中不見了，不久後再出現時，伊利歐斯手上拿著一把像是紅色碎石的東西。

伊利歐斯直直走到奈武普利溫面前，困難地吐出一口氣之後才坐了下來。他在指尖加上魔力，往地上一畫，就像用雕刻刀刻過一般，刻出一條線來；然後用這種方式畫出三個同心圓，並在圓周寫下五個符文，再將紅色石塊放置在中央，形成相當簡單的魔法陣。

也沒唸咒文，那同心圓居然就整個冒出了紅光圓柱，射向空中。這時的伊利歐斯就好像隨時會嚥下最後一口氣般地疲憊。

不久之後，紅光以扇形般擴大，掩住兩人的身影。

不知經過了多久的時間。

達夫南再次看到兩人時，伊利歐斯已經平躺在地上，而奈武普利溫則好似看到什麼無法相信的事般心慌意亂，以微微沙啞的聲音說：

「我好像明白了，祭司大人，您在安塔莫艾莎和我之間，無意間救了我，內心一定很不愉快。不管怎麼說，像我這種無禮之徒，畢竟比不上長久追隨您左右的學生，卻偏偏救到我，您當然會這樣。要埋怨您……也是可以的，但我卻不想那樣。現在您把生命過繼給我，我已經很滿足，也相信藉由這樣，我一定可以盡力做些大事。」

在最後一刻，歐斯伊利並沒有結結巴巴，而是直接說出來，他用盡剩餘的氣力，以低沉卻清晰的聲音斷斷續續地說著：

「反正你也不是可以一直活下去……幸運的話，能多活十年就算是滿成功的了，可是別以爲我是原諒你才爲你這樣做的。歐伊農匹溫任意加諸給我的包袱，到了這最後一刻，竟還給我這種心理壓力……啊……但我這個人可不會欠人人情債的，不對，現在應該說我不會欠著人情債而死。那老頭竟讓我到最後還遇到這種事情……死了以後，一定要去討個公道……別的事不管，只拜託你一件事，將我的屍體乾乾淨淨地處理掉，讓誰也找不著……讓死掉的樣子被人看到……這種事我想了好幾次，還是不願意。」

剎那間，奈武普利溫再也忍受不住悲傷的心情。

「祭司大人，您爲何要那麼固執呢！連給孤單的伊索蕾留座墳墓也不願意嗎？那孩子在沒有您的世界會怎麼活下去，您比誰都清楚，爲什麼還要那樣做啊！棄那孩子於不顧而來這種地方犧牲自己的性命……祭司大人，您生命中最重要的到底是什麼啊？攝政閣下算是什麼東西？眞相是什麼？正義又算是什麼？只要伊索蕾能夠幸福，其他根本就不重要，但是爲什麼祭司大人您卻不留在那孩子身邊？要死也該是像我這種人死才對呀！」

但是，伊利歐斯不再回答了，只有奈武普利溫的聲音迴盪著，刺痛了達夫南的心。

「沒有祭司大人您的月島會是個怎樣的地方……我也不知道，島民們能夠接受由另一人來擔任劍之祭司嗎？我雖曾在私底下發過誓，但結果還是無法代替祭司大人犧牲。一次錯過的事就變成永遠錯過的事……無法得到原諒的我，即使最多也不過再活十年，也不再畏懼了，那種事對於沒有希望的我來說，已不算什麼了。可是，現在只有我獨自下山……回去……向伊索蕾說祭司大人您再也無法回去了……還不如把我留在這裡，讓祭司大人您回去……這樣比較好……我不想看到伊索蕾的淚……眞的，眞的是不想看到啊！」

伊索蕾的淚……

聽到這裡，達夫南的心情並沒什麼變化。現在伊索蕾已經變成沒有眼淚的少女，但她乍聞父親死訊時到底有何反應，實在令人無法想像——然而，若她哭泣，他一定也會忍受不住……

樹林變模糊了，達夫南看到他們兩人的影像上出現了新葉的輪廓，這時他的精神才振作起來。雖然剛才那兩人所在的地方也是樹林，然而達夫南很快就發現，這裡和他走過來的樹林風景不同。

由於擔心陷入無法回頭的恐懼中，達夫南後退了幾步，一面祈願四周會再變回原來的森林，一面趕緊飛奔往入口處。

可是冰冷的恐懼與痛苦卻鑽刺心胸，奈武普利溫曾和伊利歐斯殺死的怪物格鬥過，當時是不是也和耶夫南一樣留下了致命的傷口？是伊利歐斯祭司爲奈武普利溫做了某種特別的儀式，才延長了他的壽命，但那樣也大約只能再多活十年？

若以當時伊索蕾的年齡推斷，現在時間已經不多了。

第十八章

可怕之地

Gaunted Land

01 審判

要舉行審判了。

最近幾年，由於沒有大案件，所以大多只是簡單地開審就仲裁調解，像今天這樣舉行正式審判，已經是很久以前的事了。開審本來就會吸引人去看熱鬧，所以這一天，很多島民都帶著好奇心聚集來聽審。

開審的提議案不需要附議者，直接由劍之祭司奈武普利溫提出。奈武普利溫在全體祭司出席的會議中，特意帶了歐伊吉司到場說明相關者的罪行，而他本人則是告發者的角色。因爲是很重大的案件，所以只準備一天就開庭了。

擔任審判官是櫃之祭司的職責。只要有關審判，他的權威就理所當然地超越其他的祭司們，甚至凌駕於攝政之上。被告發的少年總共有五人，正是毆打歐伊吉司，並追逐到藏書館去的孩子們，可是涉嫌唆使毆打的艾基文卻不在其中。

不太需要審問，當他們被揪出來時，就馬上覺悟到自身的罪行已被揭穿，身體直打哆嗦，無法辯白。至於他們原本相信會挺身拯救他們的賀托勒一家，居然完全假裝不知情，因此他們再也無法逃避罪行被揭發的命運。

達夫南一直在看熱鬧的人群中觀看審判過程。站在告發者位置的奈武普利溫，將歐伊吉司帶在旁邊，逐一複述歐伊吉司說過的話，要少年們自白罪行。

「當時既然已經沒有必要再追下去，爲什麼你們還要進去藏書館？」

少年們每每因爲不知該誰回答而顯得慌亂，又沒時間準備謊話，因此回答得很沒有系統。

「只是……想要開個玩笑而已……」

「不是追進去，只是想進去看看……」

「歐伊吉司自己都已經從藏書館出來了，你們還把他拉進去裡面，也就是說，你們發現歐伊吉司很看重藏書館，就想藉此要弄他，是不是這樣？」

「我們只是打起架來，一不小心就亂滾到裡頭去……」

「因爲沒進去過藏書館，所以很好奇……」

由於奈武普利溫早知道一切眞相，所以根本沒必要回應他們的謊言。

「藏書館的傑洛先生從沒禁止你們這樣的小孩進去，只是你們平時對藏書館根本不關心，才會一直沒進去過。結果非得看到歐伊吉司進去，你們才想進去嗎？你們相互矛盾的話語，等於是承認爲了要欺負歐伊吉司，才進入藏書館的事實。下一個問題，歐伊吉司在藏書館裡頭被毆打，這件事你們五個人都有份嗎？」

突然，卡雷大聲吼出：

「啊，不是的，毆打歐伊吉司的是皮庫斯，是他一個人打的。」

這麼一來，皮庫斯也雙頰漲紅，不輸他人地大叫：

「反正在進去之前，大家都有打他，不是嗎？我在藏書館裡面只是再多打幾下而已！」

「什麼話，那傢伙被我們揍了以後，還有力氣逃跑到藏書館；但是被你揍了以後，就連爬都爬不起來了！」

被推到窮途末路的皮庫斯，像是恨死了般瞪了卡雷一眼，再回嘴說：

「如果要那樣說的話，最先提議進入藏書館的可是卡雷你啊。」

卡雷也不想一個人獨自扛罪。

「沒、沒錯，雖說是我提議進去的，但是一樓什麼都沒有啊！看到梯子提議要上去的人是里寇斯，不是我！」

里寇斯瞪大眼睛，猛搖頭大喊說：

「我什麼時候那樣說？」

「你不是那樣說嗎？說：『上去看看吧！』」

「不！發現梯子的又不是我！」

「不管是誰發現的，說要上去的可是你啊！」

「所以只有我一個人上去嗎？結果大家都上去了，不是嗎？為什麼只誣賴我呀！」

奈武普利溫故意不去阻止少年們的舌戰，而櫃之祭司聽著他們的爭執，也了解到大概的狀況。

「所以呢？拿出那本書的不是你嗎？」

「我只是單單燒一張而已啊！」

「我明明有告訴你，木材建造的塔很容易著火！」

「拿著油燈走上不安全的梯子，又是誰啊！不是波提亞你嗎？你說要展現你的技術，就胡亂走了上去！」

「但是你用腳踢了梯子嘛！所以手才會滑掉！要不然我怎麼會讓油燈掉下去啊！」

就在這時候，奈武普利溫打斷了少年們的爭執，指著一名問說：

「波提亞，你讓油燈掉落了，就算是引起火災的當事人。可是即使起火了，若趕緊跑到村子通知大人們，也不致於發生如此嚴重的事件。是誰提議要隱瞞這件事，那小子可算是最大的罪人，那是誰呢？」

波提亞就像是已準備好等著回答似地，馬上大聲說：

「當然是卡雷！卡雷說反正回去也絕對是被大大教訓一頓，還不如溜爲上策！」

奈武普利溫帶著一絲嘲笑，低頭看了歐伊吉司一眼，再次發問：

「歐伊吉司對你們當時的對話全都記得很清楚，來，說說看吧，是誰最先提議要把歐伊吉司丟在藏書館裡不管的？」

這次四名小孩都異口同聲地大聲說：

「皮庫斯！」

皮庫斯辯駁說：

「我一提議，他們就立刻全都贊成了啊！是巴伊狄說那小子應該死掉，才可以湮滅證據的！」

這樣已經夠了，周圍的人群全都撇開頭，難過地咋舌。

事實上，在奈武普利溫最初提出的告發內容中，並沒有列上他們故意丟下歐伊吉司。在決議開審的會議中，祭司們也寬容地認爲這應該是不懂事的少年們不小心引發火勢而嚇得逃跑；至於歐伊吉司會受到那樣的重傷，則猜測是之前被他們毆打所致。但是少年們爲了幫自己脫罪，把重要部分全都洩露出來，而且也因爲他們都只是小孩，所以奈武普利溫只要稍稍誘導，就全都說溜嘴了。

最後，奈武普利溫要讓少年們說出眞正的原因，問出最終的問題：

「那麼，最後的問題，你們最初毆打歐伊吉司的理由是什麼？如果說出有誰指使，你們的罪就可以判得比較輕。」

有一名少年突然要說什麼，其他少年卻踢了他的腳，不讓他說。於是，五個少年就好像約好似地閉嘴不說。反覆質問了幾次之後，只說他們自己也不知怎麼搞的就變成那樣，沒有人唆使他們。

審問結束，少年們自己雖然並沒意識到，但是觀審的大人們已經知道他們會受到什麼樣的判決，而露出苦澀的表情。櫃之祭司站了起來，他是法律的守護者，當然必須固守自身的正義感。

「五個人所犯下的罪行如下：第一罪狀，幾個人合力，而且毫無特別理由就毆打其他少年。這是同年齡小孩間常發生的事，還不到特地要在開審庭中處理的程度。」

月島島民的觀點就是這樣，以前歐伊吉司受到無數次欺負，也不曾有人站出來制止，因爲這島上向來輕視體力與力量較弱的人，並且強烈認爲，一個人如果無法好好保護自己，就算是咎由自取。

「第二罪狀，引發保存月島古代記錄的藏書館火災。雖說這不是故意造成，但開始的意圖不單純，所以此爲重罪。將許多書籍與有關魔法的記錄全都燒燬，使月島受到相當大的損失，而且間接又使得看守藏書館的傑洛失明，這些他們都應負相關責任。」

如今不知道狀況的，很明顯只有被告的少年們而已；他們用驚恐的表情，輪流看著櫃之祭司，以及周圍其他家人們。

「第三罪狀，毆打沒有特別過錯的人，打到他動彈不得之後，再將他故意遺棄在火場。這項罪行不容懷疑，就是計畫殺人。」

在「殺人」的字眼一說出的瞬間，少年們全都僵硬了，少年的父母也不敢開口說話，和少年一樣臉色轉爲灰白。櫃之祭司最後直接看著少年們說：

「最後的罪狀，也就是第三條罪狀，並非單純的過失，這是爲了隱瞞罪行而故意做出的行爲。考量這所有罪行，並參考古代的傳統，最終判決里寇斯、皮庫斯、卡雷、波提亞、巴伊狄五人處以溺斃刑。月女王啊！由您親監我們所做的決定。」

這項判決引發了一小片混亂。按照月島的傳統，剛下判決的時候，周圍的人們可以求情，因此少年們的父母與兄弟姊妹全部一起跑出來，跪在櫃之祭司面前；而被判決處以溺斃刑的少年們，則是一時之間無法接受打擊，僵成一塊地發抖。他們生平第一次看到在月島的審判中出現死刑，而受刑對象竟然就是自己。

就在這時候，達夫南轉身穿越人群的縫隙而去；不管怎樣，心裡就是不舒服。

□

月島的判決和行刑眞是又單純又快速，這是否是從卡納波里遺留下來的傳統，不得而知。由於在月島內沒有類似監獄的地方，因此行刑通常是在判決那天的午後就執行；有關這一點，達夫南感到非常殘忍。

少年們父母的懇求一被拒絕，位於劍之祭司之下，由走「劍之路」的年輕人所組成的「月女王的軍隊」，便限制少年們的行動。少年們不僅連做心理準備的時間都沒有，也沒有時間和父母及兄弟姊妹訣別，甚至連最後一餐也不給。

溺斃刑的執行場所，在達夫南從來不曾去過的南方海岸懸崖。手被綁住的少年們，被走「劍之路」的年輕人們推著，精神恍惚地走到那地方，而後面則緊跟著看熱鬧的人群。

達夫南也混雜在人群中，心情依然無法安寧。他不懂自己爲何會這樣，本來最期待他們受到處罰的不正是自己嗎？而且現在這結果也是他造成的，不是嗎？

一抵達懸崖，達夫南便感覺到胸口像是被什麼給整個梗塞住。這裡的海岸邊有長條狀突出的岬角，罪犯們必須一個個走過那狹隘的路，自己跳下海去。那懸崖高聳，距離下面少說也有一百餘公尺，海面下則布滿了暗礁。或許是因爲月島人全都很擅長游泳的關係，所以才選擇此地行刑，好讓罪犯在掉落下去的瞬間立即死亡。

海岸打著漩渦，咆哮又盤旋，像是等待著犧牲品的猛獸，也像是張大大張開、露出參差不齊臼齒的活生生大嘴巴。五個「罪犯」排成一列，讓他們看清那可怕的大海。達夫南的眼光越過他們，望向站在他們旁邊、離著一段距離的奈武普利溫。

奈武普利溫的表情同樣非常僵硬，可是他馬上就向「月女王的軍隊」中的一名年輕人下令：

「將他們的眼睛和嘴巴蒙上。」

用白布蒙住眼睛，接著要綁嘴巴時，少年們全都激烈掙扎、扭動，其中一名衝口而出地大叫些什麼，卻很難聽得懂，連觀看的人群也聽不清楚內容。不一會兒，受刑者的嘴巴就全被綁好，無法說話了。這可能是爲了有效阻止受刑者對別人破口咒罵。

排列在第三的里寇斯不肯走，一屁股坐在地上，還扭轉他被綁住的雙手，試圖要把繩子弄鬆，一面還發出不知是呻吟或是哭泣的聲音。可是，他的反抗無法持續很久，兩名年輕人各捉住他的一隻手臂，將他提起來，並警告他說：

「如果繼續這樣，你會連自己走到峭壁盡頭的機會都沒有。」

在距離懸崖不過五步的位置，里寇斯的手臂被放下。少年們不斷從嘴巴中發出嗯嗯的聲音，焦急地轉身想要逃回人群之中。他們只有腳可以自由移動，但是對於眼睛被蒙上的人來說，懸崖盡頭的路實在是太窄小了。里寇斯在回轉腳步的瞬間，就這樣一腳踩空，失去重心，倒頭栽入水中。

被埋沒在波濤中的聲音，就像有某種東西掉落般，傳得好遠；但對那聲音最敏感的，是剩下來的四名少年。他們四個顫抖著倒在地上，從綁布的嘴巴中流出口沫，而蒙住眼睛的布，則被汪汪的淚水所浸濕。

但這一切都沒什麼用，走劍之路的年輕人們把少年們一個個拉起來，全部送到懸崖盡頭。卡雷就像里寇斯一樣，想要往後跑，結果跑錯了方向就掉落下去，還有一名最後是被年輕人們拋下海中，有一個落下後甚至不是發出落水聲，而是發出像什麼堅硬東西爆裂似的聲音。就這樣，一直到最後一名少年，都無一倖免地行刑完成。

旁觀者中，沒有人哭泣，因為判決後為罪犯們懇求、希望能從輕發落的人們，被禁止觀看處刑場面；這也許是為了防止心懷怨恨吧。然而即使如此，看到那般年幼的少年們完全落入恐慌之中而被處死，竟然連一滴眼淚也沒流下，這令達夫南非常心寒。月島島民只是低聲嘆息，看到月女王的可怕報復，都下定決心不要惹出那樣的禍事來。

歐伊吉司並沒有來，達夫南猜測大概是因爲他的心腸比較軟，沒辦法觀看這種場面。其實他也不知道理由爲何，搞不好是歐伊吉司害怕被詛咒，也說不定是討厭受到人們的白眼。

奇怪的是，自己竟渾身沒力，就連想到可以完全撇清關係的主謀者艾基文時，也沒有將對方揪出來的心情；或許，他如今恐怕連揭發這事究竟是不是正確的，都開始動搖起來。

貧乏的土地同時也是冰冷的土地。

奈武普利溫在行刑完畢後，從擁擠人群中走回來、站到他身旁時，達夫南在他的臉頰上看到一道淚水風乾後的清楚痕跡。達夫南握住奈武普利溫的手，一同混在人群中，回到村子去。

□

一到了五月，不久就是慶典的日子。

在月島上，沒什麼可以歡愉喧囂遊樂的特殊節日，舉辦小孩們淨化儀式的五月初慶典，算是寥寥可數的例外。淨化儀式在慶典的最後一天舉行，而在那之前，則花了整整一、兩天準備豐盛的食物設宴，供大家一起享用。

事實上，因爲月島上農作物和家畜都不足，所以一般狀況下幾乎都不會準備太多食物，只有這段時間例外，而且人們也變得較有人情味。雖然不算是很盛大，期間也比大陸的慶典短暫，但是對於不曾在大陸上生活過的孩子來說，再也沒有比這時候更好的了。

然而，達夫南對於這一年才有一次的慶典，卻沒有半點快樂心情。去年，或者是大前年，他同樣無法以快樂的心情度過慶典，而這次則是連醉心歡樂的人們臉孔都不想見到。

五名小孩消失才十天吧，但是在達夫南的周遭，卻沒有一個人記得他們或是說說他們，甚至在思可理，也完全感受不到他們的消失。因爲學校做了妥善的配置，桌子的位置被移動過，老師們也將他們使用過的物品，甚至是曾經記錄過他們的手稿，全部丟棄。

達夫南從來不曾對月島島民感到像現在這樣的陌生，他們幾乎全都是不知同情心爲何物的冷漠人類，並將大陸的人視爲絕對無法接納的可怕外來者。這麼一想，就連即將在這次慶典中經過淨化儀式成爲巡禮者的自己，也變得相當陌生。成爲巡禮者的，是誰，是自己嗎？

也因爲困在這種想法之中，當達夫南在慶典的街道上偶遇伊索蕾時，竟連怎麼說話也忘掉似地，只是凝視著她。依伊索蕾的個性，居然獨自來到以物易物的二手貨品小市場，讓達夫南有點錯愕。

伊索蕾發現了達夫南，於是停下腳步，好像有什麼話要說，或是本以爲他會說些話。想不到達夫南竟沒有開口，於是就垂下眼睛與他擦身而過。從那之後，達夫南整個慶典期間都不曾再碰上她。

淨化儀式舉行的那天，達夫南早晨還在床鋪上睜著眼睛想著，他這樣是不對的，他不該不和伊索蕾說話。在大陸一起旅行的時候，他明明就好幾次間接地表現出喜歡伊索蕾，而她也可以感覺到才是。那麼從她的立場來看，對於沒有特殊理由，就突然改變態度的達夫南，當然會感到困惑。

但是，即使和她說了，她能夠理解嗎？不，應該是不會吧。

最近，達夫南深切感受到島民的冷漠本性，要說她完全沒有遺傳到，那是騙人的；但是，一牽涉到伊索蕾，那所有的嫌惡感就又變得微不足道了。那種嫌惡感要是能更有效點，讓他產生遠離她的決心，該有多好啊。

吃早餐時，達夫南瞪眼看著奈武普利溫那亂蓬蓬的頭髮好一陣子。

「看什麼。」

即使湯匙在動，眼睛也沒往下看。在大陸生活久了的奈武普利溫，和月島其他人不同，達夫南當初就是被他的為人所吸引，才來到這裡的。

「您的身體狀況怎麼樣？」

對這突如其來的問題，奈武普利溫只是聳起一邊的肩膀回答說：

「就像你看到的，好得很。」

「沒有會痛的地方嗎？」

「我怎麼可能這麼早就有老化現象。」

奈武普利溫的口氣就像真的什麼事都沒有，讓達夫南也有點混亂了。難道真的沒有任何不舒服？在內心森林看到的影像，會不會是自己的幻覺啊。

所以，他立刻接著蹦出一句有點莫名其妙的祝辭：

「那麼祝您長命百歲。」

奈武普利溫口中銜著湯匙，啼笑皆非地答道：

「可是今天又不是新年的第一天。」

「誰說一定要那個時候說？難道平常說說也不行。」

「別說了，最近健康得不得了，但竟放著這種身體不做事，每天玩耍吃喝，一點作爲也沒有，這種慶典還是早一點結束好唷。」

吃完早餐，奈武普利溫要達夫南靠過來，幫他梳理頭髮，也幫他調整衣服裝束。但達夫南本來就屬於那種很會整理自己儀容的人，儀容也比一般人端正。所以事實上也沒有什麼好調整的，即使是接受淨化儀式的日子，他也沒有特別穿著新衣服（兩個人都不知道如何做衣服），只是從舊衣服中挑選比較乾淨的，好好洗滌之後拿來穿而已。

準備妥當以後，奈武普利溫在達夫南肩膀上咚咚敲著說：

「那麼，等一下大禮堂見嘍。」

□

達夫南抵達大禮堂時，那裡已經聚集了很多人，有一點混亂。今天總共有六名十五歲小孩參與淨化儀式，本來這次儀式還應該包括一名被處以溺斃刑的少年，但現在他們的位置上卻沒有人。

儀式一結束，達夫南就將成爲正式的巡禮者，無法再如以前那樣，當個大陸人、奇瓦契司人了。月島島民之中，能夠出海遠赴大陸的人，只有擔任特別任務的少數幾名，普通人一生都在月島上生活，在月島上死亡。

大禮堂的廣場上，放著平常不在那兒的龐大石桌，那是一張即使是男子，也要十個人一起辛苦地用力搬，才能移動一下的沉重桌子。而這張有點淡黃色光彩觸感的石桌中央，有個巨大的缽狀凹槽，裡面盛裝著水，水中浮有黃色和紫色的花瓣，散發出濃郁香氣。

四周的樹枝上裝飾了許多黃色蝴蝶結，而儀式過程需要使用的黃色水仙花，則已準備好放在水桶內。黃色聽說是古代王國的顏色，達夫南還記得幽靈們顯示給達夫南看到的卡納波里影像，金黃色的旗幟相當鮮明。

儀式雖然簡單，卻又令人印象深刻，六名小孩依序在石桌前站好，攝政或祭司之中會有一位在那裡等待，然後往小孩頭上潑灑帶著花瓣的水；接著會有簡單的問答，問答結束後會有一名去年通過淨化儀式的小孩在一旁等待，獻上水桶內的一束水仙花，之後當主角的小孩再把水仙花分送給周圍的人們。

達夫南是他們之中的最後一個。這天有點例外，是由攝政直接出面主持淨化儀式。由於攝政無法站起來，石桌前面特別放置了有大型軟墊的高椅。這是達夫南來到月島之後，第一次看到攝政親自出來主持淨化儀式。對此人們嘀咕地說，大概是因爲今天接受淨化儀式的小孩之中有莉莉歐珮的緣故吧！

莉莉歐珮最近經常蹺思可理的課，達夫南已經很久沒見到她了。反正日前就決定不再理會她，所以印象中最近甚至不曾和她說過什麼話。

這天，莉莉歐珮在接受淨化儀式的六名小孩中，顯得十分耀眼。她身穿長度稍稍超過膝蓋的白色亞麻洋裝，手腕上綁著垂掛而下的長蝴蝶結，戴著一頂好似百合花翻過來的涼帽，涼帽下的小巧臉蛋和眼眸微微下視，看起來眞是不能再純潔可愛了。

連站在旁邊的達夫南也覺得今天的莉莉歐珮很漂亮，一時也歪著頭看了一看。

「思米克羅斯，走到前面來。」

第一個少年邁向石桌前的同時，儀式開始進行；但團團圍繞的人們，眼神有一半飄向思米克羅斯，另一半則望向很久沒見到的攝政。最近這幾年，攝政以令人害怕的速度枯瘦下來，一根根突出的骨頭，直令人聯想到骸骨。

賜下幾句祝福，指定了思米克羅斯全面負責照顧森林的使命，之後少年便垂下頭來，讓攝政用兩手捧起水潑灑在他的頭上。不過，因爲攝政的手原本就瘦骨嶙峋，因此潑灑下來的水也不多。

「你會謹記身爲巡禮者的三種任務，一生追求，並且教導你的子孫嗎？」

「我會的。」

「你會遵循月女王之法理，忠實地執行你擔負的任務，並遵守你的權利嗎？」

「是的，我會的。」

「你會抵抗所有加諸於月島的威脅，並爲了保衛月島的安全，而捨身奉獻嗎？」

「是的，我會的。」

「可以了，從現在開始，你就是古代王國的後裔巡禮者，你往後的生涯將得到祝福。」

思米克羅斯頭上還一直滴著水，他接下身旁少年獻上的水仙花，轉身向著人群，首先獻花給他的母親，然後再分贈給其餘的人們。

第二位和第三位的狀況差不多。第四個是莉莉歐珮，她走上前面對自己的父親，前面的對答和之前的人差不多，但是最後的祝福語卻有點不同。

「如今妳身爲古代王國的後裔巡禮者，替代那終將歸來的國王，成爲攝政接班人，妳往後的生涯將得到祝福。」

攝政說完，突然抬起頭來環顧四周人群，然後說：

「我宣布莉莉歐珮獲得傳統中授予繼承人的『蘇西芙莉絲』稱號，從此刻開始，所有的巡禮者必須稱她爲『莉莉歐珮．蘇西芙莉絲』，她的意見在謹遵月女王教誨的攝政我，以及諸祭司之下，受到尊敬。」

那是誰也沒料想到的爆炸性宣言，祭司們似乎也沒有事先得知這消息。莉莉歐珮還沒畢業，要接受人們的敬語和稱號都還太早，就算她明年從思可理畢業，要擁有那般重大的特權，最少也應超過二十歲。

可是，攝政突襲似地發表宣布，一時間沒有人可以立刻提出反對言論，只有面面相覷。雖然一切都比慣例快了很多，但這終究會是莉莉歐珮所擁有的特權，因此在攝政權威不容置疑的情況下，大家也就不再追究什麼了。

就在這時，從剛才達夫南就一直在人群中尋找的人現身了，她在攝政面前輕輕地垂下頭，然後又挺直抬起來。開口說話的不是別人，正是伊索蕾。

「攝政閣下，儘管在儀式進行中無端發言是無禮的，但由於適才出現了重大謬誤，所以不得不進言。在古代王國的語言中，代表著『國家安寧』含意的『蘇西芙莉絲』稱號，從古就只適用在國王陛下的接班人身上，包括現在攝政閣下您也不能擁有那樣的稱號。事實上，賜予攝政接任者稱號，在您之前的年代也有過，只是相關稱號早在很久之前就被遺忘了。如果攝政閣下您一定要賜予攝政接任者稱號，依據前例應賜予『席奧碧』，即所謂『沉默』才比較適當。」

可以提出這種觀點的人，在月島上除了傑洛和伊索蕾之外，就沒有別人了。其他人根本就不可能知道在古代王國之中，國王的接班人會被賜予什麼稱號，而攝政的接班人又該被賜予什麼稱號；大多數人連作爲自己名字的古代王國語詞，都幾乎不知道。

但是，達夫南這時卻和周圍人們懷著不同的心情。看著伊索蕾說出這番話，在隔了好久才又看到她的瞬間，不但心在刺痛著，還感受到一股不祥的預感。

伊索蕾現在直接對上攝政，而好久以前，伊利歐斯也曾經這樣，在攝政的言語中大做文章，以自己的知識理直氣壯地反駁。之前，她明明親口對他說過會按照父親的遺言，不再和島民們有所爭執，如今爲什麼又這樣做，她的生活起了什麼變化嗎？

難道這是因爲自己想要遠離她的生命嗎……

沉默在人群之中流竄著，但是大部分的人都竊竊私語地肯定伊索蕾。他們看到攝政賜給莉莉歐珮史無前例的特權時，都感到有些擔憂，因而希望伊索蕾的話能被接納，於是轉而注視著祭司們。

伊索蕾退後一步，然後繼續說：

「所謂『席奧碧』的稱號，即是要自覺本身只是國王的代理者攝政的接任者，要彰顯沉默的美德，而非樹立個人的權威。雖然我不知道她是否已經到了能夠了解這道理的年齡，但如果她獲得那樣的稱號，就應以那含意自我警惕才對。」

當伊索蕾說完話退下去時，莉莉歐珮的冰冷眼神已經射向她；達夫南剛好看到那眼神。

伊索蕾的腳步和移動與之前無異，不僅快速而且沒有絲毫遲疑地舉步落腳。看在達夫南的眼裡，那是準備要戰鬥的人所表現的有節奏動作；只要她對什麼事下了決心，達夫南根本沒有自信可以動搖，因此只能希望她不要已經下定了什麼決心才好。雖然伊索蕾是出眾的人才，但是當初伊利歐斯不就是因爲太過出眾，才引來那樣的結果嗎？至少可以確定的是，她在月島上根本沒有自己的支持勢力，正面挑戰攝政的力量，等於是一開始就註定會失敗。

但是，如果她開始了戰鬥，達夫南也絕對不可能會袖手旁觀……

攝政正覺得難以回答，莉莉歐珮卻已經先開口。她用去年起就慢慢變得自負的口吻，向伊索蕾說：

「妳的話我充分明白了，當然，我得到『席奧碧』的稱號就足夠了；不對，應該說沒有任何稱號也無所謂，只要是閣下親自賜予的東西，我完全沒有排拒的心理。反正對我而言，是『蘇西芙莉絲』正確，或者『席奧碧』才正確，我連比較的知識都沒有，只是這對那些有一點特別的人來說，就不知道囉。像我這樣普通的人，誰都不知道這些含意，不是嗎？所以不管是稱呼『蘇西芙莉絲』或是『席奧碧』，我所擁有的權威本質不變，對不對？」

伊索蕾沒有微笑，馬上回說：

「這樣說也沒錯，攝政的所謂權威或是稱號，並非一出生就擁有的，而是周圍人們的眞心支持所獲得的，只要有支持者，那麼權威當然也不會改變啊。」

莉莉歐珮很是機靈，把伊索蕾歸爲「特別的人」，並拉攏周圍的人群，不讓有關稱號的責難使自己的地位受到貶抑，反而強調自己本來就擁有的權威。只要稍微有點腦袋的人，都能看出她是在駁斥伊索蕾。

這時候攝政開口了：

「全部的意思我都知道了，稱號問題我會和祭司們商議之後再決定，就不要再爭論了。至於莉莉歐珮從一出生就擁有的權威，聚集在此的各位也都清楚了解，因此也沒有再爭論下去的必要。」

接著，儀式繼續進行。攝政阻止了口舌之戰後，拿起了一束水仙花，使了個眼色示意愣在那裡的少年，要他獻花給莉莉歐珮。

而這時接過滿懷水仙花的莉莉歐珮，才像是自己希冀的時刻終於來臨似地眼神燦爛起來；她向著人群走去，剎那間，達夫南陷入她好像正往自己走過來的錯覺之中。

不是，那並非錯覺，她眞的走到隊伍外側站得較遠的達夫南面前，毅然地拿出第一朵水仙花。

「你接著。」

達夫南曾旁觀過幾年的淨化儀式，從未見過有參加儀式的當事者送出去的花被拒收的，雖然大部分當事者都是把花遞給自己的家人。

但是他雖然感覺到有某種奇怪的氣氛，不過考慮到莉莉歐珮的立場，這只是最後的儀式罷了，就姑且先把花接受下來。

緊接著，莉莉歐珮霍地轉身面對人群，以堅決的聲音說：

「大家都看到了嗎？我想大家都知道淨化儀式的第一朵水仙花代表什麼意義，正如大家所看到的，他接受了。那麼……他就……從這一刻起，我宣布他成爲我的未婚夫。」

02

衝破堵死的壁

達夫南比誰都還要驚惶失措。他一開始還以為聽到的是玩笑話，但是看到一本正經的莉莉歐珮與周圍人群的反應，還有沉默不語的攝政，才驚覺到這不是玩笑，甚至不是那種可以輕易撤回的言語。

一下子浮現太多想法，一時不知如何回答，達夫南手足無措起來。然後，他本能地轉動視線，尋覓一個身影；當他接觸到伊索蕾那無表情的眼瞳時，心情很奇特地沉澱了下來。雖然她什麼都沒說，但他卻從她的眼眸裡得到一切需要的。

隔了一會，達夫南大膽地向攝政開口說：

「攝政閣下，我應該如何解讀剛才所聽到的話呢？首先向您報告，敝人是從大陸來的，並不清楚淨化儀式第一朵花所代表的意義。此外要提供您參考的是，我完全無法同意剛才的宣布。」

講話的對象是攝政，而說出不合道理言語的人是攝政的女兒，因此達夫南把自己的身段放到最低，騷動的群眾也全望向攝政。可是攝政接著開口說出的話，卻更語出驚人。

「接受淨化儀式的獻花不過是風俗習慣而已，不管那是什麼意義，攝政的接班人隨時可以挑選自己喜歡的對象。你們兩人相差一歲，年齡算是恰當，而且銀色禿鷹與青銅豹支派不同，也算是恰當，我覺得你還是接受比較好。」

眞是令人啼笑皆非的一番話，達夫南像是被敲了一記悶棍，情緒慢慢地轉成憤怒。不管是莉莉歐珮或是其他任何人，只要是他自己的問題，就不能任由別人隨意處理。從離開家鄉後自己就獨當一面，在情感上一直只掛記著自己鍾情之人，難道說現在要讓他們用這種厚顏無恥的方式對待自己嗎？他不知道月島的風俗究竟是怎麼樣，不過他才十五歲，就要談及訂婚，這是什麼不合理的決定啊！

「我不願意，請不要隨意插手我的人生，我完全不同意。」

那一刻，達夫南實際感受到月島島民和自己就像是兩種不同的猛獸般有著遙遠的差距，他無法了解他們，打死他都無法了解。不過，月島島民們反而對達夫南的言語更覺驚訝。不是嗎？比起攝政的話，達夫南的論調似乎更令他們慌張。

站在旁邊的人，似乎是故意說給他聽一般，自言自語：

「攝政的權威是無人可以抗衡的。在他權威所影響的土地上生活，怎可以拒絕他呢？」

攝政也皺起乾巴巴的臉孔說：

「身爲巡禮者，你的生命臣屬在我的權威之下，就不要再提起那無禮的言論了，應該學學順從的道理。你現在這種行爲是你的保護者教你的嗎？」

達夫南無可奈何之餘，立即大聲反駁：

「您是說順從嗎？所以，不管結婚對象是不是同意，都全然不重要嗎？」

沒有人指責達夫南的無禮，只是大家都感受到他的確是和他們完全不同的人。因爲是大陸人，從大陸來的人，所以才會那樣……這種聲音如同漣漪般擴散開來。

他們都很恐懼，不知道攝政的憤怒會用什麼方式顯現出來，所有人都瞄著他；儘管他們最初聽到莉莉歐珮的發言有點心驚，但他們只要一想到那是攝政下達的命令，就都認爲達夫南一定得接受才行。

接著，攝政令人意外地簡單回答說：

「當然是那樣。」

這時，戴斯弗伊娜慌忙地站了出來：

「閣下，我身爲權杖之祭司，還不曾聽說過有這樣的慣例，年輕男女間的問題，想必他們會知道如何處理，這種事應該不需要施展閣下您的權威。莉莉歐珮與達夫南兩個人的年紀都還小，多給他們一些時間，讓他們再想想，不是比較好嗎？」

縱使是戴斯弗伊娜，也不能直指攝政的話不對。不過她現在是這麼認爲的，而且一切都寫在她的臉上。

但是讓所有人都心驚的，卻是攝政的堅決立場。

「莉莉歐珮已經被認定爲接班人，她的權威只在我與祭司們之下；而我們從以前就有所謂『古代攝政原則』，即是最高位者爲了謀求共同體的平衡，擁有可以自由選擇最卑下位階配偶的權利。達夫南本來和我們的血統不同，因爲他是從大陸來的，當然就算是外地人，地位更低於其他任何一位巡禮者；所以，這種結合是正確的，達夫南沒有拒絕的權利。」

如此一來，祭司們個個都滿頭大汗。勃然大怒的奈武普利溫幾度要發言，還好都被戴斯弗伊娜和默勒費烏斯用盡全力勸阻下來。不然以奈武普利溫的個性，絕對會說出比達夫南更難聽的話，這樣原本只是涉及一個少年的事情，就可能演變成月島整體的危機。

因爲達夫南無論說出什麼話，都可以被解釋成年輕不懂事，而且莉莉歐珮也會幫他化解，所以不會產生最壞的結果；但是身爲祭司的奈武普利溫就不同了，若是他和攝政對立，島民們不可能等閒看待。就算沒有決裂，也會因爲古代王國的傳統漸漸式微，使得維繫月島社會的紐帶更形薄弱，稍有不慎，會連月島的統治基礎都動搖。

如果支撐月島統治根基的權威消失了，隨之而來的就只有大混亂與自我毀滅而已。因爲這個緣故，即使以前伊利歐斯與攝政對立，最後也是徹底對島民們隱瞞實情。

所謂攝政的權威，達夫南以前只從島民口中聽說，但他現在卻正親身體驗它的威力。他全身漸漸變得好冷，他想要再看一眼伊索蕾，可是她好似已消失在人群之中。

於是，達夫南正面看著莉莉歐珮，低聲卻又無法掩飾怒火地說：

「妳這到底是什麼意思？」

令人情緒緊繃的是，莉莉歐珮毫不猶豫、斬釘截鐵地說：

「就如你所看到的，我要擁有你，而你不可以拒絕。」

「我就是要拒絕妳。妳說擁有嗎？我只被我自己擁有，這種滑稽戲碼現在該收手了。」

「我不是在演戲，你就接受現實吧。不管你說什麼，都只算是耍賴而已。」

莉莉歐珮有著驚人的自信心，小巧又可愛的臉蛋上，充滿了大陸貴族臉上常常帶著的粗暴傲慢。她接著開口又說：

「只要和我在一起，你就會變幸福，爲什麼你不知道呢？我眞想說，你要拒絕就拒絕看看。這機會別人想得到都無法得到呢！我看你就不要逗我了，你以爲我是誰？你還是用看以前和你處得來的那個同輩少女的眼光來看我嗎？我再說一次，你沒有拒絕權，完全沒有。只要你還身在月島，就得活得像個巡禮者。」

可是，達夫南在大陸眞的見過貴族，並且曾經親身體驗過和他們之間的不愉快。莉莉歐珮愈是強勢地想要貶低達夫南，就更加引起他的嫌惡；一股絕不寬恕他人又冰冷的自我，正徐徐復甦。

「即使依照妳的意思，我也沒有辦法變得幸福；我原本就是無法變得幸福的人，只會使妳也變得不幸福。雖然妳可以輕易提供所有我喜歡的東西，但是活生生的人不包括在內；我若是可以被妳擁有，只有一個辦法……告訴妳好了……」

達夫南露出無情的目光，舉起手指啪地彎下來說：

「我死了以後，妳可以取走我的屍體。」

那一瞬間，莉莉歐珮出手摑打達夫南的臉。

不過那只是個沒什麼威力的巴掌，達夫南連頭都沒轉，反而是莉莉歐珮漲紅了臉，說不出話來。

「這些話……你倒很會說啊！說什麼和我在一起無法幸福……我全都知道……不要假裝了，即使你用那種方式說，說得好像完全不了解愛情似的……其實你、其實……你正在喜歡那個女子，我都知道！你無法變得幸福，完全是因爲無法擁有她吧！」

達夫南靜靜俯視著在眾目睽睽下吐露出委屈的莉莉歐珮，也同樣舉起手來，接著用力往她臉頰打下去。這與方才的耳光，一出手力道就完全不同。

「啊呀！」

莉莉歐珮的頭撇了過去，甚至連身體重心也不穩，直接跌落到地上，因此咬破了嘴唇，流出鮮血。人群慌張地大叫，連攝政也在驚嚇之餘，差一點從椅子上跌落下來。在攝政面前打攝政之女，自有月島歷史到目前爲止，從來沒有人敢這麼做。

當然最驚訝的人是莉莉歐珮自己。從小到大，別說是挨打，連瘀青也不曾有過，現在挨了個耳光，衝擊當然就更大了。可是，當跌坐在地板上的她，抬起頭來瞪著達夫南時，雖然準備開口恐嚇，暗地裡卻懷疑自己是不是碰到了不曾遇到的對手。

「……妳不要以爲自己知道什麼，就妄自揣測。這種事在妳父親面前做就好了。妳根本連我是怎樣的人都不知道；如果知道的話，就不會編造出這一類無聊的事了。」

除了冷漠的語氣，達夫南連眼光也和平時大不相同；那是一點也假裝不來的，而是與生俱來的殘忍性格在瞬間爆發的結果。

達夫南向後退了一步，隨即解開那條爲了儀式而繫住長髮的帶子，丟到地上。

黑青色的髮辮慢慢垂落下來。

「一切都很簡單。」

達夫南的眼光從莉莉歐珮轉向周圍的人群，最後看著攝政，斷然說：

「還沒有接受淨化儀式，我還不算是巡禮者吧。對一個都還不是巡禮者的人，哪裡來的順從，那應是太過分的期待吧。」

達夫南高高舉起了左手，好似嘲弄般地任由手上的水仙花掉落在地上，並原地霍然轉身，撥開人群離開了。

□

半夢半醒的狀態，持續了好幾個小時。

因爲感覺到喉嚨乾燥而起身時，周圍已經變暗。他已經記不得這段時間自己是如何度過的，只是覺得口乾舌燥。直到起身找到水喝下，才漸漸記起發生了什麼事。

達夫南沒有回到床鋪，而是往窗戶邊拉過椅子，並打開外層的窗戶。夜晚就像平時一樣，傳來熟悉的小小噪音，風一吹到臉上，才知道自己的臉有多麼燙。

白天從大禮堂獨自回來的達夫南，因爲心情混亂，難以平靜，因此逃避似地讓自己入睡。之後好幾個小時，都作著以汗水及淚水混雜成的夢。在折磨人的夢境中，雖然看到好多選擇，最終卻連一個也無法選擇，而且也不能一直停留原地。束手無策的他，只是讓狀況持續惡化，既無法逃跑，也無法回頭，連靜靜停留在那位置也不行。

伊索蕾。

徐徐發出這個名字的聲音，這是他在無意識中最初叫出的名字。他的最大苦痛已被她帶走，沒辦法離開她，也沒辦法和她在一起，只能下定決心維持現狀，但是連這樣也非常辛苦。

當莉莉歐珮用「那個女子」指稱伊索蕾時，自己爲什麼會那樣火冒三丈；一聽到「因爲無法擁有她」的那一剎那，自己幾乎就失去了理智。

從大陸回來以後，達夫南就下定決心不再見伊索蕾，所以那無異是將他撕裂的傷口再度扒開。

他曾經幾近瘋狂、好不容易才壓抑住情緒，讓自己不再喚她的名字，不再聽有關她的事情，節制自己不去看她，努力相信總有一天自己的心情會平靜下來。

但那樣的努力只因一句話，甚至只是因為「擁有」這兩個字，就將他的感情斷定為只有慾求，並和莉莉歐珮對他的占有慾混為一談。那一瞬間，達夫南幾乎是以想要殺人的心情打了她……她的話刺在自己最痛的地方，直到現在，情緒都還無法平復。

即使離開伊索蕾，也不等於達夫南就會去找其他女子來替代她。以他的個性，雖然不會輕易愛上，但是一旦動了心，那份對感情的執著也是驚人地強烈；存在於幼年時期的耶夫南，直到現在都還支配著他的生命，而伊索蕾的影子也正深深吸引住正值少年、剛懂得感受異性的他。即使沒辦法靠近，他仍在心靈深處藏著那唯一的戀人。

就算不能在一起，他也希望能留在一個可以得知她動靜的地方；但是他今天當著月島最高權威者的面拒絕成為巡禮者，也就意味著他必須離開月島，再也無法回來。

但這做法是正確的，如此一來莉莉歐珮再也無法直接支配他，他也得以逃避羈絆，再回去大陸──那個攝政權威無法到達的地方。

可是，達夫南心中還有個很大的負擔。把奈武普利溫丟著，自己離開月島，好嗎？

想想初到月島的旅程，在波濤中前行的小帆船裡，使波濤如同睡眠般平靜下來的「航海者」奈武普利溫，是當時滿身是傷的少年唯一信任的人。奈武普利溫當時的形貌再度鮮明地浮現在眼前；因為相信一個人，達夫南才能把自己的故鄉和大陸全都拋棄，來到陌生土地，並甘願留在這裡生活。

如果現在因為無法忍受心情煩悶而離開月島，就完全沒辦法再見到奈武普利溫，因為再次復職的奈武普利溫，無法再像之前一樣前往大陸。而一旦離開月島，達夫南也永遠無法再踏進這巡禮者所屬的領域一步。

加上奈武普利溫被延長的十年壽命，時效也快要到了。達夫南搖晃著頭，最終還是低下。現在和奈武普利溫分開，不但意味著永別，可能連他臨終時也無法守候在側。曾經認爲他是世界上最愛的人，因此決定將剩下的生命全都給他，並跟隨他到這地方來，難道就這樣永遠分離嗎？

即使在眾多人的嫉妒和反對下，奈武普利溫也不在乎，只承認達夫南是唯一的學生；當他犯錯或闖禍的時候，奈武普利溫總是第一時間挺身而出。想到此，便更加深了達夫南心中的痛楚，還記得發現奈武普利溫臉上刻畫著歲月的痕跡時，自己著實嚇了一跳。他的皺紋都是因爲擔心自己才產生的，絕對錯不了。

還有曾經期望達夫南成爲劍之祭司，可以將朝錯誤方向前進的月島島民再次引導向卡納波里榮耀之路的傑洛；以及奇蹟似地復元，現在似乎沒有達夫南便無法生活下去歐伊吉司；還有在那期間爲受到各種事情牽扯的達夫南辯護奔波，相當辛苦的戴斯弗伊娜等；那所有人的存在，都以各種不同的理由挽留著達夫南的腳步。

喀拉！傳來門被打開又關上的聲響。這時會進來的只有一個人。

奈武普利溫沒有馬上進到裡面，只是倚門而立，俯視著達夫南好一陣子。四周都很黑暗，因此無法看清楚他的表情，而達夫南也一直坐在窗戶邊仰望著他，所以想必自己的表情也看不清吧。

不久後，他發現到自己的聲音有點沙啞：

「唉，我眞是沒用。」

達夫南像是自言自語似地說出話來，由於彼此看不清臉孔，所以的確像是自言自語。

「從我到這裡來以後就經常惹出問題，就算有十個小孩好了，也不會比現在更讓您折騰了吧。爲什麼我要跟著您到這裡來啊，早知道會成爲負擔，就不要來了。」

「……不。」

同樣是掩沒在黑暗中的臉孔，同樣是低沉的聲音，達夫南忽然壓制住喉嚨中激烈要衝上來的情緒，提起了精神。

「還不如……就大發脾氣……我也比較舒暢……什麼事也……沒有幫上忙……如果從來都不認識您……如果一直待在大陸，現在不知道是否還存活得下來……」

因爲大口吸氣，於是停住了話。各種想法，一切回憶，全部一下子充滿腦海，沉重地湧洩下來，連曾經覺得幸福的回憶，如今也成了累人的包袱，讓他無法放下。

「我喜歡有你在。」

呼，輕聲嘆了一口氣。

「是眞的，沒有你的話，我哪有幸福可言啊，在大陸漫無目的徘徊時，你出現在我身旁，受到幫忙的是我呀。因爲你的緣故，我的人生也產生了目標。很奇怪吧！那時你處在比誰都絕望的狀態，但我卻因爲看到你才感受到什麼是希望。」

奈武普利溫是第一次像這樣直截了當地表露出自己的感情。他向來對達夫南或別人的問題可以直截了當地說出來，卻只對自己的問題永遠都是敷衍的；不，他是不想表達出來，即使間接說上一、兩句，達夫南也立刻就可以會意，但那也迥異於現在的全盤傾訴。

「我，在面對自己，以及我的生命時，總是個僞君子。我相當努力於想要適當地對待別人，但我從來就沒有成爲自己希望成爲的人；即使極力去模仿，結果還是回到原點。第一次見面時……還記得嗎？那時我看起來平靜又快活，其實當時在我所擁有的記憶中，所有的事情都被蓋上了所謂『後悔』的烙印。」

在黑暗中，奈武普利溫的手移上來摸著達夫南搖晃的頭；雖然聽到的只是平淡的聲音，卻發現他的指尖微微抖著。

「感謝讓我碰到你，你不管做了什麼錯事，我也不會對你失望或是仇視，因爲你就是我的第二生命，現在……現在回去大陸也好。」

心裡就像被放進冰塊冰鎮的感覺，雖然知道已經成了定局，但從奈武普利溫的口中聽到這種話，不知爲什麼心就是很痛，太痛了，痛到連呼吸都困難。

「我可以到哪兒啊……像遇到您之前那樣，獨自一人嗎？再度防範每個人，無論對誰都不可以說實話，沒有喜歡的人，再去那塊土地，怎麼能忘記以前那些痛苦的事呢？」

奈武普利溫用力搖頭，然後說：

「不一樣，你已經大不相同了，你已經更進一步地變強了。一切都會變好的，會變到不需要你操心的程度……啊呀，如果我可以的話，也想和你一起去呀，再回到旅行的那段光陰，如果可以回去的話……眞好耶。」

一時之間，兩人都接不上話，腦海中那時期的記憶如火燃般鮮明。那時，只要有奈武普利溫在身邊，就不會被任何事妨礙，當時他根本不需要憎恨，不需要爲了不輸給那些敵人而用強硬的心去迎戰，還有……也還不知道伊索蕾是誰。

為什麼那段時光無法繼續……

可是奈武普利溫立即重拾自我，回到現實，眼神散發出孤寂。

「生命中最美好的瞬間都是短暫的，稍縱即逝，就像我們終究無法抓住夏日午後的美好時光，讓其停留一樣。我老早之前就知道會有今天，你遲早是要走的，而且已抱定了決心不要挽留，也就是不要為了我而讓你留下來。最初我反對你要來月島的決定，你還記得吧？」

達夫南點點頭，什麼話也說不出口。

「我從那時就一直在想了，有時候也會想是不是不會有那樣的時候，但是莉莉歐珮再次喚醒了已經遲鈍的我；應該把你送回去才好，為了我個人的幸福，我竟然不自覺就忘掉了……」

「把我……送回大陸，你從一開始就這樣打算了嗎？為什麼呢？」

達夫南的聲音有點顫抖。奈武普利溫稍微搖搖頭說：

「大概有某些時候不會那麼想吧，因為有你在我身邊眞是太好了；可是最後還是覺得最初的想法是正確的。第一次見面的時候，我就知道你從骨子裡就是大陸人，大陸的風是無法用洞穴截住，這封閉的社會如今已經沒有可以給你的了，好了……」

奈武普利溫靠近一步站住，達夫南也從椅子上站起來。因為月光的關係，散發出淺藍光的臉孔，恰如那墓地所立的雕像一般。

「要是出島，就去雷米那些你還記得的人們那裡吧，上次你因為銀色精英賽要前往大陸時，就已經告訴過他們啦；他們會給你一份工作，以你的程度，基礎都已經學會了，如果再努力一點，光靠一把劍也足夠你餬口過活了；要是有更多抱負的話，也不用再流浪了，連土地都可以得到吧！只是大概沒辦法再回到故鄉……知道嗎？我會再幫你寫介紹信。」

那些光只是看到奈武普利溫的劍，就會款待達夫南的人，當然應該都會接納他；只要他躲避過也許還存在的奇瓦契司追蹤者，說不定還可以長長久久過著平和的生活呢。但是這有什麼意義嗎？有誰可以愛，有誰可以眞心傾訴呢？

「喜歡伊索蕾喔？」

忽然，奈武普利溫提出這話題。達夫南被這問題問住了，不知所措。沒想到這問題會這樣被直接問出來，讓他連之前已經想好的回答都說不出來。不是嗎？應該回答說伊索蕾單純只是老師而已，卻一點也開不了口。

「這不是件壞事啊，你已經十五歲了，喜歡女孩子有什麼好奇怪的，我從以前就知道了，現在才支持你的決定，要不然，應該會勸你再給莉莉歐珮多一些時間看看。可是，假如你今天輕易接受莉莉歐珮的要求，搞不好我會對你大發脾氣；太容易被左右心情的人，是沒用的。不管怎樣，在你拒絕接受淨化儀式、離開大禮堂以後，我們召開了緊急會議，雖然攝政與祭司們全部集合討論，終究還是沒有出現對你有利的結論。」

連可以申訴的機會也沒有——現在達夫南終於明瞭爲什麼奈武普利溫會是那麼精疲力盡的樣子。他爲了達夫南的權利和許多人爭吵辯論一直到晚上，最後還是無法成功，於是回來向他轉達有關要他離開的事。

「只給一個晚上的時間考慮而已，攝政閣下說你如果改變心意，會在你與莉莉歐珮訂婚的那天再次舉行你的淨化儀式。你要是選擇留在月島，就得在數日之內和莉莉歐珮訂婚，而且不管發生什麼事都不能悔婚，因爲這是決定攝政接班人配偶的問題，甚至即使是莉莉歐珮也不能改變心意。攝政閣下還說，十九歲就要讓莉莉歐珮結婚喔。攝政閣下自從他的夫人離開去大陸後，就不信任女人了，即使是自己的女兒要治理月島，也不認爲完全合適，所以你如果成爲他的女婿，以後說不定會成了月島的實質統治者。」

當然，這麼一來，傑洛的願望可以毫無遺憾地實現了……但是同時，包括達夫南、伊索蕾，以及莉莉歐珮在內，都將會無法幸福。

「如果你堅決拒絕接受淨化儀式，雖然不用和莉莉歐珮訂婚，但是得在數日內離開月島，並且再也不能回來，即使在大陸上偶然和島民碰面，也不能相認。而且，你也知道的，離開月島的人要在青石碗中留下頭髮，那是防止月島的祕密向大陸人洩露的魔法裝置。因此，離開的人一定要完全忘掉月島的一切。至於我嘛……我大概沒有機會再去大陸了，所以說會再見面就太勉強了。」

那一瞬間，達夫南的感情全部湧上來，大聲說：

「我，不想離開啊！我不想去沒有你的地方！眞的，這幾年因爲有你，讓我好幸福……你爲何不說寧可讓我留下來……」

「留下來，你就無法再想伊索蕾了，知道嗎？」

達夫南的嘴唇一直顫抖，卻無法回答。奈武普利溫勸導似地說：

「到時，連她的影子你都不能擁有，結果你和伊索蕾都會不幸。你不會希望那樣吧。」

達夫南突然抱住奈武普利溫，因爲他的個子還小，頭只碰到奈武普利溫的下巴。

「沒辦法活很久的事……我知道。」

這一刻，達夫南感覺到奈武普利溫的肩膀瑟縮了一下，但是接著聽到的卻又是過於平靜的回話語調。

「什麼話呀？是你嗎？難道會是我？」

「不要假裝不知道！奈武普利溫……你，在很久以前伊利歐斯祭司去世時，曾經被那怪物傷到……那是無法痊癒的傷口，伊利歐斯祭司爲您治療，因此才可能大約多活十年，我知道，當時之所以不和伊索蕾說，是因爲那是伊利歐斯祭司的失誤，對吧？不是，不是失誤，是故意的吧？那時十歲的伊索蕾現在已經十九歲了……剩下來的時間……」

倏然，奈武普利溫推開達夫南，捧住他的兩頰，直接俯視他的眼睛。

「這種話是從哪裡聽來的？不，這不是可以從別人那裡聽來的話啊，因爲當時只有我和伊利歐斯當時在場，沒有別人，而且我從不曾對誰提過。來，這是怎麼回事？是誰那樣猜想嗎？」

「我之前從幽靈們那裡回來的事，記得吧？」

那時，奈武普利溫看到達夫南在木塊上所寫下的句子，知道他去了哪裡，而且成功保守祕密直到他回來。這時，奈武普利溫的臉龐才顯露出驚慌的神色：

「你是說幽靈們告訴你這種事嗎？爲什麼？你那時去他們那裡不是因爲歐伊吉司的事嗎？」

「不是幽靈們告訴我的……去見他們的路上，有座奇怪的樹林，那是個過去的人們隨時會出現又消失的地方，我甚至會看見和我完全沒有任何關係的人。幽靈們稱那裡是內心森林，在那地方，我看到伊利歐斯祭司和您，儘管只是影子……」

奈武普利溫一時之間說不出話來，又過了一會兒以後，突然噗哈哈地放聲大笑；那不是自嘲或是自暴自棄的微笑，而是眞正的啼笑皆非。

「很好，眞想不到會有這種事，搞得我都心慌意亂了。很好，就如你所說的，我不便把當時的事告訴別人，是因爲不想讓伊索蕾知道伊利歐斯的過錯。可是，伊利歐斯會這樣麼做也有理由，雖然他憎恨我很久了，但是在那天的決鬥中，當我處在危險的時候，他卻沒救他自己的女學生安塔莫艾莎，反而救了我。你也曾經有過和那怪物的格鬥經驗，所以應該知道，那怪物的腳爪能伸張到很遠，同時攻擊好多人，我因爲伊利歐斯祭司的恩澤才只有受傷，但是安塔莫艾莎卻當場死亡。他原本就是自尊心很強的人，因此無法接受這事實。他在對自己的盛怒下殺掉那怪物，還把裡面的紅色心臟……啊，你也看過的，知道吧？」

達夫南沒說話，只是點點頭。

「他沒把那寶石留下來，反而故意將它斬碎掉，雖然他明知把它留下來可以用來治療我。之後……那之後的故事你也知道嗎？就是有關我的劍和他的劍的事。」

達夫南又點頭。

「看起來你是眞的都知道唷。伊利歐斯祭司出生在非常貧窮且耿直的家庭中，因此連一把學習劍術的用劍都沒有。父母親看到自己的兒子有太多才能，唯恐受到高位者的猜忌，因此決定什麼也不教他。當時颺爾萊劍術的老師兼任劍之祭司，名叫典特羅祭司。坦白說，典特羅祭司不是個很好的人，經常先收錢才肯收學生。年幼的伊利歐斯祭司想要學颺爾萊，雖然去找那位老師，卻被無情拒絕了，因爲典特羅祭司打從一開始，就沒有教這既沒有錢、又粗鄙得連懇求都不會的小孩的意願；所以故意刁難伊利歐斯祭司說，如果他可以尋求到練習用的劍，就收他為學生。你也知道，雖然現在規定不滿十五歲不能佩劍，但當時並不是，那是在發生了幾次事故之後才頒布的法令，是你出生之前的故事。不管怎樣，當時只有少數出身名門家族的小孩才可以擁有自己的劍，而且那時的鐵匠技術也不比現在，幾乎做不出把像樣的劍。」

「而我已故的老師歐伊農匹溫，雖然對刀劍鑄造有獨到見解，卻很懶散，幾乎從不鑄劍；大部分的人甚至不知道他會鑄劍。我也是聽說的……伊利歐斯祭司得到了來路不明的颶爾萊雙劍，好像是某個人放了之後就離去。有了劍，伊利歐斯就理所當然地成為典特羅祭司的學生，雖然最後又被趕了出來，不過那又是別的故事了……不管怎樣，伊利歐斯祭司想要報答贈劍給他的人，可是雖然努力四處打聽，但因為我老師的鐵匠好友守口如瓶，當然還是問不出結果囉。」

「所以那時候，當伊利歐斯祭司看到您的劍，就知道那把劍的來歷了嗎？我還在大陸時，當那劍染上血時……那時伊索蕾也說自己的劍會出現相同的文字，當時還為了到底是什麼原因而困惑呢。」

說話過程中，奈武普利溫仍不時笑出來，但到底有什麼好笑，達夫南實在無法理解。

「因此，在最後時刻知道一切狀況的伊利歐斯祭司非常惱火，那種心情我能理解。我的老師曾經問過他要不要學習底格里斯，但被他拒絕了，因為他對這位身為劍術流派繼承人，卻在劍術上不長進，且私自釀酒來喝的老師相當不以為然。伊利歐斯祭司之所以成為祭司，是天才加上後天的努力，所以他對沒有能力又懶惰的人，真會覺得不齒吧。當他終於知道是那位老師施予他決定性的恩惠時，那位被看不起的老師已經去世，而且還是在他故意毀壞那顆寶石之後——那是可以救回他恩人唯一學生的東西。於是，完美主義、無法忍受欠下人情債的他，如何能受得了這種狀況，恐怕就算死了，也還爲無法表明的心意忿忿不平吧。」

看著奈武普利溫似乎對伊利歐斯所做的事一點也不在意，那樣泰然自若地說著，達夫南覺得好心痛，稍微吐出了一口氣。奈武普利溫卻又呵呵笑著說：

「你是看我可憐，所以才吐一口氣吧？」

但這時的達夫南沒有開玩笑的心情，奈武普利溫搖搖頭之後又開始放聲大笑：

「我說你啊……還有一件事不知道……推論能力總還是不足嘛。我不會死，當然，人都總有一天會死，但不管怎樣，今年或是明年，我都沒有要死的打算。我的傷口已經治療好了，來，怎麼樣，摸摸看啦。」

「您說什麼？」

這不是推理就可以得到的結果，達夫南在又驚又喜之餘，不斷追問：

「這是眞的嗎？眞的可以治好嗎？怎麼做呢？到底在哪裡……那種可以治療的東西，除了從怪物身體內取出的寶石之外……」

「是呀，就如你所說的，除了那個，沒有其他辦法了。」

「那是如何找到的呢？怪物沒有再出現過呀……」

那一瞬間，達夫南停住了話，因爲怪物曾經出現過，而且他和伊索蕾還一起在上村與怪物格鬥，不是嗎？

「那麼，上次那……」

「現在知道了唷？是呀，那怪物也是同一種類，當然擁有相同的心臟。伊索蕾也是那時治好的吧？用那個一起治療好了。」

「那時不是說是因爲默勒費烏斯祭司嗎？」

「不然難道要告訴眾人說那怪物又出現了嗎？」

達夫南被問得答不出話來，也由此確定奈武普利溫不是說謊，在高興之餘，再次猛然摟住奈武普利溫。

「是眞的，對吧？啊……眞是太好了，爲什麼不早說呢？我有多麼擔心，你知道嗎？」

「你才眞是的，既然在幽靈那邊看到那種事，應該早點問我，不是嗎？」

「但是那種話……又不是隨便可以問出口的……」

達夫南心中巨石落下的瞬間，奈武普利溫又改變語調，說：

「這樣，你可以不用擔心我而離開這裡了吧！你和伊索蕾都還年輕，何時會再見面都有可能，盡量往那個方向想，會比互相感到背叛而變成苦痛和互不理睬更好過吧。我……認爲你去大陸也可以獨自活得很好，因爲我把你養育得很好，不是嗎？」

奈武普利溫似乎沒有期待回答般地再次露出笑容，並且伸出手，指著床說：

「我可以給你的忠告都說了，反正小鳥長大之後總是得離開巢穴的，你在大陸聲名遠播，一直有些事情等待著你。在我看來，這也是不錯的啊，所以今天晚上好好睡喔，因爲明天還有困難的決定要做。」

說完這番話，他便按照往例，隨便脫掉鞋子，就爬上床躺平了。達夫南茫然若失地盯著他，不久後也回到自己的床鋪上躺了下來。

奈武普利溫故意說得很輕鬆，但達夫南知道那結果還是意味著永恆的別離。這樣想著的達夫南，沒辦法睡得著；這時要是可以許願的話，會許什麼願呢？

但奈武普利溫卻像是馬上睡著似地，不久之後就發出低沉規律的呼吸聲。轉過身側躺著看著他的背影，達夫南小聲地嘀咕說：

「我……眞的喜愛您……乾脆直接瘋掉，或是長眠不醒好了；如果明天可以什麼事都不發生，什麼決定都不要做，所有時間都可以停留在這一刻就好了。」

03 Forevermore

然而，天還是亮了，日子不變地照常來臨。

最後，達夫南還是無法做出其他決定。在眾人的勸告下，他還是剪下頭髮留在青石碗中，結束所有儀式。

曾被認定爲下任劍之祭司的少年，繼伊利歐斯之後第二個帶著銀色精英賽冠軍頭銜回島的少年，若他能與莉莉歐珮訂婚，將伴隨而來無數的特權，但他卻將這一切全都拋棄，就像當初來時一樣，又將兩手空空地離開月島。

祭司們好意讓他在被驅逐之前有一天的延長時間。那天一大清早，達夫南獨自走往那個和伊索蕾一起學習聖歌的山坡，一階一階地踏上祕密階梯，一直走到有山泉的地方。

決意忘掉伊索蕾之後，達夫南刻意沒再來過這地方，因此也忘了被艾基文破壞的石階是哪一階，搞不好一個不小心，腳就會再次踩空。因爲實在太久沒來了，無法像從前一樣，輕鬆踩到看不見的石階，於是他帶了幾顆小石頭，一階階地丟下做記號。

山泉與之前沒有兩樣，伊索蕾的兩隻白鳥正在啄水喝，達夫南一來，牠們就往後邊飛去。白鳥們似乎還記得曾經在伊索蕾旁邊唱頌聖歌的達夫南，所以沒有飛得很遠。

達夫南在那裡放了一本書。

那是傑洛給他的書，《卡納波里遷徙的歷史》。達夫南昨晚一夜無眠，雖然想著要用什麼方式向伊索蕾表達自己的心意，卻想不出最滿意的結果。雖然之前奈武普利溫看似不在乎地說他知道達夫南喜歡伊索蕾，但是達夫南仍然無法問出他們兩人之前是不是有過婚約的問題。他覺得自己就像小鳥般，對於照顧又養育自己的人，卻什麼也無法回報就要離開，因而非常討厭自己；所以即使聽到了奈武普利溫那番話，也無法在他面前表現出對伊索蕾的情感，即使一丁點兒也不行。

煩惱到最後，想到的就是這本書。看到伊索蕾昨天和莉莉歐珮的正面衝突，即將離開的他已經無法給予支持，但能留給她什麼呢？到目前為止，她都還不知道卡納波里和古代王國就是同一個地方，而這本書正是她和攝政對敵時最厲害的武器，因此他考慮是否要將這本書送給她。

當然這本書本身是沒用的，達夫南想要做的只是告訴伊索蕾某個訊息，雖說現在還不知道事情的眞正面貌，但仍可以感受到有某種變化存在。此外，他也想要送她些什麼，不管是書籍，或是信箋，甚至僅僅是顆小石子，希望她如果看到的話，可以記得自己，最少讓她知道在離別的瞬間，他正在想著她；即使不是這樣，只要她看到這本書時，想到達夫南的心意……

不是的，其實達夫南也不知道自己到底想要什麼，只是就這樣離去又感到不安，偏偏就是那種不做某些事就忍受不住的心情。

他放下書，徘徊了一陣才離去。

□

午後，他去拜訪傑洛。傑洛依舊住在那間老房子裡。然而，門一打開，達夫南不禁嚇了一跳，明明日前還是亂七八糟的房子，現在竟然全部物品都已乾淨地整理妥當，放在應有的位置上。

然後，他就發現了衝著自己微笑的熟悉臉孔。

「嗯……」

歐伊吉司。他就像以前一樣，手中抱了一大疊書。坐在他旁邊的傑洛問說：

「誰來了？」

「是達夫南。」

歐伊吉司就像是傑洛的眼睛，他回答完之後把書放下，走向達夫南。達夫南環顧四周，除了之前自己帶來的幾冊書，還有數十冊書籍，而且不知何時，屋子的一邊還多了書架，架上整整齊齊地排放著書。

「真的……要離開嗎？」

抬頭看著自己的歐伊吉司，眼神比以前還要沉穩，這是達夫南認識他以後，第一次覺得他長大了。

「雖然不要離去比較好……」

歐伊吉司當時也在旁觀淨化儀式的人群中，對於事情的始末相當清楚。像是有什麼話要講，歐伊吉司好幾次吞吞吐吐著。達夫南一會兒以後才說：

「你也知道，是吧？」

「嗯……」

歐伊吉司不是笨蛋，而且在同齡的小孩之中，就屬他和達夫南最親近，當然不可能完全看不出伊索蕾的事。歐伊吉司嘴裡喃喃自語地說：

「眞是奇怪的事喔……我是說我呀，之前生病的時候，在夢中看到我們的祖先，只記得是相當好聽的聲音，那個聲音對我說……快一點回去啦；他說可以看到你的日子已經不多了。」

一聽到歐伊吉司說「聲音很好聽」，達夫南馬上就想到恩迪米溫的父親攝政王。他遵守約定，讓歐伊吉司再次恢復健康；可是，難道說當時攝政王已經知道達夫南之後會碰到的事了？

「我那時很擔心，以爲你也會像我之前那樣遭遇危險，現在想來，才發現原來是指這件事。我很奇怪吧……要是以前，沒有你我可能會活不下去，說不定會哭個不停，但是今天看到你，眼淚卻掉不下來。」

達夫南這時才微微揚起嘴角，露出笑容：

「那表示你長大了啊，小鬼。」

不久後，歐伊吉司忽然問說：

「你在大陸有可以找的人嗎？」

達夫南笑而不答，只是點頭。

不久，當歐伊吉司暫時離開，傑洛突然語出驚人地說：

「把伊索蕾帶去吧。」

這句話讓達夫南一時之間不知要做出什麼表情，於是僵住了；之後才想起傑洛的眼睛已經看不到了。

達夫南沒想到傑洛會對他和伊索蕾的事如此清楚，這時候再否認也沒有用，於是簡短地回答：

「她不可能會去的。」

「難道你連試都不試嗎?」

達夫南沒辦法立即回答這個問題,傑洛那看不見的眼睛直視著達夫南的眼睛,不是,事實上是停留在額頭和眉目之間。

「決定某件事時,不能想要得到全部人的祝福,只要考慮到什麼對未來最好就可以了。你們兩人若在一起的話,即使到大陸也一定可以幸福啊;不對,反而會比在這裡更好吧。」

這時,在達夫南心中又再度浮現那件他無法爲傑洛完成的事。如果他成爲莉莉歐珮的未婚夫,一切都變得可能;但是傑洛並沒有提起那件事。

不久後,達夫南接著說:

「那樣的好事大概不是我可以遇上的吧!如果眞的那樣,反而更加不像是我所能擁有的。我知道我不會碰到如此幸運的事。要伊索蕾永遠離開她父親生活過的土地,這種話我畢竟說不出口。從一開始,我就只是努力不要背叛自己的心意,至於伊索蕾能不能了解我的心意,已經不重要了。我怎麼能有過多的期待啊!她也算是被我傷害的人之一啊……」

□

達夫南最後去找的人是戴斯弗伊娜。從隨侍她的小孩向她報告達夫南到訪,甚至連達夫南進門向她請安,她的視線都只是默默地看著別處。

她的心似乎被達夫南傷得很深。達夫南一時之間無法輕易啓口，過了好一會兒，才開口說：

「您幫我取的名字，看來該是還給您的時候了。」

戴斯弗伊娜徐徐將目光轉向達夫南，冷淡地開口說：

「決定要走的話，就趕快走。爲什麼穿梭月島的每個角落，難道要加深留下來的人對你的記憶嗎？」

戴斯弗伊娜還是第一次用如此不帶感情的語調對達夫南說話。達夫南低著頭，一句話也講不出來。

「我認爲你即使回去大陸，也可以一個人過得很好，因此，請把這地方的一切全部忘掉吧！千萬別再想起，因爲既然已經無法回來，就算是想念或是難過也沒有意義。」

冷淡的聲音，令達夫南感到不知所措，他抬頭看著戴斯弗伊娜的臉龐；就在那一瞬間，達夫南看見她那布滿皺紋的眼眶裡噙著淚水。

「我還把你當作我的姪兒……」

這是那個沒多久以前，還勸導達夫南別放棄伊索蕾的戴斯弗伊娜啊！她並不怪罪達夫南不接受莉莉歐珮，基本上她也不贊同那件婚事，只是因爲曾經幫伊索蕾勉強湊合訂婚，然後在一天之內被悔婚，因此私下很固執的她，現在只希望達夫南可以幸福就好了。要是達夫南答應和莉莉歐珮訂婚，她說不定會擺出比現在更冷酷的態度。

可是，當面對即將離去的達夫南時，戴斯弗伊娜的心中還是出現一些感慨。當初達夫南來到月島時，戴斯弗伊娜單純只是高興有人跟隨奈武普利溫一起回來，可是經過兩年的觀察，她知道兩人的幸福是密不可分的。當她看到連續遭受打擊仍不輕易屈服的達夫南，聯想到年輕時的奈武普利溫之後，就把達夫南當成親骨肉般對待。

她不僅幫達夫南取名字，也幫他隱瞞冬霜劍的事，還幫他鋪路到可以想見的未來；然而一切努力如今全都付諸流水。當初達夫南帶回第二個銀色精英賽冠軍時，她是多麼地開心啊！她覺得他的未來一片光明，她甚至還考慮使點力，讓他坐上祭司的位置。而那些也不過是今年初春的事情而已。

儘管知道達夫南有很強的大陸人性格，卻也沒料到他會那麼快就將所有緣分斬盡。她原以為達夫南將來會接替奈武普利溫的位置，並和伊索蕾幸福地在一起——戴斯弗伊娜一直覺得沒什麼比那樣更好的了，至於說達夫南命中註定會從事有關大陸的事務，那就讓他在成為祭司之前先到大陸歷練一段時間也好……

達夫南已經慢慢可以揣摩戴斯弗伊娜的心情，也知道沒有任何方法可以安慰她，只是忽地垂下頭，看著年長祭司的腳下。

「你一旦遭受驅逐，就非得把在月島所學的一切都忘得一乾二淨。月島的文化，當然不可以對人們洩露，連月島的名字也不可以提起；你雖說學過聖歌，但再也不能使用。為了要讓你完全拋棄聖歌，最好的方法就是廢掉你的聲音，不過那方法太殘忍了，我勸你別再唱歌了，因為學過聖歌的人，自身所積壓的力量會不自覺地加在你的歌聲之上，結果可能會違反你不用聖歌的決心，所以才要你不要唱歌。」

這指示雖然困難，但達夫南乾脆地回答說：

「我會做到的。」

「奈武普利溫傳授你底格里斯劍術了嗎？」

達夫南默默搖頭。

「那麼你的劍術仍然是你的，萬一你已經學了底格里斯劍術，就必須連劍術也廢掉。」

月島的法律本來就很殘忍，「廢掉」意味著把舌頭割掉或手腕剁掉。達夫南知道戴斯弗伊娜還是會暗自袒護自己，所以對她的話語，都毫不含糊地一一答應。

問答結束後，兩人有好一陣子都不說話。達夫南在腦中想了好久，才終於開口：

「我誠懇希望祭司大人您早一天把我忘掉……但我是絕對無法忘懷祭司大人您的；從小我就沒有母親，很不懂得如何面對像祭司大人您這樣的女性長輩，所以到現在為止，都一直在犯錯，但是……也時常心存感激。」

戴斯弗伊娜沉默不語，只是將視線往下移，然後呼出長長的一口氣，說道：

「你可以走了，你離開時我不會去送行。」

達夫南起身，出門前深深一鞠躬，心中充滿了難過與憐憫。那究竟是對誰的情感呢？是對自己，還是對留下來的人們？一時間實在難以分辨。

達夫南打開門要離去的時候，戴斯弗伊娜嘆息說：

「有時候一群人毫無根據的畏懼，會比一個聰明人的判斷來得更有智慧，從現在起，只要我還活著，就不會再接納月島以外的孩子。」

□

在月島，事情的決定與實行，通常都不給人喘息空間，能讓達夫南延遲一天被放逐，已經算是特例了，但一天也在轉眼間就溜走了。第二天下午三點左右，已經到了達夫南必須離開村落前往碼頭的時刻。

達夫南在月島的最後半天，天氣好得令人神傷，離開的時刻一分一秒逼近，達夫南漸漸感到坐立難安，像是有什麼事忘記做似地慌張起來。

最後，達夫南站起來，再次朝那有祕密階梯的地方前去。

到底在期待什麼呢。

達夫南直奔到山泉處，臉頰漲得通紅，連風都像刀刃一樣，吹得臉好痛。看著曾經放書的位置，達夫南眨了好幾次眼睛，書……不見了。

然後他看見纏了一圈白色粗布塊的袋子，那種袋子通常是用來收藏剪得短短的乾藥草，而且那布的材質使人聯想到伊索蕾。達夫南不自覺地拾起那袋子，解開束口的線，周遭的一切彷彿全都靜止住了。

袋子裡面放了一綹頭髮。

達夫南茫然看著對面的山峰，又再看看粗布上的金色頭髮，眼前變得模糊了。難以壓抑的情感一湧而上，眞想要大聲叫出來。但他還是想躲藏到沒有人的地方，反覆回味自己的感情。

風一吹來，吹得幾絲頭髮也飛揚起來，達夫南將這束頭髮再放回袋子裡，然後收在口袋離開。

已經到了離開的時刻，達夫南的行李非常簡單，只有奈武普利溫送他的劍、冬霜劍，以及背包，和剛到月島時沒什麼不同。而在送行的人中，莉莉歐珮並沒有出現。

達夫南不忍心看到奈武普利溫的臉；他的表情很輕鬆，就好像達夫南是要去參加銀色精英賽，會再回來一般，這更教達夫南無法望著他。

戴斯弗伊娜就如她所說，並沒有來送行，而是由泰斯摩弗洛斯祭司代替她來。這時他突然說：

「我，以身為和大陸交流的祭司立場發言，到大陸以後，當然不可洩露月島的事，在這裡學習到的事物也不可以使用，就我所知，你一直學著聖歌，那是從古代王國就流傳下來的重要傳統，因此你絕對不可使用。」

雖然已經和戴斯弗伊娜約定好了，但達夫南還是點點頭表示知道了。事實上，達夫南在放棄伊索蕾的同時就放棄了聖歌，之後雖然有幾次想要使用，但最後都作罷了。

泰斯摩弗洛斯也算是達夫南剛抵達月島就見面的幾個人之一，雖說以往常常看他不順眼，但現在就要離開了，所以全然沒有那些不好的感覺，甚至連他的警告，達夫南都當成是很好的忠告。

意外地，賀托勒也在等他，他簡單地說：

「我也總有一天會接受派去大陸的任務。」

達夫南只是點頭當成打招呼，而且有預感，說不定會和他重逢。

到了村落入口處，達夫南歸還了銀色圓牌，那是他第一次要進村裡時，一個圍著圍巾的男子給的。

從歸還銀色圓牌的那一刻開始，月島的一切看起來就不一樣了，村落彷彿猛然覆蓋起保護色似地，原本經常在村落牆上看到的那些地衣之類的矮小植物，長高了很多，使人幾乎聯想到廢墟。達夫南知道，這全是爲了要擋住侵入者的幻覺魔法。

達夫南也知道，圍繞著村落的樹林有個傳送門，可以瞬間將人傳送到碼頭附近，那裡算是送行的最後一站。進入轉移門的瞬間，達夫南知道自己馬上就會從對面的樹林出去，見到等待他的護航者，和他們一起上船出海。不過那時他已無法再看到他們任何人的臉孔。他現在的身分是被驅逐者，不比之前參加銀色精英賽時的遠征團，送行到碼頭是不被許可的。

最後的時刻，達夫南想再看看奈武普利溫的臉。奈武普利溫一接觸到達夫南的眼神，很爽快地舉手示意，好似叫他一路順風。看到奈武普利溫那個模樣，達夫南覺得這一切好像是夢，又好像無聊的劇碼，變得非常陌生；他現在如果只是在作一個無法再見到奈武普利溫的夢，那該有多好。

好多話已經說過，最後反而只說了句非常平常的話。

「這段期間……感謝您。」

□

奈武普利溫在達夫南完全從視線中消失之前，一直揮舞著手，就好像被送行的人馬上就要回來一般。

不多久，什麼都看不見了，他的手停住了，然後放下來，周圍沒有一個人和他說話，人們全都走了，只留下他獨自一人在那樹林的入口處，悵然若失地望著看不見的傳送門，望著他的少年。

可是，那少年現在已經不是「他的少年」了；那個曾經當成自己分身似的少年，帶走了奈武普利溫最後的心，出發到很遙遠的地方。明明奈武普利溫自己用了很多謊言讓他安心離開的……

但現在內心裡怎麼會還是如此不捨呢？

剩下的生命只有一年多，絕對沒有再次見面的機會。

在春暉中，樹林宛如去年和前年般茂盛，只逗留兩年就離去的少年，在月島的記憶中就像塵土般消失無蹤。湛藍大海的長長海岸線，就像在招手般翻滾了一下。

沒有人傾聽的獨白，只有無心的樹林正在傾聽著：

「天上掉下來的禮物，人類本來就不容易擁有，終究會落入他人手中的東西，對人類而言，是天降悲劇的開始吧……」

第十九章

命運的主人

I am the Master of My Fate,
I am the Captain of My Soul

01 再度遇見那少女

雷米的大海仍舊和以前一樣冰冷。

事實上，幾個月前波里斯才看過這大海，但此時的洶湧大海卻如同他記憶中的某一天那樣，令他產生一種錯覺，以爲現在還是初次抵達月島的那個春天。

自從與那些護航者們分離之後，他就是獨自一人了，如今他不再是島民達夫南，而是波里斯·貞奈曼。好像早已預知到會有這一天似地，這個從前的名字宛如合身的衣裳般一直等著他，而今又再重新穿戴在他身上。

他又回到了大陸，這裡有著一往如昔的碧藍大海、似曾耳熟卻又陌生的雷米方言、不須渡海只要步行就能歸去的故鄉；而這所有的一切，就屬瞬間能夠熟悉以前名字的自己，最令他陌生。彷彿夢醒時恢復現實感的那一瞬間就將腦海裡的夢境給忘掉那般，曾經與他爭鬥過的人、他曾經鍾愛過的人，似乎已全都化爲夢境裡的幻影。

那個地方如今再也無法用手觸摸到，再也無法回去了，雖然那是一個確實存在的社會，然而卻任誰也無法確認它的真實性。任何大陸人都不知曉的島嶼……或許是因爲這樣，所以他才能如此毫不在意地行走著。

幾天前他一到達埃爾貝島沿岸，便處處見到一些小船，搭載著來回尋找遺物的尋寶者。以前他並不知道，但現在他非常清楚他們想打撈的遺物是什麼人的東西，以及會在那裡的原因。沉陷在深海底下的卡納波里王國最大的飛船，到底載了多少稀世珍寶啊？

波里斯並沒有去找奈武普利溫特意介紹的那些人。奈武普利溫擔心波里斯離開之後必須獨自一人生活，所以寫了好幾封介紹信讓他帶走，但是波里斯一封也沒有打開來看。因爲現在這種情況下，奈武普利溫親筆寫的信對波里斯意義重大，遠遠大過那些把信收下的人們。不管內容如何，以後眞的想要看的時候，他就會打開來看。

而且，波里斯另有其他地方必須前往。

他擔心會被奇瓦契司派出來追擊他的人發現，所以故意沒有在埃爾貝島上岸，也沒有往他熟悉的寧姆半島前進。波里斯拜託護航者們送他上岸的地點是位於埃爾貝島南方，突出於東提波灣諾亞米德半島內側的海岸。諾亞米德半島名義上雖是雷米王國領土，但由於滅亡之地逐漸擴大，致使當地荒蕪化，所以實質上已經成爲沒有任何國家管理的區域，只是那些經常在各國間往來的人們會利用的通路，可說是能夠避人耳目的好地方。事實上，在波里斯上岸之後，一天下來也只不過才看到五個人，而且全都忙於走自己的路，即使在路上碰到迎面而來的人，也不會有什麼最低程度的關心。

走了半天，波里斯到達一處沒落中的邊境港口諾亞米德市。這裡曾經繁榮過，但受到滅亡之地的沙漠化影響，流動人口減少，變成了蕭條都市；與其城市規模相較，人口實在是少得可憐。波里斯在此地待了一天，得到了前往目的地所需的幾項消息，而且也爲了籌措旅費，賣掉了奈武普利溫給他的幾樣金製精品。

雖然滅亡之地是一大片荒蕪土地，但因東邊與西邊有險峻高山阻隔，所以能夠進得去的地點只限於幾處而已。當然啦，多數大陸人，甚至連居住在滅亡之地附近的人，也都盡量避免前往。但是，正如同以前波里斯遇過的亞妮卡一行人所說的，也會有一些從事危險尋獵的人進入滅亡之地。

不怕死的傭兵或那些以尋寶爲人生目標的人們，主要集結的場所一個在南邊，一個在北邊。南邊的是雷克迪柏的邊境都市瑪哈迦帕德奈，此處的國界早已和滅亡之地混淆不清。至於另一個集結地，則是位於諾亞米德再往內陸大約二十公里的偏遠鄉村尤得魯伊。

當他走到尤得魯伊村時，是在抵達大陸後的第五天。

太陽照出的影子，如同年邁的迷路者一般，長長地拖曳出來。在影子之中，一個風向標掛在三層樓建築物的屋頂上，不停旋轉著。波里斯就像是乘風而來似地，進入村裡之後，立刻走向掛有風向計的那間屋子，然後用門上的鐵環敲了兩下。

「我們這裡五點就關門了，知道嗎？」

門扉上方的小窗被打開之後又再關上，有著鷹勾鼻的老闆開了門，打量著波里斯。老闆是個大約五十歲左右的男子，摻雜有灰髮的金髮像是被火燒過似的，顯得相當蓬鬆。他讓波里斯進門之後，就關上門，牢牢地栓上門閂。

裡面人滿多的。七、八張桌子都坐滿了客人，廚房前方有張兼做隔板的長形吧台，約有十名男子，三、四人一群，坐在吧台前面。客人聽到大門開關的聲音，有的聊到一半就回頭往後看。這地方只要外面天色一暗下來，就禁止客人再進來，所以他們才會想看看是什麼人進來了。

這名外表彷彿嗅得出大海味道的少年站在門口，似乎也在看著裡面。他那暗色的斗篷、黑青色的髮辮，還有不像是少年會有的堅定下巴，都隱約散發著一股並非錯覺的鹹鹽味道。原本在大陸出生長大的波里斯，在貧瘠的月島上生活兩年之後，身高已如同二十歲的年輕人般，身材也很結實穩重，眼睛透露出那種討海人似的銳利眼神，任誰都看不出他是奇瓦契司人。但他自己卻沒有發覺到這一點，一直把斗篷兜帽拉得低低的，掩住臉孔。

波里斯並沒有選擇角落的桌子，而是走向吧台前方，坐到最旁邊的椅子上，並用低沉的聲音點了一杯溫葡萄酒。

幾十年前，這裡曾經是某個宗教的教堂，之後改建成旅店，成爲尤得魯伊村唯一四季無休的旅店，總是聚集不少客人。這裡的生意確實滿不錯的，那些想要前往滅亡之地撈一筆的人，一定都會聚到這裡來，在這裡購置必需品。就連老闆自己也曾經像他的客人一樣，進出過滅亡之地的邊境，賺了些錢，老了之後才定居在這個地方。這些人被叫作「荒蕪地的尋獵者」，他們三五成群，十幾年來都將這旅店當作總根據地。在這裡，所需的用品幾乎都可以買得到。

由於這裡多數是傭兵，平常都在大陸各地工作，到了傭兵淡季才悄然聚合，互相聊一聊之前一整年在做些什麼，所以客人大多彼此熟識。也因爲這村子裡的大部分人口都是以這種方式聚集而來，所以當然也就沒有人會用雷米方言交談了。每年大約只會出現幾個新面孔，不知是不是因爲這些人的記憶力太差，聽他們說，每年新加入的人數都剛好和去年無法回來的人數一樣。坐在波里斯旁邊的那些人如此低聲聊著。沒錯，今年歐夫廉不就沒回來了？不對，那個人在海肯吃到大筆的，恐怕要明年才會來了，那麼會不會就是代替了尤爾？那個人啊，從去年起就沒有他的消息，聽說那一夥人都被幽靈給抓去了。達夫南聽到的就是這類的談話。

那名自稱老闆結拜弟弟的獨眼男子，在波里斯前面咚地放下葡萄酒杯，同時問道：

「你是不是從寧姆半島來的？」

「不是。」

「可是你看來有那股氣味。」

波里斯喝了大約半杯葡萄酒。由於周圍坐滿的客人大部分是傭兵，所以他一直沒有拿下斗篷兜帽。這些人只要有錢，就什麼事都能做得出來，搞不好會認出他，把他抓起來也說不一定。

不一會兒，外面就完全暗了下來。這個地方因爲非常靠近滅亡之地，一到晚上，由於害怕可能會吸引幽靈的目光，所以盡量緊閉門窗，以防光線外露，而且也不再讓晚到的客人進入店裡。之前就有好幾次因爲黑影跟隨在逃亡的尋獵者背後來到村裡，而讓村子遭受損失。波里斯也聽過這種事，所以剛剛才會加緊腳步，好趕在太陽下山之前到達旅店。

可是過了大約半個小時之後，卻傳來了敲門聲。

其中幾名坐在吧台前的客人不悅地搖頭說道：

「拜託不要開門，老闆。」

「太陽下山之後來敲門的，多半都是假裝旅行者的幽靈。」

「要不就是背後有幽靈追趕的那種傢伙。」

敲門聲又再一次傳來。老闆猶豫了一下之後，便像是想要置之不理似地走進廚房。

接著，安靜了一會兒。

雖然那些「荒蕪地的尋獵者」一副像是沒這回事似地聊著天，但還是頻頻轉頭朝大門的方向看去。這些人大多親眼看過徘徊在滅亡之地的幽靈，而且也被他們追殺過，所以較諸普通人那種茫然的恐懼感更有具體的害怕情緒。不過，他們也對自己能夠忍住那種害怕而感到相當自負。

但是，波里斯因爲有過特殊的經驗，所以並不太害怕所謂的「幽靈」。或許是因爲這樣的緣故吧，當他看到那些人因爲害怕幽靈而把前來找尋住宿處所的人拒於門外，心裡實在是不以爲然。不過，他並不想就這麼硬是挺身出面，引人注目。

就在他以爲門外的人應該已經走掉的那一瞬間，又再一次大聲響起了敲門聲。眾人的臉上顯現驚訝的神色，同時也湧現出厭煩的情緒。正在收拾桌子的獨眼男子走向門口，猛然喊道：

「在尤得魯伊村，超過五點就不開門了，這規矩你難道不知道嗎？晚到就不要一直吵我們，自己的命運要靠自己去找出來！」

只不過是要過夜，就把「命運」這麼嚴重的字眼給搬出來講，或許也是此地才會有的事吧。可是話一說完，卻發生了令人驚訝的事。一樓大廳算是天花板的屋頂一角，那扇四邊形窗戶竟發出啪噠聲，接著就被打了開來。同時，像是積了幾年的灰塵或落葉之類的東西便唰地撒落下來。

所有人的目光全都盯住天花板。往下垂落的窗子外面，可以看到一片星辰高掛的天空。最驚訝的人是在廚房裡煮東西煮到一半衝出來的旅店老闆，他的頭往後仰，張口結舌地喃喃自語著：

「唉呀，我都忘了有這扇窗子了……」

但更令人驚訝的事還在後頭。入口處傳來砰的一聲之後，接著便是沿著屋頂走上去的輕盈腳步聲掠過他們頭頂，到了窗子所在的地方。

「大家讓開！」

原本坐在天花板窗子下面的人全都趕緊站起來，頓時響起一陣椅子翻倒互相推擠的騷動聲，甚至也有好幾個人拿出武器來。波里斯則坐在吧台一角，只是一直往上看。在他感覺，橫越過屋頂的腳步聲非常輕盈，如果不是現在這種情況，會令人以為是松鼠或小動物走過。

腳步聲在窗子前方停了下來，然後咻的一聲，有個東西跳了下來。

「……！」

最先看到的是一個劃過半空的銀色物體。情勢突然緊張起來，好幾個人爭相擊劍出去，緊接著，那些人就立刻感受到一股強大的力量拉扯著他們的劍尖，致使他們不得不鬆開手上的東西。兩把小劍、一把彎刀，全都脫離自己主人的手，插在旅店地板上晃個不停。有一個人喊著：

「唉呀，是個小女孩！」

波里斯坐在那裡，看到了所有經過。這種搶下對方武器的快速身手，他以前曾經見過一次，可是這次卻比以前那次還要更爲有力且巧妙。這少女眨眼間將三把武器變得無用武之地，同時還躲掉了所有伸向自己的武器，如今她站直身子，看著攻擊她的那些人，眼神中沒有任何憤怒。

眾人看著這個動作快到令人難以置信的女孩，甚至開始懷疑她會不會是幽靈，所有人都不敢放下武器。此時，旅店老闆用驚慌的語氣問她：

「妳到底是什麼？是人，還是幽靈？」

少女的手上並沒有任何武器，看來她從一開始就沒有攻擊的意思。她頭上圍著雷克迪柏傭兵經常會戴的包頭巾，垂落的銀色長髮搖晃了一下又再靜止。即使沒有聽到回答，但是原本騷動的人群看到這少女不再動手，也都放下了武器。

少女環視四周的每個人，當她那雙不帶任何情感的紫色眼珠與波里斯對視的瞬間，波里斯馬上確信了一件事：這個少女不是別人，正是在奇瓦契司幫過他的那名傭兵少女！即使這個地方聚集了許多傭兵，但他作夢也沒想到會以這種方式見到她。

然而，他卻想不起她的名字。

「……」

不過，少女是否認出波里斯，就不得而知了。她只是轉過頭去，坐到附近的一張椅子上，對站在她身旁的獨眼男子簡短說道：

「給我水。」

面對這位什麼也不解釋的少女，獨眼男也採取相當的應對，倒了一杯水之後問她：

「用餐？」

「嗯。」

原本一度相當緊張的那些人，看到少女的一舉一動之後等於是讓自己的猜測不攻自破，內心當然都非常錯愕，但似乎也沒有人想讓周圍的人知道，所以他們面面相覷之後，就一臉若無其事地坐回自己的位子。因爲這麼個小女孩，弄得如此大驚小怪，他們都相當羞愧，而且也暗自希望周圍的人不要記得自己的反應才好。此時，那些武器被搶走的人也悄悄起身，各自找回插在地上的劍。

可是，有件事獨眼男卻忍不住想問她。他端了幾碟小菜放在少女的桌上後，便頗爲客氣地問：

「對了，那扇窗子妳是怎麼打開的？應該是看不到開關才對啊，妳怎麼知道那裡有這樣一扇窗子？」

「你不是叫我去找嗎？」

獨眼男過了片刻才想起剛才自己曾經說過：「自己的命運要靠自己去找出來。」但是少女早已轉過頭去，攪拌著湯。

就在旅店稍微安靜下來時，波里斯沿著梯子爬上去，把天花板那扇引起騷動的窗子給關了起來；走下來之後，用有些彆扭的表情向旅店老闆問說：

「荒蕪地……請問有誰最深入進去過呢？」

這裡的人通常稱自己爲「荒蕪地的尋獵者」，同樣地，他們說到滅亡之地時，也都只是叫它作荒蕪地。因爲他們把那裡當作生命中的戰場看待，如果叫「滅亡之地」，總覺得好像有損自己的顏面。在雷米和雷克迪柏，把那裡稱作「凱利斯沙漠（Kayless Desert）」，但是對這些粗人而言，這名字叫起來未免太過文謅謅了。

「你要去荒蕪地？」

雖說來到尤得魯伊村的外地人，十之八九都是爲了這個目的，但旅店老闆還是一副想要盡可能阻止的樣子，提高聲調反問他。不過，波里斯只是簡單地點了點頭，一面等待回答，一面緊閉嘴巴。過了一會兒，老闆用不悅的表情回答他：

「不用說，當然是蘿拉賈畢了。聽說荒蕪地的絕大半她都闖過了，還帶了很多金銀財寶回來；這我確實親眼看到過，後來她還用那些錢到海肯蓋了棟別墅。不過可笑的是，她後來還是回來當尋獵者，始終無法拋下這分狂熱。」

「哪裡可以見到她？」

「這還用說？她的魂魄已經在地獄，身體在泥土底下；她要用那種方式過日子，當然會死於非命！」

旁邊一名男子插進來說道：

「喂，老闆，你又沒看到屍體，怎麼能夠斷定她已經死了？如果你要這樣說，那我豈不是也一樣再活沒幾年就得進墳墓？」

隨即，老闆也一面抬頭、一面提高聲調說：

「蘿拉賈畢每次都會先到這裡準備好裝備再去荒蕪地，尋獵結束後也會回到這裡來。可是她最後一次離開時交給我保管的那些東西，到現在都還好好地放在那邊角落。都已經幾年沒回來了，不是嗎？要是她沒死，難道你認爲她嫁給幽靈了？」

「說不定眞的是這樣，這有誰知道？呵呵呵……」

波里斯覺得得在他們開始離題之前打斷他們的談話，他說道：

「好，既然有人做得到，那我就放心了。我要向您買裝備；還有，可以給我看一下地圖嗎？」

波里斯在諾亞米德半島時就大致都聽說了，所以他知道這裡可以看到全大陸最完整的滅亡之地地圖。尋獵者會把自己新探索過的地區增加上來，所以地圖也就一年比一年完整。

「你要看地圖？那你得給我一枚五提波銀幣才行。」

波里斯從口袋裡掏出一枚銀幣放到桌上，獨眼男隨即就把地圖拿了出來。那確實是一張很大的地圖，其他國家都只標出大致位置，只有滅亡之地畫得很大，邊境的地理特性都詳細標記在其中。不過，再往裡面到了一定距離之後，就是連一點筆漬都沒有的白紙了。

波里斯大略瀏覽了一下，然後用手指按在白紙中間的一個地方，簡短地說：

「我要到這裡，請您幫我準備需要的物品。」

原本在一旁持續無謂爭論的男子們瞄了一下地圖，看到波里斯手指的地點，露出驚愕的表情。過了片刻，老闆大聲笑了出來，說道：

「喂，我這個又老又病的老闆（這是老闆的口頭禪）你這是在開玩笑嗎？你以為那裡是哪裡？想去就能去嗎？年紀輕輕，沒事幹嘛去那裡找死？要是想死的話，隨時都有很多更好的方法。」

「那至少也要有個墳墓可以放屍體吧？」

「在尤得魯伊，空墳墓超多咧，你知道嗎？如果想知道，到後面的墳場去看看唄！」

「蘿拉賈畢敢誇下海口說要橫越荒蕪地，也是在她已經進出那塊土地十幾次以後！如果隨隨便便就不要命，那也應該是我這種老頭子先來！」

波里斯等他們各自說完之後，才用同樣的語氣再次說道：

「我要到這裡，請您幫我準備需要的物品。」

老闆停止笑聲，想仔細打量波里斯的臉，但因為兜帽的關係，只能看到鼻子和緊抿的嘴巴。當老闆又想再說些什麼時，旁邊的獨眼男插進來說道：

「洛克摩德老哥，您就讓他去吧。不過，他要是去不了多遠就回來，想把裝備全賣出去時，您絕對連半價都不要給。」

那個名叫洛克摩德的老闆沉下兩邊嘴角，眼睛低垂，看著桌上波里斯露在袖子外邊的半隻手臂。他一面看著波里斯的手形，一面露出想到什麼事的神情，簡短問道：

「你幹嘛去那裡？」

「我有事要去一趟。」

「你是不是因爲需要一大筆錢才去的？我可以介紹別人借你錢。」

「謝謝您，但我不是因爲需要錢才去的。」

「那到底是什麼事情？雖然偶爾會有魔法師來這裡說要去研究卡納波里王國，但我看你的手應該是常拿劍的，照理說不是魔法師才對。你以爲那裡有什麼嗎？其實未必去到更裡面就會有更金銀財寶。事實上愈是往南走，沙地愈多，而且不管是晚上或白天，都會有幽靈在等著占據你的身體，一個不小心，就會被他們奪走，到時候我們只能親手把你殺死。」

波里斯從兜帽裡稍微抬起了頭，答道：

「萬一我眞的變成那樣，拜託請一定要把我殺了。」

「……」

洛克摩德表情變得僵硬，不再答話，轉身從吧台走進廚房旁邊的那扇門。接著，把東西一樣樣拿出來，開始堆在吧台上面。裝在袋子裡的餅乾和穀物粉末、成串收起的乾燥水果、好幾個皮革水袋、紅檜手杖、毛毯、幾條毛巾、小鍬和斧頭、石塊般的鹽塊等等。

接下來，他還拿出一張新地圖，把之前的地圖摺疊起來，在同一個位置上攤開新地圖。這張地圖除了大致的地形以外，並沒有什麼標示。洛克摩德用墨筆沾上墨水，在尤得魯伊村與滅亡之地內側之間，畫了一條大約十五公分長的彎線。

「這裡還留有卡納波里王國時期的道路。如果走偏了，只要找到這裡，至少還能找到回來的路。」

接著，他在距離那條線稍遠的兩個地方畫了圓圈。

「這裡，還有這裡，是旅行者們確定過的水泉。現在這個季節一定有水，即使偏離了原先的預定道路，也一定要到這兩個地方。不過，就算去了，之後水還是會不夠。」

波里斯一點頭，洛克摩德就提起一個水袋給他看，並說道：

「這個水袋如果裝滿，頂多只能撐個一天半。如果先把它規劃成一天喝五次，就能控制每次要喝的量。白天不要走路，只有傍晚、夜晚，還有一大早才走，要這樣才能活命。覺得口渴就在嘴裡含一粒小石子，有助解渴。但最重要的是，如果貪心想要留下更多水，那結果別說是走遠，你的身體首先就會撐不住，這一點你要知道。」

洛克摩德如此說完之後，歪著頭想了一下，說道：

「照我說的方法，即使你在最後一個水泉盡量補充水，頂多也只能走到……」

他把手指按在一處，並用筆打了個叉。

「這裡應該就是極限了。」

他說的這個地方離波里斯一開始說要到達的地方還有一段很遠的距離，可是波里斯還是點頭說道：

「好，我一定會謹記您的忠告。」

波里斯也沒殺價，就照老闆要求的金額付了錢。或許是因爲一次賣出特定目的要用的東西吧，價格比其他地方還要大約貴上一．五倍，但他還是照付了大約等值於十七提波的銀幣五枚、五十提波的金幣一枚，還有額索銅板數枚。正當他把錢全拿出來的那一瞬間，波里斯到感覺背後有人，立即戒備了起來。

然而，那個人只是把手伸過來，在桌上放了幾枚銀幣、一枚金幣，還有數枚銅板，數額就和波里斯拿出來的完全一樣。

此時響起了說話聲：

「我要買和他一樣的東西。」

波里斯回頭，站在後方的正是剛才那名傭兵少女。洛克摩德用懷疑的表情說：

「不會吧，連妳也打算去荒蕪地中央？」

「不。」

「那麼呢？」

少女用手指往安諾瑪瑞南方的一個地點，然後說：

「這裡。」

洛克摩德一副莫名其妙的表情，說道：

「如果要去那裡，就該往羅森柏格關口方向去才對啊？這個年輕人現在是要去荒蕪地中央。小姑娘妳不需要這種裝備。不對，應該說妳光是帶著走就會很累了。」

「羅森柏格？」

少女的眼珠子稍微動了一下，用手指按在雷米與安諾瑪瑞之間的關口羅森柏格的所在處。

「這裡？」

洛克摩德伸出手來，抓著少女的手指往下指，先往北邊的東提波灣出去，搭船轉到西提波灣，再下到雷米首都埃提波之後，往西南邊的羅森柏格關口指去，然後再從那裡一直往下畫到南方。

「這樣走就行了。」

少女的回答非常簡短：

「太遠了。」

她一說完，就把手指從洛克摩德的手中抽出，然後在此地和她要去的地方之間畫出一條直線。也就是說，從尤得魯伊村貫穿滅亡之地，一直連接到安諾瑪瑞。

「這邊比較快，所以給我一樣的裝備吧。」

「……」

此刻洛克摩德已說不出話來，周圍那些人也一樣，甚至連波里斯也難以置信地低頭看她。

這名少女稚氣的臉龐看起來應該不超過十三歲，個子小小的，雖說皮膚是古銅色的，但臉頰紅潤，白皙的內雙眼皮下，晶瑩的眼珠如同娃娃般漂亮。不對，應該說她毫無表情的臉孔，簡直就像那些貴族少女們收藏的精緻娃娃。

可是那樣的女孩卻說她要一個人獨自走過滅亡之地，走幾十天！

這回旅店老闆洛克摩德不像剛才建議波里斯的那樣，而是一副連說都不想說的樣子。在波里斯看來也是如此，他認爲去警告她這條路有多危險，或者告訴她這是多麼不切實際的計畫，似乎都是沒有用的事。這名少女既無不安，亦不猶豫，像是把選擇捷徑當作非常理所當然的事，她只是抬著毫無表情的臉孔，一直看著老闆。後來老闆終究還是舉起雙手，無可奈何地把物品拿了出來，這中間他不再對任何問題答話。

老闆收下金幣和銀幣後，一臉「再勸也沒用」的表情，攤開雙手，聳了聳肩膀，說道：

「這年頭的少年、少女好像都流行這個樣子？」

□

少女的名字叫作娜雅特蕾依。

波里斯確實曾聽過這個名字，但因爲發音有些拗口，所以當時才會無法記下來。而且初次見到娜雅特蕾依那時的情況，波里斯也無暇去記住那些只有一面之緣的人；那個時候，他的心全都懸繫在可能瞬間就會被毀滅的不安現實之中。

娜雅特蕾依並沒有家姓。在月島時，波里斯也沒有家姓，而現今的雷克迪柏人，以及盧格芮人聽說也沒有家姓。不過，盧格芮人倒是會在名字後面加上出身地或者家族綽號之類的名稱，然而雷克迪柏人就沒有這些名稱了，甚至於連稱得上家族的都沒幾個。

託她的福，波里斯也可以把家姓給省略了，只介紹自己的名字。「波里斯」是他比較常用的名字，連在參加銀色精英賽時，他也刻意不改名字。

所以，兩人要走的路其實是一樣的。

都是那種不太會有人走的路。現在旅店裡的所有人還是用充滿懷疑的眼神看著他們，都在好奇這兩名購置這麼多裝備的少年、少女真的會去嗎？甚至有人還以十提波打賭他們明天下午之前就會回來。

可是他們並沒有因爲要走的路相同而成爲同行者。而且兩人各自計畫的路線在地圖上看來，也是很巧合地錯了開來。

波里斯依照洛克摩德所說的，最好沿著卡納波里的古道走。他要去的地方是卡納波里的首都亞勒卡迪亞。當然啦，現在誰也不知道亞勒卡迪亞的正確位置，但那樣的大路應該是通往首都沒錯。

相反地，娜雅特蕾依則是會穿過滅亡之地西邊的一部分地方，去到安諾瑪瑞東部的一個都市。正確來說，那個都市是在安諾瑪瑞的殖民地翠比宙那邊。縱使要走過滅亡之地有其困難，但最大的問題還在於那邊的路被等同於大陸背脊的德雷克斯山脈阻擋住。而也因爲有那座山脈，安諾瑪瑞才得以避開滅亡之地的沙漠化力量。

當然，洛克摩德也指出了這一點，可是娜雅特蕾依用一句話就把他的擔憂給擋了回去。

「我知道路。」

娜雅特蕾依這句話令波里斯非常詫異。也就是說，她搞不好已經去過滅亡之地，或者她知道如何在那個地方存活。

周圍的人都用懷疑的目光，把他們兩人看成是一夥的，結果後來兩人眞的就坐在同一桌。波里斯第一句話就說：

「妳太魯莽了。」

娜雅特蕾依低著眼睛，簡單地回了一句令人意外的話：

「我只是走和你一樣的路。」

波里斯紋風不動，立刻回她：

「我是有不得不去的理由，可是妳可以走別條路。我要是妳，就不會選擇那種路，幾乎沒有人會故意做這種事的。」

娜雅特蕾依沉默了片刻，說道：

「苗族的方式就是只有苗族會這麼做。」

「苗族……？」

可是娜雅特蕾依並沒有再回答什麼，而波里斯也不是那種會熱心介入他人事情的人，所以立刻就停止了這個話題。苗族這個部族他一次也沒聽說過，但不知道也就算了。

吃完晚餐，兩人連打聲招呼都沒有，就各自回房了。

□

隔天下午，波里斯晚一點才離開旅店，然後照著旅店老闆說的，去買一件很特別的東西。這東西雖然不是每個想進入滅亡之地的人都會買，但是對像波里斯這種計畫長途旅行的人而言，卻是非常必要，所以即使很貴，他也沒有其他選擇。

波里斯拿出多達六枚的五十提波金幣，買了一頭他們稱之為「駱馬（llama）」的動物。這動物身形如同小驢般大小，鬈曲厚厚的白毛覆蓋著全身，雖然也可以騎著走，但據說牠主要都是用來載運行李。特別是在荒蕪地或者高原等地形，縱使沒有水和飼料，牠也能夠支撐很長一段時間，所以像滅亡之地這種環境，最適合的運輸工具就是駱馬了。

或許是因為這種動物性情溫順吧，波里斯雖然頭一次見到駱馬，但很快就能牽著牠走了。賣的人教他如何在駱馬背上懸掛數個水袋；正當他要去河邊裝滿水袋時，卻遇到了另一個他並不陌生的面孔。

那傢伙一副像是在等待波里斯到來的模樣，靜靜地坐在巷道轉角處，正用前腳擦拭著臉孔。牠和以前遇到的那隻一樣，有著同樣凶惡的臉孔，以及像小虎一般有力的肩膀與前腳。波里斯一走近，那傢伙就站起來，甩了一下僅剩半截的尾巴，輕悄地轉身走向轉角。正當波里斯停下腳步，感到驚訝之際，那傢伙從轉角另一邊伸出頭來，一直盯著波里斯，像是在問他爲何不跟過來的樣子。

那是隻貓。

和他在羅森柏格關口遇過的那隻貓實在非常相像，簡直令他覺得自己根本不曾度過這幾年歲月，彷彿還在羅森柏格似地。還記得當時，他原本一個人正想辦法要通過關口，結果偶然地跟來了一隻貓，然後不知道怎麼搞的，就與奈武普利溫相逢了。

可是，現在這隻貓怎麼也叫他跟著去呢？

波里斯不禁微笑起來，這是他離開月島之後，嘴角頭一次浮現笑容。然後他用輕盈的腳步跟在貓身後。雖然現在他已不像上次那樣帶著出於童心的好奇，但以前的回憶令他不禁帶著微笑。

再走了一會兒，他停了下來，因爲他發現自己竟然不經意地把那個時候的事情定義爲「回憶」。是從什麼時候開始，那段日子的事情都變成了回憶？所謂的回憶就像磨損的樹木或皮革那般顏色褪去，令人回想起來會有種溫馨的感覺。可是，連那段日子裡攸關生命與死亡，以及痛苦與沉默的問題，在時間流逝之後，也全都變成只是回憶了嗎？

而且……是不是所有事情都會這樣？

不一會兒，那隻貓越過一面牆垣跳下去，進到某間房子的屋簷下面，結果卡在籬笆的縫隙之間，努力想要脫身。這時候牠的身子好像變大了一些，所以無法輕易擠過去，有好一陣子牠都在哼哼唧唧地，這副模樣令人看了都覺得好笑。

對於「回憶」這兩個字，他曾經宛如潔癖般地會產生敏感反應，但這其實只是他腦海裡下意識地抗拒，事實上他並非眞的很討厭回憶。波里斯不自由主地又再次笑了出來。

波里斯慢慢感受到一件事：過去的苦難對他產生的影響，如今已像是優秀的本性那般，深深滲透到他的行爲與思想之中，而且他幾乎已經不再像以前那樣，光是想起當時的事就激動得臉紅或者整顆心變得冰冷。現在他只會當成是個不好的回憶，不會再有其他的影響。

當然，是過去的經驗塑造出現在的他。可是，現在就只有新體驗的事能夠改變未來的他。如果現在他還因幾年前的事而與當時一樣痛苦，那就等於是心境還停留在那個時候，這樣他的成長豈不也等於是靜止在那個時間點了嗎？

不過話說回來，回憶畢竟還是與那些內心必須償還的人情債、無法貫徹的責任、擁有過一次愛情的踏實感大不相同；就好像沒有人會因爲歲月流逝，就把過去完全給忘掉一樣。

至少，在人類不過五、六十年的生命中，這些情感與責任確實是難以忘懷的。

波里斯一這麼想，就發覺到夏天時自己就要滿十六歲了。還記得剛滿十二歲時，他陷入絕望與恐懼之中，一面逃亡還一面回頭看；而這樣不斷跌跌撞撞的他，四年下來，已在這世上活下來，而且如今也敢勇於去回想過去的事了。

那隻貓脫離籬笆縫隙了——結果是牠用結實的肩膀破壞了一邊的木籬笆，才得以脫困。牠往後看了一下，之後便加快腳步往前方跑去。

波里斯一面拉著駱馬的韁繩，一面跟著貓。走沒多遠，出現了一間像是馬廄的長形木板棚屋，一邊還堆積著一大堆做爲馬飼料的乾草，而乾草後面則現出像短腿馬之類的動物背部。貓跳進了乾草堆裡。波里斯正在等那傢伙再跳出來時，從旁邊傳來了對他說話的聲音。

「你也買了啊。」

此時他才察覺到乾草後面站著的動物是頭和自己所買一樣的駱馬，只不過那頭駱馬的毛是褐色的，而娜雅特蕾依則正坐在距離牠不遠處的一堆箱子上方。

波里斯想著該回答什麼，然後說道：

「因爲別無其他方法。」

不過，看到娜雅特蕾依，他感覺有些訝異。因爲，她靜靜坐在箱子上的模樣，簡直像是正在等什麼人似地。會不會是他想錯了啊？此時，娜雅特蕾依從那堆箱子上面一躍而下，說道：

「好，你來了，那走吧。」

這句話怎麼聽起來像是在等他，波里斯感到詫異。娜雅特蕾依拉著自己駱馬的韁繩，走了幾步之後，回頭望向波里斯，就像那隻貓剛才的動作一樣。

兩人沉默直盯著對方好一陣子。波里斯最後只好開口問她：

「妳是要我與妳同行？」

「嗯。」

能再問的只有這句：

「為什麼？」

「因為沒有人能夠獨自抵達聖地。」

她一副像是這樣解釋就足夠的模樣，轉身便開始行走，而那個方向正好通往卡納波里古道。所謂的「聖地」似乎是指滅亡之地，但她為何這樣稱呼？一個人到不了的理由是什麼呢？她眞的是因為這樣才與他同行的嗎？波里斯實在不曉得如果反對同行是否正確！但他也無法繼續一直站在那裡，不管怎麼樣，娜雅特蕾依走的是波里斯原本就要走的路。

再走幾步路，波里斯才想到，那隻貓怎麼和以前那隻一樣，又不知消失到哪裡去了。

□

一到達村子口，就看到許多傭兵像是才剛到尤得魯伊村，卻就要出發前往滅亡之地。他們彼此打打招呼，有的還拍對方肩膀，一副很高興再見面的模樣，彷彿像是個菜市場一般。有馬匹，甚至也有幾輛馬車，而駱馬則比馬還要多更多。

牽著兩頭矮小駱馬的少年少女，就這麼走過他們身旁。一個是兜帽低垂像個修道士的少年，另一個則是用傭兵特有的包頭巾遮住亮白銀髮的少女，他們並沒有引起人們的注意，就這麼摻雜在其他傭兵之中，朝著荒涼的地平線加快腳步。

在那些傭兵裡，有個年輕人發現到一名傭兵，隨即露出非常高興見到他的神情，兩人擁抱之後還親吻兩頰。他的外表乍看之下和聚集在此地的傭兵不太一樣，另外還有一名像是同夥的陌生男子就站在後面，等他把要辦的事給辦完。

「最近景氣怎麼樣啊？那個鄉下貴族是不是被你吃空了？我就是找不到這種好康的事……這一次有個人急著要我幫他尋找離家出走的兒子，所以我想問你，有沒有看過這副長相的小子？不過，這已經是他五年前的臉蛋了……」

年輕人從懷裡掏出一張磨損的肖像畫，在他拿給傭兵看的下一瞬間，波里斯和娜雅特蕾依正好從他們身旁經過。年輕人也看了他們一眼，但似乎並沒有特別去注意他們。

看來那年輕人想都沒想到肖像畫裡的幼小男孩，會長大變成這副模樣吧。

那名傭兵仔細看了肖像畫之後，嘲笑著回答：

「不知道，沒看過。這種清秀文弱的小子，怎麼可能會到尤得魯伊村這麼危險的村子裡？這種小鬼要是離家出走，一定是跑到某個都市玩樂的地方，沉迷在其中，無法自拔。先別管這個，對了，尤利契，我看你也別做這種事了，和我們一夥人去挖金銀財寶吧，怎麼樣？」

02 荒蕪地之旅

三天後，他們周圍就只剩下黃土，還有與其接壤的天空色地平線了。

早在第二天傍晚之前，大部分的傭兵就都各自走散，去找他們關心的東西去了，所以，依舊沿著卡納波里古道走著的，只剩下波里斯和娜雅特蕾依兩人。當然啦，兩頭駱馬也跟在他們後面。

他們其實不能算是同一行人，因爲三天來雖然一起行走，對話卻不出三句。那三句就是「該吃飯了」、「該出發了」、「該睡覺了」，而且就連說這些話時也都是單方面一個人在說，另一個則只是點頭而已。

並不都是波里斯先開口說話，因爲波里斯也不算外向，他不覺得有必要一定得說那些無聊的事。就這樣，他們一直繼續往南走去。

滅亡之地其實並不像眾所周知的名稱——「凱利斯沙漠」，還沒有熱到無法忍受的程度。當然，這也有可能是因爲他們還位在沙漠北邊接近雷米邊境的地方。儘管如此，他們仍然盡可能避免日曬，在傍晚、夜裡、早上才行走，一天只吃兩次飯。不過，其中最重要的，是必須正確控制飲水量。波里斯打算第五天轉到有水泉的方向去，這樣如果沒有特別的事耽誤，剩下的一袋水應該就夠他走到水泉處了。

可是，什麼事也沒發生，這就有些怪異了。

波里斯從小就常聽說徘徊在滅亡之地等著吸人血的幽靈故事，所以心裡早有準備；然而別說是幽靈了，就連海市蜃樓也見不到。其實也對，身體狀況還這麼好，想看到海市蜃樓還早得很呢！

過了一會兒，波里斯將注意力轉移到他們所走的這條古老道路。這道路路面很是寬廣，甚至可以容納兩輛大馬車並行，像是用堅硬的石材和水泥砂漿所精巧鋪成的，整個路面仍舊近乎原貌。只有少數幾處碎裂，就連左右邊緣也只有少數的裂痕。

波里斯覺得如此精巧鋪設的技術與他以前所見過的幻影——不，應該說是與月島所存在的異空間裡的地磚是一樣的技術。這是當然的了，因爲月島上的幽靈原本就是卡納波里人，而且他們是按照自己生活過的國家造出他們的世界。

只不過，他在月島異空間所看到的美麗碧色石塊，這會兒卻全都變成了被黃土厚厚覆蓋著的石塊。

然後，當再度升起的太陽開始慢慢灼熱千年的舊石，兩人就要準備睡覺了。不過，準備工作可不簡單。由於四周根本沒有能夠遮蔽陽光的樹木或岩石，所以他們得在沙地挖洞，造出睡覺的地方。如此造出的地底臥室當然也十分酷熱，可是總比如同陶土娃娃般，被太陽燒烤半天要好多了。

路邊的土地通常都比較堅硬，如果要找能夠用小鍬挖掘的土地，就得走到距離道路一百多公尺的地方。找到適當的地方之後，就開始挖各自要躺進去的坑洞，爲了不要忘記方向，坑洞一定會和道路的那條線呈垂直交叉。挖好之後，勉強擠進去，再把毛巾蓋上臉；再一會兒沙子就會慢慢流掉，等到身體很難再翻身時，通常就已經睡著了。

波里斯原本很擔心駱馬的問題，但娜雅特蕾依從自己的行囊裡拿出一塊材質奇特的黑布，大大地攤開來，覆蓋住兩頭駱馬的身體。奇怪的是，駱馬在布裡竟然就一動也不動地站著。那塊布雖然硬梆梆的，但有著奇特光澤，而且有種藥味。

那天傍晚左右，波里斯突然從睡夢中醒來。因為太陽還沒下山，波里斯並沒有拿開毛巾，只是身體不動地躺著。他沒有聽到什麼聲音，但是明明有樣東西驚醒了他。波里斯側耳靜靜聽了一會兒之後，伸手握住放在沙坑裡的劍。

他還是搞不懂是什麼感覺驚醒了自己，但他依然相信自己的直覺：附近一定有什麼東西！壓迫他胸口的並不是沙子的那股壓力！

其實這裡原本就是幽靈時常出沒的地方，不是嗎？

這個時候，耳邊傳來了陌生的聲音。這聲音的短暫回音反覆著……原來是很小聲的笛聲。

隨即，他感覺原本充斥四周的壓迫感被解除了，彷彿像是空氣之類的氣體自行散去般。波里斯稍微等了一下，然後拿開毛巾坐直身子，看到娜雅特蕾依早已起身坐著。果然如他所料，笛子在她手上，那東西與其說是笛子，倒不如說是比較接近一根小小空心竹棍的細短東西。

「是什麼？」

娜雅特蕾依沒有答話，只是把笛子收進懷裡，站起來環視四周。她集中精神注意了某種東西好一陣子之後，轉頭對波里斯說：

「走吧。」

出發的時刻比平常還要早一些。兩人很快地收拾好行囊，準備回到有道路的地方。當他們到達時，太陽已經下山，周圍一片漆黑。

波里斯繼續向前行進，一面走一面覺得這次應該要問個清楚。

「那支笛子是不是用來驅趕幽靈的？」

「……」

「嗯，原來眞是那樣。」

突然間，娜雅特蕾依望著波里斯，說道：

「什麼眞是那樣？」

波里斯用不太確定的眼神迎視娜雅特蕾依之後，很有技巧地找到了一句話回她：

「不是那樣嗎？」

「是嗎？」

「是啊。」

「是哦。」

這種對話實在令人啼笑皆非，然後他們兩人就又再沉默不語地走了好一陣子。他一面走，一面不經意地注意到靴子在地上拖著沙子的聲音，不過，這一回令人驚訝的是，娜雅特蕾依先開口說話了。

「小心。」

「什麼？」

「你後面。」

波里斯也不再問她什麼，倏忽間拔出劍來，猛然轉身，揮向半空中。這眞是四年前無法想像得到的完美動作。然後，劍尖刺到了某個東西。

聽不見任何聲音。

「！」

手上的奇異感覺像是刺穿過折疊重合的空氣般。但刺穿過去之後，卻又是什麼都沒有的空盪盪空間，彷彿像是用劍刺進有人攤開的草蓆般。然後他把劍抽回，就再也感受不到什麼了。

不過，娜雅特蕾依卻跑到了他的背後。

「……」

她不發一語，但可以知道她是想要彼此背對著背，讓背後有掩護。沒錯，她判斷得對，需要彼此掩護的時刻來了！

波里斯再次感受到空氣裡的壓力，而娜雅特蕾依則像是與他有著稍不相同的感受。兩人各憑自己不同的感覺，防禦正前方。波里斯用奈武普利溫給的劍，娜雅特蕾依則是使用一支連刀柄加起來還不超過四十公分的銳利匕首。

然而，這一次兩人什麼都沒刺中。

兩頭駱馬那邊傳來不安的踢踏聲。駱馬背上載著水和食物等大部分的生存必需品，要是在黑暗中跑掉了，可眞是大事不妙！而且，如果駱馬遭受這個不明的敵人攻擊而死，這趟旅程將會變得極度艱辛。可是，眼前實在是無計可施。

即使背部沒有相貼，但緊張感卻清楚地傳到了彼此背部。原本以爲只要一直沿著道路行走就可以，所以沒有點燃火把，也因此現在四周圍一片漆黑，根本看不到什麼東西，能見到的就只有月光。

波里斯並不喜歡他棄離的月女王領土上的月亮，但那個令他不自在的月亮就掛在地平線上，一直盯著他看，像是正在嘲笑努力想要捕捉見不著的東西的他。

波里斯又再一次感知到正面湧來的壓力。往左右刺擊的劍就像剛才那種彷彿刺到草蓆般的感覺，發出了尖銳的撕裂聲音。

嘰伊！

又消失了。既然知道有什麼東西存在，於是他們就像被捕獸器夾到般，一動也不動。

好一會兒都沒有任何動靜，正當緊張達到最高峰時，突然間娜雅特蕾依開口說：

「你有沒有去過安諾瑪瑞？」

波里斯實在搞不懂爲何突然問這種問題，但他還是簡短地回答：

「嗯。」

「那是個什麼樣的地方？」

爲何這種時候要問這種事啊？

「……當然是豐衣足食的地方。」

「還有呢？」

「還有……和大陸其他地方一樣，住著各式各樣的人。」

「你有住很久嗎？」

「久到足夠了解那裡。」

「那個地方，你喜歡嗎？」

不曉得她這麼做是不是想放鬆緊張感，但是這麼一來卻使波里斯因爲無法集中精神而變得更加神經緊繃。波里斯對這個實在令人難以理解的小女孩，有些不悅地回答她：

「我不喜歡，就像我不喜歡現在一直問問題的妳。」

這一瞬間，娜雅特蕾依突然往前躍身，用匕首畫出一條短短的線。波里斯也聽到嘰的一聲撕裂音。

接著，波里斯的左邊臉頰也感覺到一陣陌生的風，因此往左邊揮劍切去，此時娜雅特蕾依也同樣往那個方向攻擊。在這黑暗之中，連彼此的動作都難以看得清楚，兩把刀劍在分散同一對手的左右側注意力時，又傳來了薄膜撕裂音，此時根本連彼此掩護的空檔也沒有。波里斯在他視線範圍內瞬間來回移步，看到小匕首的刀刃離他越愈來愈遠。唰啊——他的一撮頭髮被削去，在黑夜中飛散開來。

兩人停下動作時，傳來了娜雅特蕾依的說話聲，那聲音實在是非常沉著。

「別以為解決得了他們。只要無法一刀砍死，接下來就會沒完沒了。」

波里斯一面感覺到汗珠順著太陽穴流下，一面問她：

「妳和幽靈交過手？」

「沒有，但是我知道。」

娜雅特蕾依後退兩步，很快地，又再和波里斯背對背站著。

「有句話說：如果一刀砍不死，等於讓死掉的食屍鬼（Ghoul）復活。」

「食屍鬼？是什麼？」

可是沒有空檔再去對答了。兩人各自又再一面發出鐵器聲，一面揮動刀劍，就連細看對方動作的空檔也沒有，只能集中精神自我防禦。現在也聽不到駱馬的蹄聲了。夜晚寒冷，但是他們滿身是汗，努力攻擊一個看不到身體的不明對手。然而，即使不清楚自己究竟在做什麼，兩人還是只能繼續做著相同的事。連一滴鮮血、一點受傷的跡象也看不到。

波里斯終於忍不住，對背後的娜雅特蕾依喊道：

「不能使用剛才那支笛子嗎？」

結果傳來了一句冷淡的回話：

「我剛才不是說了嗎？開始砍第二刀的，就會趕不走，也殺不死。」

眞是的，好吧，既然食屍鬼如同她所回答的那樣，那他們兩人現在到底是在做什麼呀？

「那我們現在豈不是正在做毫無用處的事？既然知道沒有用，幹嘛還繼續這樣下去？」

「因爲不能就這樣死掉啊。」

她這樣回答好像也對，他也無法再質疑什麼，連該怎麼反駁也沒辦法。娜雅特蕾依並不是在開玩笑，好吧，既然不能就這樣死掉，但難道還要繼續做這種毫無意義的事，一直打到累死爲止嗎？

食屍鬼不知是不是幽靈的一種，不過，居然只要開始砍他第二刀，就會變成死不了的東西！這種莫名其妙的事，可眞是他生平頭一次聽說。用劍砍得到，理所當然就應該會死才對啊？

當然，那種東西反過來也是有可能殺死他們的。

他感覺到好幾根長爪猛然抓住他的肩膀。剎那間，左臂連手肘也麻痺掉了。左臂被抓住的感覺一消失，右手就跟著搖晃了一下，使得動作也變得不正確。就在這一刻，那隻手改抓住右手手腕。他都還來不及感覺到那是什麼，劍就已經掉落到地上，他變得兩手空空了。

波里斯面對這突如其來的失手，反射性的動作就是反手拔出冬霜劍。等到白色劍刃很快地劃過半空，他才發現自己竟然拔了這劍，但為時已晚了。

「……！」

一聲難以辨認的叫聲響起，接著是黑黑的液體噴向四方。然後，類似的喊叫聲又在好幾處地方響起，但聽起來卻不像是野獸們的叫聲，而像是用波里斯聽不懂的語言在喊叫。

冬霜劍插在某種不明物體上，竟然想拔也拔不起來。濃稠的黑色液體順著劍刃流下，流到波里斯握劍的手。袖子口一沾到液體，隨即發出藍綠色的火光化掉了。波里斯只好勉強把劍尖朝下低垂。

背後傳來了娜雅特蕾依沉靜的說話聲：

「死了。」

過了一會兒，昏暗中可清楚看到有黑色輪廓慢慢倒下。原本一直流個不停的液體，都流到了那輪廓之中，接著便消失了。

波里斯垂下冬霜劍，回過神來一看，才發現額頭和後頸都是汗水。可是眼前的娜雅特蕾依卻異常鎮靜，一點兒也沒有驚慌的模樣。

娜雅特蕾依擦拭好匕首之後，便將它放回原處；兩人也沒有互視對方，只是慢慢地在原地坐了下來。雖然此時背靠著背應該也沒什麼關係，但他們都不想這麼做。

「剛才妳不是說殺不死嗎？」

「不，你只砍了食屍鬼一刀而已。」

「但我們不是一直都在和他們打鬥？早已不知砍了幾次！」

「我是指你後來拿出來的劍。用那把劍砍一刀就死了。那是什麼劍啊？」

娜雅特蕾依轉過身來，想要看看波里斯握在手上的冬霜劍。但是波里斯卻本能地將劍收入劍鞘。因爲他認爲這把劍只要給別人看到了，都不會有什麼好事情。因此，娜雅特蕾依只看到冬霜劍劍柄上面那層層纏繞的白色綳帶。

過了片刻，波里斯說：

「駱馬都跑掉了。」

「到了早上就會再回來。」

現在到底多晚了？突如其來的一場打鬥，打亂了他的時間感，但他們無法就這麼一直坐著等待駱馬。娜雅特蕾依並沒有再細問冬霜劍的事，波里斯也沒有再問她還想知道什麼。

然而，如果只是這麼保持沉默的挨過時間，又未免覺得長夜太過漫長。

數千個星座像是才擦拭好的琉璃項鍊般，璀璨輝煌地閃爍個不停。絲毫無痕的昏暗天空裡，甚至還籠罩著一抹碧藍色。一整片空蕩蕩的大地裡，連個營火也沒有，遠處也不見任何火光，能看見的，就只有這個可以算是同伴的陌生寡言少女了。在地圖上看到的滅亡之地，占大陸面積四分之一，然而如此廣大的土地卻不屬於任何人，而且也不屬於人類所建立的任何一種秩序；這般奇異的事情，說起來可眞是十分罕見。

像那些鄰近國家的國王們，或者奇瓦契司的統領，凡是支配一國者，都希望自己所建立的秩序能被全體百姓所接受，也日夜企盼最好都能強制要求其他國家；但他們就算把大陸所有土地都歸爲自己的領土，也只有這塊滅亡之地還是一面嘲笑人類歷史，一面始終如一地存在著。

魔法王國如今並不存在，但他們居住過的土地，卻還是像被擬人化般，說道：「你們瞧，世上就是有這種不可能的事存在！」

或許就是因爲那樣，許多國家的國王們才會不那麼夢想統一整個大陸吧……

「仔細聽。」

突然間，娜雅特蕾依的聲音把波里斯從思緒中喚醒。這時他才感覺到，娜雅特蕾依的聲音竟然像泉水滴落下來那般清脆。由於四周圍仍然一片昏暗，那聲音聽來顯得格外清楚。然而，他不知道娜雅特蕾依要他仔細聽的是什麼，不過他立刻聯想到一種可能。

「是不是駱馬回來了？」

「不是。」

波里斯突然想起伊索蕾。她有些沙啞的聲音只要一吟唱起聖歌，就會變爲世上任何聲音都無法媲美的天籟之音。和伊索蕾的聲音相較，娜雅特蕾依的聲音比較孩子氣。

「我什麼聲音也聽不到。」

「有腳步聲。」

雖然波里斯已經盡力豎起耳朵傾聽，但還是聽不到絲毫聲響。娜雅特蕾依驀然問道：

「有人不喜歡你嗎？」

這種問法就和剛才問他有沒有去過安諾瑪瑞一樣突然。看來，想與這女孩同行，恐怕得熟悉這種對話方式才行了。

「滿多人的。」

「其中誰對你的憎恨最深？」

波里斯皺起眉頭，但因爲不想和她起衝突，所以在腦子裡轉著，想要隨便回答一個。然而他卻怎麼也想不出適當的人，就連故鄉派來追捕他的那些人也和他沒有個人恩怨；至於培諾爾伯爵，他不能隨便就把培諾爾伯爵的事給說出來。即使是那些月島島民，嚴格說來也沒有人對他懷有深仇大恨。吉爾雷波老師死了，而賀托勒已經變得和以前不太一樣。那麼艾基文，他算不算呢？

「有個傢伙把我當成是他哥哥成功的絆腳石，但我現在已經離開那裡了，他應該已經不怎麼在意我了吧。」

「他應該還活著吧？」

刹那間，波里斯才突然意會到她問話的用意。

「嗯，還活著，不是幽靈。」

難道眞的有幽靈朝他們這裡走過來嗎？

娜雅特蕾依一面起身，一面從懷裡又拿出笛子，低聲吹著；雖然還不算是在吹奏歌曲，卻不難聽。然而，她一下子就停止吹笛，用手指向黑暗，說道：

「你已經死了。」

他曾聽說過，有些幽靈們根本不知道自己已經死亡的事實，像個瘋子般徘徊不去。波里斯還是感受不到什麼跡象，但以剛才的經驗，他只好認爲娜雅特蕾依這女孩應該是擁有特殊能力，可以看到那種不明的東西。波里斯想要站起來，但這一次他還是不想使用冬霜劍，所以他拾起剛才掉落在地上的劍。正當他要把冬霜劍繫回去時，突然有個東西猛然碰撞他的身體，使他跌倒在地。

他什麼也看不到，甚至連重量也感覺不到，但確實是有股力量壓抑著他的肩膀與胸口。波里斯想要站起來，不過卻怎麼也推不開這個連重量感都沒有的敵人。明明都加重力氣了，手還是接觸不到東西。他看到頭頂上娜雅特蕾依的匕首揮了過來，心裡突如其來地閃過一個念頭：看來她還是會幫他。

不過，這一次連娜雅特蕾依的匕首也沒用。波里斯還是毫無抵抗能力，但可以感覺到有一隻看不見的手像是在找什麼東西似地在他懷裡亂搜身。可是，他懷裡明明就只有一支插在皮套裡的旅行用匕首啊。不對，應該說他以為應該只有這樣而已。

噹啷，有東西掉到了地上。

嘩啊！

事情是在轉眼之間發生的，四周圍幾步路的範圍內忽然變得像大白天一般明亮，同時還出現用磚頭砌成的圓形水井。更加令人驚訝的是，那口井是在波里斯的身體上面。也就是說，這是幻象。

周圍的景色又再度變化。綠葉白花蕊的花朵在水井四周盛開，另一邊甚至還出現了一道奇怪的牆。非常眞實，簡直就像是把某處的實際景色給搬到這裡來似地。波里斯剎那間想起了月島，在他獻贈銀色骸骨時，當時不也是用魔法召來遠處的樹林祭壇，甚至還可以觸摸得到嗎？

嘎啊！

這一回則是響起了像是野獸般的叫聲，附在波里斯身上的陌生力量倏忽間消失不見。他猛然躍起，同時握劍防衛前方。可是並沒有再出現任何攻擊。

只不過，突然出現的幻象卻沒有一下就消失掉。周圍仍然還是大白天，繁花盛開的庭園與一口水井。然而範圍並不大，幻象之外仍然一片漆黑。

到底爲何會突然出現這些東西？兩人置身於陌生的幻象之中，緊張的警戒四周。

嘎吱。

從井裡傳出聲音的那一刻，兩人可說是同一瞬間衝向水井前方，幾乎同時擊出各自的武器。井裡一片黑暗，但是卻有東西一直從裡面爬出來的聲音。這莫名其妙出現的幻象以及亮光已經夠嚇人了，再加上這個從井裡爬出來的怪物！原本個性沉著的兩人，也不由得毛骨悚然了起來。

啪、嗤、啪。

聲音逐漸靠近，近到快要傳到鼻子前方時，這個來路不明的敵人還是沒有現身。突然間，聲音靜止下來。接著，出人意外地傳來了對他們說話的聲音：

「喂。」

03

千年前的存活者

「喲，你這東西滿不錯的。」

那顆象牙骰子剎那間落到了「此者」手上。會這樣稱呼，是因為現在波里斯還找不出更為適當的字眼。

「只有一顆，眞是可惜。你是否還有？感覺上，我似乎已經有一千年沒玩過擲骰子了。你會玩『追擊者』嗎？這可是我最喜歡的骰子遊戲！」

波里斯猶豫了一下，才結結巴巴地回答：

「我是會玩『追擊者』……但我只有這一顆骰子……」

在幽靈居住的那個地方，和恩迪米溫的父親攝政王學來的骰子遊戲，正是「追擊者」。波里斯用眼角瞄了一下娜雅特蕾依，因爲他很好奇一向不曾顯露驚訝表情的這個小女孩，現在會是什麼神情。然而，娜雅特蕾依竟然只是稍微睁大眼睛而已。

「那就無法可施了。世上總是沒有十全十美的事，都已經有玩遊戲的對手了，而且還知道遊戲規則，卻偏偏沒有遊戲工具！不過話說回來，這已經比有遊戲道具，而且清楚遊戲規則，卻無遊戲對手要來得幸運許多。因爲，只要有對手，大可玩玩其他遊戲。只有一顆骰子，我想想看能玩何種遊戲……」

「此者」愉悅地嘀咕個不停，還歪著被老舊兜帽掩蓋的頭，想了一下，隨即像是失望地說：

「實在是年代久遠，我想不起來。」

會認爲「此者」很失望，是由「此者」的語調和頭部動作來推斷的。當然，也是藉由那根豎起的手指動作來判斷……可是，那眞的可以稱得上是手指嗎？

正確說來，那是手指骨。

這名從幻覺水井中爬出來站在波里斯與娜雅特蕾依面前的「此者」，身穿一件兜帽連身斗篷，中等身高……除此之外，就難以再找出什麼句子形容他。「此者」的臉部長相、髮色、體形，實在是找不出能夠形容的字詞。因爲，「此者」似乎不具備這些。波里斯看不到斗篷兜帽裡的臉孔，裸露在一邊袖子外的則是碧綠色的骨頭，一點兒也不像是還活著的人。

身旁的娜雅特蕾依正中問題核心地問他：

「你到底是死了，還是活的？」

「如果死了，怎可能到現在還會因爲看到舊日的骰子而感嘆不已。如果還活著，曾經屬於我身體的內臟和肌肉到何處去了？雖說我生前也有些骨感，但怎麼說也不至於像現在這樣。苗族小姑娘，妳有必要把我想成妳提到的兩者之外的生命體。」

娜雅特蕾依的回答卻是相當簡單：

「所有人類都是兩者之一。不是死，就是活。要不然，你就是非人類了。」

「沒錯。可是現在形成我這一身外表的，仍是曾經是屬於某個人類的骨頭。當然，那個人類已經死去，而我還在這裡。生前那個人……名叫艾匹比歐諾。」

波里斯覺得像是在哪裡聽過這名字，和月島島民的名字很像，也就是說，這應該是卡納波里式的名字。到底是在哪兒聽過？在異空間的方尖碑裡看到的許多名字、從島民口中聽到的死者名字，以及許多的書籍記錄……

波里斯趕緊在沉於思索之前跳脫出來。他和娜雅特蕾依有些不大一樣，他出於個性特點，問了另一個正中核心的問題：

「請問我們是你的敵人嗎？」

「當然是了。」

兩人幾乎同一時間往後退，握住各自的武器。不過，「此者」沒有什麼反應，接著說：

「本來我是應該殺死你們的，從你們踏入這塊土地起，我就有此打算。你們是否知道原因？」

波里斯並沒有再更驚慌，而是用沉著的語氣回答：

「看來你或許是守護古卡納波里領土的護衛者之類，否則你不可能獨自在這裡。你不同於其他的不死生物（Undead），具有正常的人格。你如果認爲我們是那種不請自來的該死客人，那我們也只好在此試驗彼此的命運了。」

「你錯了，『我』一定得殺死你們。這樣，其他屍體才不會殺了你們。」

「此者」朝波里斯伸出手，中指骨頭尾端巧妙地立著恩迪米溫給的骰子。這東西正是剛才從波里斯懷裡掉落出來的東西。

「如果死在其他屍體手中，他們會占有你們的身體，這時僅剩靈魂的你們，就不可能找回自己的身體，通常就會變成『瘋魂』。而我並不是因爲對現在這個身體很滿意……才維持這種外表，是因爲原本就無法脫離這種狀態，也因此，在消滅你們的身體時，才可以無所慾望，消滅得一乾二淨。」

波里斯看到有種不明光線跑進了立在「此者」手指上的骰子。

一開始波里斯以為那是光線，但立刻就知道那是怎麼一回事，原來是骰子把原本圍繞在他們周圍那些彷彿像是煙霧畫出的景致，給吸到裡面去了。水井、花朵都跟著消失不見，最後發出一陣光芒，四周便沉寂下來。

「你知道我何以說這骰子不錯了吧？」

波里斯原本不經意地想要伸手要回骰子，但後來還是縮回手。接著，他滿是疑惑地皺起眉頭。恩迪米溫的骰子要是有這種力量，為何至今從未發生過什麼事，只在這一瞬間突然發生這種事？而且這到底是什麼力量啊？

此時，娜雅特蕾依忽然問道：

「你是不是原本應該要死的，現在卻不會死了？」

有著一雙骨頭手的「此者」，既不否定也沒認同她的話，只是舉起骨頭手把兜帽放了下來。天色漸漸亮了起來。原本在昏暗之中只看得到碧綠色的手骨，但是慢慢地，就連對方的臉孔輪廓也開始看得到了。波里斯在看到臉孔之前，其實有些害怕看到。要是臉孔也和手差不多，那「此者」臉孔可能大半都已風化，恐怕只剩頭骨而已，甚至搞不好說話時還會一直晃動下巴。那種駭人的事，他不可能會看得習慣。

然而，他所看到的卻與預想不同。顯露出來的頭部並不是發白的骸骨，而是灰綠色的短髮，抬頭轉過來面對波里斯時，便露出一張看似不到二十三、四歲的年輕臉孔。

□

東方天空如同冬夜火爐般，泛著一片火紅顏色。

現在又是炎熱的白天，整片黃色荒蕪地如同烤鹽田似酷熱。睡覺的準備工作都已妥當，但因爲要等駱馬回來，波里斯和娜雅特蕾依都還無法睡覺。

而且他們也還得等著身旁的這名「此者」。

波里斯望著東方地平線，同時望著「此者」，也就是艾匹比歐諾的背影。艾匹比歐諾用黑色斗篷蓋住全身，眼睛一直注視著炙熱的太陽。如果換作活人，在黑布裡鐵定會忍受不住炎炎熱氣。然而「此者」卻毫不在意似地，像是在輕風吹拂的山丘上俯視涼爽的草原般，一直靜靜待在那裡。

這是在進行某種儀式嗎？

艾匹比歐諾，這名字是在哪裡聽到的？波里斯又再一次試著回想，但還是想不起來。不過，可以肯定他確實聽過這名字。他要他們等，他說自己有件事只有在太陽照射時才能做，如果有話要說，之後再說，然後就隨意坐了下來，一動也不動地等著如同蛤蜊外殼般閃爍著金色光芒的明亮早晨來臨。

剛看到他臉孔時，波里斯不由自主地又再看了一眼艾匹比歐諾的手，因爲他那雙仍然只見骨頭的手，與年輕清秀的臉孔實在是十分不相配。波里斯早就聽人說過，在滅亡之地不僅有著無數幽靈，而且還有其他各式各樣的怪物，但是看到艾匹比歐諾這怪異的外表，如果不把他想成是幽靈，到底還能把他當作什麼？

凌晨過去，早上剛開始的時候，他終於站了起來，走向波里斯與娜雅特蕾依，問他們：

「你們叫什麼名字？」

「……」

正當波里斯表情詫異並且決定保持沉默時，令人意外地，娜雅特蕾依卻先開口回答：

「娜雅特蕾依。」

「好，你們叫我艾匹比歐諾就行。我名字的含意說起來是受詛咒的那種，也因此，雖然我不想這樣，但還是存留了下來，由我親自處罰像你們這種訪客，或者和你們談談話。啊，對了，和人談談話，這算是史無前例之舉。」

更加令人意外的是，娜雅特蕾依用手指著波里斯，再說了一句：

「波里斯。」

「嗯，好。」

幸好他沒有伸出手來要和他們握手。波里斯看到那隻骨頭手稍微動了一下，好像艾匹比歐諾原本不經意地想與他們握手的樣子；但稍微猶豫了一下，就又把骨頭手給縮到袖子裡。

雖說有一雙骨頭手，但艾匹比歐諾既不像幽靈那樣是半透明的，也不像屍體那般蒼白。他白皙額頭下方有一雙明亮的翡翠色大眼睛，只是個給人清新印象的男子。人中部位短短的，眼角有些上揚，不時流露出一種機靈的感覺，但因爲長相實在是很清秀，反而讓人覺得他長得很像精靈。

而且他說話時像古人那般典雅的腔調，也令波里斯不禁想到以前遇到的幽靈們。

「我看你們一直沿著王國的道路行走，是吧？這條道路通往首都亞勒卡迪亞，你們去亞勒卡迪亞有何要事？」

他說的王國，不用說當然是指卡納波里了。波里斯心想也沒有必要隱瞞，所以簡單地肯定了他的問話：

「至少我是要去亞勒卡迪亞沒有錯。聽說這裡早已經沒有活著的生命，所以請問你是不是還沒失去意識的幽靈？」

年輕的艾匹比歐諾那雙眼睛裡的翡翠色眼珠，在愈是明亮的天色之下，就愈顯得閃亮。他睜著一雙大眼，直直盯著波里斯，盯了好一陣子之後，一面露出會心的微笑，一面搖頭說道：

「發生在我身上的事，連我自己也很難用三言兩語就解釋清楚。等我們多認識之後，再向你們解釋。你說要去亞勒卡迪亞，但是誰都知道，那裡早在很久之前就已消失於黃土中。雖然有很多人爲了尋寶而去那裡，但從來就沒有人得以親眼見識，甚至連亞勒卡迪亞傾倒的尖塔也沒瞧見過。不過，你們倒是挺令人驚訝的，竟能到得了這裡。是否有人引導你們？是否就是你身上帶著的那把劍？」

波里斯一感覺到對方在講冬霜劍，便緊張了起來。「此者」的來歷他還不清楚，所以不能什麼事都說。

「沒有錯，我是因爲劍的關係才來亞勒卡迪亞。但是除此之外，就無可奉告了。」

艾匹比歐諾又再一次靜靜打量波里斯，隨即低聲笑著說：

「你無需隱瞞，我知道你曾遇到逃離王國的存活者們的後代子孫，是吧？他們給了你建言，要你冒險來這裡解決什麼事，所以你才來這裡的，難道不是這樣嗎？」

艾匹比歐諾是不是會讀他人的內心想法啊？波里斯有些驚慌了：

「你說得沒錯，可是你怎麼會知道這些？」

「因爲你的骰子，那是王國時代造的東西，而且是屬於王族的物品，如果不是他們好意給你，怎麼可能會在你手上？在我看來，你不像是會威脅王族或有能力傷害王族的人。」

艾匹比歐諾一面如此說，一面移動又再露出骨頭手，把骰子交還給波里斯。而波里斯則是有些猶豫，然後才接下，並且說：

「你會這樣說，那請問你到底是誰？如果你眞的與這個地方的危險幽靈不同，那麼拜託請你解釋一下，到底爲何要出現在我們面前。」

「你這樣講可眞是有趣的文字排列組合。好，首先，我的立場是有些複雜，不過，簡單地說，我平常做的事，就是對付那些一腳踏進這裡，想要得到金銀財寶的愚蠢人類，我要做的就是奪走他們的靈魂，弄得支離破碎、永不超生。只有對你們，我是第一次這麼特別優待。」

什麼特別優待？光是聽他這麼說，就夠可怕了。但波里斯還是努力試著不要露出害怕的表情，又再問他：

「那麼，你爲何要放過我們呢？」

「答案是什麼，你自己應該更清楚才對吧？抱歉，我都已經一個人獨自生活一千多年了，像你們這種才幾十年壽命的生命，心裡在想什麼，我很快就能看透。苗族小姑娘妳來這裡的目的無庸置疑只有一個，不值得一提，而小少年你的目的……確實事關重大，所以我不得不明白問清楚。總而言之，我已經很久沒遇到像你們這樣讓我感覺有必要先談一談的人類。呃，或許應該說是第一次才對。」

「你以爲只要你想，就能立刻除掉我們？」

波里斯並不是因爲特別反感才這樣說，不過，他確實是有著一抹不舒服的心情。雖然他自認爲自己並沒有可以自豪的實力，但也沒有差勁到需要對初次見面的對手採取低姿態。奈武普利溫也曾說過，如果想要修練出可以隨意取下任何性命的高超技巧，必須先具備最低程度的自信心。

「這個嘛，可就難說了。在你認知的前提下，這樣說吧，那把劍既非你的東西，亦非我們的物品，類似卸下獸嘴銜鐵的猛獸那般。因此那樣的物品到底是對我較危險，還是對你較危險，其實是不得而知的。」

「你既然這麼認爲，我就坦白告訴你。我去那裡就是爲了把它的獸嘴銜鐵給完全封鎖住。」

兩人又再緊盯著彼此的眼睛。他們的身高差不多，這個時候，原本應該會從耳朵傳進來的說話聲，居然在波里斯的腦子裡響了起來。

那麼……你是否在找老人之井？

他突然想起恩迪米溫。這簡直就像那時候和他額頭對額頭，把想法即時傳到腦子裡的感覺一樣。

眼前的艾匹比歐諾沒有任何表情變化，一直注視著波里斯。在這名活了一千多年的人臉上那如同二十歲青年的明亮眼睛中，可以看到一陣輕風拂過。如其所言，必須一直過著他不願度過的歲月……就算想死也死不了的生存者……終於，波里斯記起來是在哪裡聽過他的名字。

有著「存活」含意的名字，艾匹比歐諾……在滅亡之際依然不死，這名字的力量到底有多麼強大啊？不對，會不會反而是因爲預測到命運而取了這種名字？

接著，波里斯點了點頭。

「是，現在我知道了。我大概知道您是誰，也似乎知道您爲何而來。」

□

睡飽之後，又是大約傍晚時分。

波里斯睜開眼睛時，艾匹比歐諾又是背對著他，面向西邊而坐。雖然太陽已經下山，但可想而知他剛才一定一直盯著太陽看。這可能是他獨自活了一千多年下來，每天像在數著歲月般所養成的習慣吧。在傍晚的天色之中，他那閃現灰色的頭髮，在夜晚空氣中泛著碧綠光芒；就像是很久之前和奈武普利溫一起在大陸旅行時，有天夜裡看到的銀灰野狼的毛色一般。

艾匹比歐諾一發現到波里斯醒來，便轉過頭對他說：

「你們的動物都回來了。」

果眞回來了，兩頭駱馬乖乖地站在晚霞之中。波里斯起身，有些訝異地問他：

「您沒有睡覺嗎？」

艾匹比歐諾把袖子裡的骨頭手直直伸出來給他看。

「我這手被斗篷遮住了，你一定沒看到。我的身體絕大部分都已經是這種狀態了。人類身體所需的休息或者營養之類的東西，對我完全沒有用處，維持我身體的就只是自我意識所需具備的力量而已。」

「……」

波里斯叫醒娜雅特蕾依，簡單地吃過東西，然後三人就沿著道路出發了。

「艾匹比歐諾」是波里斯去見幽靈們，聽他們說到卡納波里滅亡的事情時突然提到的名字。據他們說，「從七歲開始就曾以天才魔法師而出名的年輕人艾匹比歐諾」，也是聚集在清晨塔思梅勒羅、計畫阻止亞勒卡迪亞災難的魔法師之一。所以，當公主艾波珍妮絲的「消滅之祈願」失敗時，當然也該跟著死亡。可是正如同那裡的幽靈們輕輕點出的疑問那般，名字帶有「存活」含意的艾匹比歐諾，不知爲何，果眞就存活了下來。而且變成得用斗篷遮掩的屍體之身，容貌仍與死亡當時一樣清秀的奇異狀態，獨自活了一千多年！至於這是什麼造成的，連艾匹比歐諾自己也無法解釋清楚。

當然，這裡還有一些其他幽靈，可是並非能夠溝通的那種生命體。說實在，艾匹比歐諾確實相當寂寞，他試過讓這些幽靈回復正常精神狀態，但到最後都不得不放棄，只能選擇支配他們一途。

「那些無法完全死去的幽靈，以及不死生物們，連正面積極的慾望也無法擁有。只能感受到某種不悅與不滿足，根本無法自行找出滿足自己的方法。所以，爲了追求那些不明的慾望，他們就進行破壞與殺戮。要想制止他們，只有用恐懼，所以說，如果我這個令他們害怕的對象在他們身旁，你們在這塊土地上就會非常安全。」

艾匹比歐諾說到寂寞的時候，波里斯一直注視著他的臉孔。人類只要有幾天孤單一人，就會十分痛苦了，更何況不是數十年也不是數百年，而是一千多年的孤單，這實在是件不可思議的事。

「眞難以想像一個人獨自活了千年是什麼樣的感覺。」

「哼，是啊，沒有親身經歷之前，我也和你一樣都不曉得。」

他甚至還苦中作樂地開起玩笑來。不過這個千年人類的玩笑，波里斯竟然還能聽得懂。即使語氣有些古典，但他的用語和現代人類幾乎都差不多。波里斯想起幽靈們說過「如果不是一直在人類身旁觀察他們的生活，會很難繼續把持自我意識」，於是問他：

「我想您一定不是只在這裡生活，是吧。」

「難道你要我終日待在這荒蕪地，不是只待十年，也不是只待一百年，你看我有可能像這樣當個『偏－執－狂』（他一面說著這令人陌生的單字，一面露出相當滿意的模樣）？其實，我曾經有一次忍受不住，覺得鬱悶難耐，而去大陸四處旅行過一段很長的時間。」

「用這副模樣？」

波里斯一說完，才覺得似乎有些失言，不過艾匹比歐諾聳了聳斗篷裡不知長得什麼模樣的肩膀，回答他：

「現代人到底把卡納波里的魔法師想成什麼？眞是的，變換外表這種事，就連現在的魔法師都能輕鬆做到。難道你以為我是因為不懂要領，才在你們面前現出原樣嗎？這種誤解可眞是令人感到遺憾。」

即使活了一千年，魔法師仍然還是魔法師，那種足以拿來炫耀的變身手法，等於是他們最起碼必修的東西。

娜雅特蕾依的態度也是頗令人感到好奇。她對於艾匹比歐諾活了千年的事實，既沒有覺得好奇，也全無害怕的神色，甚至連一絲警戒也見不到。波里斯知道娜雅特蕾依平常對於周圍的動靜都非常敏感，但她這次卻一副依直覺不把「此者」判斷為危險人物的樣子，實在不知該不該信任她的判斷力。

不管怎麼樣，艾匹比歐諾答應要帶他們兩人去老人之井，相較於盲目在這塊廣大土地上摸索，這項提議確實可說對他們非常有利。波里斯問他爲何如此優待他們，艾匹比歐諾回答他：「只爲了避免掉你的危險、我的危險、過去的危險、現在與未來的危險。」波里斯花了好幾天想著這番話的意思，終究還是不了了之。

然後，他們連續五天，沿著「伯雷伊歐斯街道」——要是艾匹比歐諾沒記錯的話——往南又再往南走下去。中途波里斯曾經表示應該轉往聽說有水泉的方向，但是艾匹比歐諾用他那種什麼都知道的特有表情搖了搖頭，一副自己非常清楚如何解決補給水分問題的模樣。

終於水都喝光了，艾匹比歐諾走離道路，往東走了好一陣子，在地上發現有四處龜裂的地方，就叫他們兩人過去。那個地方一片乾涸，別說是一灘水了，就算是一滴露水也找不到，然而艾匹比歐諾卻慢條斯理地說：「你們不是說過要補充水分嗎？」

娜雅特蕾依像是不疑有他，照他所說的，就直接坐在地上。波里斯則是露出懷疑的眼神。隨即，艾匹比歐諾便像個少年般，低聲嘻嘻笑著說：

「喜歡疑神疑鬼的小朋友，拜託你也相信一下魔法好嗎？」

艾匹比歐諾在斗篷裡的雙手交叉著擺在胸前，既沒有唸出什麼特別的咒語，甚至連在地上畫個符文也沒有。但是過不久，坐在地上的波里斯與娜雅特蕾依都慢慢感覺到一股愈來愈強的地鳴聲。不一會兒，波里斯看到原本龜裂的隙縫開始冒出黑色的水，不禁睜大了眼睛。

在這種荒蕪地中央，距離海邊如此遙遠，竟然有水冒出來？

而且顏色黑到令人懷疑是不是葡萄濃汁，還黑到閃閃發亮！當水快要滿過隙縫時，波里斯不自覺地想要閃開。可是水只是稍微滿過隙縫而已，並沒有溢流出來。

看到艾匹比歐諾做出手勢要他們喝，波里斯只能反問他：

「你要我們喝那種水？」

「顏色很噁心嗎？又不是毒藥，也沒有被污染過，你不用擔心。反而比平常你看到的清水還要好哩……哼嗯，喂，我這麼設身處地爲你們著想，如果再這樣猶豫，豈不是教我難堪？」

這個千年人類怎麼這麼會說服別人，到底是從哪裡學來的？不管這麼多了，他靠向有水的地方，在喝之前還用指尖沾了一下嚐嚐味道。水似乎有些苦苦的，但是和普通的水味道差別不大。

這個時候，波里斯瞄了一眼身旁的娜雅特蕾依，可就又再嚇了一大跳。因爲她居然一副習以爲常的模樣，用雙手捧水喝了好幾次。看到她這樣，即使向來互不交談，也不得不說出一句話：

「這種時候，我可眞是羨慕妳能夠這麼輕鬆喝下去。」

結果他聽到了一句意想不到的回話：

「這是黑曜水。非常珍貴，一年中想要喝個兩口，都很難喝得到。」

一旁的艾匹比歐諾發出年輕的笑聲，說道：

「沒想到苗族到現在還知道黑曜水這東西。如今連黃金貓都沒了，但妳還知道去找黑曜水，可眞是令人驚奇。不管怎麼樣，很好，嗯，一年只要喝個兩口，也夠幫得上忙了。因爲，一千年前和現在都一樣，沒有這東西，就很難在荒蕪地生存下去。」

「等等，一千年前這裡應該不是荒蕪地吧？」

艾匹比歐諾揚起一邊的眉毛，說道：

「卡納波里原本就是建在沙漠上的，這你不知道嗎？」

「你是說，當時這裡就是沙漠嗎？」

這到底是什麼意思啊？以前想像卡納波里王國的模樣時，都會想到在幽靈住處看到的那些碧色石材建造的建築物，還有像內心森林那樣一片草綠色的樹林模樣。而且波里斯也曾藉由幽靈們的力量，直接看過卡納波里的景象，應該是一座連沙子痕跡也找不到，十分乾淨且壯觀的美麗都市才對啊！

然而，艾匹比歐諾接下來說出的話語，更是讓波里斯驚訝不已。

「不僅是卡納波里，整座島原本都是沙漠！」

「整座島是什麼意思？」

「我是指我們腳踩的這塊土地。啊，對了，你們是叫大陸吧？可是如果稱爲大陸，未免嫌小，而且我們稱爲大陸的地方是在另外一處。」

波里斯難以置信地愣住之後，突然想到一件事。

「啊……是不是離開卡納波里的那些飛船船隊要去的……那個地方……是那片大陸嗎？那裡是在哪裡呢？」

此時他才想到，他曾經聽說過，月島只是臨時登陸地，他們要去的大陸是在另一個地方，但是現在的大陸人——或者稱之爲島民——對於那片大陸的存在，不是一點兒也不了解嗎？

「反正那裡太遠了，以現在人類的力量根本很難找得到。算了，不談這個，總而言之，這座島原本是沙漠，和現在你看到的一模一樣，是我們祖先將它改造成這樣的。不過，我們現在走的這個地區，也就是伯雷伊歐斯地區，從古至今一直都保持荒蕪地的原樣。這其中有許多原因，解釋起來很麻煩，算了。然而最近其他區域……像安－諾－瑪－瑞（他對較新的地名似乎不太熟悉）這種地方，聽說已經變爲非常美麗的一塊土地了。到底那是被解除的魔法力量所造成，還是實際天然改造出來的，我就不是很清楚了。總之，我聽說生活在那種地方，人們都可以過得很好。說得也是，若是魔法造出的，至今也沒有什麼偉大的魔法師有能力解除，所以應該是可以放心居住吧。」

以千年人類的眼光來看這個世界，眞令人覺得既陌生且奇怪。波里斯認爲理所當然且熟悉的世界，對於艾匹比歐諾而言，只是觀察的對象而已；波里斯連想都難以想像的遠古事情，對於艾匹比歐諾來說，則只不過是他曾經有過的回憶罷了。那些神祕、令人意外的，甚至具有衝擊性的事情，從他嘴裡說出來，也不像在披露祕密般嚴重，那種語氣頂多只像是在訴說隔壁鄰居家的瑣事。

曾經是一片沙漠的大陸，在這塊土地生活的人們就連魔法文明所留下的恩惠也遺忘掉，只忙於追求個人的事，其中當然也包括了波里斯自己。而現在波里斯正在和一個可以詢問過去所有事情的對象一起旅行，「此者」甚至還曾是古代魔法師國度裡的天才！

「我聽說卡納波里人全都是魔法師，其中堪稱天才的人與其他人會有多大的差別呢？」

艾匹比歐諾不經意地用手指骨觸摸了一下平靜的黑水，說道：

「如同你和我的差距。」

「那您的意思是，我有卡納波里人的水準，是嗎？」

這當然是個玩笑話，可是艾匹比歐諾卻像是理所當然地回答：

「相較於你我的差距，當時卡納波里人和你的差距程度恐怕就不算什麼了。」

波里斯開始覺得魔法師們的自負心簡直不是「一般適當必要的程度」。

兩個人把黑水裝滿每個水袋之後，艾匹比歐諾說道：

「從現在起，要離開伯雷伊歐斯街道，往中北部最大的都市喀拉薩尼雅前進。不知那個地方的『鏡子』會不會接受你們，不過，要是成功了，到亞勒卡迪亞的路途會大大縮減。」

04 娃娃之戰

喀拉薩尼雅，這個名字好像在哪裡聽說過。波里斯則是在他們再走四天到達艾匹比歐諾所說的「喀拉薩尼雅的鏡子」前方時，才得到解答。

曾經是中北部最大都市的喀拉薩尼雅，如今就連一根完整石柱也難以找到，不過，從進到像是都市入口的地方開始，就可以很明顯看到一個物體，那是一大塊基座模樣的石頭。走近一看，以前似乎曾經有個東西嵌在中間，留有細長堅硬的金屬，像手臂般往左右伸展上去。艾匹比歐諾稱它爲鏡子，但事實上卻看不到任何鏡子之類的東西。

一個少年、一個少女、兩頭駱馬，還有一個千年人類，就站到這物體前方。艾匹比歐諾告訴他們最好仔細看他怎麼做。他看起來心情很好，過了一會兒，他站離他們幾步之後，慢慢哼出曲調。大約反覆兩次，就開始加上了歌詞。可是那歌詞……卻有一股太過熟悉的神祕感。

水中之珍珠，珍珠裡的世界
你內在之魔法，魔法中的歌
所遺失者永遠棄離，以求神聖清淨

石上之明鏡，鏡裡的明亮路
你擁有之輕風，我隨風而去

追求所具含意之眞，以求實際眞相

這一瞬間，波里斯想出是在哪裡聽過「喀拉薩尼雅」這個名字了。

咕嚕嚕嚕嚕……

看不見的鏡子發出了聲音。巨大的圓盤，或者說是圓輪子，發出才從睡夢中醒來開始旋轉的那種聲音。轉眼之間，就看到了直徑大約五公尺的橢圓形圓盤出現在鏡台上。這面鏡子在太陽底下，彷彿像是在燃燒似的，白亮地閃爍著。

波里斯一看到那東西，立刻想起在幽靈世界裡看到的、像是水銀在流動的奇怪水泉的模樣，那裡的鏡影可以照映出遠處的過去。這麼說來，這個東西是？

「你們或許會覺得很奇怪，怎麼唱歌居然也能叫喚出東西，但這可不是一般普通的歌曲。這是……」

「是神聖的聖歌，對吧？」

艾匹比歐諾解釋到一半，停了下來，圓睜著眼睛，反問他：

「你怎麼會知道？」

看到艾匹比歐諾吃驚的模樣，總覺得有必要解釋一下。

「正如同之前我說過的，逃離此地的人，他們的後代子孫還存活著，幾項古老的傳承技能也都一起被保留下來。我曾經向聖歌最後一代傳承者學習過聖歌，但是……」

波里斯原本想要試著像是不在乎地說出口，但聲音還是不禁慢慢地低沉下來。

「……離開那塊土地時，我已經發誓要將它全部給忘記。」

「這可眞是令人驚訝。聖歌在魔法傳承的技能之中，屬於最爲困難的一種，沒想到竟然還被保存著！對了，不知是否保存得完整？你說你自己學過，那應該知道才對。和我現在吟唱的比較起來，如何？這樣是否會很難比較？聖歌並非從外表唱出的美麗音色來決定價値，不過……」

但是波里斯卻能明確地說出來，他說：

「她的……聖歌在我聽來是天籟之音……我想已經不可能再……聽到比那更美的歌聲。」

不一會兒，他發現艾匹比歐諾看起來有些像在生悶氣的樣子。

喀拉薩尼雅的聖歌，這也是伊索蕾教過他的其中一首。還記得曾經有一次，自己練習著反覆哼唱時，奈武普利溫說過那是「喀拉薩尼雅的聖歌」。但如今所有一切都已成了回憶，再也無法重來一次的美好回憶。

一想到這裡，波里斯也沒心情去安撫艾匹比歐諾了。

像是水銀做成的鏡子，在聖歌結束之後慢慢蕩漾著。艾匹比歐諾叫波里斯看著鏡子裡面，心中明確想著自己要去的地方。隔了片刻，停止蕩漾的鏡子變得一片清晰。

從在黃土荒蕪地閃爍的鏡子之中，波里斯看到了傾倒的高塔。一座外圍剝落且被攔腰斬斷的高塔，高聳入天的螺旋狀階梯像是被旋風給攪住似地，直直聳立著。天空一片湛藍，地面一望無際。

高塔壁面所雕刻的細微裝飾紋路，像是倒塌的古木年輪般，顯得虛無蒼茫。高塔後方到處都是青色半球形屋頂的白牆建築物，但是所有建築物的中間都凹陷下去。曲線形的空中天橋因爲延伸到一半突然斷掉的關係，看起來簡直就像半截死蛇，逼眞得令人覺得慘不忍睹。

沒錯，確實是非常逼眞。

他是否有閉上眼睛……實在是沒什麼印象，但他們的所在場所確實已經換到了另一處。原本以爲只是在看著鏡裡的鏡影，可是不知不覺當中，波里斯一行人所處的地方竟然已經變成了那座曾經美麗過，如今卻僅剩倒塌遺跡的千年都市——亞勒卡迪亞。

「眞慘……」

如此喃喃自語的不是波里斯，也不是娜雅特蕾依，而是一直記著這都市以前的面貌，因而心中更加感嘆的艾匹比歐諾。長久以來，他連個安慰的人都沒有，獨自一人無限期地看著這座失去恩寵倒地不起的都市。波里斯問他：

「都已經過了一千多年，您還對當時印象深刻嗎？」

艾匹比歐諾垂下頭來，一會兒之後回答：

「我以前一直希望能夠永遠印象深刻。」

波里斯抬起頭來，這才發現到，剛才透過鏡子所看到的倒塌高塔，實際規模比想像中還要大很多。光是那座高塔，威容就足以凌駕波里斯曾見過的所有建築物。僅僅中央入口就大到可以容納幾十個人排成一排同時進出，而高塔剩下的部分，估計至少也有五十多公尺的高度。

娜雅特蕾依走近幾步，摸了摸傾倒的一根石柱；她用手抹去灰塵，下方隱藏的石頭本色原來是白色的。波里斯也走了過去，拿出短劍刮了另一塊石頭的表面。他刮下灰塵之後，露出的石頭顏色是藍綠色的。這些如寶石般被沙子埋沒的碧色石頭，不是別的，正是所謂的青石，表面有著像是細微銀粉的東西，如同星光般鑲嵌在其中。這時，身後傳來了艾匹比歐諾的聲音：

「魔法已經消失，石頭卻仍舊如此碧藍！現在已經沒有人會在這些石頭裡加入魔法，等於和普通石頭沒什麼兩樣。」

波里斯知道這兩種石頭，也知道這些是建造完美建築物時的祕密武器。正因爲如此，看到布滿灰塵的青白與白石時，心情更加鬱悶不已。當他抬起頭來，又再仰望了一眼倒塌的高塔，那種情緒簡直沮喪到了頂點。

天啊，原來這建築物正是藏書館！

「藏書館……」

這是傑洛與伊利歐斯共同花費了大半輩子試圖仿造的建築物。可是，即使變成倒塌的廢墟，卻仍然有著一股壓迫觀看者的莊嚴壯麗，至於費盡努力造出的月島藏書館，這會兒不禁令人覺得實在沒什麼看頭。不過，光從外觀而論，確實造得非常相似，也因而更加感到他們的夢想實在令人惋惜。

當然，他們兩人一定沒見過此處的藏書館廢墟。傑洛要是眞的見到這幅光景，恐怕會比波里斯現在感受到的惋惜更加多出好幾倍吧。這座建築物曾經是建立在地表上、堪稱「書之聖殿」的地方，如今卻已是無人能達的荒蕪地裡的一處廢墟。

而仿造這座建築物的月島藏書館也是，已被一把火給燒燬了。

「最後那一瞬間，我受到一個不明的永生者意志所攏絡，變成一個人存活下來，當時……」

波里斯轉過頭去，發現艾匹比歐諾不是在看藏書館，而是仰望天空。

「也賦予我異常強大的記憶力。沒錯，我即使再怎麼天才，也不可能一千年下來，在連談話對象都沒有的情況下，還能不忘記以前的事。但令人驚訝的是，從小時候到卡納波里最後一天的事，我確實都還記得。就在那最後一天，我所擁有的能力各方面都完整無缺地在體內像是得到永生般，沒錯，就是原原本本的我。」

「您是說，那時候的事情……您全都還記得？」

「是啊，就像還活在那個時候一樣。當時隱約知道的事現在還是隱約不明，當時清楚確知的事如今也還清楚確知。倒是之後的事……不像以前的事那樣容易記住。這也是沒辦法的事，因爲我現在的人生只是多餘的而已。但是，這樣究竟是不是件好事？」

「……」

艾匹比歐諾走過來，撿起一顆小石子。和波里斯觸摸時的聲音不同，他碰觸到石子時，清楚響起了石頭與骨頭互相碰在一起的噹啷聲。波里斯說道：

「應該是比忘記所有一切……要好一些。」

「這個嘛，我也無法確定……是不是忘記所有一切比較好。我並不想和那些連自我本身也忘掉而僅剩惡意的幽靈一樣。可是要我一直獨自看著這腐朽千年的廢墟，完整記憶著這偉大都市當時像是會永恆持續的最美時光，等於是無法形容的酷刑，難道不是嗎？反而，如果能忘掉一些……」

然而奇怪的是，艾匹比歐諾雖然這麼說，臉上卻毫無表情，並不是那種表示惋惜的表情。他這種神情，使他口中說出的事顯得更加慘澹。

「與亞勒卡迪亞同樣高貴的公主死了，再也無法復活。一千年前撕裂我胸口的悲劇，如今也只是可悲的回憶，而至今仍然令我難過的，是所有人都已不在身旁。究竟是誰給了我這樣的命運？如果知道是誰，我一定會揪住他的領口。不對，我會下跪要求他給我一個理由，但是我卻連這個機會都沒有。不對，不僅沒有機會問，最爲痛苦的是我連自由也沒有。我的心靈至今一直與這個和屍體沒有兩樣的身子緊密結合著，即使想用繩索了結，做垂死掙扎之後，過了一天，我還是會回復成滅亡王國的最後魔法師——沒用的不滅者艾匹比歐諾！」

波里斯，甚至連娜雅特蕾依，都宛如廢墟中毀損的石像般一動也不動。艾匹比歐諾的語氣雖然激烈卻低沉。即使是在述說難以想像的痛苦，仍然不見他憤慨絕望，反而一副淡然處之的模樣。

就好像是他一千年來每天不斷思索，到最後，這疑問本身反而變成熟悉到如此平淡的程度。

「甚至只要是能讓我喝個一杯酒，該有多好！」

看來，艾匹比歐諾的身體既不能吃也不能喝。

要他一千年來都是清醒的狀態，這是多麼可怕的經驗啊！艾匹比歐諾之前說得沒錯，「沒有親身經歷之前，誰都不曉得」！大陸上許多宗教教壇所說的神明，能夠告訴這個被遺棄的古代魔法師究竟是什麼原因嗎？

「事實上，這段長久的歲月讓我淡了痛苦，也消了煩惱，眞的就像骨頭——像褪色的骨頭那樣，頭腦裡面似乎都被稀釋了。可是我說的是否爲眞正的感覺？」

這一瞬間，他一向面無表情的年輕臉孔，第一次泛起苦惱的神色。是類似老人活得太久而產生的那種煩惱嗎？

娜雅特蕾依走過來，伸出手握住艾匹比歐諾的骨頭手。然後令人意外地，她舉起手指，輕輕撫摸艾匹比歐諾的臉頰。

「我無法說什麼，所以什麼都不說。」

沉默了一會兒之後，娜雅特蕾依如此說道。隨即，艾匹比歐諾的翡翠色眼睛輕輕搖晃了一下，不一會兒就大笑了出來。

「哈哈哈……」

這陣笑聲未免也太矛盾了吧。艾匹比歐諾少年般的聲音輕快地笑著，彷彿像是把剛才不久前說的話瞬間全都忘得一乾二淨，連波里斯看了都覺得心情怪異。難道這所有痛苦都只是艾匹比歐諾「記憶」著的事情而已，並非實際存在的痛苦？

「苗族小姑娘可眞是有智慧……妳將來的前景會很不錯。從小受過多少苦，長大就會有多少回報。我的眼中看得到妳有非常不錯的前景。」

啦！

波里斯並沒有注意到這聲音。直到現在，仍然沒人專注去注意四周的動靜。波里斯說道：

「苗族這兩個字我聽了很多次，但到底是什麼意思？娜雅特蕾依，是妳所屬的少數部族的名字嗎？」

「苗族已經不存在了。」

噠！

娜雅特蕾依倏忽間撇過頭去，然而並沒有移動到任何地方。

「不存在了？但不是還有妳嗎？」

「如果想成爲一個部族，光我一個人是不夠的，得要有很多人才行。」

娜雅特蕾依鬆開握住艾匹比歐諾的手指，像個小妹妹般仰著她的臉孔。艾匹比歐諾此時還是一直微笑著。

噠！

艾匹比歐諾忽然伸出整條右臂，一下子舉起娜雅特蕾依小小的身子。而波里斯則是一股衝動的本能，當他嚇得往後退的那一瞬間，耳裡也終於聽到了那奇怪的噪音。

啦！

到底是何者最先發生的？是頭上飛過來的，不，應該說是襲擊過來的，類似白色小鳥之類的東西？還是從毀損的石頭縫隙中移動的影子？或者，瞬間直伸出去保護他們的那塊超過直徑三公尺的半透明魔力盾牌？盾牌緊接著就消失了。

嘰咿！

原來這些都是同時發生的事。魔力盾牌是在艾匹比歐諾一揮手就即刻造出來的，另一瞬間消失之後，就又有不同的敵人接近，他們一走近，盾牌就忽地出現阻斷他們。等到稍有空檔時，艾匹比歐諾向波里斯喊著：

「往這邊走！」

波里斯走向艾匹比歐諾身旁時，眨眼間又重複了三次同樣的攻擊與防衛。當波里斯看到包圍他們的敵人面貌時，簡直傻眼了，因爲他們既不是怪物，也非幽靈，更不是刺客殺手或傭兵，這根本就不是他想像得到的任何敵人。

最先看到的敵人是一名外表和波里斯年齡相似，極爲美麗的短髮少女。她身穿藍色洋裝，還圍了件圍裙，而且也沒帶武器，是個看似柔弱的小女孩。

這名少女空手一觸摸到艾匹比歐諾的魔盾，就發出嬌美的叫聲，隨即被彈出兩、三公尺外的地上，揚起一陣灰塵。要眞如外表那樣是個普通少女，受到那種攻擊力道，照理不可能立刻就站起來……但是片刻之後，她竟然像是沒事般，立刻一躍而起，又再朝向他們直衝過來！

波里斯轉過頭去，看到艾匹比歐諾用一隻手就輕而易舉地以魔盾擋住，然而他的表情卻十分專心認眞。少女快要衝到眼前沒幾步的距離時，伸向她的盾牌就刺中了她白皙的手臂，她立刻又再被彈到遠遠的地上。沾在透明盾牌上的血，隨著盾牌消失，滴答地滴到地上。波里斯不由自主地喊著：

「這到底是在做什麼？他們是危險人物嗎？」

「危險？你該不會爲了想要證明危不危險，就不要命了吧？那些曾經當過活人的幽靈們心中或許還懂得恐懼，但這些可就不懂了。也就是說，我控制不了他們。」

此刻，波里斯才發覺原來自己想錯了，在吃驚之餘，連聲音也顫抖了起來。

「等等，他們是什麼？卡納波里人全都已經死了……」

「當然是都已經死了。你還看不出來嗎？這些全都是娃娃！」

「娃娃？」

「沒錯，甚至……應該稱作瘋娃娃！」

艾匹比歐諾把那些靠近他們的娃娃全都彈出去之後，收起盾牌，改用魔力造成的保護罩包圍他們一行人。可是由於範圍不大，一下子就被數十個娃娃給團團圍住。如同玻璃櫃裡陳列的娃娃般，它們睜著藍色、黑色、淡綠色、咖啡色的眼珠子，數十雙眼睛面無表情地看著他們。

波里斯簡直難以相信。以前在書裡讀過，也聽過它們的故事，但還是難以接受它們是娃娃的事實。因爲它們泛紅的臉頰、精緻的面孔、自然的身體動作，以及活生生的皮膚，這一切應該都是人類的外表才對啊！可是它們竟然只不過是靠人類力量、仿造人類模樣所製作出來的仿製品？

但是波里斯立刻察覺到它們一些非人類的特性。如果它們是卡納波里王國滅亡當時存活者的後代子孫，在這種荒蕪的土地上討生活，不可能有如此清秀美麗的外貌，而且也不可能衣服連一絲破損都沒有，手腳也都沒有弄髒，臉孔的血色如此豐潤，一副保養得很漂亮的模樣。

「娃娃怎麼會瘋了？」

娜雅特蕾依沉著的語氣讓波里斯回到了現實。他聽到艾匹比歐諾回答的聲音：

「所謂的『瘋娃娃』，是指因爲製造這娃娃的主人死亡，所以永遠無法修改當初對這娃娃所下的指令。娃娃都是魔法師製造出來的，只有創造者本人可以下達指令或管理自己的娃娃。一旦下了指令，娃娃們就會一直不斷重複那個任務，直到完全毀損至魔力消失爲止。那樣的娃娃會對他人具有危險性，所以卡納波里律法還存在時，會要求魔法師死去之前，把自己製造的娃娃們全數銷毀。娃娃們只要創造者一句話，就會毫不猶豫地自行銷毀。由於娃娃都做得非常堅固，如果創造者死了，就無法輕意加以毀壞。當然，在這種情況下，還有一個方法可以輕易解決這問題……一個大家都不樂見的方法。」

包圍他們的娃娃數量愈來愈多了。在這塊已經找不到生命體的土地上，創造它們的魔法師早在一千多年前就已死去，但是沒想到只有娃娃們存留下來，仍然不斷重複自己的任務！

「那麼這些娃娃們當初接受的指令是不是……除掉入侵者？」

「或許是吧。娃娃們只有在完全無法執行指令的極限狀況下，才會出現最初設定的『本性』，普通都被設定爲防衛自己所屬都市、保護自身、保護魔法師等三種。我獨自來這裡的時候，從未看過現在這種情況，所以這些娃娃的本性應該是第一種吧。那麼……」

艾匹比歐諾突然探頭看了一下娃娃們的背後，隨即低聲喃喃說：

「終於來了……令人難過的事情即將發生。」

不過，波里斯隨即就了解到，這句話說的並不是他們自己的命運。緊接著出現在這群娃娃背後的其他十幾個娃娃，忽然不管三七二十一地開始攻擊包圍他們的娃娃們。那些娃娃不是人類，所以根本就沒有所謂的同情心或者同族意識。

「另外這些娃娃……的本性是屬於保護魔法師的那種。是因爲我……才來這裡的。」

波里斯看到這幅景象，似乎可以感覺到艾匹比歐諾所說的「一個大家都不樂見的方法」是什麼了。艾匹比歐諾喃喃的低語聲，確定了波里斯的想法沒有錯。

「以娃娃的力量來除掉娃娃……是最簡單的方法。爲了除掉瘋娃娃，只要對其他兩種娃娃下指令就行了。那麼三種全都會毀壞掉……問題也就可以解決了。」

眼前這一幕可眞是淒慘。娃娃們對於身體攻擊，反應相當敏感，包圍波里斯一行人的娃娃們，一下子全都紛紛轉而包圍那一批剛到的娃娃。一開始，看起來像是單純鬥毆，但是過了片刻，就從扭打的那一群娃娃裡飛出一隻斷臂，令波里斯不禁看得目瞪口呆。

毀壞的娃娃……那不是石膏或者黏土土塊。被扭斷而滾落在地的腦袋上面，失去焦距翻出眼皮的，也不只是彩色玻璃珠而已。斷掉的手臂像是原本附著在人類身上的肢體般，抽動了好一會兒才停止痙攣。

屠殺持續進行著。要是換作人類，波里斯早就跑去救援，或者責罵，或者痛苦，但是看到這幅景象，到底他該有何種情緒才對？最爲眞實的是，娃娃身上竟然流著和人類血液一模一樣的紅色液體。能夠說它們沒有生命嗎？那麼爲何偏偏要讓它們流著紅色血液！

剛才不久前他還認爲，儘管這些娃娃和人類簡直完全相像，但最好還是努力把它們當作娃娃，不過現在波里斯卻不禁對眼前這一幕感到厭惡。

「到底這是什麼怪癖好？你們既然認爲娃娃不是活人，爲何偏偏要讓它們流著紅色血液？既然卡納波里人全都不是精神異常者，爲什麼要這個樣子……」

「因爲這是最爲妥當的方法，沒有其他理由。」

「最爲妥當的方法？那麼創造者在殺死娃娃時，豈不是會覺得像是在殺人？如果是我做的娃娃，絕不會讓它們流有任何一滴血！而且也不會做得這麼像人類！」

艾匹比歐諾原本一直看著娃娃們，此時他轉過頭來直盯著波里斯，翡翠色的眼睛裡閃過一絲冷笑。

「你這樣是爲娃娃著想？還是爲人類著想？你活到今天，就認爲可以用你的想法來看一千年前的事了嗎？你好像比較喜歡用棉花或石膏粉做的娃娃，是不是在殺死那種娃娃時比較不會有罪惡感？雖然和人類很像，但你知不知道如何對待非人類的東西？生活在這只有人類的世界上，你當然從未想過這種問題，是吧！可以確定的是，對待娃娃們，不能因爲他們沒有生命就輕忽處置、想殺就殺！像你這種想法的人，認爲我們沒有責任感地做出娃娃，輕易想丟就丟掉，丟了又再做，我看太多了！」

波里斯也冷冷回了他：

「看來您也很清楚這些道理。娃娃確實是沒什麼好可怕的，不過在除掉那些很像人類的娃娃時，如果感覺像在殺人，那麼終究是等於把人看作和娃娃一樣不值，這才是令人感到可怕的地方。普通人與那些娃娃有何不同？普通人一樣也是用劍砍了就被砍斷，刺下去同樣也是有血噴出來！」

艾匹比歐諾的眉毛整個上揚了起來。他已經好久沒有遇到讓他生氣的事，而今卻像個二十歲的年輕人，氣呼呼地說：

「所以說，你就是那種不曾和娃娃生活過的世間普通人……娃娃雖然沒有生命，但是我，還有那些卡納波里的魔法師們……一向都將這些貌似人類的娃娃當作兄弟姊妹般看待，怕他們哪裡不足，怕他們身體不好。誰說我們是隨便想做就做個娃娃，想殺就殺死掉？當然，也有些沒有責任感的人。萬一破壞娃娃時，知道娃娃只是用石膏粉攪拌做成，他們說不定會加倍，或十倍輕易地，想做就做，想除掉就除掉！沒有生命的娃娃，一開始睜開眼睛，就要花費幾個月時間來教他們說話和動作，娃娃要是發生了什麼事，魔法師們就會丟下手邊所有事去照料他們，你認爲你能夠了解這些魔法師的心情？我最後不得已親手毀了『尼艾妮茲』……爲了亞勒卡迪亞的最後，趕往清晨塔的魔法師那邊時……你如何能夠想像得到我當時的心情？」

「我不知道。但是您就知道嗎？那麼您爲何現在不去救它們？」

此時，娃娃們已經結束了屠殺同類。它們不管身體部位是否一塊塊地搖搖欲墜，都又再回去各自的群體裡。波里斯還看到有個貌似某貴族愛女的金色鬈髮少女，把手上沾染到的血大方地擦在裙子上。一名劍士打扮、長相帥氣的年輕少年，把劍拄在地上，用純眞的眼神望著他們，像是在想著要如何料理他們這行人似地。它們的想法似乎並不會反映在表情上，所以臉上還是掛著那副微笑。

不過，那名劍士娃娃並沒有苦惱很久，原本圍站成一圈的娃娃們，全都開始攻擊他們。一次接著一次，波里斯感覺到保護罩不斷被攻擊。突然，艾匹比歐諾像是不熟悉他長久以來支配著自己的激烈情緒，大喘了一口氣之後，忽地舉起他的骨頭手。令人意外的是，隨著他的手勢，保護罩居然被收了起來，娃娃們像是受到瞬間打擊似地，被彈到三、四公尺外的地方。波里斯背後傳來了艾匹比歐諾的說話聲：

「你來殺一次娃娃吧。那麼就會知道娃娃和人類是哪裡相像，哪裡不像。殺死貌似人類的娃娃後，自己去比較和殺死人類有何不同想法。」

「什麼意思……？」

一直都對他們很親切的艾匹比歐諾一轉身，卻突然往上走……令人意外地，什麼也看不到的空蕩蕩空中彷彿像是有階梯存在似地，他就這麼走上去了。大約走到五公尺高時，他彎下腰來，坐在同樣也是看不到的某個東西上面，說道：

「如果不殺死他們……你們就會被殺死，這道理你們懂吧？」

波里斯根本沒空去追究原因，娃娃們就已經排山倒海而來。個個都非常美麗，都像人類，甚至還帶著笑容，它們連武器也沒有就直衝過來。

波里斯剎那間猶豫了一下，相反地，娜雅特蕾依的動作卻更加快速。她朝著正面衝來的女娃娃白皙的額頭擊出左手，某個東西整個插了進去。紅血如同水柱般直流而出……同時右手揮出，人頭就落地了。

娜雅特蕾依右手持著一柄寬刃短劍，左手指尖則是夾著三支小匕首。原本這種短劍應該是斬不了人的脖子，可是娃娃的身體卻和人類不同。

美麗的娃娃沒了人頭，搖搖晃晃著，但還是站在原地。接著，波里斯就看到兩隻顫抖的雙手伸出，像是想要抓住什麼似地痛苦……然而那只是想要攻擊他們而已。波里斯身旁那個不怕血的少女也同樣反應著，匕首快速伸去，輕易就斬斷了兩隻手腕。

「娜雅特蕾依……它們那麼像人類，難道妳沒有任何感覺嗎？」

娜雅特蕾依的回答相當簡單：

「即使它們是人類，只要是敵人就得殺，但它們根本就不是人類，我實在不知道你幹嘛猶豫。」

波里斯的眼前來了一個像是與他同齡的金色鬈髮少年。它的手抓住波里斯的左手手腕，瞬間一股難以置信的強大壓迫感施壓在他的左手上。他的生命遭受了威脅。

波里斯幾乎是反射性動作，一面拔劍一面甩開對方手臂。連這一刻他心裡都還想著要閃開，以防砍到他，但此時他卻看到少年的手臂彎成了奇怪的形狀。他稍微愣了一下，或許是因為這樣，他想都來不及想，就已經被那隻彎曲的手臂以同樣的力道給揮擊到。

啪！

大概是因爲意外被打到的關係，不對，也許是因爲娃娃的力量強大到根本不像人類的緣故，波里斯隨即晃了一下往後退步，發現被娃娃打到的左臂幾乎已經不聽使喚，只好用右手豎起劍身，做出防衛姿勢。此時情況對他非常不利，敵方有數十個，而他們只有兩個人。他別無選擇，這一點他也十分清楚。

沒有其他條路……可走了。

波里斯下定決心後，終於把劍往前挺去。看到剛才那個娃娃的咽喉被刺、湧出紅血時，波里斯的眼睛瞬間睩了起來。然而，只能繼續這樣下去。他又再刺穿眼前猛然直衝過來的敵人手掌，幾乎斬斷整隻脖子之後，才好不容易變得安靜一些；卻又看到下一個敵人毫無懼怕地衝了過來。

這不是在殺人……然而他明明是在殺害……應該說他是在「毀壞」娃娃嗎？沒錯，他是在毀壞。分離脖子與頭部，彎斷手腳關節，如同紙張一般輕易就削去皮膚。可是娃娃卻沒那麼容易就死。就如同生命無法輕易被停掉似的，仿造生命的它們比人類還更加堅韌。雖然身體脆弱，但是直到最後一刻，它們還是遵照一千年前下達的指令，移動再移動……

波里斯的劍猶豫了一下又再直挺出去，又一個揮砍，現在他已經毀壞了無數個娃娃……成堆的屍體。即使倒地，它們仍然動到最後結束爲止。明明刺穿過心臟了，砍斷脖子了，還是不死。連斷掉的手臂都還會動個不停，沒了人頭也還是會跑，被分成兩半的身體各自移動。有東西緊抓住波里斯的腳踝，低頭一看，竟是隻斷手附在腳上，用腳一踏就變得不成樣。被分成許多塊的身體，攻擊力道已經不具威脅性，但波里斯內心還是會抗拒，反而更加痛苦。

當他砍掉十幾個娃娃之後，看到一開始的那名黑色短髮少女娃娃站在他眼前。這娃娃似乎已經被娜雅特蕾依的短劍劃過眼睛，失去右眼的它垂著雙眼的眼皮，攤開雙臂直直站立著，用那看不見眼珠的眼睛看著波里斯。

眼球被戳傷的娃娃流出的血，看起來彷彿像是血淚一般，在風中飛揚的黑色短髮間閃現亮光。蒼白的臉孔如同附有魔力的白石般細緻光滑……他想起，她閉上的眼睛裡面的眼珠，應該是苦艾酒那種混濁的暗綠色。此時，少女睜開了沒被刺傷的左眼。就這樣，一邊眼球不停的流血，另一邊眼珠則盯著他看，然後開口說了他聽不懂的語言。

它是在說什麼……啊？

也不知是遺言還是詛咒，反正他一句話也聽不懂。一千年的障礙橫隔在他們之間，遠比人類和娃娃之間的距離還要更大，因此就算努力試圖溝通也是無用……這陣比風聲還不如的話語散去之後，那股無法傳達的心情仍然深留在他心中。

身旁傳來了娜雅特蕾依冷靜的說話聲：

「你那把大劍可以直接把它砍成兩截，它可以很快就結束痛苦。」

波里斯沉默地高舉他的劍。少女玫瑰色的手指向他伸來。砍下去了！劍刃夠銳利……拜託一定要一次就結束掉。

隨風飛散的……數萬顆血珠。

那些血絕大多數都灑在波里斯身上，但他還是靜靜地站在原地。畫出半圓線的劍刃接著便垂到他腳邊，此時他也只是舉起一手擦掉沾在眼角的血水。可能因爲娃娃的血比起人類的並不那麼黏稠的關係，所以並不會凝結在皮膚上，就直接滴滴答答地落下。

被削掉的頭髮在一灘血水中點綴刻畫出黑色細紋。

波里斯看著這灘血水，看得心裡都有些痙攣。他所毀掉的東西實在是太過美麗，使他不禁感到罪惡。

美麗的東西不該這樣輕易就被毀壞掉。

如此輕易就毀壞掉的東西……不該被造得如此美麗。

到了中午，數十具的娃娃屍體就這樣與廢墟一同長眠。當波里斯和娜雅特蕾依垂下刀劍，開始望著這些永遠壞損的娃娃們時，在這場悲劇當中對他們置之不理的艾匹比歐諾才下到地面上。然而，當波里斯和他四眼對視時，看到他的表情，實在是無法開口責怪他。艾匹比歐諾好幾次想開口卻說不出話來，最後終於說道：

「是啊，我……從很久以前就一直盼望能有人把這些娃娃們全殺掉。看到他們，雖然會感到很欣慰，但這一天還是必須來臨……」

以艾匹比歐諾的力量，想要一口氣殺死數十個娃娃，絕對輕而易舉。可是他再怎麼說也是把娃娃當作親人般珍愛的卡納波里魔法師。他說會感到很欣慰，是指他從娃娃們的模樣可以看得到古卡納波里人的影子，得以暫時忘記自己的處境。不過他也知道這是毫無意義的事，也知道娃娃們的存在其實是虛無蒼茫的。

而反過來坦白說，殺死娃娃們之後，波里斯才得以體會到艾匹比歐諾的心情。波里斯低著頭，只是簡短地說：

「幸好……這一天來臨了。」

「娃娃並不知道歲月這東西。一千年也宛如一年或者一天。面對主人沒有回來的事實，他們也只是感到訝異而已。但他們不會認爲主人永遠都不會回來，所以仍死心塌地反覆做著平常做的事情。幫主人煮菜盛飯、織布，同時也會擦拭著倒塌建築物的地板。我實在不忍看他們如此，應該要阻止他們的，但我根本無法阻止。你想對我發脾氣就發出來吧，只要是與娃娃有關的事，我完全無話可說。」

「……」

艾匹比歐諾將目光轉移到地上，俯視那些娃娃。他的嘴角微微牽動，露出一個像是微笑的表情。然後他屈膝坐在地上，從血泊之中撿了一隻娃娃斷手，放在已經被砍成兩截的胸部上面。

「愛爾拉諾蕾。」

令人驚訝的，那個名叫愛爾拉諾蕾的女娃娃張開撕裂的嘴唇，說了幾句波里斯聽不懂的話。艾匹比歐諾也用卡納波里的語言回答，隨即，娃娃就靜止不動了。

「安睡吧。」

艾匹比歐諾站了起來，舉起骨頭手，朝著地上一指，就開始冒煙。娜雅特蕾依走向那堆娃娃殘骸，用手不知畫了什麼圖形，開始祈禱。這時候的她簡直就像是個小祭司。

那陣煙逐漸擴大，風吹也吹不熄，娃娃屍塊沒有冒出什麼火光，只是慢慢燒著。娃娃們沒有靈魂的身體如今像是化爲靈魂般，成了數十道猛烈煙霧，升向天空。

過沒多久，四周圍都安靜了下來，就連燒火的聲音也不再聽到。一千年來一直守著亞勒卡迪亞的娃娃們，如今全部完成任務，從天空到地上，一片寂靜。

05 老人之井

猛獸的頭部雕刻一個個都沉靜不動。

雖然有些已經毀損，但並非因爲毀損而靜止不動。有一些完整的雕刻別說是毀損，就連一點裂痕也沒有，但也全都因爲失去魔力的關係，個個都回復到眞正的雕刻面目。波里斯還記得以前幽靈們讓他看到的影像之中，那些雕刻都如同有生命般，會互相聊天講話，甚至還會爭吵，如今這些雕像的沉默反倒令人感覺格外地生硬不自然。

亞勒卡迪亞的城市範圍非常遼闊。圍繞都市的城牆緊臨著一條流經市中心的河流。越過河流，隨即看到一排排如同幽靈般的建築物在展示它們僅剩外殼的壯觀威容。在陽光底下發亮的空中天橋巧奪天工，如今仰望它們時還得擔心可能會墜落下來。原本在建築物頂端燃燒的神祕火炬也消失無蹤，連美麗的雕刻都被層層灰塵覆蓋得失去光采。如果把這裡稱之爲墓地，恐怕眞的可說是世上最大且最爲壯麗的墓地了！一座爲了那些死得無影無蹤的人們所建造出的精妙、美麗、雄偉、壯觀、高聳、具和諧美的城市。

有好幾次，波里斯感覺除了兩頭駱馬的蹄聲，還跟著出現了某種聲音，因而回頭看。難道是因爲那些死掉娃娃們的緣故嗎？紅血、暗綠色的眼珠、愛爾拉諾蕾最後的說話聲，一直縈繞在他的腦海之中。

艾匹比歐諾說愛爾拉諾蕾是當時他一個好朋友的娃娃。有些魔法師相信「消滅之祈願」不會失敗，所以即使參與清晨塔的魔法儀式，也沒有事前毀掉自己的娃娃。會這樣並不是因爲對娃娃不負責，反而是因爲太過喜愛才沒有先行毀掉。娃娃一旦死了就不能復活，就算硬是讓這娃娃復活，也絕不可能回復原樣，所以他們不想僅憑事前預測就先行毀壞掉珍愛的娃娃。而也就因爲如此，才導致這些娃娃都變成了千年來沒有主人的遭棄娃娃。

娃娃們不懂得去重視主人以外的人類或娃娃，所以也就不可能與周圍的其他娃娃互動、安慰彼此。而艾匹比歐諾當時算是比較有智慧，但也算有些愚蠢，他在前往清晨塔前就已經除掉了自己的娃娃。結果，清晨塔儀式可能失敗的預測果然成眞，但當他和那些徘徊在亞勒卡迪亞的數十具娃娃生活在一起時，卻沒有一具是他製造出來的！

「在這裡。」

原本一直走在前面的艾匹比歐諾，停在一處灰色矮牆圍著的寂靜庭園前方。從倒塌的入口望去，可以看到庭園另一邊有座半毀的城堡。事實上，與其說那是個城堡，不如說比較近似於一座別墅。城堡壁面並沒有什麼裝飾，顯得非常樸素。

庭園裡一叢草也見不到，他們走過庭園，進到城堡裡面，波里斯感到景色有些熟悉，而且感覺目的地終於就在眼前。淡淡的陽光照射到樸素的迴廊，這條迴廊是用沙土色石材鋪設而成的。沿著迴廊走到盡頭，便來到了中央的小庭院。庭院中央立著熟悉的東西……他一直盼望找到的古井！

這古井看起來荒廢已久，圍成一圈的磚石上面連青苔也是乾乾的灰色，到處都有因破碎而積著黃土的小洞，透過破洞甚至還可看到水井另一邊的石壁。波里斯想要走過去，但走到一半便停了下來，回頭問艾匹比歐諾：

「請問，裡面還有水嗎？」

艾匹比歐諾雙手交扠放在胸前，靠在迴廊柱子上，隨即回答：

「這可就依你的心境不同而會有所不同了。裡面或許會有你遺失過的東西，也或許會有你一直在找尋的東西，也可能有現在的眞實，也可能有水。不過，並不是每個人都看得到。」

波里斯想起恩迪米溫當初提到這水井時說過的話。他說，因爲那裡頭有著「絕對不能失去卻已經失去的東西」，所以人們會抱著即使失去現在的自己也無所謂的決心去探看裡面。

娜雅特蕾依坐在迴廊邊，鬆開了她的銀色髮辮，又再重新綁起辮子。她面無表情，甚至也看不出她在思考什麼，只是看起來非常平靜。

他一直很好奇爲何她要跟到這個地方來。她說過要去安諾瑪瑞的，早就該和他們分道揚鑣走其他路了，但她卻還一直跟到這裡。眞的只是因爲沒有人可以獨自在滅亡之地存活嗎？

娜雅特蕾依綁好頭髮之後，一面用緞帶結著髮尾，一面抬頭對波里斯說：

「我準備好了。」

「準備什麼？」

「爲旅行做準備啊！」

艾匹比歐諾不再靠在柱子上，走向他們，然後對波里斯說：

「苗族在卡納波里時代就是經常徘徊在這塊土地邊境的游牧民族。對於這塊土地，她比你還清楚許多。對於你尋找『老人之井』的目的，不用說她也知道。雖然我不知道她是爲了什麼理由，但看得出來這位苗族小姑娘打算和你一道去。」

艾匹比歐諾如此說完之後，又微笑著加了一句：

「嗯，反正即使問她理由，也聽不到答案，這一點你我都應該很清楚才對，不是嗎？」

「……或許是吧。」

「那麼，該是道別的時候了！」

艾匹比歐諾舉起骨頭手揮手道別，用快活的語氣說道。而原本一直盯著那口井的波里斯，則是有些猶豫地開口說：

「艾匹比歐諾，在走之前我只想問您一件事。早就想問您了……很久很久以前，亞勒卡迪亞發生災難的當時您決心要死……是不是有什麼事讓您感到惋惜？也就是說，現在您不能死的確切理由是什麼呢……不管您是否具有生死的問題……」

「你是說我？爲何這樣問？」

「那個，您……現在並不是活人的身體，也不算是死了……如果硬是要說，可以說是卡在生死之間，不是嗎？我有個哥哥……以前有位智者告訴過我，說我哥哥因爲對我放心不下，還對我念念不忘，所以徘徊在生與死的界線之間……他現在就是那副模樣。您是不是……也有念念不忘的人……或者，您不是有過娃娃嗎？」

艾匹比歐諾的翡翠色眼睛微微睜大，又再沉靜下來。因爲他的眼睛顏色原本就很透明，因此彷彿快要能夠看透到腦部裡面了。

「是有一個。」

他的語氣變得完全不一樣。之前他一向都是一副開玩笑似的現代語氣，但現在他是用王國滅亡之前，與他帥氣臉孔相配、眞正二十幾歲時的稚嫩說話語氣。

「哈，眞是的，我怎麼也沒想到會被你問這種問題。當然，她不是娃娃。哈哈，哈哈……」

「那麼，是不是『愛爾拉諾蕾』的主人呢？您說的那位朋友是不是……一位小姐？」

自己到底是從什麼時候開始這麼會猜測別人內心的想法，波里斯自己也不知道。艾匹比歐諾坦率地點了點頭，嘴角揚起了有些難爲情的微笑。

「是啊，沒錯。我故意說成『朋友』，沒想到你還能猜得出來。很好，那麼你就再猜一次，你猜她應該是誰？」

波里斯深吸了一口氣，小心翼翼地開口說：

「我覺得……那一位……應該是那高貴的公主。」

「……」

在這空蕩蕩的庭園裡，全無鳥叫蟲鳴聲，隨風捲起的也只有黃沙而已。兩人緊閉著嘴巴，互相凝視彼此，此時只見那照耀著大陸各處的太陽正勾勒出午後的長影。

「……要和你道別了，還眞是有些捨不得。」

艾匹比歐諾用僅剩骨頭的手指在半空中畫起曲線。隨著手指移動，緊接著出現光芒線條，同時呈現出一幅簡直如同眞人的精緻畫像。

她是位相當美麗的小姐，褐色頭髮垂到腰際，頭上並沒有戴著頭冠，而是綁著一條長髮帶。雖然不過是畫像，一動也不動，但是可想而知，那黑色眼珠一定像星光天空般閃爍，她是位個性謹愼但自由開放，認眞但也可愛，善良同時又大膽的古代公主。那張臉孔令波里斯覺得和某人很相像，隨即就想起來了。

原來是與恩迪米溫非常相像。

「艾波珍妮絲正如同其名，是位高貴的公主……但是卻有預言，說她會親手殺了自己父親，結果，她終究還是成了那預言的犧牲者。從小我就和她一起學習魔法，所以我們比誰都了解彼此，也一起約定了未來，但是卻有七年無法相見。這是因為她懂事之後知道了那個受詛咒的預言內容，於是為了逆轉預言，就離開了她一直信以為是親生父親的國王陛下身邊。她離開亞勒卡迪亞，在外地生活了很長一段時間。等她回來時，身旁已經跟隨著一個名為『眞理之圓桌』的強大魔法師組織。而我那段時間則形同隱居地住在故鄉喀拉薩尼雅。人們只是偶爾會聊到我小時候聞名一時的故事，幾乎都已經忘了我的存在。」

波里斯突然睜大眼睛，說道：

「那麼說來，公主殿下的生父是……」

「你猜到了？沒錯，正是魔法師會議首長，同時也是研究學院的賢者，吉提西就是艾波珍妮絲的親生父親。」

吉提西曾任卡納波里國王，艾波珍妮絲是他的唯一子女，理所當然是王位繼承人。可是由於聽到那受詛咒的預言，吉提西為了改變預言，把王位傳給弟弟，並與艾波珍妮絲斷了血緣關係，交給弟弟扶養。不過當初也有立下誓約，即使他弟弟有了子女，艾波珍妮絲還是擁有王位繼承權。

可是歲月流逝，新國王的權威變得比吉提西還大，國王並沒有立艾波珍妮絲為王位繼承人，而是立了自己的親生兒子，也就是王子提西亞宙為繼承人。吉提西非常憤怒，但卻無計可施。一來是因爲他對王國有著強大的眞誠愛國心，但更大的原因是他長久以來身爲魔法師會議首長，向來都是善良的代表，所以也就不容許因恩怨糾葛而破壞和平。

就是在那個時候，他開始執著於古井裡的世界，並喜歡在裡面幫助惡勢力。一般人有時會戴上好人的假面具、演戲給別人看了，更何況是吉提西，他隱藏住壓抑的憤怒，其實反而更加深了他變得邪惡的慾望。

結果正如同波里斯從幽靈那邊聽到的一樣。艾波珍妮絲在不知那是自己親生父親的情況下，終究還是殺了吉提西；她知道眞相之後，爲了斷絕所有罪惡，決心在援救亞勒卡迪亞的「消滅之祈願」裡犧牲自己。這時，艾匹比歐諾趕到亞勒卡迪亞，艾波珍妮絲才得以與七年不曾相見的艾匹比歐諾相逢。

「七年不見……當然兩個人都改變了許多。艾波珍妮絲失去她天生的樂觀性格，暗淡的眼神帶著憂鬱。而我則因爲隱居而變得相當孤僻。長久離別之後再相逢，我們一見面竟然就是以吵架開場。兩人都無法抑制住自己，遇到一些芝麻小事，即使內心想不在乎，卻都因爲接近滅亡的壓迫感而變得神經質。但事後回想起來……似乎是因爲艾波珍妮絲不想讓我跟著她一起參加清晨塔的儀式，才故意那樣做的。」

把手臂倚在欄杆站著的艾匹比歐諾突然輕笑出來，說道：

「噗呵呵……她怎麼可能阻止得了我？我若不是帶著必死的決心，有誰能夠直接終止我的人生？而且我甚至還一面嘲笑，一面說如果沒有我，她那個叫作什麼『眞理之圓桌』的同夥們怎麼可能有辦法讓『消滅之祈願』成功。當時她當然非常生氣。回想起來，眞是可笑，我不懂爲何活著的時候，能夠相處的最後一刻，都還在做那些無謂的爭辯。要是知道這千年歲月裡沒有她會有多難過，我就不會那樣了。」

艾匹比歐諾一副不知是在笑還是悲傷的表情，閉上嘴巴不說話，然後輕嘆了一口氣，又再閉上嘴巴。但是波里斯卻能輕易就了解他的心情，因爲他也是，每當想起伊索蕾，就常常痛心當初爲何讓那些共同度過的時光輕易就消逝。

呈現在半空中的圖像慢慢淡去，變成閃亮的光粉消失不見。艾匹比歐諾茫茫然地看著那東西，之後說道：

「更悲慘的是，現在我已經漸漸淡忘了艾波珍妮絲。」

「您說您快忘記她了？可是您不是說一千年前的事都還記得嗎？」

「當然是沒錯。記憶本身沒有消失，但與之無關的卻會消失。是那些所謂的情感吧……即使我仔細記得所有情況，但當時所擁有的感受卻沒有被保存下來。這是心靈的問題……如果我想得沒錯，當初我被變成這副模樣時，那些執著與痛苦就已經隨之淡去。我連那時候偶爾的一個目光眼神都還記得，但是……只有情感這東西似乎就不容易被長久保存了。它會被稀釋、淡化……失去顏色之後……變成不是我所經歷的事，而像是從書本讀到的故事……我甚至有這種感覺。」

波里斯閉嘴沉默不語，不知該說什麼才好。一千年，他知道這是一段很長、很長的時間，也知道不可能長久以來都把所有一切原原本本記憶住。可是，竟然會連支配人類最爲懇切的情感都……隨著歲月流逝而慢慢消失，他實在是難以接受這一點。一段愛情應該是就算所有一切都消失，也會永遠存在才對；然而，隨著時間流逝，好像眞的會淡化掉？

「再過些年後，說不定連惋惜都會感覺不到。或許那種狀態會比現在更好一些！」

從背後傳來了娜雅特蕾依的腳步聲。她走過來站著，接著對波里斯說：

「可是，你又不能活一千年。」

波里斯頓了一下，才猛然驚覺到，娜雅特蕾依的話竟然正好說中了自己的心事。她這話的意思是，既然不會活一千年，就不必擔心感情會消失。

艾匹比歐諾也轉換了語氣，說道：

「現在你們兩個該走了。等等，我應當給個禮物才對。你和我換穿斗篷，這樣應該會對你有所幫助。」

波里斯點了點頭，便脫下斗篷。不管是不是有幫助，他不想拒絕艾匹比歐諾的建議。

可是當艾匹比歐諾接過波里斯的斗篷之後，便像有些不好意思地沉默了片刻，然後才說道：

「我換斗篷的時候，你們最好不要看。這是，嗯……」

波里斯並不一定要知道理由，於是隨即轉身。即使沒聽他說出理由，波里斯也能夠充分理解。艾匹比歐諾原本是位與公主相愛、自尊心很強的年輕魔法師，雖然不知道他現在的身體是什麼模樣，但可想而知一定大半都是骨頭，誰會希望這樣的身體讓人瞧見？

艾匹比歐諾的斗篷其實並不十分破舊，是件長度及膝的素黑色斗篷。

「最好先把那兩頭動物給放了。將牠們綁住，恐怕等不到你們回來就死了。而且你們要去的地方不需要旅行用品。去了你們就會知道，那裡會有『某者』在等著你們。」

艾匹比歐諾身穿波里斯的斗篷，微笑著把兩人帶到古井前方。波里斯有些猶豫，探看了一下古井裡面。不過，古井裡只是一片漆黑，什麼都看不見。身旁的艾匹比歐諾開玩笑地說：

「唉呀，看來因爲年代久遠，裡面的水好像都乾掉了！」

波里斯和娜雅特蕾依坐在古井上，把雙腿懸在古井內側。隨即，艾匹比歐諾吩咐了幾個注意事項，要他們進去之後無條件跟隨最先遇到者，要是遇到許多個，應該立刻就能看出誰是引導者。兩人都有可能遇到危險，務必小心。講完之後，他特別直盯著波里斯，加了一句：

「還有，恩迪米溫陛下的物品，你也要好好保管，會對你有很大的幫助。」

波里斯嚇了一跳，問他：

「恩迪米溫……您知道他？」

「我一開始就看出你身上的骰子是少年國王恩迪米溫陛下的物品。當時我還有些懷疑，但現在我知道是怎麼一回事了。那顆骰子裡面有著強大的幻覺魔力，如果知道如何使用，會受用無窮。」

「少年國王……？」

「他是卡納波里以前的一任國王。因爲任期間正値他少年時期，所以被記錄爲少年王。他是在你這種年紀時死去的，所以還無法被封爲有智慧的賢明國王，但是能當上所謂的國王，照理說都是國家的第一魔法師。他曾造過好幾個少年用的魔法玩具，而你身上的骰子，在他死後有很長一段時間都被保管在卡納波里的宮殿裡。如此看來，應該是你見到的那些『逃難幽靈』帶著這樣物品。」

波里斯原本想說出是直接見到恩迪米溫本人，但還是把話給吞了下去。看到艾匹比歐諾把恩迪米溫當作國王般看待，但波里斯卻把他視爲朋友，實在不知道艾匹比歐諾知道了會如何接受這樣的事實。

「你們回來之後，照我說的，只要去東南邊廣場附近找到在喀拉薩尼雅看到的那種鏡子就行了。然後在那面鏡子前想著你們應該要去的地方；即使我不在，這種小事你們也一樣做得到。好了，祝你們一路順風，現代人好像都是這麼說的。嗯，對……回來時別忘了帶個紀念品。」

「等等，可以再見到您嗎？」

接著，聽到的是一句非常簡單的回答：

「不會。」

「不會？那麼我怎麼將紀念品拿給您？」

艾匹比歐諾噗嗤笑著說：

「這個嘛，不拿也可惜……嗯，這樣好了，我們相約一百年過後再見面吧。」

「一百年……請別開玩笑。」

「活過一千年之後，如今一百年也不算什麼了。」

「可是，我的意思是，不管是一百年還是一千年，我都不可能活那麼久啊！」

已經無法再說些什麼，艾匹比歐諾輕推了兩人的背。兩人被這麼輕輕一推，居然就往井裡掉了進去。

井裡散發出令人難以置信的強烈光芒，強烈到連身旁的娜雅特蕾依也看不見。在這陣光芒之中，井壁微微響起了艾匹比歐諾最後的答話：

這就看你的選擇了，或許有可能也說不定。

光芒變得更加強烈、更加燦爛，但持續一段時間後，便在某個瞬間消失，隨即是無限的黑暗包圍他全身。一片漆黑的虛無空間中，就連落下的速度也感覺不到。波里斯叫喚著娜雅特蕾依：

「娜雅特蕾依！」

可是，聽不到回答。

不斷落下與黑暗持續的這段期間，他以爲自己一直都意識清醒，但其實是錯覺。當他感覺腰背部位一陣冰冷而睜開眼睛時，周圍已是陌生的景象。

波里斯不知道自己失去知覺多久了，環顧四周圍，天色欲明將暗，籠罩著一層薄霧，也不知是清晨還是傍晚，眼前淨是白色雪地，一直延伸到紅紅的地平線那一頭，左邊有一叢弓箭形狀的樹林。此時，波里斯一面躍然起身，一面想道：這樹林是人爲的形狀，可見這附近一定有住人。

不過，站起來之後才想到一件事。波里斯感到有些訝異，同時喊了一聲失去知覺前最後呼喚的名字：

「娜雅特蕾依！妳在哪裡？」

結果連一點點動靜也聽不到。他仔細觀察四周，除了自己躺過的地方留下了痕跡之外，其他連一點走過或走出去的痕跡都見不到。身在此地的他，只能說是從天上掉下來的！

而且，這裡非常寒冷。

「呼……」

嘴巴呼出白色熱氣，而且冷到躺在雪地的骨頭都疼痛起來。即使身穿長袖衣服並披了斗篷，但下頦還是一直抖個不停。雖然他從小就在冬季較長的地方生活，卻頭一次遇到這麼冷的環境。昏倒在地上的那段期間，被埋在雪地裡的雙手早已凍得發紫。

過了片刻，樹林上方出現了蒼白的白色月亮。雖然此處十分陌生，但他猜測應該是自己不曾去過的大陸某處。不過頭頂上的天空那強烈的色彩，卻令他猶豫了起來。頭頂上的天空既不是夜晚的黑色，也不是白天的藍色，地平線那一頭是朱黃色的，頭頂上則泛著深紫色，眞是奇怪的混沌景象。

自己明明是進到了陌生的古井，所以剛才他以爲是大陸的某處，不過這種想法應該不正確。只是因爲這期間的記憶曾經中斷，所以才令他懷疑這裡是在大陸的某處。事實上，他是有些擔心。雖然從小就流浪過無數地方，但他現在處於不知何去何從的境地，而且僅有的一個同伴也不知去向，再加上頭頂上面令人感覺不祥的天空，所以他必須先做確認，以恢復鎮定。

他試著慢慢回想。首先，想到艾匹比歐諾最後說的那番話，隨即，他想到艾匹比歐諾要他們注意的事項。其中一句是「最先遇到的會是引導者」。他一面回想，一面感覺心中似乎比較鎮定了一些。沒錯，他來這裡爲的就是要見到「某者」！

不管這是人類還是動物居住的世界，他都必須遇到引導者，找到冬霜劍的鑄劍者。漸漸地，他開始有了現實感，而在定下心的同時，也晃了晃變得僵硬的身體。

然後，他開始在雪地上走著。最初沿著樹林邊緣走，他下意識地期待能夠遇到民家。過了一會兒，波里斯停下腳步，因爲以他經常旅行所鍛鍊出的本能告訴他，附近有危險的東西正在接近。

他抽出劍，雖然來到這裡他一點也不想看到鮮血；可是如果遭受攻擊，他就必須像砍娃娃那般揮劍了！

咕嚕嚕……

咕隆！嗚汪！嗚汪！

雖然與狗吠很相似，卻有些不同。應該是他見過的某種動物吧，八成是徘徊在冬季樹林裡的灰狼。如果只有幾頭，以他的實力，一定能夠解決得了，但如果是一大群數十頭，情況可就不一樣了。

然而，從山丘下方跑上來的敵人，模樣實在是出乎波里斯的意料。

咕嚕嚕嚕！

啊嗚！

是很像灰狼沒有錯。不過，首先出現的第一頭，體形幾乎是他這輩子看過最大灰狼的兩倍大。與其說是匹灰狼，倒比較接近大如馬匹的巨大野獸。牠的下巴鬚毛是帶點灰色的銀白色，而跟在後面出現的，有的甚至長著黑青色的毛。看牠們個個都健壯有力的模樣，只要雙腿與肩膀挨上一下，性命恐怕差不多就會斷送了。

這種灰狼真的存在於世上嗎？

此刻，波里斯想到，萬一這個世界就是卡納波里的大法師吉提西進去而深陷其中的那個地方，或者是無法接受冬霜劍而將其送往其他世界的那個世界，那麼這裡的所有惡勢力，一定比波里斯居住的地方更加邪惡、殘酷。

這些灰狼凶惡地圍住一個看似完全不具威脅性的少年，像是已經預感會勝利似地發出鼻息聲。現在面臨了任牠們宰割的命運，可是波里斯壓抑住恐懼，想要試看看冬霜劍的力量是否可能擋得住牠們。

答案是什麼，誰也不知道。然而，不論會有何種結果，既然都來到這裡了，就不能死！

第一頭灰狼朝他撲去的那一瞬間，波里斯正好丟下原本的劍，抽出白色劍刃的冬霜劍。挺出的劍尖比這傢伙的前腿更快，刺進了灰狼的兩眼之間。冬霜劍的劍刃即使是砍到骨頭，感覺也像切肉那般……波里斯用力拔劍，這一次則是砍向從背後來襲的灰狼。

巨大的灰狼簡直敏銳強大到令人覺得不可思議。波里斯借用冬霜劍的力量，以超快的速度揮劍，但灰狼大多在決定性的一刻逃過致命一擊，往後退去，然後聯合起來攻擊他。有一回，灰狼的前腳利爪刮傷了他的肩膀，雖然急忙抽身，但仍然被扯下了一塊肉，鮮血噴灑到雪地上。所有的灰狼都一樣，一聞到血味，就變得更加凶暴。雖然他已經砍傷十多頭灰狼，但剩下的數十頭卻根本毫無退卻的跡象。

等感覺到不斷朝他撲來的這群灰狼後方正泛著紅光的那一瞬間，波里斯用眼角瞄了一下西邊，猛然發現到剛才因雲霧瀰漫而沒有看到的東西。奇怪，這情況應該不是在夢中吧？明明不久前才看到月亮掛在天上，怎麼現在地平線上卻又出現像是快要下山的微弱夕陽的黃銅紅色。

太陽與月亮同時存在於這個不祥天空，到底是怎麼一回事？

冬霜劍的速度變得更加快速。波里斯身處劍之旋風裡，仍然咬緊牙關、試著保持鎮定。明明使劍的技術是屬於自己的，但這暴風般的速度與增強的銳利，則是冬霜劍的。還有，感覺到灰狼血味，就興奮地直衝入敵陣中央的這股好戰性格，也是……冬霜劍所有的。

但是，又再過了一會兒，這所有一切都融合成一體了。

他希望所有的一切都加速，才能快點結束這場屠殺。最後，當他殺到遍地都是灰狼屍體、劍貫穿最後一頭灰狼的咽喉時，波里斯的精神比身體還更疲憊，甚至差點就不小心讓劍脫手。

四周變得寂靜無聲。

他過了好一陣子才驚覺到，自己進到這陌生世界沒多久，就讓整片雪地染上紅血，這究竟是不是自己做的？他低頭俯視冬霜劍，白亮高貴的劍刃上，竟沒有沾上任何一滴血！

真的，這強大的武器根本就無人能擋。可是波里斯擁有它既不覺得高興，也未感到幸運。看到四周被砍殺的灰狼屍體，他心中感到一陣痛苦的混亂，自己是不是和牠們的命運沒有什麼兩樣？

然而，寂靜並沒有維持很久。波里斯收起冬霜劍，在灰狼屍體中找到奈武普利溫那把沾血的劍，正要拾起之際，卻傳來了響徹四方的腳步聲。

波里斯額頭和太陽穴都滲出了冷汗，無奈地搖頭想著。如果又是敵人，這一回該怎麼辦才好？該如何抵擋才好？這地方住的可不是和波里斯一樣弱小的人類。由這巨大的響聲聽來，這是……

結果，從雲霧之中現出身形的是個超過五公尺的東西……換句話說，是個巨人。黑黑的身體長得和人類很像，但是如同神木般粗壯，粗粗的四肢滿是肌肉線條。沒有脖子，看起來該是頭部的隆起部位則扁扁的，中央只有一顆大眼；看不到鼻子和嘴巴。

巨人停在那些灰狼屍體前方，靜靜站著。當巨人用那翻白眼的眼睛瞄著四周圍時，波里斯一陣毛骨悚然，感覺腦海中的所有想法都變成一張白紙。別說是逃跑，甚至連站著不動都難以做到。

巨人砰地一聲坐在地上，頭部下方露出了像是鯰魚般的寬嘴。這傢伙開始狼吞虎嚥地吃起了灰狼屍體。

「……」

幸好這巨人似乎不是因爲波里斯才跑過來的。那麼，他該趕緊離開此地才對。因爲到處都是灰狼屍體，不容易用小動作逃走。他移動時想盡可能避開巨人的目光，但是不分骨頭皮肉全都吞下的巨人，卻突然用那雙可怕的眼睛瞄到他。

「！」

根本沒空遲疑，巨人的大拳頭便揮落到他眼前。

砰！

看到那些灰狼血管與內臟都迸出來的破碎模樣，連波里斯也快昏過去了。兩次拳頭攻擊，他都是在近處驚險避開。如果眼前的物體不移動，巨人似乎就不太能辨識的樣子。好不容易他靜止不動了，可是，有一就有二，有二就有三，這一回居然在相反方向出現了和他一樣的三個巨人。

現在只是靜止不動已經無法逃避攻擊了。他們的眼力再怎麼差，也不可能四個巨人的眼睛都通通沒看到他，而且還有隻會飛的生物遮覆著天空出現。可能是灰狼屍體的血腥味一下子傳遍四方好幾公里的關係，飛襲而來的是種像烏鴉的大鳥。而且這些鳥根本不只是禿鷹般的大小，而是幾乎和剛才的灰狼一樣地碩大。

他就要被完全包圍住了！前後左右，甚至天空也是，再這樣下去，他肯定會被摻雜在灰狼屍體之中，剛好變成牠們的食物。可不是嗎？果然就有一隻大烏鴉朝著波里斯頭上撲來，情急之下，波里斯的劍往空中揮去。

啪！

烏鴉沒有受傷，飛了上去。然而，立刻就又有三隻大烏鴉開始同時攻擊他。

這簡直就和人間地獄沒什麼兩樣！四周濕漉漉的血跡、惡臭，屍塊露出的內臟冒著熱氣，還有吃屍體的巨人與伺機準備吸血的烏鴉，波里斯在這其中單槍匹馬硬撐著，連呼吸都沒空，一直不斷地移動步伐。他使盡剩餘力氣，一個刺擊之後，接著橫砍，然後轉身，再下揮。要是對手換作是人類，可以在交手幾次之後大致預測敵手的招式，但這些陌生的怪物卻完全難以捉摸，所以交戰起來更顯艱辛。他手裡握著的不是冬霜劍，而是奈武普利溫的劍。波里斯由於剛才那場打鬥，現在臉頰還熱得泛紅，他怕若再次使用冬霜劍，自己可能就會深陷其中失去自我。

他想到了艾匹比歐諾。說什麼會有危險，要他小心？這情況恐怕也只有那種天才魔法師才解決得了吧？

愈是逼近最糟糕的情況，他的出手就愈加快速，劍招也變得更加凶猛。雖然動作招式不像握著冬霜劍時那樣近乎神奇，但他體內的殺氣早已沸騰到頂點，藉由劍刃發散出去。波里斯很清楚，愈是將劍使到極致，就愈會破壞誓約。但他也明白，死亡前能夠選擇的最後方法只有這一種而已。

在大烏鴉背後深紫色的天空中，只見羽毛如同黑雪一般飄散，慢慢地落下……到後來，巨人們也都靠了過來。由於他的劍不是冬霜劍，砍殺無數次之後，劍刃自然就變鈍了；用那樣的劍根本不可能砍得了巨人堅硬的皮肉，這點他很清楚。

能夠選擇的就只剩一條路了。波里斯垂下劍身，往下刺進第一個走近他的巨人腳部，接著鬆手放開劍，從巨人雙腳中間滾出去。然後波里斯握住了最後的選擇——冬霜劍。

冰冷的白色劍刃反映著地平線上的太陽光，呈現出橙色光芒，像極了以前的某一天，耶夫南在夕陽底下握著冬霜劍時的模樣。波里斯決心要像當時那樣揮劍，但正當他要大膽做出第一次攻擊的那一瞬間……

太陽被遮掩住了。

「啊……」

波里斯看到眼前一名原本正要揮出巨手的巨人在剎那間化爲灰燼。天啊，那眞的是灰燼嗎？比微弱陽光更加強烈的一道光芒，從另一邊高處降下，巨人轉眼之間就變得如同一塊塊燒掉的黑色木炭般，嘩地就碎裂掉了。

波里斯往後退了幾步，這一瞬間又有同樣的災難降臨在其他敵手身上。一個有著黑色圓心的火球，忽地砸在那群大烏鴉之中，不久，有道白色狹長、類似視覺殘像的事物水平地劃過半空。下一瞬間，波里斯看到了滿身鮮血落在地上的數百具烏鴉屍體，燒焦的味道隨之刺鼻地傳來。

某個陌生者出現了！

乍看之下，像是鳥，但想要仔細看卻又太過快速。不對，更正確地說，是根本就看不到這東西的動作。這陌生者在布滿深紫色與朱紅色的天空四處忽隱忽現，然後又在其他地方晃現，同時瞬間做出可怕的攻擊。

彷彿像是……超越現實的神明現身。

咕哦哦哦！

剩下的巨人們喊叫著投降，但是類似殘像的東西忽地閃過，隨即他們就失去頭手、化爲虛無。也不知是不是因爲速度過快才會只看到殘像，還是說殘像本身就是武器，實在是不得而知。不過，可想而知的是，這東西比世上任何武器都要銳利，就連那些皮膚比硬甲還要堅硬的巨人，那結實的骨頭和皮肉也會被輕鬆砍斷，可見有多麼銳利。

波里斯實在是難以置信！竟有如此壓倒性的力量，而且竟然像是專爲波里斯而出現似地殺掉那些可怕的敵人。還有，這番打鬥結束之後，自己居然倖存下來……實在是難以置信！

大烏鴉的怪叫聲原本吵雜到必須用手掩住耳朵，但此時也逐漸變得比麻雀的啾啁還要微弱。接著聽到的，就只剩類似水滴的滴滴答答聲。

現在想逃也逃不掉了，波里斯一面如此想著，一面朝上面仰望。這個眞相不明的敵人，他根本無法對付得了。在空中，某個陌生者浮在那裡。

「……」

波里斯口乾舌燥，說不出話來。翅膀……令他聯想到碧翠湖的怪物，但實際上卻又完全不一樣。即使巨大得令人吃驚，但卻有著與鳥類相似的翅膀。只見四支翅膀從背後腰部伸展出來覆蓋天空，形成一個莊嚴的交叉十字，卻看不見臉孔。

波里斯覺得這名陌生者正在靠近自己，而事實也是如此。才一瞬間，「此者」就已經來到波里斯面前，收起長長優雅的翅膀垂降而下。等「此者」靠近，波里斯才看到剛才混雜在天空顏色裡的翅膀顏色，原來全都是深濃的紅葡萄酒顏色。

然而神祕的是，「此者」的模樣竟是人類！他如同大理石般冰冷的臉孔，像是發散光彩似地發亮。從脖子到腳踝，纏著類似繃帶的白布，但四肢都有露出，又不像衣服。其實稱之爲白布，也只是爲了稱呼而臨時給的名稱而已，事實上那東西像是煙霧一般不斷晃動，令人不禁懷疑會不會就是他身體的一部分。

他的臉孔不能用美麗或類似的形容詞來形容。雖然外表與波里斯居住世界的人類基本上差不多，但卻又感覺不出像人類的地方。

他用類似管樂器的有力鳴聲，如此說道：

「冬日劍——冬霜劍的主人終於來了。」

有些奇怪，他怎麼聽得懂對方的話？卡納波里的娃娃說的語言他都聽不懂了，更何況是這個陌生地方——不是大陸，也不是他去過的任何地方，他原本並不期待會遇到有人使用與他相同的語言。

甚至……對方還知道冬霜劍！

波里斯不知道對方到底有無惡意或善意，但是既然能用語言溝通，他便決定了首先要說的第一句話：

「謝謝您。託您的福，我才得以存活。」

「你想答謝我？」

波里斯有些猶豫，但立刻加強語氣，說道：

「當然。如果您能告訴我如何答謝，我將盡我所能去做。」

此時，波里斯根本完全猜測不到對方會說什麼，所以當從「此者」的嘴裡說出令人意外萬分的話時，波里斯實在不知該用何種表情，該說什麼話才好。

「那麼，那把劍可以給我嗎？」

06 強者一定是邪惡者嗎？

藍色的夜晚與金色的白天之間，籠罩著一層濃霧。

風一吹，便將冷冷的雲朵送至遠處，所有一切都忽明忽暗地閃爍；感覺濕氣似乎就要掠過臉頰，不知不覺中，果然就有水滴從頭髮滴落。這個千變萬化的世界，同時也是個色彩奇異的世界。

有好一陣子，前後左右上下都只有雲霧。過了片刻，雲霧散去，隨即出現一望無際的天空。波里斯往下俯瞰，如同寬廣原野般的大片雲朵晃動著青紫色彩，正在各自變化其形狀。這片不見太陽也無月亮的天空，到底是靠什麼來顯現明亮的？所有的一切簡直就是幅奇怪的圖畫。深紫色、黃綠色、朱紅色，如此異常鮮明的顏色所造成的世界，慢慢地在他四周旋繞。

「請問您是誰？是此地的雄霸者？還是神明？」

雖然稱為「此地」，其實他根本連這裡是哪兒都不曉得。摟著波里斯、揮動有著長長羽毛的翅膀在天空飛翔的陌生者回答：

「我是你難以想像者。」

「那麼，這裡是……」

「是你永遠難以得知之處。」

擁有翅膀的「此者」既沒有笑，也沒有問波里斯任何事，像是以前就知道波里斯似地，理所當然毫不猶豫地行動。

波里斯相信他應該就是艾匹比歐諾所說的引導者了，所以連目的地也沒問就跟著走了。但是一等到被他拉著在天空飛，俯瞰到這奇異的世界時，他才在腦海裡反覆想到無數問題，最後忍不住開口發問。

「請問連名字……也不能告訴我嗎？」

事實上，連對方是男是女，波里斯都無法確切看出來。他也不確定有翅膀的種族是否有男女區別，不過，如果硬要猜，他認爲比較像是男的。垂到波里斯頭部下方的頭髮，像娜雅特蕾依的髮辮一樣白亮。

「我可沒有問你名字。」

雖然這回答冷漠，但也頗有效率。波里斯先是閉嘴沉默了一下，又再說：

「那麼，有件事請務必回答我……我有個同伴，您知道她嗎？她是個小女孩，有著和您一樣的白色頭髮。我明明和她一起進來，卻不知她消失到何處，非常擔心她。」

他原本並不期待會有什麼正面的回答，卻傳來了意外的答話：

「那少女很安全。」

他急忙再問：

「她在哪裡呢？」

「她正在進行她自己的旅程。當然，她與你要走的路並不相同。」

突然，底下的雲朵被踢了開來。雖然只裂開了一小部分，但那一刻起，這名長有翅膀的鳥人便開始下降。可以比較清楚看到的物體一一顯現，首先看到的是碧色冰凍的土地，一大片類似黑色青苔的東西填滿了岩石和原野。再下降一些，隨即知道原來那是黑色的乾燥灌木林。接著，他們來到了一個位於比較平坦的丘陵地上，如同尖塔般高聳的岩石山前方。岩石山底下的黑色洞穴像是張開大口般迎接著他們。

雙腳踩踏到地面的同時，波里斯好不容易才有了回到現實的感覺。在天上飛著的時候，因受到鮮艷的奇異色彩吸引，簡直令人陶醉，而如今內心已經平靜下來。不過，波里斯一看到那深紅色的翅膀，內心可就又開始動搖了。鳥人沒有看波里斯，而是看著岩石山後方閃著淡黃色的天空。

沉默了好一陣子，鳥人開口說道：

「我再問你一次，你眞的不能給我那把劍嗎？」

「……」

波里斯一時全身變得緊張，認眞地回答：

「是的。理由正如同剛才我和您說的那樣。」

這名鳥人若想搶奪，隨即就能搶下，但他卻只是用憂鬱的眼神看著波里斯。或許是因爲這樣的關係，所以當他再度開口時，說的話著實令波里斯感到突兀。

「我有兄弟姊妹。我是第三男，與兄長的力氣與能力相比，簡直不值一提。而我們只有一位姊姊，雖然她看起來比我們都小，但事實上是年紀最大的姊姊，我們全都非常珍愛她。爲了她，我需要你的冬日劍。」

這番話令波里斯像是聽到敵人說「我也有母親」般，感覺有些奇怪。而且不久前看「此者」打鬥的模樣，波里斯怎麼也沒想到會有誰比他還更厲害。其實也對，此地是以波里斯的認知難以忖度的強大世界。波里斯能夠想像的最低尺度，在他居住的世界裡已經是可怕災殃。

「請問她……爲何需要劍呢？」

聽到這名完全不像會有兄弟或家人存在的鳥人如此說完之後，波里斯覺得自己若斷然拒絕，似乎是大大失禮。雖然已經說過不能讓步，但波里斯還是試著用眞心去理解對方的立場，如此問道。

「姊姊和我們兄弟不同，她的生命有限，所以偉大的母親讓她長久沉睡。可是現在她延長的歲月已經快要結束，將從長久的沉睡中醒來，到世上開始她短暫的生命。這是多麼令人難過的事啊！她所擁有的生命，對於我們這些不知經歷多少歲月的兄弟而言，像是開過一季就凋零的花朵般令人惋惜。所以，我一直在找尋讓姊姊生命不滅的方法，結果答案就是用你那把劍。」

波里斯的眼因訝異而瞪大。

「我的劍和不滅有何關係呢？」

「冬日劍，擁有可以讓主人變成不滅者的力量，這你難道不知道？」

受到這突如其來的打擊，波里斯呆愣住，一直站著不動地看著這鳥人的臉孔，看了好一陣子。從「此者」毫無表情的眼裡，是不可能看得出任何內心情緒的，但是隱約可以感覺到，這個自稱「不滅者」的「此者」會和波里斯講到這種話題，已經算是非常低聲下氣了。過了好一會兒，波里斯簡短地回答：

「我完全……不知道。」

「冬日劍並不是會讓所有主人都擁有不滅的力量。像你這種只能存活數十年短暫生命的種族，恐怕到死也還難以得知這件事。所以你終究還是很容易就像其他人一樣，直到此劍被破壞的那一瞬間爲止，被冬日劍控制，成爲痛苦的靈魂。雖然我會尊重你的選擇，但事實上或許我把劍搶走會對你比較好。你別以爲不滅者就能控制那劍的巨大力量；巨大力量在弱者手上，必然會成爲邪惡力量。」

此刻，波里斯不知不覺地回答：

「那麼，如果是在強者手上，就會成爲善的力量嗎？」

他們的目光相對，可是波里斯無法長久忍受對方眼裡散發出的光芒，很快就撇過頭去。

「看來你一直把自己當作不滅者。他們的勇氣雖然美好，卻十分不切實際。」

波里斯不知該如何回答。鳥人舉起手靠在額頭上，長嘆了一口氣。雖然這不是個什麼誇張的動作，但波里斯似乎感染到他的情緒，整個人也難過了起來。

「我想您或許是神……或者至少也是相當於神的生命體。不論是何者，請原諒我的無禮。正如同您所說的，我的過去與未來都很短暫，所以什麼事都只相信自己。我放不下冬日劍——冬霜劍，或許也是因爲愚蠢的執著。可是，就像那些人一樣，在成爲不滅者之前，難以看出他們是何種生命，同樣地，我也只能依我的界限繼續活下去。」

鳥人仰著白色的額頭，又再凝視岩石山。他的長翅膀一移動，就往後長長地伸展。光是一邊翅膀的長度，就已經是他身高的兩倍，不用說，動起來當然是相當壯麗了。

他舉起左手，指著岩石山的洞穴。

「進去裡面吧，那裡有你所要尋找者。」

波里斯深深地鞠躬。雖有許多話要說，卻不敢開口說出。對於「此者」那位無法成爲不滅者的姊姊，身爲不滅者的自己又能安慰他什麼？

波里斯一猶豫，他已張開翅膀，簡短地說：

「去吧。」

轉身之前，波里斯說：

「我叫波里斯·貞奈曼。」

四支羽翼全都開展，隨即，在深紫色的羽毛之中，銀髮與其形成奇怪的諧調色彩。他翅膀一拍，就飛了上去，一面低頭看波里斯，一面說：

「我姊姊，或者是你，各自都有無法輕易改變的命運。冬霜劍的主人啊，我名叫尤勒丹斯。」

□

洞穴裡面十分漆黑。

一點光線也沒有，他只好摸著牆壁向前走。過了不久，手下變得光滑，幾乎沒有任何凹凸的感覺。這似乎是座冰壁洞穴。不過，即使被手碰觸到，也完全沒有融化的跡象。

只有腳底踩踏到的石頭，以及遠處水滴發出的聲音，似乎在告訴他，這不是在睡夢中，而是清醒狀態。如要再擠出一樣證據，則是那極度的寒冷！明明沒有風灌進洞裡，爲何會愈來愈寒冷？

走得愈是裡面，洞穴就更加往下傾斜。他又再往下走了好一會兒。等到發現自己進到一個寬敞的空間，感覺上他已經一直沿著壁面繞了一大圈。難道再也沒有通路了嗎？波里斯慢慢地觀察根本看不到任何東西的洞穴。

「你以爲光是用眼睛看，就會看到東西嗎？」

波里斯被這突然傳來的說話聲給嚇了一跳。這聲音雖然語氣像個老人，卻十分鏗鏘有力，摻雜著像是敲擊到鐵碗那種硬梆梆的音色。由於他曾和幽靈交往過一陣子，對於這種事已經不知不覺變得習慣，他見聲音停頓許久都不再傳來，就直接開口問：

「請問您是誰？是我要找的那一位嗎？」

此時，周圍一下子豁然明亮。

可說有些像是蒼白顏色的光源吧，甚至泛著一股帶著淡藍色的光彩，從四周壁面透了進來。果如波里斯所料，壁面是冰壁，非常冰冷，用手觸摸，別說不會融化，甚至反而還會把手凍傷。就算有曾經融化過的痕跡，也全已覆上一層白霜。

「都已經如此明亮，你卻還看不到，可見並非光線問題，而是你觀察力不足啊。」

波里斯一直發現不到什麼，再多打量一會兒之後，終於看到有東西怪怪的。在冰壁裡，或該說是冰壁後方吧，微微呈現出一個人類的形影。非常模糊，要不是聽到聲音，恐怕不會發現到。

「你以爲此地是何處？」

波里斯一聽到這莫名其妙的問話，也忘了抓住機會問對方是誰，只能不好意思地搖頭。

「此地乃是世界之盡頭。不，應該說是世界之源頭。是臨界點，是極爲粗厚之冰壁。你看到的此地這世界，乃是建立於冰塊之上。」

「我是從我所屬世界裡的某座古井進到這裡來的。那麼，請問我的世界是在這冰壁後方嗎？」

「如果想知道，就穿過冰壁，過去瞧瞧啊。」

接著便傳來了一陣笑聲。波里斯站在這發著藍光的冰窖裡，只聽得到這個連面貌都看不清楚的陌生者的說話聲，不禁微微冒出冷汗。在這種地方不斷重複著怪異的問答，顯然對自己不利。

「我要找的是我的劍──在這裡被稱之爲『冬日劍』的冬霜劍的鑄劍者。請問您是那一位嗎？如果是，拜託請您回答我的問題。這把令人害怕的劍，長久以來，連誰是鑄劍者都已經被遺忘，可是當初您爲何要鑄造這把劍呢？擁有這把劍的我該如何做才好呢？」

「你都還未回答問題，怎麼就一直猛問問題？那麼，我在問問題之前，先回答一些好了。我似乎沒有辦法一一告訴你鐵匠是如何造劍的，至於鑄造的理由，是因爲沒有更好的方案，所以就結論而言，那把劍的存在是我的罪過，同時也是我的功勞。你最想知道的是，在你們的世界裡因爲那把劍所引發的種種事情該如何收拾，首先告訴你，白色甲衣並不是和冬日劍──也就是冬霜劍──一起製造出來的，而且也非我製造之物。那是在冬霜劍待過的某個世界裡，作爲某種替代方案而被製造出來的；白色甲衣存在的意義並非爲了增強劍之力量，而是用來減低劍之力量。它們成雙成對的結果，使得冬日劍像現在這樣沉默了一段時間。可是白色甲衣如今已經盡了它做爲附屬的角色，消失不見了，再也不能成爲冬日劍的鎖鏈。現在你既然把劍帶到我面前，爲了你好，我不需要再次讓你選擇是否放棄這劍。」

這番話一下子說出好多令人驚訝的事，特別是寒雪甲並非從最初就和冬霜劍配成一對，是後來爲了抑制冬霜劍的力量而附加上去的「鎖鏈」；這對波里斯而言，實在是一大打擊。那麼說來，自己讓兩件物品分開，等於是犯了天底下最愚蠢的錯誤。結果造成劍和甲衣無法互相影響，自己反倒在劍的影響之下獨自受罪。

眞的……要是這樣，除了棄劍逃離它，難道就沒有其他方法嗎？

「我只能這樣做嗎？如果這是我到這裡來的結果，那未免太可悲了。不過，您在這裡也能如此清楚我所遇到的事，那麼我要請問您，我哥哥因爲白色甲衣而成了半生不死的人，請問是否有方法讓他安息？」

「來到我面前，這劍所經歷過的所有事，就會如同鏡影般完全顯現出來。包括被關在劍裡的靈魂們的模樣、他們的過去、所有犯下的錯誤與故意墮落，以及他們拒絕不了的誘惑，一切相關事物，我全都看得到。所以說，我怎麼會不知道你的事？我只是一個在世界邊緣厚冰壁裡觀看無常歲月的老鐵匠而已。至於你的哥哥？他並非因爲劍或甲衣才如此，只是因爲對你念念不忘。所以最簡單的方法，就是你死。呵呵呵呵……」

「眞的只能這樣嗎？」

波里斯根本笑不出來，他認眞地反問鐵匠。而一直用辛辣語氣說話的鐵匠，則是閉嘴沉默了一下，才說：

「呵，你是不是眞的有心要這麼做？爲了讓哥哥安息，你願意犧牲自己的性命？」

這一瞬間，波里斯眼前晃過無數畫面，如果說沒有動搖是騙人的！奈武普利溫、伊索蕾、其他許多人，以及那些喜悅的事、憤怒的事等所有寶貴的回憶。可是話說回來，他存活下來的這四年是誰用生命換來的？在碧翠湖，耶夫南當時如果像波里斯那樣自己一個人逃跑，那麼存活下來的當然是耶夫南。可是耶夫南並沒有那樣做，甚至在最後一刻也爲了要留給弟弟一個未來可能性，而把自己的可能性給除得一乾二淨。

而且，目前還活著的人當中他最珍愛的奈武普利溫和伊索蕾，也已經無法再見到了。一想到這裡，波里斯毫不遲疑地回答：

「如果只有這個方法，我願意。」

突然間，冰窖裡響起了像是用大鐵鎚敲擊似的噹啷聲，波里斯忍不住掩住耳朵，但還是沒用。回音傳到冰壁，繞了幾圈之後，鐵匠所在的那面冰壁就碎裂開來。裂成碎塊之後，再碎成如小石子般的大小散在地上。然後，出現了一條通道。冰壁一直冰凍到鐵匠所在的地方，高度大約都在三、四公尺左右。

「可笑的傢伙！現在你說這句話的意思是，你對這個世界已經毫無留戀！活著講出這種話的，我還未見過眞心之人，都只是瞬間的欺騙與虛張聲勢而已。所以，你得證明你所言爲眞。」

現在這說話聲已經沒有回音，而像是在身旁講話的那種聲音。破碎的冰壁裡面，有種像是冰凍之後開始融化的泥土濕潤的味道。味道愈來愈接近，有東西正從冰壁裡走出來。

不一會兒，當這東西站到眼前時，波里斯看到的是一個身形高大的老人；他的皮膚顏色奇特，簡直就像是用冰塊和泥土做成的人像，而且和他在冰窖裡看到的冰凍模樣不同。老人就像是某種巨人，不只身高很高，身體的所有部位也都是普通人的兩倍大。

「讓我看看你的臉。」

老人的臉是淡藍的冰凍模樣，雖然細部輪廓與普通人沒什麼兩樣，不過看起來卻絕不是個性溫和仁慈的那種老人。他的凶悍眼珠一點兒也看不出會有慈悲心腸，再加上長過太陽穴的眉毛上沾著的白霜，更是格外給人那樣的感覺。就連眼形也是，絕非和藹可親之人。

過了片刻，老人突然發出吼聲：

「什麼，只不過是個乳臭未乾的小東西！才活過十五年的人，就想要為別人丟棄性命？這豈不像是三歲小孩誇下海口說要獵獅子？在我面前說過這種話的人，根本就沒有一個會為自己說過的話負責。別以為年紀小就可以這樣魯莽！看清楚！你以為此地是何處？你以為我是誰！」

又響起了一陣與剛才冰壁裂開時一樣的巨響，轟隆隆地震動整個空間。波里斯又想再掩住耳朵，但突然感覺到，這聲音怎麼好像就是打鐵舖的鐵鎚敲擊鐵鈷的聲音。自稱是鐵匠的這名老人，確實說過自己鑄造了冬霜劍。他究竟是用何種火苗，用何種鐵來鑄造的？製造這劍的驚人鐵鎚與強大鐵鈷又在何處？

「帶你來到此地者，在他的世界裡是名威力強大的半神，可是連他都無法抑制正要來找我的你，因而無法帶走冬霜劍。但我的冰洞並不屬於任何世界，也不屬於任何力量。進到此地者的性命是我的，我可以讓你死，也可以讓你活，甚至半死半活。我已經讓無數來訪者變成如此。」

不僅這番話的內容駭人，老人的語氣更是如此，全都如同惡魔般可怕嚇人，要是換作普通人，早已經嚇得魂飛魄散了。就連波里斯也感覺像是鋼針插進腦裡，被他的語氣嚇得不知不覺地全身顫抖起來。其實波里斯並不知道，要是剛才自己所說的話裡摻有謊言，早就會被老人聲音裡的魔力給逼迫得昏倒不起。

不過，他並沒有昏倒，而且無法後退也無法轉身，像是兩腳定在地上似地動彈不得。波里斯強忍住恐懼，抬頭看著老人巨大的眼睛，老人連眼珠也和皮膚一樣是灰色的。而望著他的波里斯，眼睛也是死灰色。

「如果照您所說的，我當眞在這裡死了……就等於讓我哥哥從痛苦的枷鎖中被解救出來，那麼，拜託請不要讓我半生不死。如果您說的是眞的，我……應該在這裡死去才對。」

此時，波里斯腦中突然感覺到冬霜劍的存在。他只是靜靜地站著，但是腦中浮現的劍卻散發出強烈光芒，控制了他的精神。即使想做其他思考，也行不通，就連想要甩掉有關冬霜劍的想法也不可能。他的眼皮顫抖著，視線還是很清楚，但卻看不到眼前的事物。

某個像是耳語般的聲音變得愈來愈大聲：

「你以爲你的生命是你的？」

「你的生命早就註定是我的。」

波里斯很快地睁大眼睛。原來這聲音他聽過，在月島廢墟村裡遇到怪物之前，一直誘惑他的正是這聲音。

「如果你做得到，就拿著你的劍刺向你的咽喉！」

「恐怕你是絕對做不到吧？」

劍像是發狂般地在對他招手。波里斯竟然不自覺地伸出手去握冬霜劍，露出劍刃。爲了什麼？是因爲他已經決心赴死了嗎，還是因爲對那聲音反感？

那一瞬間，曾經在耳邊聽過的熟悉話語又再清楚地傳來：

「我選擇的你不能死。」

「你不能死。」

「你不能死。」

「親吻我的血……成爲永遠的生命吧！」

「成爲永遠的生命吧！」

「受洗禮者可以免除所有罪過。」

「免除所有罪過。」

「免除所有罪過。」

他手中握著的冬霜劍抖動個不停，但明明不是他的手在顫抖！波里斯努力試著睜眼看向前方，可是看到的都只是一把劍，既沒有發光、也無特別氣勢的白色劍刃。

他無法讓這把劍離手，就像以前曾因賀托勒的計謀而倒在老舊大禮堂之後醒來的時候一樣，無法讓這把他不由自主握著的劍離開他的手。

可是隔了片刻，波里斯仍然堅定且低沉地說：

「我不會成爲你的奴隸……」

他將劍身下垂，想要朝自己刺去。此時，耶夫南最後的模樣浮現在眼前。用長劍刺向自己其實並不容易，哥哥當初是選擇把劍插在地上之後，再猛然投身刺下去。而現在冬霜劍連劍柄也沒有，只有白布纏繞，所以只有靠著那一團布，才得以稍微握得住劍。

劍刃一接近，咽喉處就有某個東西梗塞住，同時手臂與肩膀也都抖了起來。這是因爲冬霜劍的暗示，還是自己在害怕，實在不得而知。腦海之中的記憶與判斷一個個被抹去，只剩下幾滴墨水般的記憶，以及那種幾近白紙的意識。而且，用自己的意志，他幾乎就要刺了自己。

噹！噹！噹……！

此時響起的金屬碰撞聲，掩蓋住所有聲響，鐵鎚像是敲開了他火苗般的意識。大地彷彿變成鐵鉆，閃電成爲鐵鎚，而把自然大風當作風箱；被地獄之火燒熱的鐵塊被敲擊又敲擊，打碎了混沌，也碎裂了命運。

波里斯的眼前出現了在冰窖裡燃燒的火爐。開始時如同幻覺般模糊，接著便如同可以用手摸得到那般清晰。鐵鉆上面有一塊奇怪的白色鐵塊。這眞的是鐵嗎？每敲擊一次，就迸出火花，但怎麼用力敲擊，仍然絲毫無法改變其形狀，實在是令人訝異的白色……物質。

「那是你握著的劍，誘惑你的劍。在許多世界裡被稱爲『邪惡白蛇』，或者『血之獸』。我在它一度失敗變弱之際，好不容易把它收藏下來，經過一百多年的熱燒敲擊，才得以將它固定出劍的形態。如此一來，它的破壞力僅剩十分之一，並且被封印起來。然而，你應該也知道吧？被封印的冬日劍仍然是件可怕的東西，不爲任何世界所接受，這就是你的劍。」

波里斯看到鐵鉆上的白鐵塊瞬間經過歲月，變成劍的模樣，變成波里斯所熟悉的劍身和劍柄，還有打造得與其剛好相配的劍鞘……變貌爲如此高貴姿態的劍，原來其實是災難的導引者！

「關於『白蛇』的實體，說起來確實是令人驚訝，因爲就連主宰無數世界的智者、超越現實者，甚至連我都不知其眞相。或許它是不知爲何者的創造主之敵，或者是創造主之子。」

好不容易恢復意識的波里斯抬頭問他：

「您說它是邪惡之物，怎麼又說它是創造主的兒子？這是什麼意思呢？」

「不管是邪惡或引發災難……都是使劍者無法控制力量而墮落後找的藉口罷了。就連它是白蛇形狀時，都不曾直接破壞這世界或引發墮落，反倒是那些看到它的強力而畏懼，並產生貪念者們自行借用它的力量，才會導致末日，並故意說成是白蛇讓他們墮落，藉口說劍會散發出邪惡氣息。我不知道為何創造主要讓白蛇的意志力出現，也不知為何要讓它在所有世界都出現。或許，如此怪異存在的超級力量，是創造主為了顯現本身的絕對意志，而刻意留在世上的缺陷也說不定。如此說來，白蛇就是實踐創造主意志的兒子了。」

鐵鎚與鐵鉆的聲音消失不見了。波里斯已完全恢復意識，就連耳邊縈繞的說話聲也消失不見，但那些更加令人擔心的事實眞相卻變得清楚明白。波里斯突然想到，這鐵匠或許是在考驗自己；剛才自己差點因為那些聲音而迷失，可是就在最後一瞬間，鐵匠卻讓他清醒地看到眞相，或許也想讓他看清方向。

「那麼說來，能將如此強大力量的白蛇封印成劍的形態，偉大的您……想必也知道破壞或者馴服這劍的方法，是嗎？」

老人面向波里斯，低頭看他。大眼如同審判者一般，仔細打量著波里斯。

「你知不知道我為何要辛苦把你找來這裡？為了讓你來這兒，好親自看你，眞是費了我一番複雜的安排。在我把它塑成劍之形態以後，冬日劍已經維持那副模樣超過一千年了。可是就在你手上，它第一次部分突破『劍』的外觀，變成現在的模樣；這模樣與白蛇相似，這點你應該也無法否認吧。會不會是因為你的某種能力可以喚起這劍的本質，也就是潛藏著的白蛇性質？又或者你根本就是可以實踐白蛇意志的可怕生命體！到底是什麼？你到底有什麼？」

波里斯只能如此回答，別無其他答案：

「我……不知道。我什麼也沒有。眞的……至少我是眞的不知道。」

老人有些生氣似地咋舌，冷冷地說：

「剛才呼喚你的不是冬日劍，而是被劍吸收的無數惡靈們。被關在狹小空間裡的他們，比那些徘徊於世上的幽靈更加瘋狂，所以一直躍躍欲試，想要破壞所有東西。而你就在身旁，當然就成了他們最佳的獵物。你聽到的正是他們熱切想要你也變成那副模樣，一心只想奪走你靈魂的聲音。已經長久處於瘋狂狀態的他們，狡猾地想要看清幼小的你在想什麼，巧妙地用言語來誘惑你走向毀滅。結果你竟然聽信他們，想要毀了自己！眞是無比愚蠢的傢伙！我眞不懂你這個樣子還會有什麼特別之處！會不會白蛇只把你看作空碗，想裝到你裡面，所以才耍了伎倆？」

「……」

有股奇怪的感覺。當然，波里斯一直認爲自己或許眞有一股連自己也不曉得的特別力量，但他也疑惑：如果眞有特別能力，爲何沒有早一點、以更好一點的形態被發現到呢？因此，他認爲即使眞有這力量，還是無法在他需要時拯救他，往後大概也還是幫不了他。

雖然他年紀小，但是遇到陌生事，總是不抱任何希望，反而習慣一副像是什麼該遇到的事都已經遭遇過的老人心態，什麼事都想往壞處想。即使身心都長大了很多，但他還是本能地否認自己的成長，認爲周遭不會有「好轉的希望」。對他而言，最糟糕的情況也只是最糟糕，並不是未來發展的跳板或準備。

「完全陷溺於過去之人，當然沒有未來。牽引人類的是未來，可是你知不知道現在牽引著你的是什麼東西？」

鐵匠老人的語氣已經比剛見面時稍微柔和一些，但是沉浸於自己思緒中的波里斯並沒有發覺。

波里斯回答不出來，老人隨即又再問他：

「你，在你哥哥的事情解決之後，想要爲何而活？」

波里斯吃了一驚，問他：

「您不是說，如果要救我哥哥……我就得死嗎？」

「那當然是其中一種方法，但我並沒有說那是唯一的方法。總之，你回答我，現在你老師的事、你喜愛的小姐的事，全都與你無關了，而且你已經和以前大不相同，絕對有自信可以存活下來。如果哥哥的痛苦解決了，你的人生目標將會是什麼？」

波里斯驚訝地看著老人。可以肯定的是，老人對於波里斯至今遭遇過的生命歷程都非常清楚。

「或許……我會……只求不要再出現讓自己心煩的問題，只要靜靜地生活就心滿意足了。抱歉，我實在找不到比這更好的回答。或許是因爲我原本就很平凡，所以對剩餘的人生也沒有很大的期許。」

「嗯……原來如此。」

老人抬頭，稍稍嘆了一聲，說道：

「由於你這樣的意識，正好可以對抗冬日劍的力量。我大概了解了。不過，眞的只是這個原因嗎？」

老人沉默了片刻。這洞穴似乎會反映老人的心理狀態，這一次變得十分寂靜。這個冰壁厚重的洞穴不知延伸至何處，在這洞穴裡，波里斯連內心深處都感到一股冰寒。

不過，當老人又再開口說話時，波里斯卻看到冰洞裡突然有火光掠過。

「心中無慾之人並不見得就比較好，可是你用這種方式生活，卻能驚人地成長，特別是在劍術方面，已經有了別人修練十年都無法輕易得到的成果。你知不知道這是爲什麼？你並沒有從你老師那裡學到什麼，卻能像是已經修練得很好地使出劍術來。這只有一個原因，你不知道嗎？從中拉引你成長的，無庸置疑，一定是冬日劍——冬霜劍的力量。」

雖然波里斯早就有些猜疑，但現在聽來，還是像個殘酷的宣告。這麼說來，那自己在這期間的努力又算什麼呢？

「你不覺得又再遇到殺害你哥哥的怪物，太過巧合嗎？冬日劍原本就是可以穿梭於好幾個世界的東西，所以藉由它的力量，把其他世界的怪物引過來並不足爲奇，但它卻偏偏讓相同的怪物出現在你面前，這當中的理由只有一個，就是因爲你想要報仇。這你不知道嗎？冬日劍當然會不經意地聽從你的願望！而且你在那場打鬥中會生會死，也都是白蛇意志所能左右的！」

波里斯沒有答話，嘴唇顫抖著。這完完全全將他逼入了絕境，原來他根本就沒有力量去控制冬霜劍。如果至今練成的實力是靠冬霜劍的力量，那他與在幻象中所看到，那些遭致毀滅命運的雄霸者沒什麼兩樣！

要眞是如此，那自己是不是應該放棄這把劍？自己連生命都可以放棄了，如今還有什麼不能放棄的？

不過……

「現在你既然都已了解，那麼可以把冬日劍還我了吧？」

老人彷彿像是看穿波里斯的內心似地，如此問道。突然間，波里斯的腦海中浮現出清澈的水泉，以及滴入水泉的一滴水。波紋……水泉布滿了波紋。不知靜止之後，水泉裡面會出現什麼影像？寧靜的生命……他是希望沉默，但終究還是有股力量牽制著無法脫離的盟誓。

「不，我做不到。」

這似乎不是自己，而是連自己都不得而知的意志力在答話。講完這句話，連波里斯自己也是一副像是不知道說了什麼話的模樣，只是毫無表情地用清澈的眼睛仰望老人。老人又再說道：

「你說說看是什麼理由？」

「因爲根本就還未考驗完我潛在的可能性，在我眼裡還看不到盡頭。」

「失敗就是答案，我不是說過了嗎？連英雄們都無法控制的巨大力量，幼小的你怎麼可能做得到？盡頭，就是又一個英雄殞落，只是如此而已。」

波里斯慢慢地搖頭，明確地說：

「這只是在您眼裡才看得到的，但在我眼中實在是看不到。」

又再一次……這一次彷彿是在遠處回音似地，模糊地傳來了鐵鎚敲擊聲。噹、噹、噹……老人說道：

「你應該看過冬日劍裡蘊含的所有悲劇，擁有過那把劍的人如何被誘惑打倒，如何因憤怒而跪伏於地，以及擁劍者與其世界如何被毀滅，這些你應該都曾看到。世上的邪惡有許多的根源，有些人因爲無法忍受自己太過弱小而變得邪惡，有些人則是想要揮霍所擁有的力量而變得邪惡。可是任何邪惡都不可能只經歷一次失敗，單純的強者再怎麼強大，也比不上可以成就出最大力量的惡勢力。強者原本就是邪惡，因爲強大所以邪惡！那些自行變強大之後實踐善行的英雄們，大多無法擁有平靜的晚年，這是因爲他們的力量本質上就是一定會與世界反目成仇。所以他們有些人悲慘，有些人潦倒。如果其中有人沒有倒下，重新征服了世界，你想會怎麼樣？結果他會是最爲邪惡……支配他那個世界的最大惡勢力！」

這一瞬間，波里斯的腦海裡又再看到以前沉睡在冰繭裡時所看到的毀滅歷史。可是這一次，他看到的是英雄們終究會遭受毀滅的前後因果。文明消失的廢墟大地上，一位英雄想要再次建立起人類的國家；因爲異方君主的暴戾而造成的部族痛苦，一位有志者想要讓那部族成爲永遠的強者；一名年輕人因爲自身的錯誤導致愛人悲慘死去，他想要讓愛人死而復生；原本與哥哥兄妹情深的少女，卻發現哥哥事實上是謀害家人的仇人；一位公主站在攻擊她祖國首都的怪物面前，守護那塊動盪的綠色大地；在處決殺死妻兒的殘惡凶手之前，一直無法闔眼的……

「難道你以爲他們當初全都……不知道可以當個『沒有慾望的人類』？」

07 沒有慾望的人類

波里斯一聽到「沒有慾望的人類」，心中猛然震住，看著前方。這句話不就是他在幽靈居住的地方聽到攝政王對他說過的唯一方法？

「你想看自己就有多少慾望？雖然你說想讓哥哥安息，但要是可以，你是不是希望他再復活回到你身邊……還有你無法再見到的那兩個人，如果想要再重逢並且無憂無慮地生活在一起，你就得將所有妨礙者全部殺死，不是嗎？能夠將你所看到的所有不幸全都逆轉回來的力量就在於慾望！人類的慾望其實看不到長遠的未來。在某一瞬間被你認為是正確的事，對未來會有什麼樣的影響，這是你絕對看不到的！可是，這所有的慾望卻都是屬於你的一部分，是吧？你能否認嗎？『沒有慾望的人類』，這並不是活人做得到的事。強大的力量必然會……致使具有血肉者走向永遠的死亡！」

這一瞬間，連波里斯也不自覺地回答：

「那麼，能夠擁有並控制這劍的，是亡者——或許應該稱之為幽靈——嗎？可是我與許多幽靈見過面，甚至也認識了一位倖免於死亡而活了一千多年的偉大魔法師，他們根本全都無心關切現今世界的滅亡與否。如此說來，該怎麼辦才好？既然如您所說，在任何活人手裡都不安全，那麼這冬霜劍終究還是得由您自己來保管或毀掉了！」

「……」

「就如同我剛才對您說的，如果您要殺我，就殺吧。雖然我的確會害怕死亡……但我一直認為欠我哥的人情債必須還他。讓他安息後，看是要找個可以控制劍的人，把劍給對方，或者做其他處理，這些我都可以不管。可是萬一我不死也能讓哥哥安息，那我是絕對不會放棄劍的。我的意思是，即使眞如您的預言，我滅亡之後就會一直被封印在劍裡，我也不會放棄劍！」

突然間，一陣冷漠的沉寂無聲。波里斯的心臟瘋狂地跳動，臉頰也因而泛紅，他感覺到洞穴裡一股寒冷的空氣。生與死，在來這洞穴之前，曾被他視爲非常重要之物，如今卻像是沉沒到遠方的大海之中，變得不重要了。重要的，似乎就只是這一瞬間的回答。

終於，老人沉重地開口說：

「很好，那麼你就當個不滅者好了。」

波里斯吃驚地睜大眼睛，一下子無法理解自己聽到的是什麼意思。

「……您現在說的是什麼意思？」

「當個不滅者。永遠不死，拿著那把劍，想打鬥時就照著自己的意思繼續去闖。我想你最需要的是有條不死的生命。」

鐵匠老人低頭看了一眼呆愣睜大眼睛的波里斯，然後轉身走向他剛才走出來的那處冰壁。一大堆冰塊雖然全都碎了，但都沒有融化；突然間，那些碎冰塊全都飛往半空中，一塊接著一塊，全都連在一起，然後剎那間往上伸展，造出了數十道高高的拱門。老人走進拱門，此時波里斯才看到，老人如同泥塑的雙腳似乎和這冰窖相連結，他走路的時候，繼續不斷有新的冰塊凝結起來，彷彿像是鐘乳石洞穴裡的石筍在移動般。

那些拱門的盡頭有個閃爍著青銅色彩的巨大鐵鉆。不過，鐵鎚不知在哪裡，也沒見到火爐。接著，老人站在鐵鉆前方，雙手合十之後高舉，像是在向某人虔敬地祈禱。

青銅鐵鉆上面出現了綠色火花，然後這火花便宛如百倍快速成長的藤蔓般，以耙狀的曲線向上晃動，忽地就跳到更高處。然而，在這火花變得更加旺盛之前，波里斯伸出手來，喊著：

「不、不行！」

當他朝著通往鐵鉆所在的冰塊通路一腳踩上去時，周圍的冰塊忽地全都發出奇異的光芒，令他頭暈目眩；再想要走得更進去一點時，更感覺到整張臉都熱燙起來，他不禁驚慌起來。他無法再走得更裡面一點了。看似冰冷的鐵鉆房，沒想到竟是如此炎熱。

波里斯突然察覺到，原來那裡就是所謂的火爐間，是用冰壁圍成的火房。

「什麼不行？」

聽到鐵匠老人的聲音，波里斯心中爲之一震；他強壓住胸口的不安，低聲但清楚地說：

「我、我……不能成爲不死之身。」

「不能？」

波里斯看到鐵鉆上的綠色火花停止移動之後就消失不見。老人像是聽到完全沒有預料到的話似地，臉頰的肌肉微微抽動。當老人又再一次問波里斯時，說話聲已回復到剛開始的那種可怕語氣。

「你說不能？是不是不願意的意思？」

「是的，我不想要。」

「只要是活人，都想擁有永遠的生命；你說你不想要？是嗎？」

因爲不再需要其他答案，所以波里斯閉著嘴巴，尋找可以解釋自己心意的話。爲何不願意？曾經，他只爲了存活這一個目的，從暴風與陷阱中走了出來，好幾次用鮮血換來自己的性命，如今爲何拒絕成爲不滅者呢？

波里斯猛然想到剛才遇到的尤勒丹斯說到他姊姊的需求。尤勒丹斯說她需要成爲不滅之身，而且也要求波里斯把劍給他，說劍裡有著可以成爲不滅者的力量，但這卻是不會對波里斯開啓的祕密之門。

「我不得不……向你要求個解釋。至今，可以成爲不滅者的，只有你拒絕，所以，我以純粹的好奇心，要求你回答。」

「我……」

這一瞬間，波里斯腦海裡響起了艾匹比歐諾說過的話語：

只有情感這東西，似乎就不容易被長久保存了。它會被稀釋、淡化色彩……失去顏色之後……變成不是我所經歷的事，而像是從書本讀到的故事……我甚至有這種感覺。

「活得太久就會失去情感……情感支配著現在的我，如果沒了情感，還活著……那樣的我就不再有根據可以自稱是我了。」

艾匹比歐諾連曾經愛到可以同生共死的艾波珍妮絲公主也已漸漸遺忘，那麼，同樣地，他不就也會忘了伊索蕾？這麼一來，因她而起的那些痛苦回憶……會變得像是從書上讀到的悲傷故事般虛無飄渺嗎？

而奈武普利溫呢？和他在一起的幸福感覺消失後，剩餘的豈不像亡者墓碑上的名字那般，只是空有外殼的人名？幾百年過後，只會說「哦，對，是有這麼一個人」，他可不想讓自己變成那樣。

而且要是忘了耶夫南……他恐怕就不是現在的他了。他是在哥哥的鮮血上創造出自己的一生的。是耶夫南放棄了生命，讓波里斯從一個可能幸福也可能不幸的出發點開始走出來，萬一真的忘了耶夫南……

他就不再是貞奈曼了！

「你眞是愚蠢。冬日劍的主人所要的是顆不爲所動的心，同時也是顆比劍更加銳利的藍色心臟，可是你要的卻是相反的東西！你以爲到目前爲止，你是用一顆糾纏愛情、人情、責任的心在支配冬日劍的嗎？你所說的『情感』，其實恰好會讓你被劍的力量所誘惑、影響。」

波里斯點了點頭，眼珠裡映著冬天的寒冷白光。

「我認識一個『沒有慾望的人類』。他原本在千年前就該要死的，卻因不明的命運捉弄，得到了不死之身。他的國家滅亡了，愛人死去了，剩下的就只是傾倒的廢墟，但他還是得獨留下來，面對周遭的發瘋幽靈。他沒有一點兒喜悅，就這麼一直活著；不管做任何努力，他都無法去到死神旁邊；這長久下來，情感都已經風化到僅存殘渣。您說他到底是活人，還是死人？連愛情、尊敬、憤怒都已經被磨滅，對於曾經存在的情感，只有『記憶』猶在。還活著的他，仍然是活人……但是等到剩餘的情感全都喪失之後，他就形同死人了。雖然身體還活著，心卻是死屍……這樣就與那些活了千年，卻仍感覺不到一絲情感的娃娃們，沒有什麼兩樣！」

波里斯停頓片刻，然後一面露出微笑，一面接著說：

「您所要求的『沒有慾望的人類』就是那個樣子嗎？對，您剛才說得沒錯。以前有位賢者也曾對我說過：身爲一個活人，要成爲『沒有慾望的人類』非常困難。可是在我看來，這不是困不困難的問題，而是根本不可能做到的事。您是打算把我變成不滅的娃娃，才要給我劍嗎？」

此時，突然間響起雷鳴般的笑聲。

「哈哈、哈、哇哈哈哈哈……」

整座鐵鉆房都隨著笑聲震動。波里斯一面看著鐵鉆房，一面聽著鐵匠的笑聲。這並不是感到憤怒或無力而出現的笑聲，而純然是因爲高興爽快所發出的笑聲。

「你果眞是令我吃了一驚。必滅者因爲必然會滅亡之故，所以會有另一套生存智慧，這句話果然沒錯。會成爲娃娃？沒錯，不滅者確實是娃娃。很久以前，我確實有想過，能夠贏過這劍的雖然會很強，但可能是不具理性的『娃娃』。可是問題來了，萬一有這樣的娃娃，就得把他關在任何活人都不會碰到的洞穴監獄裡才行！哇哈哈哈……」

老人從鐵鉆後方繞出來，朝著波里斯所在的冰窖大步走來。他一進來，窖裡似乎就更增一分新的寒氣。

「好，那麼兼具智慧與愚蠢的必滅者啊，你剛才所說的不僅是冬日劍，也是對你自己人生的解答，這你知道吧？」

「咦？」

波里斯呆愣住，眨了眨眼睛。鐵匠老人低頭看他，然後伸出手來，摸了摸他的頭。手一碰觸到，他的頭髮就結凍，冰柱般的霜棒順著頭髮凝結到前額就停了下來。

「你的哥哥『耶夫南．貞奈曼』要你做的只是『好好活下去』。而你在不知不覺中都依著你哥哥的吩咐，而非自己的心意，就這樣生活了四年。你避開所有試驗，只爲了存活而存活，存活到後來，不就變成了不滅者？你以爲自己不是不滅者，但行徑卻不自覺地像個不滅者，你看你，是不是一直在壓抑自己的慾望？」

波里斯不願輕易就接受這種說法，辯解著：

「我有壓抑什麼慾望嗎？」

「你一個一個回想看看。爲何你不能報仇？是不是因爲你哥哥的遺言！爲何你不懲治或原諒你叔叔，而讓自己脫離過去脫離得一乾二淨？是不是因爲猶豫在勒緊你的慾望！爲何不讓心愛的少女成爲你的？愈是必滅者，應當愈不會把短暫的人生讓步出去，可是你卻爲了他人的心而放棄她！你們人類是慾望的生命體、慾望的存在者，所以，『即使只剩一點時間，也會爲明日而活』。」

波里斯吃驚地仰望著老人的臉孔。這句話是很久以前在培諾爾城堡時，曾經是渥拿特老師的奈武普利溫對他說過的話！

剛開始看到老人的臉孔時，他覺得非常害怕，但現在卻甚至覺得有股充滿神祕感的仁慈掛在老人臉上，宛如一個爺爺在給予孫子忠告。

「用你的方式，始終都在失去所有你想要的，這樣你還能在我面前說你是『有慾望的人類』嗎？人類正因爲無法失去願望，而且因爲不是不滅，所以活著時是不能把心境如同石櫃般緊閉著的。打開吧！把你哥哥關上的那顆心敞開，去找出你的願望，實現它！重新燃起你爲存活而關上的慾望！」

「……」

波里斯突然感覺有東西順著臉頰流了下來。喉嚨既沒有哽咽，鼻子也沒有發酸，就只有眼淚直直流下。

他一直都不曉得長久以來扛在肩上的包袱有多沉重，但是當忽然有人幫他一手抬起的這一瞬間，他才發現這段期間自己有多麼辛苦。「一定要活下去」這句話帶給他的沉重壓力，與如今被提議的「永遠的生命」……看似不太一樣，但本質其實一樣。現在，似乎是放下這壓力的時候了。

有許多事比存活還要更加重大！

很久以前，奈武普利溫一面緊摟著他一面對他喊叫的聲音，至今言猶在耳。當時流下的眼淚是苦澀的，但現在卻是高興的。不對，應該說這次他甚至還可以大笑出來。當時奈武普利溫說過，生命的價值並不在於是長還是短。在下雨的那一天，波里斯和蘿茲妮斯一起聽完大陸勇士的故事之後，奈武普利溫說了這番話：

你錯了！你這是把你自己的人生弄得更加乏善可陳。你不夠的就是意志！你一直說人死就生命結束，那怎麼還常把你的生命價值放在他們的死亡之上呢？你如果真的認爲是結束，就應全部做終結，任意去追求你的慾望，過新生活，要不然！就算是爲了他們，你也該活得更努力、更長久才對啊！你不可能成爲不死之人，但如果你這麼想，你就可以代替他們死去的生命，來提升你生命的精彩與價值！

這仍是波里斯唯一的老師……奈武普利溫給他的最初忠告：不管人生是長還是短，「即使只剩一點時間，也要爲明日而活」，只要遵從他這忠告就行了！現在他既然已經拒絕當個不滅者，爲何不去實現願望，讓短暫的生命得到最大的幸福？

「雖然並不是所有問題都解決了……」

波里斯如此說道，同時對老人露出一個微笑，接著說：

「但我知道您的意思。我剩餘的生命之舵當然應該由我自己來掌舵。報仇、選擇誰或者放棄誰，這些選擇權都在我，這我知道。之前過的生活反正也已經不能怎麼樣了，但從現在起，我想我會過得比以前好。」

「呵呵，沒想到我獨自活了這麼久，到最後竟然變成小孩子的人生輔導老師！很好，現在我重新塑造冬日劍。然後你帶走它，照你所想要的方式去守著它！」

「我……眞的可以帶走它嗎？」

既然都已經拒絕當「沒有慾望的人類」了，波里斯沒想到會聽到這種答案。老人點了點頭，說道：

「我讓你來到這裡，一方面是因爲冬日劍的封印被破壞，但如果光是這個原因，我大可借用其他人的手把劍帶來。正如我剛才所說，我比較想看到的是你，而不是劍。我想知道這把讓無數世界的無數英雄墮落的劍，爲何唯獨你至今都還能維持正常意識，你是如何做到的？如你所言，你並沒有什麼特別能力。我也絕對不認爲你比那些英雄還要傑出優秀。可是你卻擁有他們沒有的某種特質，或許就是你那種會爲了不要失去所愛者而連最好的禮物——不滅，也予以拒絕的偏狹個性吧。要是換作世上那些賢明智者，一定會選擇不滅的巨大力量，結合冬霜劍的力量，企圖做出驚天動地的事。可是你要的卻只是幾個人而已。」

突然間，冬霜劍脫離波里斯的手，浮到半空中，然後朝著鐵鉆房進去，停放到青銅色的鐵鉆上面。這一次則是出現青色的火苗，環繞著劍刃。

「對於你的那份心志，我試著相信一次看看。即使不滅的娃娃、必滅者中最為閃亮的英雄們，都因無法控制得了這把劍而失去理性成為怪物，可是，自從這把劍第一次破除封印，露出蛇的本性以來，把它帶在身邊的你卻奇蹟似地守住了自己的心！雖說你的能力與才幹來自冬日劍的力量，但事實並非完全如此。冬日劍一開始是扶持你的力量，但你也從中得到了新的力量，同時還跳躍式地發展了你的能力。你很快就會瞭解這股力量，而且從現在起，這股力量會幫助你與冬日劍搏鬥。這股力量純粹是數千年來經歷無數的人所磨練出來的精髓，最後甚至可能會近似魔法的力量。」

波里斯的腦海裡浮現出某種直覺：這鐵匠老人在講的是否是劍法？

「我現在重新改造這劍，但不會在裡頭加入其他封印。」

鐵鉆上的冬日劍發出刺目的青光，根本難以注視它太久。接著，連搥打都沒有搥打，劍的形狀就開始變化。首先出現的是他熟悉的劍柄模樣。

「你應該也知道，劍會反應你的願望。即使我做了某種強大封印，身為冬日劍主人的你，也還是可以立刻將之破壞掉。所以我相信你的心，我相信你會慎重考慮自己的願望，努力度過你這短暫的一生吧！當你無法控制自己的願望時，劍會當場解除之前的封印，在你面前展現無限的力量本質。如此之後，你就別想控制得了它！這會連不滅者也難以控制……所以，好好在你手上守著它！一手握著惡魔，好好過完你必滅者的人生！」

波里斯這一瞬間因爲本能所致，屈膝跪下，向這位不滅的鐵匠表示謝意。他很清楚，這位不滅者會如此信任自己，並非自己本身有什麼厲害的力量，或許是因爲沒有其他選擇吧。自己原本是要來找出支配劍的方法，結果卻找回內心的自由。現在，爲了劍，就算要他選擇打一場，亦在所不惜。

「現在只剩一件事，你得當場選擇。就是你一開始的那個願望，關於你哥哥的事。你一定還是希望他好好安息，是吧？你哥哥對你的執著，都寄附在那件白色甲衣——寒雪甲上。如果只是普通冤魂，不可能會變成現在這副模樣，所以說，是因爲寒雪甲具有承載靈魂的力量，冤魂才會附著在上面，進而有了可怕的破壞力。可是寒雪甲只不過是冬霜劍的附屬物，我重新塑造冬日劍後，寒雪甲剩餘的力量就會消失殆盡。寒雪甲一被破壞，你哥哥的靈魂就失去依靠的容器。現在是讓他安息的最佳時機，你哥哥雖有力量可以瞬間殺死面對的敵人，但一旦寒雪甲的力量消失，就會回復成平凡的靈魂；如此一來……最長不超過兩、三年，便得以永遠安息。」

老人停頓了一下，接著說：

「不過，這樣的結果會使你失去再見你哥哥的最後機會。即使寒雪甲已不再是減弱冬霜劍力量的馬嚼鐵，但它仍是呼應冬霜劍的物品；兩者在一起，會互認彼此，這時你們兩兄弟就能發現到對方的存在。你不希望這樣嗎？」

「……」

想讓耶夫南安息，以及想再見到耶夫南的那股慾念，兩者都是他很大的願望。緊抿著嘴唇的波里斯，過了片刻之後，露出淒然的微笑，回答：

「靈魂最好還是安息，不要徘徊流浪比較好吧……比起我的慾念，另一個願望應該比較正確。」

他這麼說的時候，內心其實苦澀萬分，但波里斯還是一字一句，很清楚地講完，隨即低下頭來。

所有一切都已經決定了。如今，回到波里斯手上的冬霜劍又是一副高貴姿態，不斷地閃爍發亮，與波里斯很久以前從耶夫南手中第一次接手時同樣美麗。

最後，波里斯小心翼翼地詢問鐵匠的名字。老人搖了搖頭，說道：

「我沒有名字。其他賢明智者都只稱我為『冬日鐵匠』。」

「冬日鐵匠」走向光滑的冰壁，手一揮，就像剛才出現鐵鈷房的時候一樣，瞬間產生了一條通道。那條通道非常地長，根本看不到盡頭。波里斯再次鞠躬道別之後，就往那條通道走了進去。

第二十章

不容逃避

One Meets His Destiny
Often in the Road He Takes to Avoid It.

01 最初的和平

包圍通道的冰壁逐漸變薄，並且露出土石。到達通道盡頭時，波里斯摸到一個類似門把的東西；轉動門把，就走到外面了。然後，他才發現自己已經站在明亮的太陽光底下。

空中天橋橫亙在高處的藍色天空中，白石建造而成的天橋呈無數個螺旋形狀來回交錯。地上傾倒的石柱中，有的上面刻著樹葉形狀的雕刻，看來他又再回到卡納波里的首都亞勒卡迪亞了。

不過，這裡是亞勒卡迪亞的哪個地方，他就無從知曉了。根本看不到和艾匹比歐諾一起時所看過的建築物，當然，也找不出老人之井的所在。

波里斯回頭看著自己剛才走出來的那扇門。那是某棟被埋沒在一片廢墟中的建築物裡的一扇老舊門扉。走近一摸，竟然是片被棄置於地上的門板。波里斯用手抬了一下門板，不禁傻眼，同時乾笑了好幾聲。現在別說是循剛才來的原路回去，甚至連扇門也都找不到了！看得到的只不過是無數破碎的石頭，伴著被遺棄的殘垣廢墟。

波里斯走出廢墟之後，來到大路上。

雖然他不奢望艾匹比歐諾會在那裡等著，但內心深處還是不禁感到有些惋惜。艾匹比歐諾真的不打算再出現了嗎？與他道別之後，感覺頂多只旅行了一天一夜；如果他的時間也和這裡的時間相同，那麼他應當還未離開亞勒卡迪亞才對。

雖然只與他旅行了短暫的時間，但現在卻有些懷念起他愉悅的說話口吻，以及帶著有趣觀點的講話語氣。

「你終於到了。」

波里斯吃了一驚，連忙抬頭，隔了片刻才突然笑了出來。空中天橋有一小段旋轉繞往地面，就在稍微有些高度的地方，一個面熟的辮子少女坐在那裡！她一隻腿懸在損毀的欄杆之間，另一隻立著膝蓋，靠著身體，似乎從剛才就已經在那裡窺看他好一陣子。

「妳是從什麼時候開始待在那裡的？」

「早就在這裡了。」

「爲何不早一點叫我？」

不知是不是旅途疲憊的緣故，波里斯總覺得很高興再看到她，所以說話語氣也變得比以前更親切一些。可是娜雅特蕾依卻還是不帶任何感情的語氣，回答他：

「因爲我看你好像在找艾匹比歐諾。」

波里斯有些訝異，娜雅特蕾依怎麼經常能夠看穿別人內心的想法！

「當然，我是有在找他……但也有在找妳。對了，妳到哪裡去了？我在那個奇怪的地方找了妳好久。」

就在這個時候，娜雅特蕾依坐著的天橋後方，有隻陌生的動物慢慢站直身子。波里斯正想警告她，卻見她伸出手來，撫摸那動物的頸子。仔細一看，那是一隻長得像貓，體形比貓稍大，看起來沒什麼威脅性的動物。很像一頭小老虎！

不知是不是陽光的關係，牠的毛甚至還閃爍著金色。

「我也在找你。」

娜雅特蕾依抬起原本垂懸著的那隻腳，隨即往下輕輕一跳。那裡少說也有五公尺高，可是她卻毫無猶豫；而那隻不知是虎還是貓的動物也跟著跳下，悄然地跟在娜雅特蕾依背後。

「看來妳有了新朋友。」

「嗯。」

「那麼，可以走了吧？」

要找到艾匹比歐諾說的東南方廣場，並不怎麼困難。那裡與其說是廣場，倒比較像曾經是漂亮庭園的地方。中央有座乾涸的噴水池，然後以它爲中心點，放射延伸出好幾條路來，路與路之間鋪排著褪色的石頭。波里斯猜想那些原本應該都是花圃，當然現在已經連一株植物都看不到了。

有一個和在喀拉薩尼雅看到的一樣高大的基座，立在廣場正前方。兩人走進廣場，沿著花圃之間的路到達噴水池所在的中央位置時，令人驚訝的事發生了。

最先聽到的是水聲。

嘩啊……

對於已經在這塊炎熱的土地上走了好久的他們而言，這簡直是比音樂還更美妙的聲音。從噴水池裡竟然噴出了水柱！最高的水柱超過三公尺高，然後以這水柱爲中心，還有六道比較低的水柱，旋轉地往上噴射。兩人不禁停下腳步；在這死寂的都市裡，除了娃娃以外，這還是他們頭一回看到會動的東西。

不只這樣，雖然因爲白色陽光照射的關係而無法看清楚，但水池裡面確實有個會發出五種顏色的光源，依序變化出紅、橙、綠、紫、金色。他們走近噴水池探頭一看，深深的池內有數十道小水柱，像小草花一般噴射出來。

雖然花圃裡沒有花朵，卻開始有水噴灑出來；頓時，周圍所有花圃全都冒出白亮的水柱。

連娜雅特蕾依也不禁喊出了短短的一聲驚嘆：

「哇啊……」

不知這裡爲何會突然噴出水來；然而不管怎樣，這實在是幅非常美麗的景致。雖然只是稍微停留，但亞勒卡迪亞確實就像建立在沙漠中的都市般，既熱又乾燥。能在這種地方看到水柱，實在令人感受到一股驚嘆不已的神祕感。

波里斯呆愣地望著最高的那道水柱，說道：

「是因爲有人來，才噴水的嗎？」

娜雅特蕾依說道：

「你我身上有著外界的魔法，這些會因魔法而運轉的水柱才會有所反應。」

雖然波里斯不知她說這話有何根據，但他也沒有硬是去反駁，只是傾聽著這好久沒聽到的涼爽水聲。如果艾匹比歐諾能見到這幅景象，一定會很高興。要是看到他所熱愛的王國曾經暫時回復以前的面貌，他該會多高興啊！

可是美麗的戲法並沒有維持很久。兩人出神望著噴水水柱，在他們的凝望之下，水量逐漸變少，力道徐徐減弱，最後連聲音也靜下來，彩光也消失不見了。波里斯和娜雅特蕾依得以見識到的唯一一個卡納波里的魔法，就這麼消失了。

剩下的只有噴水池裡的水，還有兩人臉上及手臂上被濺到的水滴。

「走吧。」

這一次，首先開口的是波里斯。兩人隨即走向如同在喀拉薩尼雅看到的那座鏡台前方。

兩人不發一語地望著伸向天空的裝飾桿。艾匹比歐諾不在這裡，就沒有人幫忙唱聖歌了。而波里斯也因爲已將頭髮裝在月島的魔法容器裡，無法隨便唱出聖歌。

眞的只要用想的就可以了嗎？

「我想出去……」

就在波里斯不經意講出這句話的同時，最高的裝飾桿就像是鏡子融化似地，有水流了出來，瞬間變化成鏡子形狀。就這樣，一面極爲類似在喀拉薩尼雅看到的明鏡出現了。

突然間，娜雅特蕾依說：

「那麼，我們現在該道別了。」

艾匹比歐諾曾經說過，散布在卡納波里整個區域的這些鏡子，原本是卡納波里的魔法師們緊急要前往遠地旅行時所使用的移動工具。通常可以從一面鏡子移動到另一面鏡子所在的地方，可是有時候也可以直接到達沒有鏡子的地方。可以作爲這種用途的鏡子，稱之爲「願望鏡」。「願望鏡」能將想要移動的人直接送至他腦海裡浮現的場所，所以在當時使用有很嚴格的管制。

不過，現在當然沒人在此守著鏡子了。

「妳要去哪裡？」

娜雅特蕾依一副被問到理所當然之事的表情，轉頭對他說：

「安諾瑪瑞啊。」

「安諾瑪瑞很大，妳要去其中的哪個地方？」

「去我姊姊住的地方。」

原來娜雅特蕾依有姊姊……正當他這麼想的時候，娜雅特蕾依輕輕舉起一隻手向他道別，然後走到鏡子前方。一轉眼間，垂著銀色髮辮的小女孩和金色小虎，就在眼前消失了蹤影！

接下來輪到波里斯。他有想過希望去的地方，但卻沒有一處是他可以去的。他既無法回月島，也不能去故鄉，而且他也不想利用這種機會去找奈武普利溫介紹信上的那些雷米人。

他不該強迫他們，而且他們也沒有責任照顧他。他可以去任何地方，但沒有地方有人歡迎他。看來，他真的是沒有該去的地方。

此時，他想到艾匹比歐諾說過，鏡子有時會知道不知目的地的人應該前往那裡。

鏡子真的會知道嗎？

波里斯哪裡也不想，就站到鏡子前方去。他心中想去的地方到底是哪兒？

□

「啤酒，快拿啤酒過來！」

「燉肉到底什麼時候才要上啊？小姐！我都已經點菜點了快半個小時了！」

「快好了，請等一下！」

波里斯先是聽到聲音。有許多人吵嚷的噪音在耳邊響起。然後他睜開眼睛……眼前看到的是一幕餐廳忙亂的景象。看起來現在似乎是晚餐最熱鬧的時刻，男子們三三兩兩地圍坐在每張餐桌前喝著啤酒，有兩、三個侍者忙碌地走來走去，端著食物和酒，但還是到處聽到有些人不耐的抱怨聲。大門敞開著，外面幾匹馬響起了鼻息聲。往二樓上去的樓梯上，有人高聲閒聊，更顯得騷亂不已。

至於他自己，則是坐在角落的一張餐桌前。當然，他並沒有同伴同行。

他揉了好幾次眼睛，實在是很驚訝，竟然真的就這樣被移送到真實地點來了！而這裡究竟是哪裡，他卻怎麼也想不起來。就連是不是他曾經去過的地方，也無法肯定。不過，似乎有些地方覺得眼熟，但他旅行過的旅店兼酒店實在不只一、兩間，所以根本想不起來。季節仍然是夏天，聽不到有雷米方言……

「好了，客人您要點什麼？哎呀，您是打從哪裡來的，怎麼如此風塵僕僕？」

波里斯這才猛然發覺到，原來這名女侍者輕快的說話聲是對他說的，而且發現自己並沒有拉上斗篷的兜帽，頓時有些慌愣。這麼一來，女侍者當然也就可以看清楚他的長相了。

既然都已經沒戴上兜帽了，還能怎麼辦。波里斯心想，應該隨便點個東西讓她趕快離開。想到這裡，他看了女侍者的臉孔一眼，結果又再次愣住。他似乎在某處看過她，但又想不起來是在哪裡。

「咦，那個……」

女侍者好像也跟他有同樣的感覺。她一直盯著波里斯的臉孔，波里斯被看得連忙把頭垂得低低的，趕緊說道：

「請給……給我一杯啤酒。」

點完之後，女侍者帶著好奇心轉身。隨著她的背影，波里斯看到一扇通往廚房的門，但是旁邊卻還有扇小門，好像在哪裡見過。這時候，那扇小門剛好被打開，從那個看起來不像是給客人住的小房間裡走出了一名十歲的小孩子，隨即走進廚房。

「塔妮亞？」

波里斯不自覺地從嘴裡冒出了這個名字。女侍者猛然轉身，用吃驚的眼神看著波里斯。

「那個，嗯……你是不是那時候差點就去傅寧大叔打鐵舖裡工作的那個小孩？」

塔妮亞一定是記不得波里斯的名字了。波里斯笑了出來，沒想到自己竟然還記得「塔妮亞」這個名字。

兩人面對面點了點頭，塔妮亞首先驚嘆著：

「你眞的長大好多！我差點就認不出你了！身高也長高了……簡直變得和大人一樣！」

這個時候，波里斯根本沒想到要回答她類似「塔妮亞姊姊妳也是，變得更漂亮了」的話，他只是露出微笑而已。原來眞的是這個地方……這裡是那間他在荒野流浪後遇到第一個好心人塔妮亞的旅店，後來遇到培諾爾伯爵，決定和對方一起走；當時爲了請她轉告傅寧大叔，也曾再來這裡一次。

「你等一下，我先去那邊看客人要點什麼再過來。對了，你晚餐吃了沒？」

雖然和她不算很熟，但塔妮亞看起來像是十分高興見到他的樣子。即使她往其他客人那邊走過去了，還一面回頭，一面做出「不要走，等一等」的手勢。

波里斯獨自坐在餐桌前，收起笑容，歪著頭思索：鏡子爲何偏偏要送他到這個地方來呢？不知從何時起，奇瓦契司已經是存在於記憶之中的國度……爲何卡納波里的鏡子要送他到這個可能有危險的地方，是因爲看穿他內心深處的什麼嗎？

不管怎麼樣，他感覺彷彿像是時間並沒有流逝……

過了好一會兒，塔妮亞回來了，手上端著一個大托盤。裡頭放著兩杯啤酒、烤雞腿、水煮蛋、濃湯、黑麥麵包等食物。把食物放到桌上之後，她拉了一張椅子，在他對面坐下，像是突然想到似地問他：

「對了，當時不是有個外國貴族要你跟隨他嗎？你離開他家了嗎？」

那個時候他並沒有對她說過培諾爾伯爵要收他當養子，所以現在也就沒必要說這些。波里斯點了點頭，表示她說得對。

「原來如此。我看看，算一算已經有五年了……對了，晚餐就和我一起吃吧，嗯？說實在的，五年前那時候我也擔心過你晚餐是不是有挨餓。好久沒見到你，第一件事竟然還是先想到『你吃晚餐了嗎』。呵呵呵……所以我就把晚餐拿來了，不要客氣，盡量吃。如果有多餘的錢就給，要不然我請也可以。」

波里斯與她並不熟識，但她還是和以前一樣溫馨對待。會不會是因爲在塔妮亞眼中，即使波里斯已經長大許多，但印象還是停留在很久以前那個不知何去何從的流浪小孩。不過，故鄉畢竟是故鄉……波里斯一面這麼想，一面舀湯喝了起來，心中感觸良多。

「對了，你怎麼會來這裡？是不是有什麼事要辦？」

當然不可能會有什麼事要辦。他一直在想要做什麼才好，在這種地方找得到適當的工作機會嗎？

想到這裡，波里斯突然發覺現在的情況和十二歲時一樣，有著同樣的問題。當時就是在這間旅店，波里斯無處可去，而且徬徨無助，還曾經想要找個工作。然後，遇到培諾爾伯爵，考慮之後決定放棄打鐵舖的工作。在人生的十字路口上，他選擇了一條路……完全走過那條路之後，如今又再讓他回到原點，用意是不是要他重新做選擇？

波里斯喝湯喝到一半，突然笑了出來。

「你想到什麼事情這麼好笑？」

卡納波里的鏡子可眞是個神奇物品！現在波里斯可以充分感受到爲何他會來到這裡了。而且也明白那鏡子確實具有力量，可以看穿連自己也不知道的心事。

「呵呵……沒事。嗯，塔妮亞姊姊，那個時候打鐵舖的那位大叔，現在還在那裡嗎？」

「你是說傅寧大叔？當然是還在，那是他賴以維生的工作。」

「太好了。那妳等一下可不可以告訴我，要去打鐵舖該怎麼走？」

「好啊，但是你找他有什麼事？」

在之前的人生十字路口選擇了一邊的路之後，其實是很難再回頭的。可是鏡子卻把他送到這個地方！當時選擇的路所經歷的事情，現在全都告一段落，而沒走過的另一條路，盡頭會有什麼呢？

「似乎有些嫌晚……但我想問問看他是不是還要用我。」

□

度過炎炎夏日之後，秋天來臨了。

這段期間，波里斯又再長了一歲。因爲沒有人知道他的生日，所以他還是和別的日子一樣，平靜地過了生日那一天，但心裡頭反倒比較喜歡這個樣子。

自從波里斯到安德烈亞·傅寧的打鐵舖工作之後，已經四個月了，好不容易才比較熟悉打鐵舖的工作。雖然他在力氣與體力等方面比同齡少年還要好很多，但是火爐的炎熱再加上暑氣逼人，要維持注意力集中實在不是件容易的事。只要稍微分心，很容易就會受傷。傅寧非常嚴厲地在教他，不管是困難還是簡單的事，一律交給他做，也不管是不是會花上好幾個小時，都一定要他務必完成。

不過，工作結束之後，都會有充分的休息時間。通常到了傍晚時刻，他會和傅寧大叔一起到附近小溪邊洗淨沾了一天汗水的衣服，並且在那裡洗個澡。有時興致來了，還會打個水仗。至於晚餐，雖然菜色不怎麼樣，但是一天努力工作下來，仍讓人吃得心滿意足；吃完之後有時甚至還會出去吹涼風、看夜景。每隔三、四天，他們就會跑去塔妮亞的店裡，喝杯啤酒驅趕暑意。要是遇上塔妮亞親自下廚的日子，總會有特別的下酒菜上桌。

從夏天快結束的時候開始，波里斯沒事就喜歡和傅寧大叔拿著木棍對打。這裡是奇瓦契司境內，說不定還是有人會找上他，所以他一直都有定時練習劍術；不過，有練習對手畢竟還是比較有趣。傅寧的年紀比波里斯大三倍以上，但是木棍對打，恐怕就得拜波里斯爲師了。剛開始，波里斯還會小心翼翼怕傅寧受傷，不過最近傅寧的實力稍有進步，一不小心還可能挨上他的一記。

「事實上，我年輕時參加過在安諾瑪瑞那邊的戰役。只是個小兵……但幾年下來見多了，也大概都知道要領。而且我也練得好眼力，所以，我看得出你的實力很不尋常。」

那是在暮夏麥子收成期過後，他們坐在戶外看星空時，傅寧突然如此說道。打鐵舖位在一座矮丘山頂，很適合看星星。那個時候，波里斯就像往常一樣，習慣性地笑而不答。

「那幾年你到底發生了什麼事？去安諾瑪瑞之後，是不是有上什麼劍術學校？還記得第一次看到你，還是個小不隆咚的孩子，幾年下來，怎麼就變了這麼多啊？要是以前沒見過你，現在才收你，一定很難像現在這樣和你相處。可不是嗎？初夏那個時候，塔妮亞帶你來找我，說是當時那個孩子，我還以為你是跑去哪裡做了幾年船伕哩！」

搭著船來來去去，他說的確實也沒錯，月島島民本來就可以稱得上是船伕。

波里斯仍舊還是只有微笑，隨即，傅寧不高興地嘀咕著：

「眞的很少聽你說話。十六歲的男孩子稍微多話一些也沒關係。朋友也該交一些才對。對了，你是什麼時候滿十六歲啊？」

今年也只剩下沒幾個月了，所以傅寧才突然想到這事。波里斯微笑著說：

「我已經滿十六歲了。」

「什麼？這傢伙……連說都沒說，那生日那天豈不是就隨便過了？」

果然，他被擰了一下。傅寧就和一般的鐵匠一樣，動作粗魯，但是波里斯並不討厭他這樣。不對，應該說這樣反而令他想起和奈武普利溫在一起的時光，令他有些難過、有些懷念，所以波里斯搖了搖頭，岔開話題。

「對了，大叔，您生日是什麼時候？」

「不知道。家人死了以後就沒去記了……實在是想不起來。」

塔妮亞曾經對他說過，傅寧是在很久以前，奇瓦契司南部流行傳染病的時候，同時失去妻子和兩個兒子的。可能是在那之後，他的心靈失去寄託，才會去打仗吧。

「看得出來你以前也經歷過很多不好的事……是不是啊？那個時候你的眼神不像是才十二歲的小孩該有的眼神；現在也是，絕對不像十六歲的神情。不過，我不會逼你一定要說出來。如果你決定要拋開過去，這次就在這鄉下住得久一點吧。」

「是，我知道，我也這麼想。」

不知道這種日子會維持幾年。有時候，他確實覺得要是能夠永遠這樣隱居也是不錯。並不是因爲他要像以前那樣逃避，而是他覺得像現在這樣過著單純而正常的生活，多少能夠讓他受傷破碎的心靈得到一些淨化。

有時候，他甚至還認爲當初如果沒有跟隨培諾爾伯爵，而是成爲鐵匠的助手，或許會比較好也說不定。但像現在這樣，其實也不壞。

□

那一年剩餘的歲月轉眼間流逝，過了短暫的秋天，度了漫長的冬天，總算要迎接離開月島之後的第一個春天了。

經常出海行船去掙錢

卻連幾個銅板也掙沒
三餐已吃厭受潮餅乾
長大青春卻遲遲不來

今天走在陌生港口裡
傍晚在海邊小巷酒舖
有人正輕輕彈奏豎琴
會不會是守寡老太太

我用空洞眼神望過去
不帶任何的期待……

大約從四月起，克瓦雷整個城鎮就變得熱鬧起來。在春季慶典來臨之前，附近所有村子都輪流舉辦大市集，再過幾天就要輪到這裡了。波里斯看到塔妮亞家的店裡忙碌時，也常常會去幫忙打雜，而今天，他又再看到那名男子來店裡哼唱歌曲。

美麗女神面前我失了魂
平生第一次我結結巴巴

是否因憂愁而彈奏悲曲？
見她削瘦手骨空有青春

聽我說差勁船伕的故事
七海寶物與那閃亮金幣
聽我說巨大章魚的傳說
當然這都是我胡說八道

能夠安慰的話我就說
不帶任何的私心……

正在搬著木柴的波里斯爲了不讓這男子看到，刻意轉過頭偷笑。唱歌的這名男子來自南方某個港口，是揹著商品到處兜售的年輕人，不知爲何，這一個月來一直待在這沒什麼生意可做的小鎭，像是不想離開的樣子。波里斯知道他對塔妮亞有意思，三天兩頭就來唱這種歌。其實，不只是波里斯，常到店裡來的人都發現到了這麼一回事。

這男子身高不高，臉蛋黑黝黝的，但是眼神機靈，甚至帶著微微的天眞，給人不錯的印象。而且歌又唱得好。塔妮亞裝作一副不知他心意的模樣，但是男子知道她並不討厭自己。幾天前還聽說，傅寧大叔無意之間曾問過店老闆，也就是塔妮亞的父親意思如何，聽起來似乎喜事近了。

「啊，你拿來了！」

波里斯把劈好的木柴拿到廚房，塔妮亞見了，隨即高興地接下，同時瞄了一下後面。因爲歌聲停了，她一副想看看他是否走了的模樣。波里斯嘻嘻笑了出來，塔妮亞看到自己的舉動被發現，立刻害羞地臉紅，連忙找話說。

「三天後就要舉行大市集了，到時候會有拍賣會，你知道嗎？不少値錢的古董也會被拿出來拍賣，或許是因爲這樣吧，有的旅客甚至還遠從安諾瑪瑞來呢！到時候你要不要也去看熱鬧？」

「嗯，大叔說打鐵舖該做的工作做完了，就要帶我一起去。」

自從波里斯當了打鐵舖的助手後，已經過了十個月。出入塔妮亞店裡，以及打鐵舖的克瓦雷鎭民們，大多知道打鐵舖裡有個寡言且認眞的助手男孩。

「哦哦，太好了。你們同齡的小孩誰不期待大市集，但這一回有不少孩子卻是因爲你的關係而在期待哦！」

塔妮亞眨了一下眼睛。但是聽不出這是在開玩笑的波里斯忍不住反問她：

「是誰想看我嗎？」

「當然是女孩子們，看你這麼斯文，好幾個都很欣賞你，要不然還有誰？到時候在大市集，那些女孩子們一定會提起勇氣找你這個木訥男孩搭訕的。」

「眞的有人說過欣賞我嗎？」

「比你想像的還要多很多。對了，女孩子們會圍繞在你附近，捨不得走，你可得盡可能給她們機會。你這個傳聞中英俊瀟灑的打鐵舖助手先生，看到你長長的頭髮，誰不會心動？」

「……我就知道，妳是在和我開玩笑。」

這段期間，波里斯的頭髮已經長到幾乎蓋住背部，平常他都用條繩子隨便綁起來。塔妮亞因爲在旅店工作久了，說話時總是語帶俏皮，而且也很喜歡和波里斯開玩笑。要是換作其他人，可能立刻就會用正在追求塔妮亞的年輕商人的事來反唇相譏，但波里斯的解決辦法卻只是離開原地。波里斯推開後門，還聽到背後塔妮亞一面咯咯笑著一面喊：

「反正就是我之前說過的，如果不想製造什麼麻煩事，就趕快把頭髮給剪短一點！」

或許是因爲附近村子接連舉行大市集的關係，今天進來村裡的客人確實是滿多的。波里斯怕今天店裡會很忙，打算再多幫忙一些。他穿過後院，正要走進馬廄去，就在這個時候，有一名男子原本急急忙忙地走著，看到波里斯，像是非常吃驚地停住了腳步。

然而，波里斯並沒有發現到，自顧自地抱著一大把乾草，就走進馬廄裡面去了。接著，那男子改變方向，走進旅店，剛好遇到一個正要出來的侍者，這男子指著波里斯，問了幾個問題。

□

明天就是大市集的日子，所以今天從外地來的客人又更多了。這一天，波里斯也到店裡幫忙，連午餐都在店裡吃，回到打鐵舖時已接近下午三點。

波里斯抱著一堆塔妮亞送的食物，走到山坡上，就看到一輛高級馬車，還有幾名陌生人在打鐵舖前，像在等人似的。其中一名穿著華麗的中年婦人，一看就知道是有錢人家的夫人，一副有事找人的模樣。傅寧大叔似乎不在家，沒有看到他。

「總算有人來了。你是這打鐵舖的助手吧？我想修好一樣東西。老闆到哪裡去了？」

聽到這番話的瞬間，波里斯直覺判斷這夫人雖是有錢人，但並非貴族。因爲，她後面站著僕人，但這夫人卻像是理所當然地自己開口對他說話。

「我們老闆好像暫時出去了。請問有什麼東西要修理？」

「不知道這種東西能不能修理。因爲，比較小一點……」

後面有個僕人拿出一只小盒，立刻遞交到波里斯的手上。這小盒像是用來裝寶石的，看起來非常精緻，盒子裡頭有一條用大約二十顆如同姆指般粗大的黑珍珠串成的珍貴項鍊。仔細一看，項鍊尾端的鐵鉤掉了，無法鉤連起來。這種東西應該拿給手工藝品師傅才對，可是他們身處外地，似乎一時也找不到適當的人來修理。

「想知道能不能修，必須等大叔回來才能給您答覆。如果您有時間，請再等一下，他應該就快回來了。」

「眞是的，不行。我現在是暫時出來一下，已經快來不及了。而且明天我就要用到項鍊。這樣好了，我把項鍊交給你，等一下拿給你們大叔看，萬一不行，再還我，這樣可以吧？跑腿的錢我會給你。」

從她的裝扮看來，應該是從安諾瑪瑞來的，但是不像貴族那樣，只會考慮到自己的立場，這一點他倒是很喜歡。波里斯也覺得這應該是比較合理的方法，他想了一下，答應道：

「好的。」

那位夫人說了住宿旅館的名字之後，就走了。可是傅寧卻到了傍晚還沒回來。

傅寧到現在都還沒回來，那位夫人一定以爲項鍊已經在修理，就快修好拿去給她。雖然他想去找大叔，可是放著這麼貴重的東西在家裡，實在不安心。要是遺失了，可是賠不起的。

晚餐時間過去了，波里斯終於決定把這東西拿去歸還給那夫人。他打算順道繞去塔妮亞店裡，問問傅寧大叔的行蹤。

下山之後，突然覺得有些奇怪。那位夫人到底爲什麼會相信他，怎麼會把這種貴重的東西交給他？明明是外地來的，怎麼會一看到他就問「你是這打鐵舖的助手吧」，這點也頗令他感到奇怪。雖說在克瓦雷住了十個月，但是這段時間他都盡可能地低調生活，外地人怎麼會知道他？

他在塔妮亞的店裡找不到傅寧大叔，如今唯一的方法就只有去那夫人住宿的旅館了！這間克瓦雷最貴的「紅花大門」旅館，也是很久以前培諾爾伯爵和蘿茲妮斯曾經住過的旅館。波里斯仰望著旅館入口，別有一番感觸。

「羅黎亞妮夫人要我拿東西過來。」

旅館老闆要侍者上去確認，隨即就有人被派下來叫波里斯上去。跟著上去之後，才發現連房間也是培諾爾伯爵在他失去意識時帶他去的那間房。這未免也太過巧合了，要不然就是這房間是旅館裡最好的房間，而他們全都是有錢人。

當波里斯跟著進到裡面的時候——

唰啊！

劃過空氣的聲響激起的同時，波里斯的手早已拔出他的劍。十個月來雖然一直沒有拿眞劍實戰，可是他不斷勤於練習，所以使劍的感覺一直保留著。他正確無誤地擋下了朝他正面揮來的劍，推開之後，立刻緊接著被連續攻擊。他感到有些奇怪，改採防衛的姿態。

因爲，攻擊他的劍竟然沒有鋒利的劍刃，而是練習用劍。波里斯垂下劍來，看到對方是名看似老練的劍士，立刻問：

「請問這是在做什麼？」

「我沒有要傷害你。請見諒。」

四周圍根本沒人拔出武器。連那名劍士也隨即放下劍，轉身朝房間內側說道：

「果然不愧爲冠軍，實力不錯，連老練的傭兵也沒有機會偷襲成功。」

靠坐在貴妃椅上看著他的，正是項鍊的主人羅黎亞妮夫人，她似乎很高興地面帶笑容，說道：

「首先，很抱歉考驗了你。不過，我無意讓你受傷，這一點你應該知道吧？上一屆銀色精英賽冠軍波里斯．米斯特利亞，那應該是你的名字。我有個僕人看過那時候的比賽，他認出是你，就跑來告訴我。」

波里斯怎麼也沒想到會有人這樣認出他來，所以變得有些尷尬。夫人接著說：

「我有個很好的提議，我知道這樣要求有些無理，但還是得這麼做。啊啊，首先應該自我介紹一下才對。我是羅黎亞妮．卡爾茲，是卡爾茲商團的老闆娘。」

卡爾茲商團？

實在是太過有名了，一時之間竟然無法很快反應過來，可是他很快就想到了！安諾瑪瑞最大的商人杜門禮．卡爾茲，波里斯曾經親眼見過他，那麼，這一位就是杜門禮．卡爾茲的夫人了？

「……請問有什麼事嗎？」

這位夫人確實已經考驗了他兩件事。一件是劍術實力，另一件則是故意把貴重的項鍊交給他。這種方式的考驗既簡單又有效率，但是站在被臨時測驗的立場上，心裡絕不會覺得好受。

不過，既然知道對方那麼有錢有勢，如果還硬不接受她的道歉，似乎也毫無意義。喜歡現在這種平靜生活的波里斯，並不想因爲這小事而引發大問題。

夫人滿臉微笑地說：

「我想僱用你，或者當你的後援人。不管你要哪一個，只要選了就好。我有個兒子，剛好和你同年，很愛給我惹麻煩，我希望你能在身旁當他的朋友，幫我看住他。」

這番話聽起來實在是令人非常意外，波里斯不由自主地揚起眉毛。

「如果能想成是僱用護衛劍士就簡單多了，但事實上我想要的有些不一樣。那孩子不但沒有兄弟姊妹，而且從小太過富貴，所以根本沒有一個交心的朋友，以後會變成什麼實在是令人擔心。最近甚至還養成了不好的習慣……所以我希望你能成爲他的朋友，有時候像個老師那樣訓他，和他一起生活。如果你能來我家住，我和我丈夫不會當你是受僱人，會像對我兒子的朋友般對待你。當然，錢的方面，你要多少我都可以給你。此外，所有生活各方面也都由我們負責，你只要人來就好。好，你覺得怎麼樣？」

羅黎亞妮．卡爾茲夫人雖然有著高高在上的地位，但說話語氣和態度都很客氣，而且又坦率，不像以前的培諾爾伯爵夫人那樣令人覺得不悅。聽到她說是在考驗他，心裡確實很不是滋味，但他可以充分理解。雖說如此，但她的提議卻是根本行不通的。

「對於您的親切提議，我非常感激，但我必須先說：我不想去。」

實在是回答得太快，而且非常果斷，使得卡爾茲夫人一時有些驚訝。她似乎無法理解，爲何這麼好的提議，居然還會被這麼斷然拒絕。

「爲什麼？有什麼問題嗎？」

「沒有什麼問題，只是因爲我比較喜歡鐵匠的工作。」

波里斯一面如此說，一面收劍入鞘，然後走近幾步，把項鍊盒放到桌上。

「似乎從一開始您的目的就不是修理這東西，不過，不管怎麼樣，我們無法修理這東西，眞是抱歉。」

就在卡爾茲夫人張口結舌之際，波里斯輕輕一個鞠躬，就退下走出房間了。他一面走下樓梯，一面露出苦澀的微笑。他想到，同樣的旅館，同樣的房間裡，與幾年前聽到的建議也差不了多少，可是他所做的選擇卻與當時相反。現在與當時走的路完全不同，這事實形成微妙的對比，在他內心裡久久揮之不去。

02 *A winter meets a spring*

大市集從中午開始熱鬧展開。波里斯不知不覺就在人潮中和傅寧叔叔走散了。

走散並不代表迷路，所以沒必要擔心。波里斯開始獨自逛了起來，到處觀看熱絡的人群景象。他過去其實已經看過很多華麗名貴的東西，再加上原本就不太有什麼物慾，所以市集裡的物品並不怎麼能引起他的興趣。他只是想湊湊熱鬧，看看高興喧囂的人群。

所有人看起來都很幸福……牽著媽媽的手出來玩的小孩子，穿著洋裝刻意打扮過的漂亮少女們，已經喝得微醺、搭肩一起逛街的鎮民們，他們全都一副無憂無愁的模樣。當然啦，他們私底下也一定都各自有其難處，但是在這種日子裡，說什麼也該暫時忘懷才對。能夠這樣真的很好……以前從未有過如此閒暇和睦的日常生活，但現在這些已不再是遙不可及的事；一想到自己能夠如此輕鬆自在地去感受周圍的景致，確實覺得有些神奇。

原來，塔妮亞並不是在說謊。已經有三次了，幾個他不太記得名字的少女跑來找他搭話。不過，在不熟悉的人面前露出微笑，還是會有些彆扭，要回話也無法回得很自然，這一點可就有些對不起她們了。如果塔妮亞說得沒錯，她們其實也是鼓起很大勇氣才來找他講話的。

大市集的景致之中，卻有一幕讓他憶起在月島度過的最後一個春季慶典；只是看到金髮少女，就不由得令他想起某人的模樣。當然啦，這裡的金髮少女沒有一個頭髮像她一樣短。已經一年了，但他卻絲毫沒有淡忘這記憶中的少女，這個月即將到來的二十一日，就是她的二十歲生日；想到此事，所有一切都顯得格外令人悵然。在那個他無法前往的地方，她會漸漸長大成為大人，而他也終將長大成人。

「原來你在這裡啊！我找你找了好久！」

波里斯因為手臂突然被拉住而嚇了一跳，不過，是傅寧叔叔。果然如他剛才所預想的，這位大叔一副已經喝了幾杯黃湯下肚的模樣。

「趕快走吧！聽說拍賣會已經開始！我看一定搶不到好位子了！」

會跟著去他們純粹是湊熱鬧的戶外拍賣場，完全只是因為傅寧叔叔的酒意。拍賣會已經開始進行，可能因為才剛開始，所以主要拍賣的都是些不怎麼貴重的東西。大市集的拍賣會原本就是買賣東西的少，看熱鬧的多，所以方式有些特別。想要賣東西的人，親自走出來把自己的東西交付拍賣，當拍賣主持人介紹之後，觀眾誰都可以喊價。而最後喊出最高價格的人，當然就得買下，所以不能隨便參與競價。儘管如此，現場氣氛還是非常熱鬧喧譁。

第四個拿著拍賣物品走出來的人，似乎是名以收集古董維生的老人。他的東西起價都很高，相對地也都頗有可看性，所以群眾都靜下來注意那些拍賣品。當然啦，買家一定都是有錢人。波里斯很好奇卡爾茲夫人是否有來，所以走到拍賣會場內側。此時剛好這老商人拿出了另一樣東西。主持人用手做出喇叭狀，開始喊著：

「來，大家看這東西！高尚的裝飾品，非常講究，是夫人們的必備用品！就連在宮廷中也用得上，一個附有掀蓋的鏡盒！上面還鑲嵌著一顆比姆指指甲還大的藍寶石，可說是稀世珍寶啊。光是寶石價格，就應該超過一千額索了。幾乎和新的一樣……」

會買那種東西的，應該只有少數幾個人而已，所以主持人的喊叫並沒有引起看熱鬧者的注意力。波里斯在人群中發現到卡爾茲夫人。她身旁有五個僕人隨從。

「……所以這東西今天稍微便宜一點，從四千額索開始！」

波里斯一見到夫人，反而想到自己最好不要讓她看到。正要轉身，卻突然看到主持人那邊用白布鋪著的桌上放著的物品。那一瞬間，他的臉孔整個漲紅起來，心臟噗通噗通地跳動。天啊，那東西不正是耶夫南帶在身上的母親遺物！

「四千一百。」

就在他身旁，傳來了某位年輕夫人喊價的聲音。這東西怎麼會出現在這裡？會不會是不同的東西？他走入人群，來到最前面看清楚，但確實是耶夫南的東西沒錯！他不可能會看錯！

「這邊四千一百五十額索。」

波里斯確定東西沒錯之後，整個人幾乎都快喪失判斷能力。那是何等重要的物品啊！是耶夫南視爲母親回憶的唯一物品，他一直珍藏著，可是死前卻爲了弟弟，以割愛的心情賤賣了這東西。沒有錯……就是它！

愈是仔細看，愈是想起那時候的痛苦回憶，不斷地刺痛他的心。幾個月的短暫幸福，如同紙一般被撕碎開來，心臟激烈地鼓動，眼眶紅了起來，彷彿像是死去的哥哥又再復活的那種感受。

他一定要把那東西買回來！不能再讓它流落到別人手裡。啊啊……要是能買回來，死去的耶夫南會有多高興啊！

「四千五百。」

當他失神地看著那東西時，價格不知不覺已經又再上升了。喊價到四千五百之後，有好一陣子都沒人舉手。波里斯簡直就快發瘋似地直盯著那樣物品。如果可以一口氣喊出高價將它買下，該有多好！可是他的錢不夠，他連五百額索都沒有。

多達四千額索的巨額現金，或許連傅寧叔叔也沒有吧。而且由現實面來看，也根本不可能會有人願意出高價去買一個鏡盒。明明賣它時才三百額索，怎麼會上升到簡直令人懷疑是詐欺的高價？此時他也深切地感受到，當時他們實在是太不懂物品的市價了。

愈是想到不可能買回去，心裡就愈是痛苦。原以爲再怎麼偶然也不會再看到的物品，如今發現了，卻無法當場買回去。此時波里斯眞是怨恨自己到了極點，而且一輩子從未像現在這樣認爲金錢很重要！

就在這個時候……

「我們夫人想和您談一下。」

轉頭一看，這名僕人一定是卡爾茲夫人派來的。波里斯根本沒空去考慮前後，便像是無話可說似地搖了搖頭。現在根本不是考慮其他事情的時候。隨即，這名僕人又再說：

「我們夫人想問您，是不是對現在拍賣的那樣物品有興趣。」

他沒有很快會意過來。此時傅寧叔叔看到有陌生人和波里斯講話，也覺得奇怪而走了過來。

「有什麼事？」

此時，僕人又再問了一次：

「您有興趣嗎？」

這一剎那間，完全一片空白的腦袋裡，突然浮現出一種可能性。波里斯已經把其他問題置之腦後，急忙問他：

「我有興趣，請帶我去。」

沒有時間對傅寧叔叔解釋了。鏡盒的價格已經飆漲得太高，如今只等得標者出現。過了片刻，幾乎被認定是最後價格的聲音喊著：

「四千六百。」

波里斯走到卡爾茲夫人面前，而她則是露出少女般的微笑，迎視波里斯，說道：

「你想要那樣東西嗎？我可以買給你。」

「而代價是我和您一起走，是嗎？」

「當然是了。」

此刻的波里斯，簡直已經到了只要讓耶夫南的物品回到自己手中，即使賣了靈魂也甘心的地步。所以，賣了自由，這種事根本不算什麼。他下了決定：

「好的。」

卡爾茲夫人面向主持人，舉起了她的手，然後不假思索地脫口說出了價格：

「六千。用這個價格定了吧？」

□

傅寧聽到波里斯突然說要離開，一開始似乎不太相信。先前在大市集裡高興喝酒的醉意已全都清醒，他頓了一下，又再問波里斯：

「眞的，要走了？」

「……嗯。」

連波里斯也覺得相當捨不得，雖然在下決定的那一瞬間，心裡絲毫沒有猶豫，但是現在，要離開克瓦雷城鎭確實令他很難過。他以前從沒想過，這十個月來的平靜生活竟會以這種方式結束。波里斯說：

「我一直希望能夠再待久一點的……」

「我也是這麼希望。」

可是傅寧聽波里斯解釋爲何做出這種決定的理由之後，便點了點頭答應。幾千額索的錢財，除非讓他賣了打鐵舖，否則手邊也不可能有這筆錢。傅寧還說，既然是唯一親人的遺物，想要買回來很合情合理，確實不能責怪波里斯。他也是失去親人的人，兩人其實都同樣感受到同病相憐的心情。

隔了片刻，傅寧露出他向來和藹的笑容，說道：

「不。事實上你待在這個地方這麼久，也算是出乎我意料之外了。第一次看到你的時候，我就覺得你不像是會在這種鄉下地方平靜生活的小子。既然你現在要去好地方，我也很贊成。去到那裡要寫信回來報平安。如果情況改變，隨時歡迎你回來，知不知道？」

明天早上就要出發了。那天晚上，波里斯大概花盡他所有的錢，買了一雙絲綢手套，送給塔妮亞並且向她道別。塔妮亞也對他突然做出的決定感到吃驚不已。波里斯一面遞出禮物，一面說：

「如果您要辦結婚喜宴，一定要通知我來！」

「……」

只見她露出不自然的微笑。他要走了，像當初來的時候一樣突然，他不得不離開。塔妮亞似乎流了淚，連再見也說不出來。

隔天早晨，就如同五年前一樣，波里斯又再一次坐上了前往安諾瑪瑞的陌生馬車。

□

「那麼，要不要我來教你？」

「不，我沒興趣。」

在這清一色白色石材砌成的明亮露台上，暮春的陽光閃爍著。地板則是鋪有藍白兩色觀賞用的小石子，欄杆邊種植著長有大大長葉子的綠色植物，形成一片綠蔭。因爲這露台有如普通住屋的一個房間般寬敞，所以能夠擺得下一張白桌，加上周圍五張椅子。不過，在這裡的，就只有一名僕人與兩名少年而已。

桌上放了形形色色的水果，還有葡萄乾，以及烘焙的餅乾與甜布丁等食物，一盤盤地擺滿了桌子。雕有花紋的茶壺，不斷從壺嘴冒出淡淡的熱煙。不過，任何一樣東西似乎都沒有被動過。

「你不喜歡派對，也不愛去市場逛，布偶戲你又不太愛看，連好吃的都不會多吃一點，魔法你又沒興趣，連紙牌遊戲都不會玩，你到底喜歡什麼啊？」

「都不喜歡。」

路西安．卡爾茲一副「天啊，怎麼有這種事」的表情，攤開雙手上舉，還搖了搖頭。他不懂爲何他母親——也就是卡爾茲夫人——要找波里斯來。當初聽說媽媽帶了個同齡的朋友回來，他還一直很期待會是個什麼樣的人呢，可是想都沒想到會是這麼無趣的傢伙！看到他在銀色精英賽得冠軍時，好像是個很棒的人，但是在一起玩，好像就完全……

「啊，對了！你不是銀色精英賽的冠軍嗎？劍術一定很棒才對！」

原本一直在稍遠處倚著欄杆看外面風景的波里斯，此時將目光轉向路西安。而路西安則是心想這回總算引起他的興趣，一面高興地眨了眨眼睛，說道：

「我以前也有學過！那我們來對練，如何？嗯？」

波里斯靜靜凝視著路西安的臉孔，然後揚起一邊嘴角，露出微笑。這是答應的意思。

「很好！那你等一下。喂，芭那那！去問問是不是已經整理好劍術練習場了，快點！」

路西安連忙吩咐僕人之後，不經意地塞了片餅乾；當他又再開口講話時，餅乾梗在喉嚨，害他一直猛咳嗽，喝茶想讓餅乾溶化，結果卻因茶燙而慘叫了出來。然後，他突然想到應該換穿練習劍術時該穿的衣服，就往屋裡跑了。波里斯看到路西安這一舉一動，嘴角更加徐徐上揚；等到大家都消失得無影無蹤時，終於忍不住笑了出來。

「哈哈哈哈……」

沒有人聽到他的笑聲，只有樹枝上的小鳥拍拍翅膀飛走而已。

杜門禮．卡爾茲的大豪宅位於安諾瑪瑞南部的一處田野之中，來到這兒已經是第五天了。這裡與古典的培諾爾城堡不同，強調實用性、美觀，還有最新式的設備。不過，令人驚訝的是，整座豪宅大多只有一層樓，一層以上的地方就只有中央一座四層樓的高塔而已。整座宅邸就以那座塔爲中心，擴散成形同迷宮的寬廣單層建築物。

連波里斯也多少花了一些時間，才熟悉這豪宅的構造。可是，比這更難熟悉的，卻是路西安這小子的個性。波里斯以前就曾經見過他兩次，一次是在他企圖越過邊境到雷米而前往羅森柏格關口的途中，還有一次當然就是在銀色精英賽會場。波里斯以前覺得路西安應該是沒責任感，而且過於活潑的那種人，直接接觸之後才發現到，他不僅不去考慮後果，而且過於好動，簡直超乎波里斯的想像。超乎想像並不是稱讚，而是簡直到了難以消受的地步。所以波里斯不禁想與他稍微保持距離，盡量小心不要去介入什麼事。

不過，波里斯愈是看他，愈覺得有趣。這裡是路西安家，波里斯算是他們僱來的，所以路西安大可樹立權威，用命令口吻要他遵從自己的方式，但是路西安並不懂得去用那種方法；反而像在招待客人似地，自己猛花心思要讓波里斯開心。這與之前波里斯和蘭吉艾的關係完全不同。

不對，即使不是這種主僕關係，普通人遇到和自己個性相反的人，也不是高興對待，而是退一步遠遠觀望；可是這小子，根本就像一隻不看水冷水熱就一股腦兒噗通跳下水的青蛙，所有行爲都很隨性不計較。

也可以說他是不拘小節的性格吧，但事實上卻又有些超過限度。

這並不算缺點，而是他在這般富有的家庭裡，從小以獨生子的尊貴之身長大成人，卻能夠這樣，實在令人感到怪異。波里斯想到這，突然覺得自己幹嘛這麼在意這小子的事，便搖了搖頭。

「哎呀，我找到了！來，你看，這是銳劍，這你應該也知道吧？我很小的時候曾經有好長一段時間都非常喜歡它，不過最近都忘了有它！」

路西安換好衣服跑回來，手裡拿著一把劍刃非常細，而且劍尖銳利的輕劍。事實上，如果要和波里斯的劍對練，他可以說是完全拿錯了劍。可是波里斯靜靜地應和著，和他一起去了練劍場。

兩人走過一段複雜的走道和幾間房間之後，到了南邊建築物，才好不容易走到一處屋頂整個中空的明亮寬敞房間。一看角落牆壁上，掛著好幾把練習用劍，波里斯於是選了其中一把和路西安手上握著的相似的劍。

「咦？你常用的劍呢？」

「因爲和你的劍不同格，我不用。要開始了嗎？」

波里斯故意挑了劍刃較鈍的。而路西安不知是不是因爲太久沒握劍的關係，動作顯得非常遲鈍，很快就失敗連連。波里斯的劍有好幾次輕輕刺中路西安的手臂，可是都沒有讓他受傷。

「哎呀，明明我以前也是很厲害的！看來我該再學學劍術了。芭那那！趕快去告訴我爸爸，叫他幫我找個劍術老師！」

這僕人雖然被路西安叫成「芭那那」，其實本名是「巴拿達」。他在一旁打著哈欠，答道：

「老爺恐怕不會相信少爺您說的話了，因爲您的善變已經不是一次、兩次的事了。您要老師來，都不過三天就叫人家回去，到底有幾位了？別說是老爺不相信您，連我都不信您說的了。」

如果換作普通有錢人家的少爺，早就開罵了，但路西安只是歪著頭想了一下，就又簡單地回答：

「是嗎？那我是不是再考慮一下會比較好？可是我口好渴！芭那那，你去拿個飲料過來。」

「好的，少爺。」

芭那那走遠之後，路西安突然放下劍，眨著眼睛問波里斯：

「你是在哪裡學到這麼厲害的劍術？一定不是從出生就這麼厲害吧？你是從幾歲開始學的？」

路西安一下子問了好幾個問題，不過波里斯知道不必全部都回答。

「每個人一開始都是需要老師的。」

「那麼你來教我，如何？」

波里斯搖了搖頭。路西安用失望的表情問他：

「爲什麼？」

「因爲我知道你一定不會聽我的話。」

「如果我聽話，你就會教我嗎？」

波里斯面無表情地引用了一名僕人的話：

「我無法相信你。」

「什麼嘛！你才來我們家多久，怎麼就已經不相信我了？我呀，雖然我爸媽都不相信我，但我能理解；芭那那不相信我，我也能理解，因爲我們已經相處得夠久了。可是你又沒有常看到我做事的方式，還不夠了解……什麼呀，我現在到底在說什麼啊？」

波里斯一直聽他說下去，卻不能在他面前笑出來，只能露出啼笑皆非的表情。路西安一面整理他講到打結的話語，一面動腦筋想辦法；此時他突然喊道：

「啊，好吧！我發誓會好好聽話，你就教我吧！要有輸有贏這樣才有趣，我要是一直輸，你也會覺得無趣，不是嗎？用什麼來發誓呢？嗯……要不要乾脆寫一張發誓狀？」

「發誓狀」這三個字，是平日看他爸爸口中唸著「委任狀」、「任命狀」、「告訴狀」等等的名詞，因而突發奇想、臨時造出的，連他自己也覺得似乎沒有這個名詞似地搔著腦袋瓜。但是波里斯開口說：

「不需要紙張之類的東西，如果你要和我立約，就立約吧。只要一天一次一個小時的練習沒做到，那一整天就得叫我大哥，而且要像對待哥哥那樣。你做得到嗎？」

路西安聽到一天要練一個小時，確實有些困難，但他那種不考慮明日的樂天性格使他立刻喊道：

「好！」

「……」

波里斯沉默不語地看了一下路西安的臉孔。路西安的個子比波里斯矮一點，他金色的眉毛開玩笑似地往中間皺了好幾次之後，自己也仰頭注視著波里斯。再過了一會兒，波里斯說：

「爲什麼？」

「爲什麼？什麼爲什麼？」

路西安看波里斯表情嚴肅，於是舉起雙手，做出要他「開心一點」的手勢，在臉孔前上下擺動。可是波里斯沒有笑，而是問他：

「我是在問你，既然不怎麼喜歡，爲何要堅持這麼麻煩的事，硬是要學劍術，理由是什麼？」

路西安隨即以一副理所當然的表情反問他：

「因爲，你不是說除了劍術，其他都沒興趣嗎？」

□

波里斯感覺很妙，其實他沒想過要教，但這會兒卻眞的要教路西安劍術了。從以前到現在，他都不曾下決心要教誰劍術，而且當初來到此地時還曾暗下決定，只做一定要做的事，不與他們走得太近。或許是因爲第一次在安諾瑪瑞居住的經驗非常不好的關係吧，他很討厭安諾瑪瑞人那種安於豐裕的個性。

而路西安可說就是那種性格的典型代表；這個少年根本不知憂愁，所有舉動都一副無所謂的樣子。但他卻意外地和這種少年立了約定。等到他一個人獨處時，好幾次試著想搞清楚自己心裡的想法，但終究不得解。

就這樣，波里斯就像當初奈武普利溫在培諾爾伯爵宅邸開始正式教他之後一樣，煩惱了兩天。倒是令人意外地，路西安有很長一段時間都照波里斯的指示做練習。可是大約過了十五天左右，他善變的個性終究還是發作了！

「今天我要去一個地方。只有今天不練，可以吧？爲了罰我違約，今天一天都叫你大哥！好了，大哥！」

「……」

看來他實在是判斷錯誤！很遺憾地，這個有錢人家的高貴少爺路西安，居然和無用的自尊心之間有著一段很遙遠的距離！看他一副叫人大哥叫一百遍也沒關係的態度，而且還嘻皮笑臉的，波里斯眞是無話可說。此時，路西安對著自從波里斯來了以後就變得可有可無的僕人巴拿達雙手一揮，像是很體貼似地要他去睡個午覺，然後就自己走向馬廄，命人拉兩匹馬出來。

看守馬廄的僕人不知爲何，吞吞吐吐地說：

「請問您又要……去很遠的地方嗎？」

「嗯，我想要騎馬在這附近兜一圈。」

「去散步……嗎？」

路西安的愛馬是一匹看起來照料得很好，毛色非常有光澤的褐色馬。他說「大哥」適合騎黑馬，接著就連波里斯要騎的馬也直接幫忙挑好了。就這樣，也不管看守馬廄的僕人擔心的眼神，兩人就騎出宅邸了。

「你要去哪裡？」

「嗯，大概騎一個小時就能到達的地方。去城裡逛逛。」

「剛才你不是說要在附近繞一圈嗎？」

波里斯第一次看到路西安說謊。路西安有些不好意思地聳了聳肩，笑著說：

「可是我那麼說並不表示不能騎遠一點啊，不是嗎？」

□

他們大約騎馬跑了快一個小時才到達的，是座名叫亞莫奇爾的小城。因爲這裡每個月會舉行一次市集，專門買賣在帕諾薩山脈採集到的珍貴藥草，所以聚集了很多從外地來的人。比較特別的是，這裡是全大陸知名的、最容易取得配製魔法試劑珍貴藥草的地方。此外，也是因爲在亞莫奇爾不遠處有個號稱全大陸最好的魔法學院尼雅弗（Nenyaffle），裡面設有魔法試劑的製造所，所以此地就成了固定供應材料的地方。

路西安用熟悉的步伐穿梭於巷道間，然後在某家雜貨店門口停了下來。雖然有看了一下波里斯的眼神，但他還是進到裡面去了；裡面有五名年輕男子圍坐在一起，看到路西安立刻就面露喜色。

「哎呀，快點請進，路西安少爺。今天您怎麼還帶了朋友過來？」

波里斯環顧四周，這些男子們雖然在路西安面前露出近似卑微的微笑，但看得出來都不是什麼好人。連這間看似雜貨店的商家也是，根本沒什麼日常用品，擺放的大部分都是些像古董的奇怪東西。空間很狹窄，甚至有股臭味。

路西安嘻嘻笑著說：

「他不是我朋友，是『大哥』。不管怎麼樣，總之是來看看而已，不用太掛在心上。好了，我們走吧，我時間不多。」

那幾個男子一聽到「大哥」這兩個字，都用訝異的眼神看著波里斯，不過很快就不再對他感興趣了。男子們從店面側門走出去，繞著彎來拐去的狹小巷道走到某間大屋，再走進屋簷下的小門。

一進到裡面，看到的是相當高級的寬敞大廳，放有十多張桌子；裡頭已經有不少人坐在桌前。

特別的是，這裡一扇窗子也沒有；因此，即使是大白天，也點了好幾盞燈。波里斯看了一眼最靠近他的那一桌，就大致猜出這裡是在做什麼的地方，因爲那上面放著的是骰子筒。

那幾名男子和路西安走近某一桌，等在那裡的一名女子馬上就說：

「您來啦，要不要開始了？」

坐定之後，那女子瞄了站在一旁的波里斯，說道：

「客人您不玩嗎？」

但她並沒有聽到回答，因爲波里斯既沒有開口，也沒有其他反應，只是一直站在原地。那名女子感覺被漠視，一面搖頭，一面把注意力轉到其他客人身上。

「那麼，今天是不是也要從路西安少爺開始？」

路西安像個孩子般，一副興致勃勃的單純表情，應道：

「嗯。」

接著就傳來了擲骰子的聲音。波里斯今天可以說是第一次像個護衛騎士般，雙手交扠在胸前，站著看他們的一舉一動。遊戲方式似乎比之前波里斯從月島攝政王那邊學來的「追擊者」還更加簡單。他們並沒有記錄點數的分數表，每次可以擲兩次修正點數，再比較彼此間的勝負，產生優勝者。另外，還有一點不同，就是得在開始時下注賭金，而且每次擲骰子修正都必須加碼。贏的人可以把其他人的賭金全部拿走。

一個小時過去了，路西安是他們之中贏最多錢的人。可是不久之後，情勢整個逆轉，路西安慢慢輸了小錢。再過一個小時左右，他不但輸光了剛開始贏的錢，另外還輸了大約五百額索。

路西安一輸錢，便因爲心有不甘，而愈是熱烈地催促再玩下一局。再過半個小時，他又輸了約三百額索，但他還是不想就此停住。這一路玩下來，波里斯都沒有阻止他，只是靜靜地在一旁觀看。八百額索是筆大錢，但對於花錢的路西安來說卻不算什麼，現在他完全只是因爲賭輸而情緒高亢。

那幾名男子和那名女子交換了眼神，其中兩個人先打了個哈欠，並且說了應該要回去之類的話。隨即，另一個人就說：

「少爺您也不要再玩了吧。都已經傍晚了，我們似乎應該回去才對。」

「太過分了吧！我都還沒扳回局勢……」

「下一次再來不就好了嗎？」

「好，該走了。」

一名男子笑著如此說道。隨即，路西安就抿著嘴巴想了一下，站起來對波里斯說：

走到外面，和那幾名男子分道揚鑣之後，他們便騎馬離開這座城。此時，波里斯終於在沉默許久之後開口說：

「你這興趣似乎不是很好！」

「很有趣啊。自從你來了之後，我還眞把它忘了一陣子，但最近又開始想玩了。我滿喜歡像這樣和很多人一起玩的遊戲。」

「這不是玩遊戲，應該稱爲賭博才對。」

「那不重要，反正我是在玩。錢要多少我都有，所以稍微輸一點並不覺得有負擔……」

路西安突然像是害怕可能傷了波里斯的心，又像是因爲其他原因似地，停了一下，再說道：

「雖然是有花了一些錢……但我主要是喜歡和很多人一起玩。」

「那你和僕人玩不就好了？」

「僕人無聊死了，只知道讓我贏。雖然我叫他們贏了就把錢拿走，但不論我怎麼說，他們就是不聽。」

日落時分，火紅的太陽將路西安的頭髮染成金紅色。他像是很鬱悶地垂下眼皮，說道：

「要是媽媽有生個弟弟就好了……」

普通在十歲之前就會遇到的兄弟爭吵，對路西安來說似乎覺得不算什麼，這讓波里斯格外覺得這個與他同齡的少年似乎比自己要小很多。也可以說是比較孩子氣，沒有受過什麼挫折。這到底是好，還是不好呢？萬一突然面臨困境，生存的機率應該是波里斯比路西安來得高。但是話說回來，他父親可是一般貴族無法比擬的富豪，在他父親無微不至的保護之下，路西安目前應該不可能會遇到什麼困境。所以說，路西安根本沒有理由能夠早一點長大成人，而且也沒有那種努力的必要。他只要在孩童時期過得像小孩，再隨著年齡增加慢慢變大人即可。

……爲何自己感到很羨慕呢？

回到宅邸時，波里斯面向早已在馬上打瞌睡又再醒來的路西安，說道：

「如果你想學，我可以教你其他的擲骰子遊戲。」

「嗯嗯……啊，眞的？什麼時候？現在就教我嗎？」

「……先進去再說。」

□

結果，波里斯有些吃驚。看路西安外表一副不愛思考甚至沒耐心的模樣，可是出人意外地，他很快就熟悉「追擊者」的玩法，而且沒幾天就能連贏波里斯好幾局。

「喂，你太遜了吧。」

路西安一面笑著如此說道，一面把波里斯面前的三角形葡萄乾烤餅給一掃而光。因爲波里斯不喜歡也反對賭錢，所以用三角形餅乾代替賭金，弄得廚房阿姨們每天都得烤五十幾片一模一樣的餅乾。

波里斯只是微笑著。很久以前自己和攝政王對玩時甚至還曾贏過，可是遇到這萬事太平的樂天派路西安，卻連續輸了五次之多，心裡確實覺得很驚訝。路西安又拿起一片贏得的餅乾，用門牙卡滋卡滋地吃下之後，突然說：

「你啊，實在太過小心翼翼了，所以才會贏不了。」

波里斯像是要他再說得仔細一點似地，攤開他的右手，然後也拿了一片餅乾來吃。

「玩這種遊戲就是要大膽。我爸以前告訴過我：『既然是要花掉的錢，就乾脆丟到雙手拿不到的地方，不要有任何留戀』。這也是同樣的道理，比較總分，只要高一分就是贏，不是嗎？現在只有你和我兩個人在玩，如果你得十分，我只要十一分就贏你了。這不是看哪一方比較厲害，沒必要一定得贏個五十還是一百分。所以你幹嘛一直守住會得高分的那一部分？而且輸個一、兩次也無妨，只要最終可以贏就行了。」

看到路西安甚至抬高下巴、搖著手指頭，裝出一副很厲害的模樣，波里斯不禁笑了出來；不過路西安的這番話倒沒有錯。波里斯一面擦掉剛才那一局寫在石板上的分數表，一面說：

「你說得很好，那種方式很適合你。」

「那你的意思是，不適合你嗎？」

波里斯擦完分數表之後，一面看著路西安的眼睛，一面說：

「既然你提到你父親說過的話，那我也來說一句好了。我很久以前去世的父親曾經對我說過一句話。」

路西安的眼珠是那種不帶疑心的清澈藍色，有如晴朗的天空一般。而波里斯灰青色的眼睛，則像是快要下雨的陰霾天色。

「要留下可以扳回局勢的最後一子。最後只要大贏一次就能全贏。」

路西安睜大眼睛，反覆思索了那句話，然後反問他：

「爲何最後贏了就能全贏？如果再玩下一局，對方不也是有可能會贏？」

「沒有下一局。因爲，在贏的那一瞬間，就會殺了對手。」

睜大的藍色眼睛，因一時無話可說而晃動著。

在路西安的世界裡，沒有那樣的道理，甚至也沒聽說過會有那種事。這是他第一次，感覺到在自己的生活世界之外，有某種東西存在。他一面懷疑是否眞有那種世界，卻也無法隨便予以否認。就像走在春天的世界裡，突然抬頭看到遠處高聳的萬年雪山，發現到那永遠不融化的冰塊一般。

「如同你所說，不要的就可以輕易丟棄，但那要是在確信還會再有的情況下才可以這麼做。我一直都不是過著那種生活，因爲我相信，如果丟棄現有的東西，下次一定會餓死，所以要丟棄一樣東西，是需要無限勇氣的。最後一手……明日，這並不是想要就能如願。即使勝利的誘惑多麼巨大，還是很少有人會把手上握有的最後麵包當作賭注。要是我，絕對不會這樣賭。」

「你以前……到底是過了什麼樣的日子？」

波里斯沒有直接回答，而是這麼說：

「你有可作堅強後台的父母，也有很多朋友。而我，曾經只有一把劍，連可以依靠的地方都沒有，經常過著那種即使明天就會遇到生死關頭也不奇怪的日子。生命跟玩遊戲大不相同，不會有下一局。或許是因爲習慣了……所以即使是在玩遊戲，我也無法像你那樣輕易就放掉一子。」

「你不是和我年紀差不多嗎？到底是從什麼時候開始過著那種日子？」

「從十二歲開始一直到現在。」

「現在也是？」

波里斯露出微笑。

「是啊，現在也是。」

路西安皺起眉頭，說道：

「我……無法理解。你的意思是，父母、親戚、朋友，當時都沒有人幫助你嗎？十二歲之前，你不是有和誰住在一起？」

波里斯吃了一驚，卻淡淡地回答：

「嗯，但他們全都死了。」

「全部都？連朋友、親戚也是？」

「路西安。」

波里斯露出有些難為情的神色，接著說：

「親戚和朋友如果沒了利害關係，是不會幫忙的，沒有人會願意擔負包袱的。」

然而，也有人不是這個樣子……

「也有人不是這個樣子的！」

波里斯的內心想法被路西安說出口來。路西安接著說：

「我，確實是沒有那麼要好的朋友，但我爸媽有很多很多的朋友。他們不論有好事或壞事，都會隨即來找我們。我父母把他們的困難當成自己的事在幫忙處理，而他們也不會因為我爸爸變窮了就背離我們。」

「或許你說得對。但所有事情都必須遇上了才會知道。」

「你太不信任人了。用這種方式生活，即使有好事發生，也不會覺得高興的。」

「或許……你說得對。」

一陣沉默。路西安露出平常不曾見過的沉重表情，把所有骰子拿到手上，一直撫摸著。波里斯看著那樣的路西安，一面想著：如果我能像你一樣，沒有必要知道那種事，該有多好！

「我……」

路西安本想開口，但有些遲疑。波里斯發現這是他第一次看到路西安這樣陷入沉思的表情。

「從來沒人和我說過這種話題。我知道，世上有許多窮人，所以每次我過生日，都會想給那些人很多禮物。嗯，我只知道這麼多。可能……對你而言生命是冬天，但對我而言卻是春天。」

波里斯與路西安不同，他的表情並不那樣沉重，而是一片平靜；隔了片刻，他甚至還露出微笑，說道：

「這或許算是上天送給你的禮物吧。令人遺憾的是，並非每個人都在同一條線上平等出發。剛才我也說過了，你所用的方式適用於你的立場。像你這樣擁有很多，當然不會一下子就全部失去；也不會一直都有困擾的事，或許等著你的就只有更美好的人生吧。在這種日子裡生活，就如你父親所說的，想丟的就丟棄，想要的就爭取。受到上天恩寵的你，應該善用你所擁有的才對！」

波里斯不是在嘲諷，而是眞心說出了這一番話，可是卻給了路西安更加特別的感觸。於是波里斯來到此地之後每天都會有感而發的一句話，第一次從路西安的嘴裡說了出來：

「原來你和我這麼不一樣……」

03 朋友

又過了一個月。

這段期間，路西安大約四天就去一次賭場。去了通常都會輸很多錢，而且輸錢的速度也變得愈來愈快。波里斯一直都有陪他去，但從第一次那天以後，就不再提什麼意見了。當然，他也沒有告訴路西安的父母。由於只要去了那裡，那天就不會練劍，因此不用多說，那天路西安當然得叫他大哥了。

他們回到家裡也會一起玩「追擊者」遊戲，但是後來規則改變，連波里斯也變得不太會輸。他們在記錄各局的總分之後，最後再加總起來以分勝負，大約每五局就加減總分。結果，每局會贏的機率是路西安比較高，但整體分數卻是波里斯贏的情況比較多。

在他們去賭場玩骰子玩了第八次之後，路西安對波里斯說：

「每次都是你看我玩，規則都清楚了吧？要不要也試試？錢由我來付。」

波里斯不發一語地搖了搖頭。此時，路西安為了看波里斯而轉過頭去，沒注意到賭桌另一頭似乎有異常的手勢正在你來我往。

雖然看不出是什麼意思，但下一局再開始之後，波里斯立刻猜出大概的意思。這暗號的意思是：從現在開始贏。果然，這以後，路西安便一次也贏不到，他帶來為數不少的金錢瞬間全都輸光。上賭桌快到半個小時的時候，路西安用為難的表情回頭看著波里斯，兩手空空地攤了開來。

「錢都沒了。可是我不想這麼快就走……」

隨即，一名男子說：

「要不要我借你錢，少爺？」

「啊，眞的？可以借我嗎？」

「您要借就借。要借多少呢？」

「啊，嗯……大約一千額索，應該夠吧？」

此時，波里斯走近賭桌，把手放到路西安肩上，路西安隨即回頭看他。

「別玩了，走吧。」

「不要！今天一直都在輸。我想要贏幾次……」

波里斯一邊嘴角稍微上揚，說道：

「又不是只有今天才這樣！但是弄到要欠債，就不太好了！」

「反正我明天就會還！」

「什麼，你明天還要來？」

最近路西安來賭場的次數愈來愈頻繁，但至少都是隔個幾天才來，所以不禁有些遲疑。不過，他還是馬上就抬頭，要賴地反駁著：

「總之，我今天還要再玩一會兒！才一千額索，我很快就能贏回來！這樣明天就不用來了，因爲，我贏了錢就可以今天還！」

「不要這麼固執。」

路西安隨即抬頭正視波里斯，同時堅決地說：

「我想要繼續玩，只是這樣而已。你不要管我管太多，再這樣我就要發火了！」

波里斯靜靜地注視著路西安，然後說：

「你記不記得答應過今天要叫我什麼？」

「大哥？怎麼樣？」

這一刹那間，波里斯伸出右手，朝著路西安的後腦勺下方打了下去。他並沒有很用力，但正確擊中部位之後，路西安整個身體承受不住，就往前搖晃著撲倒；正當快要趴到桌子的那一刻，波里斯用左手接住，將他扶起。

旁邊的男子們還有一名女子找不出可以插手管他的理由，個個都猶豫著，只能眼睜睜地看著波里斯的一舉一動。他們會這樣，也是因爲平常看波里斯總是跟著一起來，卻不參與賭局，只是不發一語地站在後面，覺得波里斯是難以接近的那種人。果然，波里斯始終沒和他們說半句話。

波里斯扶起已經不醒人事的路西安，扛在肩上，還低聲喃喃自語地說道：

「是大哥就會這樣做。」

□

半夜時分，路西安在自己房間的床上醒來，剛開始非常憤怒，不管三七二十一就要去找波里斯理論。可是波里斯的房間，以及他經常在一起玩的露台，還有起居室等地方，都完全不見波里斯的蹤影。

路西安覺得現在去吵醒已經入睡的僕人有些過意不去，猶豫片刻之後，突然想到劍術練習場，不禁在心中大喊：「對了！」

宅邸實在是太過安靜，所以他不知不覺放輕腳步，小心翼翼地走著。他穿梭在宅邸裡走了好一陣子，到達練劍場的入口一看，門是開著的，裡頭沒有燈光。雖然懷疑自己這次可能又想錯了，但還是想到裡面確認，於是不發出腳步聲地走過去。練劍場是露天的，所以他心想應該只見得到月光。

淡碧色的光芒……這會是月光的顏色嗎？

他不禁呆站在入口處。因爲，他看到練劍場的地板上放著一把劍，而那把劍正散發出光芒！那是冰冷的青白色光芒！

波里斯則是坐在距離那劍稍遠的地板上。拜光芒之賜，路西安得以看到波里斯正眼直視著劍時是什麼樣的眼神，那是平常無法看到帶有強烈意志的眼神。可是他緊圍住豎起雙膝的手，卻輕輕顫抖著。

時間流逝，光芒也漸漸消失。等到光芒完全消失到只剩月光時，波里斯呼地一聲，深吸了一口氣，聲音大到連路西安都能聽到。

氣氛有些怪異。平常見到的波里斯總是一副什麼都不怕的神情——可能是因爲經歷過許多困境吧，凡事他都能泰然自若——可是他現在確實是在發抖沒有錯！

接著，波里斯起身，拿起地上的劍，收入劍鞘。路西安之前看過波里斯的劍有兩把，現在這一把是他絕不拔出的那一把。波里斯凝視著收入劍鞘的劍，然後放到地上，又再深吸了一口氣，雙手掩住臉孔，像在平息呼吸的模樣。

路西安原本就很容易受別人情緒影響，此時幾乎是屏氣凝神地看著波里斯。突然，他感覺自己眞的非常不如人。波里斯已經比他還要強，卻一直遭遇比自己更強大的敵人。而且他還是個少年，一定還會再遭逢困難。沒有人幫忙，事事都需要靠自己解決，可想而知是多麼辛苦啊！但他卻能一直做得那麼好。

他與自己實在是大不相同。因爲不同……所以很好奇。

又過了好一陣子，突然傳來波里斯的說話聲。

「既然都來了，幹嘛不進來？」

此時路西安早已經把生氣的事給忘得一乾二淨。他稍微愣了一下，然後忽然就跑去坐在波里斯的旁邊，握住他手臂，說道：

「你，是不是有看到什麼可怕的東西？」

「嗯。」

「已經不見了嗎？」

「嗯。」

路西安瞄了一眼放在地上的劍。雖然剛才覺得有些可怕，但現在已不發光的劍卻變得沒什麼特別之處，所以健忘的路西安很快在心中訝異著自己剛才幹嘛那麼害怕。他一面看著波里斯，一面說：

「三更半夜，你幹嘛跑到這種地方來？」

「那你又爲何三更半夜跑來？」

「這個……啊，對了！我是來找你的。爲何要找你，是因爲……」

路西安突然想起自己本來的目的，正打算講出來，但波里斯卻很快地插進來說：

「當然是要追究我爲何打你了。」

「沒錯！你幹嘛要打我？我從小到大很少被人打的，害我嚇了一跳。」

不知不覺間，他的語氣已經不像是在追究；但是既然想到了，他就要問個明白。波里斯嘻嘻笑著說：

「我是做了大哥對脾氣倔強的弟弟該做的事。」

「我哪有脾氣倔強？我都沒對你發脾氣了，你卻反倒說我在發脾氣？換作是其他人，在我那樣說之前，早就已經照我想說的去做了，可是你卻有些奇怪。昨天你是因爲要扮演好大哥的角色才那樣做的嗎？」

「不要以爲全世界的人都像是你家的僕人。」

「我才沒有那樣想！可是今天我不是你弟弟了，總可以照我想做的去做了吧？」

「今天你還要去？」

路西安原本想要立刻回答，但卻像是想到什麼似地，歪著頭遲疑了一下。隔了片刻，他如此說道：

「這個嘛……現在我想了想，好像不太想去了。」

「是啊，但我猜等一下你又會再改變想法。」

「會嗎？那麼今天練完劍術之後再去那裡，是不是就可以了？這樣你是不是就不會插手管我了？」

「路西安，我原本就不太愛管別人的事。我會硬把你帶回來，是……」

波里斯像是自己也覺得很詫異似地，一副說不下去的表情，但他還是把話說完。

「是因爲我感覺你玩骰子的態度變得和以前不一樣了。剛開始一起去那裡的時候，你說只是在玩，說是因爲喜歡和很多人一起玩。雖然你經常輸掉的金額在我看來是一大筆錢，但對你卻不算什麼，所以我一直都是站在你的立場考慮。然而，你想想今天的事，如果是玩，有必要借錢來贏嗎？我是沒有賭過，但我大概知道會怎麼樣。借來的錢一定很容易又再輸掉，那麼就會再借錢，或者用東西來下賭注。這樣一賭下來，注愈下愈大，可能連財產和房子都會當作賭注來下，最後甚至連家人也會賠掉。」

「不可能！怎麼會有賭人的？我看起來像是那種人嗎？」

波里斯轉過頭去，正視路西安的臉孔，說道：

「如果你自認爲不是，就和我約定，不要再去那個地方了。」

「要……約定？」

路西安一副猶豫不決的神色。波里斯隨即斬釘截鐵地說：

「我不認爲你是那種自制力很強的人，不然你自己回想看看今天的行爲。既然不像能夠自制的事，就不要去碰。碰了，我不相信你能自制。」

過了一會兒，路西安開口說：

「好，我知道。不會再去了。我保證。」

「好，我相信你。」

之後四周便一陣寂靜，只聽得到彼此的呼吸聲。波里斯仰望圓形天井裡的圓天空，然後說：

「我管你管得太多了。爲何會這樣，我也不知道。」

路西安在一旁用手指順著星座畫線，答道：

「我和你不是不一樣嗎？因爲想法不同，自然就會鬧意見。」

「不是這樣……」

「不是這樣？」

波里斯露出很久不曾有過的少年笑容，歪斜著頭，疑惑地說：

「我在想，你之所以會接觸賭博，或許是因爲那次在銀色精英賽中因爲我而賺了大錢的關係……」

「啊哈哈哈……」

突然間，路西安大笑出來，波里斯訝異地看著他。

「幹嘛笑？」

「哈哈哈……因爲，你的確正中了事實核心……而且……哈哈哈……你還因爲這樣而擔心我……不是很好笑嗎？」

波里斯一副更加莫名其妙的表情，說道：

「那有什麼好笑的？」

□

路西安遵守約定遵守了十天，剛剛好十天！

第十一天的午餐之後，波里斯便發現路西安不見了人影，不知跑去哪兒了；走到馬廄一問，果然是出去了。於是波里斯也借了馬匹。

到亞莫奇爾的路並不難認，可是要找到那間賭博的屋子就有些困難了。跟著那些男子走過的巷道，是得經過雜貨店後門才能進去，所以在外面繞實在不容易找到位置。就這樣，延誤了好多時間，他才終於站到目的地前方。

轉動門把，門是鎖著的。

「……」

一股不祥的預感猛然貫穿他全身。雖然不是預知到什麼，但第六感告訴他情況不妙。爲了找尋其他門，他爬到牆上轉了一圈。果如所料，他看到了一個算是大門的入口，前方有幾名大漢守著。

波里斯想要進去，但隨即被兩名大漢擋住，想用身體推撞他。

「你明知道這裡是哪裡，還想進去？」

竟然一開始就對他這麼不客氣！或許是因爲內心不安的緣故，波里斯也顧不得要說什麼好話了。

「讓開。」

「太囂張了……還不快滾？」

一名大漢用手臂推開他的瞬間，波里斯並沒有拔劍，而是用劍柄用力戳了對方的心窩。

「呃！」

這名大漢一倒地，其他人全都立刻拔劍撲向他。既然對方都拔劍了，這樣也好，於是波里斯跟著拔出劍來，然後花不到三分鐘，就讓三名大漢倒成一團。幸好，周圍都沒有人看到。

那些大漢逃之夭夭之後，波里斯立刻打開賭場的門。居然輕而易舉就開了門，令他感到很訝異。果然，裡面都沒有人！

「可惡！」

在急忙進去之前，因爲怕一不小心可能會被關在裡面，加上剛才被他趕走的大漢們說不定會帶其他人回來，他還環顧了一下四周。平時除了路西安那張賭桌之外，都還會有許多桌賭客在這裡玩，可是今天怎麼都沒有人？難道那些賭客眞的全和他們同一夥？還是說，今天是特休的日子？

不對，不可能！

他的眼睛瞄到有個遮住對面牆壁的簾幕，於是急忙拿掉賭場大門上的門閂，再走向那面有簾幕的牆，猛然掀開。果然，那裡有扇門，不過是鎖著的，外面上了一把鎖。

應該不是路西安一來就把他鎖了起來，所以那裡頭除了路西安之外，應該還有其他人在。而這裡雖然有派人監視，可是是從外面上鎖，就表示沒辦法從裡面出來，所以一定另有其他出入口！

他又再走到外面，發現這屋子只有一層樓，裡面有走道與其他建築物相通。他覺得剛才那扇門可能是通往一條走道，或者通往地下某處。波里斯稍微思索，很快就上到屋頂。果然，在屋頂發現有扇窗子可以下到走道；但窗子從裡面上了鎖。

因爲是屋頂上面的窗，所以和剛才那扇門不同，很容易破壞。他利用身體的重量撞擊了五、六次，將其中一邊的窗框往裡面撞塌，又再踢了幾下，窗框就斷裂，得以下到裡面去。他往可能是剛才簾幕後方的門的方向看了一下，果然發現有道通往地下的階梯。

他抽出劍來，握劍走下階梯，然後停下腳步仔細聆聽。他聽到有人說話的聲音，偶爾還摻雜著笑聲，聽起來氣氛似乎很正常和諧。他又再下了幾階傾聽，意外地聽到了像是路西安的聲音。路西安如此說道：

「怎麼這一局也輸了？哎呀，眞是的……」

難道他們還在賭？他們到底是用了什麼騙術，路西安怎麼會如此毫無心防就進到地下房間？

波里斯站在燈光明亮的房間前方，集中精神聽著他們傳出的談話聲，總算明白是怎麼一回事。原來路西安已經輸了一大筆錢，而且看來也已經毫不猶豫地借了幾次錢。這樣一路借下來，路西安也差不多不想再賭了；既然一直無法如願贏錢，此時正好是他開始不受誘惑的時候。但他們有可能會綁架他，也可能叫他寫封信吩咐家裡拿更多錢來。不管是哪一個可能，目的應該都是想從這富家子身上盡可能挖到最多的錢。可是，就在這個時候，路西安竟然如此說：

「輸好多啊，看來你們好像需要滿多錢的！都已經賺那麼多了，你們不想今天就玩到這裡嗎？你們還要再玩嗎？我還是比你們有錢太多，再輸一點也沒關係。」

波里斯聽不到回答的聲音，或許那些人也全都吃了一驚吧。過了片刻，傳來了這樣的答話：

「哈、哈哈……當然，只要少爺您想再玩……」

「那就再玩吧。再借我一千額索吧？」

這時候，波里斯已經決定要如何處理這個狀況了。他不再等待，立刻開門進到裡面去。

「啊，怎麼會……」

波里斯看到三名男子正吃驚地看著他，他們之中並沒有人帶著武器，可能是因為他們以為外面有保鑣護衛就已經足夠了，要不然就是他們還不想威脅路西安。這麼一來，波里斯帶著劍出現，就對他們非常不利了。

不過，波里斯神情泰然地走到路西安身旁。路西安看了波里斯一眼，不好意思地笑著搔了搔頭，說道：

「我沒有遵守約定……我想再玩……」

「我會讓你以後都不會想再玩。」

波里斯用冷漠的語氣說完，轉頭面向那些男子，說道：

「這一次你們要不要和我玩一局？」

因為從不曾見過波里斯對賭博有興趣，所以那幾名男子，甚至是路西安，都有些驚訝地望著波里斯。可是波里斯不等他們回答，就拉了張椅子坐在賭桌前面。

其中一名帶頭的莊家故意一副沒事的表情，其實腦子裡卻飛快地在思索著：外面明明有保鑣，為何這小子能夠進到這裡來？會不會是所有人都遭到了不測？還是這小子用了什麼妙方避開他們？這少年不太可能獨自一人就制服得了他們，應該是還有同夥在外面才對。不過，也可能外面沒有任何人，而保鑣們也馬上就會找人過來。

姑且不管這個，現在他們兩手空空，聰明的話就不該貿然去制壓這名少年。即使制壓得了，也有可能會受傷，況且，這樣就會在路西安面前暴露出自己的眞面目。這一陣子，他們已經讓路西安成為他們弄錢的門路，但絕不能讓卡爾茲商團的繼承人看清他們的面目。卡爾茲商團直接或間接掌握著這一帶絕大部分的商權，要是一個不小心，可能連小命都不保。

今天他們看路西安很久沒來之後又再度光臨，認為這可能是最後一次，所以打算盡可能借錢讓他賭到不能再賭，再要他寫信叫家裡拿錢過來，然後才當作沒事般地把人送回去。他們判斷這樣做應該不會拿不到錢，因為他們發現路西安從以前到現在來這裡花錢都像用水般，絲毫不覺得可惜。他們決定大撈一筆之後遠走高飛，只要不讓天眞的路西安有受騙的感覺，應該就不太有可能會被追捕。但只要路西安認為自己被騙，事情可就會變得很難處理了！

不管怎麼樣，外面有大約十名保鑣，可以拖延一點時間。再等一下應該就可以知道整件事情的實際狀況了。

「我還以為你沒什麼興趣玩這個呢！如果你想玩，我們當然沒理由拒絕。可是你有錢嗎？」

波里斯低頭俯視骰子，用不經意的語氣說：

「我並不喜歡賭博，所以就你和我，賭一局就好。你那邊就用我朋友所欠的全部金額做賭注。」

莊家發出難以置信般的笑聲。

「你知不知道有多少啊？全部加起來四千額索……那麼你的意思是，你也要用那麼多的錢來下注，是吧？」

「錢？我沒有。我賭的是你的人頭！」

「我的人頭？這是什麼意思？怎麼不是賭你的人頭？」

波里斯拿起散在桌上的骰子，泰然自若地回答：

「看來你好像還不懂，在我進到這裡的瞬間，你的人頭就已經操控在我手中。如果你贏了，可以保住它，如果我贏了，我就砍下它來代替賭金。」

坐在對面的路西安，眼睛因驚愕而睜大。除了莊家，其他兩名男子的臉簡直就是皺成一團。他們正要對波里斯叫罵時，莊家突然舉起手來制止，開始大聲笑了出來。

「哈哈哈……大膽的小子！我玩骰子玩超過二十年了，還是頭一次見到有人敢說這種大話。好！我就接受你這小子有勇無謀的挑戰。同樣地，你輸了也可以交出人頭吧？」

此時，波里斯抬頭直盯著莊家的眼睛，對他說：

「我看你是在虛張聲勢！你根本不可能有機會殺得了我。我看你倒不如去信任自己磨練二十年的實力好了！」

波里斯看到莊家說話的模樣，早已明瞭這些人心裡在想什麼，他們想知道波里斯是單槍匹馬過來的，還是有帶騎士來。他們認爲波里斯手上有劍，最好不要隨便亂來，只能拖延時間；等救兵來了，當然可以輕易就解決掉這小小一名少年。可是波里斯卻不怎麼擔心他們的救兵，因爲剛才就已經在外面見識過那些人的實力了。

現在搞不清楚狀況的就只有路西安，因爲這些人似乎還沒有威脅路西安。要是他們一開始就打算綁架，就沒必要一直這樣悠閒地玩擲骰子。他們可能是想要騙路西安騙到底，也可能是害怕卡爾茲商團報復，所以想要讓路西安欠一大筆債，等拿到錢之後才假裝沒事地讓他回去。

波里斯沒有當場揮劍，全是因爲路西安，因爲他要讓路西安看清楚一件事。

「算了……反正你根本沒有勝算。好了，廢話少說，開始吧。你要繼續玩路西安少爺玩的那一種嗎？」

莊家如此說道，他似乎不想扯破臉，想留給自己一點面子，所以故意提高聲調。波里斯看了一眼路西安，他還是一副不知道有人要威脅他、圓睜著眼睛很感興趣的表情。看他這樣注視著自己，實在不知該覺得悲哀還是認爲他太純眞。

「我不懂什麼複雜的規則，就玩一局簡單的，出現最高點數的那一方贏。」

波里斯如此說完之後，就把手上拿著的骰子放到莊家面前。莊家拿到骰子，露出一種奇特的笑容。過了片刻，骰子被丟出去，所有人的眼睛全都圓睜了起來。是六、六、六、六、六、六！

「哇……天啊，眞不可思議。」

路西安睜大眼睛喃喃自語著。既然已經決定由總點數來分勝負，就不可能出現比這更高的點數了；最厲害也不過就是平手。波里斯拿起骰子，摸了一下，莊家神經質地問波里斯：

「好了，現在大膽少年也該擲了吧？」

在他說這句話的同時，波里斯把手舉上去，慢慢把骰子擲到桌上。一顆一顆地，依序出現點數。一開始，六，再來也是六……其餘的也全都是六。

「呃……」

所有人表情僵住了，俯視著波里斯擲出的骰子。原本意想不到的平分一出現之後，莊家的臉色也變得蒼白了。

「怎麼可能會有這種事？兩個人全都是六！」

路西安像是覺得奇怪似地，一面聳了聳肩膀，一面說道。波里斯瞄了一眼路西安之後，收起骰子，說道：

「竟然是平分，那就難以用這種方式決勝負了。這種怎麼樣？」

波里斯又再擲出骰子，結果每顆骰子依序出現紅色一點。這使得大家的眼睛又睜得更大了。波里斯重新收起骰子，這回則是一次擲出，結果全都是兩點。身旁的路西安這次可是連讚嘆聲也忘了發出來。

「要不要繼續啊？」

五個三點，五個四點，五個五點，按照順序擲出，讓旁觀者像是見鬼似地僵在那裡，一動也不動。即使有要領或者好運氣，也該有個限度才對。世上任何一個賭徒，都不可能擲出這種點數。波里斯最後又再輕而易舉地擲出五個六點，然後對莊家說：

「如果覺得可以贏得了我，就再擲看看。」

莊家吞了一口口水，用顫抖的聲音喊著：

「不，不可能的！這樣太奇怪了吧？你一定用了什麼騙術！」

「先用騙術的人是你！」

波里斯強硬地回答，隨即踢開椅子站起來，同時抽出一柄七首，剖開桌上的一顆骰子。結果從剖開的骰子裡流出了奇怪的液體，使得路西安不禁用訝異的眼神看著那東西。

「可是，這世上還有更多比騙術更為令人驚訝的手法。」

那些男子一時驚慌，都還來不及回答什麼，波里斯就已經把匕首入鞘，拔出佩帶在腰上的劍。這一瞬間，莊家想起波里斯賭的是什麼，而且他剛才也以爲絕不可能會輸地豪爽答應了。

「可、可是有話好……商量……」

「這樣路西安應該不用還債了吧？按照約定，我要拿走我的賭注。」

波里斯的劍直指莊家的咽喉，嚇得莊家都快無法呼吸，只是低頭看著劍尖。剛才波里斯拔劍指向他的短暫瞬間，他已經察覺到，波里斯無論速度還是動作正確性，以及穩健的姿勢，都不是普通一般的實力。那種實力大可一開始就輕易將他們三個毫無防備的人給收拾掉，但不知爲何拖到現在才出手。

波里斯的劍輕輕畫出了一條橫線，劍尖在莊家下巴尖端留下細長的傷痕，同時轉頭看向路西安，說道：

「可是你的人頭連堆糞肥都不能；這樣好了，就換成讓我把朋友帶走，你不會反對吧？」

□

「你到底是怎麼做到的？嗯？教我一下不行嗎？我都快好奇死了！」

路西安差點就有可能被綁架監禁，但是才從賊窟逃離的他，卻根本沒有醒悟到這一點。在他們馳離城鎮之後，就忍不住一直要波里斯教他擲骰子的要領。

「知道之後你想幹嘛？再去那邊用用看？」

路西安似乎無話可說，伸出舌頭，還搔了搔後腦勺。

「不是啦……我再也不去那裡了。那些可惡的傢伙騙了我，雖然我不知道是用什麼方法，但那些骰子絕對有動過手腳。可是我比較想知道的是你的方法！那些傢伙騙了我好多錢，但是比起讓我有機會學你那個祕訣，根本就不算什麼！」

「你不會有那種機會。因爲，我不會教你的。」

「啊……眞的不教我？我都快好奇死了，還不教？」

「沒有人會因爲好奇而死掉。」

「你再這樣不肯教我，搞不好我就會成爲第一個人了！」

波里斯只是任由他這樣荒謬地執拗下去，等到連路西安自己都快受不了時，才開口說：

「反正是騙術，你自己也明白，實際上不可能會有那種事，不是嗎？我會不得已讓你看到那種騙術，是想讓你知道，世上有很多騙人的手法。你看不出來他們的骰子有動過手腳，那麼我的動作也有動過手腳嗎？所謂的賭博，就像是一般人看不出來的魔術世界。進到那裡面，會讓你失去所有一切。那個世界沒有所謂的眞正實力，就只有好運和騙術而已。即使是所謂的好運，也不可能好到能夠像剛才我做的那樣，讓骰子隨心所欲地出現點數，所以終究還是只會失去所有。我尊重你成長的方式，但是只有這次，我怕你會在覺悟之前受到很大的惡性影響，所以才會插手管你。你不要去想知道騙術這類的事情，因爲知道了以後就會深陷其中，常常去使用騙人的手段。」

「那麼你知道騙術的方法了，怎麼還不會陷入賭博之中？」

波里斯此時才稍微放鬆表情，說道：

「你又不是不知道，我對賭博很不在行。」

「哎呀！不可能的！你那麼厲害，怎麼不去賭博？不管你賭什麼都會贏。」

「路西安，我剛才說的話你忘了嗎？」

「呃……」

路西安無話可說，正當他支支吾吾的時候，波里斯已轉過頭去催促馬匹前進。

其實，波里斯在擲骰子之前，已先在裡面摻雜了一顆恩迪米溫的骰子，因此所有結果都是那一顆魔法骰子製造出來的幻覺。雖然他還不會使出更厲害的幻覺，但是在克瓦雷十個月下來，已經讓他練就出這樣的成果。

恩迪米溫是卡納波里的少年國王，他的骰子是經歷長久歲月的珍貴寶物。把那種東西用在賭場這類地方，反倒令人覺得過意不去。可能的話，他不希望再把它用在這種事情上面。

路西安仍然一邊嘀咕一邊騎馬，但是看得出來，他只是對波里斯的骰子祕訣感到好奇，對賭博的迷戀幾乎已經蕩然無存。路西安原本就是容易厭倦事情的個性，雖是曾經熱烈沉迷的遊戲，一旦他知道可以用騙術之後，立刻就會失去興趣。波里斯這段期間已經觀察出他這種性格，而且像他這樣大而化之的人，結束時也會毫不猶豫就斷得一乾二淨——也或許是因爲記憶力不好的緣故——然後很快又再沉迷於其他事情。這種純眞個性，與波里斯確實是天差地別；坦白講，可說是一點相像之處也沒有！

波里斯是那種絕對不會忘記過去的事，而且只要有過一次懷疑，就不會輕信的人。或許愼重的個性比較好，但是像路西安那種個性，卻是上天沒有賜予波里斯的禮物。要造就出路西安那種個性，要有明亮正面的環境，也就是不會在路西安心裡形成陰影、有如太陽之類的東西。

路西安甚至根本沒有感覺到自己受到多少恩典。他隨便用錢，而那些錢就像小孩子在庭院摘下來、散在身邊的花瓣一樣。他不懂得用這些錢來打壓別人，也不知道他可以搶走別人的任何東西。所以，當他一再地輸給賭場那些人時，竟還是抱持著像是在給人零用錢花用的心態。對他而言，錢這種東西就如同海邊的貝殼，而他則像是一個丟撒貝殼之後，很快就又跑去找尋其他樂趣的孩童一般……說眞的，這小子可眞怪。

「等等、等等，波里斯，我想到一件有趣的事，你要不要聽？我忘了告訴你，大概半個月後吧，有一個晚上要舉行派對。啊啊，我知道你不喜歡派對，但是這次不同，只有小孩參加！十天前我就已經收到邀請函了，但是不小心就忘了這回事，忘記回信，今天回去之後應該要寫封信。你也一起去吧！這次一定很有趣。我保證！」

波里斯沒有答話，只是一直往前馳騁。路西安向來以爲自己覺得有趣的事情，別人一定也會忍不住讚許，所以他騎到波里斯身旁，開始興高采烈地說明會有什麼人去參加派對，以及會有什麼樣的遊戲，似乎已經完全忘記剛才想知道，以及好奇的事情。

「這樣你還不覺得好玩嗎？我都說了，不是大人那種無聊的化裝舞會。我也不喜歡那種舞會，每個人都靜靜地坐著，還跳那種慢舞，我確實是受不了。雖然小孩子的派對也不見得都很有趣，但是這一次是黎安主辦的派對，她知道怎麼玩最有趣。黎安，你認識了就會知道，在貴族之中，他算是個特別的孩子！」

在這般開朗的個性之前，區區小小的烏雲應該灑不下一滴雨就都散開了。他的人生甚至找不到留下的傷痕，以及經驗所造成的心機。遇到這種人到底是好，還是壞呢？這簡直就像不管將來是否會破碎，只求現在擦拭乾淨就好的玻璃一般，只要閃閃發亮就好，不是嗎？波里斯看到的，是他這個已經失去光芒的人所無法相比的十七歲光芒！

他有種感覺，生來優秀且不曾被毀損過的「好個性」，可以說是比蚌貝含著的珍珠還要稀有，即使還很樸拙，卻蘊含驚人的光芒！

04 不能再次把生命交付給我嗎？

關於「黎安」這孩子，聽路西安說，是阿瑪蘭斯伯爵的繼承人，除此之外，波里斯就沒再聽到什麼關於黎安的事了；事實上，他連問都沒問。從五天前起，路西安就開始因爲準備派對而雀躍不已，想了很多點子，還問波里斯意見，所以根本就無暇談及黎安。只不過，波里斯還聽到一件事，那就是到阿瑪蘭斯伯爵家需要將近半天的馬車行程。

有很多安諾瑪瑞的富豪，會在這氣候良好、風景美麗的南部地方，蓋夏天避暑別墅，在暮春與初秋之間居住。安諾瑪瑞王政建立之後，很多貴族都遷徙首都，雖然因而稍微減少了一些來此居住的人，但這裡仍舊是非常受歡迎的地方。

當然，即使這一帶聚集了很多夏天避暑別墅，但大多仍占有廣大土地，所以往來還是得花上半天時間。其中甚至還有一區全是貴族聚集的特別區，卡爾茲宅邸就位在這一區。路西安的父親杜門禮·卡爾茲能夠在這貴族聚集區裡建造如此大的豪宅，可見他有不容忽視的財力與勢力。因此，貴族孩子們所舉行的派對，路西安當然也都會被邀請了。

他們要參加的這個少年少女派對，有個不成文的規定，那就是只有安諾瑪瑞王國曆九七一到九七六年出生的孩子可以參加。他們不希望新參加者與那些主要成員的年紀相差太大，這應該算是一種排斥陌生人的舉動吧；而且新參加者還必須與既有成員當中的某一人同行才行。他們把這派對命名爲「藍鈴（Bluebell）」——取自安諾瑪瑞南部田野裡常見的一種鈴鐺形花朵。

藍鈴派對從春天到夏天，一年最多會舉行三次；基於一些規則所致，幾年下來，經常參加的主要成員大都很固定。路西安說他是從去年開始參加的。因爲路程超過三個小時，所以路西安、波里斯，以及兩名僕人在將近傍晚吃過晚餐之後，就早早出發了。

在馬車裡，路西安像是不滿意什麼似地，一副抱怨的模樣。

「你確定在這個地方，除了我之外，都沒有人認識你嗎？要是萬一有人認出你就糟糕了。這次我一定要贏，一定要。嗯？眞的沒有吧？」

波里斯在馬車的角落裡，像是陷入沉思般，雙手交叉在胸前、低著頭，一會兒之後才回答：

「沒有。」

路西安像在祈禱般，雙手合十，仰望馬車車頂。

「拜託一定要沒有啊……」

波里斯已經聽他說過參加這次派對的貴族家族大概是哪幾個，其中並沒有可能認出他的芬迪奈公爵家族，或是康菲勒子爵家族、培諾爾伯爵家族。或許有人會認出他是銀色精英賽冠軍波里斯·米斯特利亞，但那時他很早就離開，並沒有參加慶祝晚宴，而且這次又要戴面具，所以被認出的可能性很低。

名叫黎安的孩子所舉辦的這次藍鈴派對，主題就是玩一種面具遊戲。參加者要先做好各種不會被人輕易認出的裝扮；這種方式和大人的化裝舞會很像，但他們不只要在變裝之下玩樂，還要猜出其他人身分，這才是遊戲的重點。大概知道是誰的時候，就可以對那人提問三次。在三次內被猜中眞實身分的孩子，就得脫下面具。但只要猜錯一次，就無權再向同一人提問。

到最後身分都沒被揭露的孩子會有大獎，就是擁有邀請孩子們舉行下次「派對」的權利。路西安似乎從很久以前就一直盼望能成爲這派對的主辦人。不過，由於路西安說話的方式一向都很特別，所以只要他開口，任誰都能很快就猜出他的身分。

也因此，路西安才會對波里斯寄予厚望，希望這裡沒有人會認識波里斯。但令人擔心的是，波里斯認爲既然沒有人認識他，就不用隱藏什麼，居然只戴了副簡單的面具。

而這就是讓路西安不滿的地方，所以在馬車行進時，只見他一直自言自語著：「一定要沒人認識，一定沒人認識吧，拜託不要有人認識……」

阿瑪蘭斯伯爵的避暑別墅，是由位於丘陵地的一座古堡改建而成，氣氛比卡爾茲宅邸更顯古色古香，甚至還有護城河呢！

他們走過升降吊橋來到大門前方，把馬車交給僕人後，一進到裡面，就見到與他們差不多年紀的女僕們排成兩列等著。一名女僕很快走出來，帶領他們進去。目光所及之處，見不到任何大人。

一走上二樓，是間寬敞的會客室，裡面有幾張桌子，以及排列整齊的椅子，許多少年、少女都已經坐在裡面。各式各樣、多采多姿的裝扮，實在是非常有看頭。其中大多數孩子是用古裝把自己優雅地裝扮成傳說中的人物，但也有孩子是裝扮成平民、傭兵、動物、怪物模樣。當然，這其中還包括在炎熱夏日裡把自己裝扮成小熊，因而走起路來搖搖擺擺的路西安！

如果是裝扮方式沒必要遮臉的孩子們，爲了防止被輕易認出，都戴了紙面具。波里斯坐在「小熊」旁邊，忍著一股想要安撫因燥熱而不舒服的路西安的情緒；此時自己看起來可能像是在大陸居無定所的傭兵打扮吧。

雖是孩子們的夜間派對，但城堡還是在宴會廳裡準備了第二餐。時間一到，女僕們就進來，請他們移動到宴會廳去。可能是因爲某種緣故，宴會廳裡只亮著三、四盞燈，顯得非常昏暗。所有孩子都進去之後，原本發出微弱光線的油燈，突然全都熄滅了。

「咦？」

有些孩子不由自主地發出聲音，但是大多閉嘴沉默。此時，宴會廳前方傳來了嘹亮的話聲：

「謝謝各位的光臨！我是今天準備藍鈴派對的黎安。我在邀請函裡都寫了，相信各位都知道今天的規則吧？食物、飲料，還有玩的，我都有準備，請大家盡情地玩。大概知道對方是誰時，猜的時候只能問三次，問的問題只能是那種可以回答『是』或『不是』的問題。被猜出來的人就得脫下面具，但還是可以繼續去猜別人。遊戲將會一直進行到只剩最後一個人！而那個最後脫下面具的人所屬的家族，有權主辦下一次藍鈴派對。那麼，我也要混到你們當中了，稍等一下。待會兒女僕們從一數到三之後，就會點亮燈火！」

接著，傳來有人走過來的聲音，接著安靜了短暫一段時間。波里斯覺得這個名叫「黎安」的孩子如果是男孩子，說話聲音似乎稍嫌細小而且高音。

聽完女僕數了一、二、三的聲音之後，宴會廳的燈火就同時點亮。各式各樣裝扮的孩子們各自發出不同的笑聲，然後，立刻就三五成群四下散開了。

宴會場地設計得很不錯，給人的感覺不亞於那種接待成年貴族客人的宴會，而且所有一切都特別用心。宴會廳周圍還布置出幾間小廂房，以便那些希望私下兩、三人聊一聊的客人聚在一起。幾張圓形桌在宴會廳圍繞成一圈，每桌都擺滿了孩子們喜歡的食物。正面台上是空的，但有幾名樂師正在演奏輕快的音樂。服侍的女僕全是新進人員，也就是說，連女僕也都是與他們同年齡的孩子。

波里斯帶著「小熊」走到角落的一張桌子旁，協助他坐下之後，便坐到他對面，忍不住笑了出來。這隻小熊簡直就快把頭趴在桌上了，他嗚呼哀哉地說道：

「呃呃啊啊……小熊都是怎麼過夏天的啊？我開始同情牠們了。可憐的熊，不能像我一樣，派對結束就脫下毛皮，牠們必須睡的不是個冬天好覺，而是睡個夏天熱覺！」

「可是我看你才更可憐，何苦把自己弄得這麼熱。」

此時，一個女孩戴著畫有可愛羊角的白色面具，走過來坐在他們那一桌，對小熊微笑說道：

「可愛的小熊，你看起來好像很熱。我趕快猜出你是誰，幫助你，好讓你脫下這層皮好了！」

小熊急忙伸出「前腳」，說道：

「不、不，我沒事。還忍得住。」

「是不是很熱？要不要我餵你喝點檸檬汁？」

「沒，沒事就是沒事！休想看我是誰！」

這女孩歪著頭在思索，似乎有些猜出對方是誰。弄得驚慌的小熊在椅子上更加晃動，結果把果汁都給打翻了。羊角女孩嚇了一跳，很快起身，不由自主地喊出：

「哎呀，茉莉兒！」

這一瞬間，小熊連問都忘了問，就喊著：

「妳！是不是蘇伊姬．達．斐利帕諾西？茉莉兒不就是妳經常帶在身邊的侍女的名字！」

就這樣，原本想要捕獵小熊的羊角小姐，竟被小熊無心伸出的前腳給弄得變成第一個被獵殺成功的人。名叫蘇伊姬的孩子都快哭了，脫下面具。但是再來問題可就大了，現在她已什麼事都不感興趣，只想揭穿這隻害慘她的小熊的真面目。這時，坐在位子上竟然就能得到意外收穫的小熊，簡直是高興到了兩隻前腳都高舉的地步。連波里斯看了都說：

「喂，小熊，去其他人比較多的地方吧。」

蘇伊姬猛然轉頭看著波里斯，卻突然變得一副混亂的表情。她已經幾乎確定了某個人的真面目，卻因波里斯而迷糊了。過了片刻，蘇伊姬終於向小熊問了第一個問題：

「我問第一個問題，你有兄弟姊妹嗎？」

「沒有。」

「那麼……今天帶來的僕人是不是一起進來宴會廳？」

「沒有。」

全都是在旁敲側擊波里斯身分。兩個問題都失敗之後，蘇伊姬隨即一副非常苦惱的表情，最後只好問最後一個問題：

「你最討厭的食物是不是生胡蘿蔔？」

小熊突然一副很歡喜的模樣，搖了搖前腳……

「不……對。」

「唉，那我就不知道了！你，是不是里歐弗．芬．多姆雷特？」

「哦哦，不是哦。」

蘇伊姬生氣地站起來，小熊馬上高興地得意洋洋、坐在椅子上搖搖晃晃。等到蘇伊姬走遠之後，他立刻忍不住說；

「蘇伊姬原本好像就快猜出來了。可是我不久前發現有樣東西比生胡蘿蔔還討厭，那就是北方那種感覺放了很多雞蛋的布丁！」

□

派對進行到一半，還戴著面具的人已經減到不及半數。令人意外的是，小熊竟然到這時候都還沒有被猜出來。後來他被熱得都沒興致時，一個男孩問他：「你是不是喜歡吃芭那那？」結果因爲他過於激動的反應，終究還是被猜了出來。這些孩子們也知道路西安常帶在身邊的僕人綽號叫作「芭那那」。脫下一身毛皮裝扮的路西安，還是很高興地走出宴會廳，洗完澡換上事先準備好的乾淨衣服之後，才回去波里斯身邊。

當然，此時仍然沒有任何人猜出波里斯是誰。事實上，也幾乎沒有人試圖去猜他是誰。他們就算找他說話，也說不到幾句；感覺上他和他們就是不一樣，因此判斷應該不可能猜對，就全都跑到別的地方去了。

又再過了半個小時左右，只剩下波里斯及另外兩個人。可是人數一少，由於大家都知道會來這裡的成員有哪些，所以約略能看出還未揭曉的是誰。果然，另兩個人一下子就被猜出了。

然後，只剩下波里斯。

路西安都快高興死了，可是仍舊裝出一副不認識他的模樣，緊閉著嘴巴，夾雜在其他孩子之中。不過，蘇伊姬還有其他幾個孩子，已經知道波里斯是路西安帶來的。孩子們嘰嘰喳喳地在說他，但還是沒有人知道他叫什麼名字。

波里斯不知不覺中被眾人圍在中間。

「看起來是第一次被帶來的。」

「完全猜不出他是誰。」

「說不定……就算看到臉孔也不認識。」

「都已經是最後一個了，應該要揭曉了吧？」

「我看怎麼猜也猜不出來了。黎安，該怎麼辦？」

就在這個時候，通往宴會廳外面的出入口竟還有一名未脫下裝扮的人；他很快地走了過來。此人身穿修道士們披的那種斗篷，連著大大的兜帽，雖然沒有戴面具，但還是完全遮住了他的臉。他一副像有重要急事般的樣子快速走來。

孩子們看他這股莫名的氣勢，都往旁邊閃開。這個人還沒走到波里斯面前，就已經開始問第一個問題。今天第一個問波里斯問題的也是他。

「第一個問題，你是其他國家的人，是吧？」

是少年的聲音。波里斯仔細回想今天是否有看到這種打扮的人，但實在是想不起來。因爲對方問得很確切，使他無法否定這問題。

「沒錯。」

「你確實有個離散多年的兄弟，是吧？」

波里斯猛然緊張地盯著對方。是誰？他以前有聽過這聲音嗎？

對方的聲音帶著一股力道，像典禮上的司儀那般，每句的結尾都正確肯定，但也摻雜著興奮的沙啞聲。這個人原本的個性似乎非常沉著穩重。

然而光是提到兄弟，他無法知道此人是誰。更何況，他只說離散多年，並不代表這個人知道所有事。

「確實是有。」

他問最後一個問題時，已經來到波里斯面前，停下腳步。這人的身高比波里斯稍矮一些，體格也不是很健壯的那一型。但聽到他又再度開口的那一瞬間，波里斯腦海裡的記憶大海，過去的一小片段翻越過最近無數的記憶，湧升上來。

「白色劍……你仍然辛苦地帶在身邊，是吧？」

水蜜桃花瓣飛舞的那一天，印在書頁上的粉紅印記，在陰謀之地拉著韁繩轉身的瞬間留下的最後道別……

「當然……是。」

「嗯，我們約定還要再見面的。我說過要直呼你的名字……波里斯，我知道有一天會再見到你。」

波里斯脫下面具，這是認同對方猜出自己名字時的舉動。所有孩子們都盯著兩人看，而波里斯則凝視著眼前戴著兜帽的這個人。不久，兜帽裡傳出了輕輕的笑聲，然後毫不猶豫地舉手把兜帽翻起來。

像似天空色的短髮，散在他如今更像成熟少年的白淨額頭上。沒想到會在這種地方重逢，這少年的粉紅色眼瞳裡，閃亮著他從沒見過的光芒。

然後波里斯也喊了他的名字：

「蘭吉艾。」

□

「我再說一次，我知道會再見到你，你不相信嗎？」

「我好像相信吧，從很久以前我就相信你有奇異的力量。」

他們已經進到宴會廳周圍的其中一間廂房。波里斯與路西安，還有蘭吉艾與黎安，廂房裡就只有這麼多人。路西安原以爲已經贏了，卻突如其來冒出蘭吉艾揭發波里斯的眞面目，而且知道蘭吉艾是黎安家的人之後，心裡眞不是滋味。

是黎安帶他們來這間廂房的。而且波里斯一眼就看出來了，這位聽說是阿瑪蘭斯伯爵繼承人的黎安原來是名少女。她長得苗條秀麗，然而卻穿著男孩的衣服。頭髮很短，但特別的是，背後有一撮留得很長。

蘭吉艾將身體靠在椅背上，仍然還是很驚訝似地，微笑著說道：

「可是不管你相不相信，我還是要坦白說一聲，我怎麼也想不到會在這種地方見到你。」

蘭吉艾不再用敬語對波里斯說話了，這使得波里斯感到很生疏，卻又覺得親近一些，但也覺得和那個時候的蘭吉艾判若兩人般地陌生。不管怎樣，不容置疑的是，好久不見之後又再重逢，兩人心裡都激動不已。事實上，路西安的心情更是高興雀躍，因爲他向來認爲波里斯只有自己一個朋友，沒想到居然能遇到他以前的朋友，當然更替波里斯高興了。

「好了，現在總可以告訴我們是怎麼一回事了吧？路西安和我都傻眼了，你們兩人到底是怎麼認識的？」

黎安雖是少女，卻用著少年的語氣；她一邊敲著桌面一邊爽朗地說完之後，蘭吉艾轉頭對她微笑。

「在那個妳也應該很清楚的B先生事件發生前，我們同住在他家。說得簡單一點，我們同病相憐，是從同一個敵人手中逃離出來的。」

「是嗎？那麼算起來，你們已經有四年沒見面了！難怪你們見到彼此這麼高興。可是我看你們之間好像有很多祕密，拜託對我們這兩個旁觀者介紹一下吧。」

此時波里斯才轉頭去看黎安，用不怎麼自然的態度介紹了自己。

「啊，我叫波里斯……嗯，米斯特利亞。」

「波里斯．米斯特利亞？」

黎安雙手交扠在胸前，眉間皺了一下，突然啊地一聲，喊著：

「原來是你！銀色精英賽的冠軍，波里斯．米斯特利亞！難怪好像在哪裡聽過這名字。我是沒看過那屆比賽，但是從那些看過比賽的朋友聽到後，就死背在心中了。眞的是同一個人嗎？」

回答的是路西安。

「沒錯，是同一個人。現在他在我家和我做朋友。」

「很像我們的情形，蘭吉艾也在我家和我做朋友。」

可是波里斯微妙地看出他們的關係並不相同。他們不同於自己與路西安那樣才認識不久；蘭吉艾和黎安之間似乎有著某種超乎單純朋友的關係，那種息息相關的感情，不僅止於不分彼此地相待。

波里斯問蘭吉艾：

「你在這裡住很久了嗎？」

「不，並沒有很久，大概兩個月左右。」

他感覺黎安和蘭吉艾認識不止兩個月。

「之前呢？」

「在卡爾地卡的某個學院，我遇到一位不錯的後援人，而黎安也是在那個學院裡認識的。」

「等等，你說的是不是……那個叫作葛羅梅學院的地方？」

蘭吉艾吃驚地看他。

「你怎麼知道？」

很久以前，波里斯曾經在參加銀色精英賽時遇到蘿茲妮斯，她提過曾聽說有個和蘭吉艾長相相似的人。可是當時聽她說這個人在學院上學時與貴族走得很近，甚至經常參加派對，波里斯就在心裡排除是蘭吉艾的可能性。不過，有不錯的後援人，又上學院……聽起來日子過得很平順，好像和波里斯當初猜想的有些距離。

感覺有些奇怪。現在眼前的蘭吉艾，已經不再是以前那種態度尖銳且格格不入的模樣，個性變得看起來非常柔順。曾經，他最好奇在離別之後會變成什麼模樣的其中一人就是蘭吉艾。波里斯甚至也試著想像過好幾次，想過他可能會成為更加令人驚訝的人，或者維持同樣性情地長大成人，可是怎麼也沒想到會是現在這種模樣。

不過，在他臉上還留有以前的感覺。暗紅色的眼珠忽然失去焦點而晃動的時候，就表示他是在看著理想。那個遙不可及、生平似乎絕不可能實現的遙遠理想，但他卻是一副完全不擔心的模樣，在望著那遙不可及的理想。

波里斯搖了搖頭，甩掉心中的思緒。歲月改變了，人也會改變，可是他沒有立場說他喜歡還是不喜歡蘭吉艾的這種轉變。

「沒事，嗯……我只是聽過有關於那間學院的事情。」

「是嗎？嗯，我們……」

蘭吉艾講到一半時停住，突然對他身旁的黎安使了眼色。波里斯都還來不及看出是什麼意思，黎安就突然起身，對路西安說：

「路西安，他們兩個這麼久沒見面，一定有很多話要說，我們兩個先出去，讓他們在這裡，你覺得怎麼樣？而且我們也該去外面，給那些孩子們一個交代。」

「要出去了？嗯……要怎麼對他們說才好？」

路西安似乎不太願意，但黎安接下來說的話，立刻就讓他變得非常開心。

「你不知道嗎？趕快去告訴他們，下次派對的舉辦權仍然是你啊！蘭吉艾一開始沒有參加派對，所以從頭參加到最後留下來的，應該是波里斯才對。」

「妳是說真的？真的可以由我來主辦下次派對？」

「當然了。而且如果連續兩次都由我來舉辦，我那寬宏大量的父親恐怕也不會答應吧。」

路西安看了一眼波里斯。黎安的話令他覺得高興，但他還是有些不想出去。此時，波里斯對路西安說：

「等一下我就出去找你。」

波里斯一這麼說，路西安只好點頭，說道：

「好，那我先出去了。」

兩人出去之後，廂房裡就只剩下波里斯與蘭吉艾了。他們隔著一張桌子面對面坐著，相互注視了好一陣子。

波里斯感覺眼前一陣模糊，接著似乎變得明亮……在彼此無言的注視下，另一種光芒出現，在視線交錯的地方徘徊之後突然變大，塞滿了整個四面八方。變得白亮的四周圍，忽地開始有粉紅色花瓣掉落，如同暴風般到處紛飛，接著又變得平靜。

「這樣重逢，代表著什麼呢？」

蘭吉艾說話聲傳來的那一瞬間，幻覺消失，波里斯又再度發現到端坐在對面椅子上的蘭吉艾。當他嘴角浮現微笑的瞬間，波里斯覺醒到了，他不但身高變高，臉頰與喉結輪廓也變得明顯，原本如同少女般的瘦長身體，如今也像個十七歲少年一樣，流露出一股魅力……而且，除了這樣的外表之外，同樣也有內在的轉變，以前那個格格不入，同時也令人不安的尖銳冷漠少年，如今已變成一個一旦定下人生方向，就不再回頭、不再猶豫的強韌年輕人。

他長大了……

此時，蘭吉艾也說：

「你長大了很多，簡直難以相信當時的你會長這麼大。我有好幾次都在想，你會過著什麼樣的生活，上一屆銀色精英賽結束之後，才聽說了你的消息。我很快就確信那是你。與其說我刻意來和你見面……倒不如說我一直等著和你這樣偶然相遇。」

「你過得怎麼樣？我一直以爲你不像我這樣，會以平靜度日爲人生目的，所以剛才眞的嚇了一大跳。不過，你是不是還……」

「沒錯，正如同你忠實地走著自己要走的路，我也一樣。嗯，就先從自培諾爾伯爵家出走的事開始說吧。你離開之後的那年冬天才剛到來，就發生了預定會發生的事。時間不多，細節下次有機會再說。總之，我讓他無法對我怎麼樣。然後我遇到某個人，就和他一起到了卡爾地卡。由於那個人的幫忙，我進了葛羅梅學院，但是後來事情生變，我無法畢業，也無法再待在卡爾地卡，於是接受在學院認識的黎安幫忙，才會藏到這個地方來。」

波里斯聽得出來蘭吉艾在不用多說的細節上面打住不說，可是最後一句話，卻形成微妙的回音，震盪了他的耳膜。

「藏到這個地方？」

蘭吉艾卻露出一個跟這內容不同的平靜表情，笑著說：

「是啊，從表面上看來，像你和那個叫路西安的孩子一樣，我做黎安的伴，以此掩人耳目。我不是說已經兩個月了嗎？說不定還要再一個月。」

「等等，那麼你和黎安是……」

突然間，蘭吉艾坐直了原本靠在椅背上的身子，靠近桌子。把手肘放在桌上的他，用沉著的語氣說道：

「你猜不到我是在追求什麼嗎？」

「那個……」

波里斯只想得到一件事。沒錯，是他以前說過想要的那種生活。

蘭吉艾的堅定眼神像要看穿波里斯的心，一動也不動。他目光所及之處，似乎都有可能會被燃燒掉。最後，終於從他口中說出了祕密。

「沒錯，我現在是追求共和政體的祕密組織的一員，從事他們的活動。幫助我的人是他們的幹部，我會進學院，也是爲了把一些往後可能在卡爾地卡握有政治力量的貴族孩子拉進組織。活動很成功，但是我卻受到一個以毀滅共和主義者爲目的的國王直屬組織追捕。我們的組織對國王而言是眼中釘，一有人被舉發，就會被立即處決。我的人頭早已有賞金了。至於黎安，是在學院認識的，和我志同道合，很久以前就在幫我。也就是說，黎安和我是同一個組織的人。」

「……」

黎安與蘭吉艾之間那種特殊關係，原來就是這個，但這實在是令人驚訝。她和路西安一樣愛玩，一個要什麼就有什麼的貴族少女，竟是共和主義祕密組織的一員？竟是蘭吉艾的夥伴？

「是不是有點吃驚？」

蘭吉艾臉上露出笑容，同時把手肘撐在桌子上，十隻手指交扠著。波里斯看到他這種動作，感覺現在的蘭吉艾確實已經能夠把自己的情感、對方的反應、談話的強弱、講話的順暢，都自由自在地操控自如。原來這就是爲什麼波里斯一開始見到他時，會對他那「柔順」的個性感到陌生的原因了。以前蘭吉艾說過他「擅長察覺力量的潮流」，現在他的這番才能已經突破橫亙的障礙，毫不保留地伸展出來，長大成熟了。

「我是有想到……但竟然眞是如此。不過，你對我說這些話，沒有關係嗎？你也知道，我一直對共和政體沒有好感，現在還在一個與貴族交好的大商人家裡被僱用。難道你不擔心我告發你？」

蘭吉艾不發一語地露出微笑。他既不驚慌，也不是帶著自信心，就只是溫柔地微笑。看到他這樣，波里斯想起蘭吉艾過去曾經說過，「如果是會這麼做的人，今天我就不會對他講這麼多了。」他現在臉上的表情就像在重複這句話。

「既然是我所做的選擇，不管會變得怎麼樣，都是我的責任。我既已選擇對你說，就是因爲我想要有所得。爲了想得到，總得冒點險才行。」

「你想要有所得？」

「沒錯，還記得嗎？你要脫離那個陰謀家培諾爾的魔掌時，曾經信任我而跟著我一起奔馳。雖然一開始對我抱持懷疑，但終究還是對我予以信賴。」

蘭吉艾把培諾爾城堡的祕密陳列室鑰匙遞交給他時的模樣，至今還歷歷在目。還有，狩獵中途勸他離開時的說話聲也是……蘭吉艾準備的東西全都是絕對必要的物品。因爲有蘭吉艾正確的選擇，才會有今日的他。

波里斯想到當時的事，格外感觸良多。此時他耳中傳來蘭吉艾的說話聲：

「可不可以像當時那樣……再把生命交付給我？」

一陣長久的沉默。

沒有人敲門。在這僅是兩人的世界裡，任何東西都沒有移動，簡直令人有種時間變慢的錯覺。與波里斯所抱持的懷疑眼神相較，蘭吉艾的眼珠顯得多麼炯炯有神啊！他不管是說什麼話，都會令人想要認眞地聽他說，甚至於會讓人不得不做出決定。當然，他毫不猶豫地奔走他所選擇的路，而且也不畏懼去拉其他人加入，那種眼神是波里斯怎麼學也學不來的。如果換成是波里斯，即使他認爲有多麼正確，都不會用那種眼神去看任何人，甚至要求別人跟隨自己。而蘭吉艾爲了要波里斯去做有價値的事，甚至要求把生命交付給他……他這種堅定的意志，確實令波里斯讚佩不已。

可是……

路西安他那明亮藍色的眼神，在過去這幾個月來，令人意外地，總是牽引著波里斯。以前和蘭吉艾在一起時，雖然常感覺他有驚人之處，也覺得自己某些方面和他很像，不過，波里斯同時也知道，兩人不可能像鏡影那般親近。

正如同蘭吉艾說過，再度見面時要直呼他的名字，他早已知道兩人的關係一定會變得完全不同。同時，他還記得……雖然當時年紀還小的兩個少年，基本內在有著巧妙的共同點，然而那個時候他就已隱約預感到，當他們離別之後再度相逢時，便會宛如從出生就大不相同的種族一般，不會再有相似之處……他還記得這件事。

兩人的交會點，早已在很久之前就錯開來了。

波里斯內心深處無法同意去追求的「大義」，大半是因爲自己的做作、虛假所導致，而會這樣，有時也覺得是因爲自己過於死板。蘭吉艾想要實現的理想，確實是崇高到連這心思縝密、堅強的少年也願意犧牲奉獻自己。可是波里斯卻無法跟隨，而且連假裝跟隨也做不到。並非因爲他對那理想感到厭惡或予以否定，而是由於那種生活根本就與他本身不相協調。

最後，先開口的是蘭吉艾。

「我大概知道你的答案了。」

波里斯沒有答話，只是轉移目光。蘭吉艾用冰冷的語氣接著說：

「我知道這太過出乎你的意料之外了。可是一看到你，突然忍不住就……講了出來。我並不後悔現在提出來，因爲我看得出來，即使我以後提，你的答案還是會一樣。」

波里斯簡短地說：

「……抱歉。」

「不，別這麼說，我可以確定地知道這並不是因爲你對大義信念有所疑慮。你和我感受生命的方式不同，我尊重你的方式。並非所有人都能當鬥士。還有……剛才我說的，我覺得現在我不一定需要有你。如此說來，我應該從一開始就別提才對。可是，我終究還是問了甚至連答案都預想得到的問題，這很可能是因爲我對於與你在一起的時光還有所留戀的關係吧，才會不知不覺想要在一起。」

以前和他一起時，波里斯根本很難想像他會說話如此坦率。或許，當時蘭吉艾爲了保護自己和妹妹，才會盡可能愼重地掩藏住內心想法，但現在他已可以盡情地往他要走的路前進了，因此多多少少學會了如何宣洩、放開自己的情緒吧。

「可是，我是準備要革命的人。」

蘭吉艾一直到剛才爲止，都還語氣溫和，但隨著「革命」這兩個字，卻變成完全不同的語氣，眼神也再度帶著一股炯炯有神的激動。

「我個人對你的感情，不同於身爲共和主義者的我。不管身爲自然人的我如何想要與你交朋友，共和主義者的我卻與你誓不兩立。我們這次分別之後，再一次見面時，很可能會不得已要成爲敵人。爲了那個時候……」

波里斯可以感覺到，蘭吉艾爲了把話講下去，試著再次沉下心情。剛才他見到波里斯時，高興得不顧自己是在躲藏，冒險在派對中現身；但波里斯也知道，蘭吉艾是那種爲了更接近目標，甚至不惜忽視自己心情的人。

蘭吉艾好不容易才開口，話語之中夾帶著一股冰冷的氣息。

「再次見面時，我希望彼此最好形同陌路。」

「……」

就要這樣結束了嗎？雖然曾經感受到比友情更加強烈的情感，雖然曾看到深藏於彼此內心的力量而感嘆著想要伸手援助，但如今這一句話連最初的記憶也予以否定，並且橫亙在兩人之間。波里斯垂下目光，接著點了點頭。他不是不知道蘭吉艾說出這種話時是什麼樣的心情；既是人類，怎麼可能會沒有迷戀，而那股迷戀會讓他們去避免破壞自己與對方的關係。

「只有一件事拜託你，就是不要把我們現在的談話對其他人說起；你以前曾對我作過承諾，你會遵守吧？」

這不是一個期待回答的問題。波里斯記得，自己接受蘭吉艾幫忙而逃出培諾爾伯爵的魔掌時，確實說過「我不會忘記要報答你」的話。蘭吉艾剛剛如果要他兌現承諾，波里斯即使很想選擇自己的人生方式，還是會毫不猶豫地遵守承諾去幫他。

可是蘭吉艾並沒有這麼做。即使感到惋惜，他還是詢問了波里斯的眞正心意；而隨著預想得到的結果來臨，他自己也只能做出痛苦的決定。

他們的談話結束時，波里斯遲疑了一下，問他：

「蘭吉美過得……怎麼樣？」

「還好，還活著。有一些好心人在照顧她。」

蘭吉艾一邊說，一邊從椅子上站了起來，然後伸出手，希望和波里斯最後一次握手，這同時也是他們頭一次握手。長久訓練握劍的健壯手掌，與看似柔弱卻骨骼結實的手掌，第一次互相握到了。

然而，手放下之後，蘭吉艾卻頭也不回地走出了廂房。

05 命運覺醒

「生日快樂！」

七月中旬的某一天，波里斯起床之後走到起居室，突然撞見一群樂師，不禁揉了揉仍睡眼惺忪的眼睛。當然啦，即使揉了眼睛，睜眼再看，那些樂師仍然沒有消失。不過，也不能說揉眼睛全然沒有效果，因爲他發現到了路西安；路西安站在樂師之間，手裡還拿了一個很大的盒子。

「好，開始！」

配合路西安的口令，樂師們開始演奏他從未聽過的輕快舞曲。當波里斯呆愣地注視時，樂師們相顧笑著結束演奏，而路西安則將那個快要遮掩住他肩膀的盒子一股勁塞到波里斯懷裡。

「趕快打開來看看！」

今天是他的生日……嗎？好像是十五天前吧，被路西安突然問到生日時，自己不經意地回答了日期，可是沒想到這個健忘的傢伙，居然記得這麼清楚。說實在的，連波里斯自己這幾天都忘了生日的事。話說回來，這個綁著緞帶的盒子……自己最後一次拿到這種東西，好像是在十歲之前吧？路西安的這番誠意令他感激，但再想到自己周圍似乎只有路西安會想到這種可笑的慶生方式，便不由得笑了出來。

這盒子從體積看來，似乎相當沉重，但是接到手之後，卻意外地輕盈，這令他驚訝了一次；解了緞帶打開盒蓋之後，卻又再吃驚了一次。因爲，盒子裡面居然還有一個比較小的盒子！

「快打開來！」

波里斯聽了，一面露出奇怪的表情，一面打開第二個盒子。然後他發現到裡面裝著一個比之前的盒子還稍小的盒子，於是很快地瞪了一下路西安。不過，路西安卻嘻嘻笑著，只是如此回答：

「發揮一下你的耐心吧。還有很多哦！怎麼可以這麼快就打開呢？」

確實是需要很多的耐心。波里斯一面打開第七個盒子，並開始懷疑這些盒子會不會根本不是生日禮物。

「現在剩下不多了！」

打開十個左右時，演奏完僱主指定曲目的那些樂師們，有人開始和路西安一起爲挑戰這前所未有的開盒子大戰的波里斯加油打氣。打開第十七個盒子時，上面貼著一張字條寫著「祝你十七歲生日快樂！」之後波里斯便用近乎放棄的心情開了最後一個盒子。

然後，他整雙手停住不動。

「……」

路西安一直注視著波里斯在平息呼吸之後，把手伸向盒內的模樣。他用雙手捧起裡面的東西之後，便像是難以置信般地放下，整個人後退了一步。之後又再次用指尖夾起一小支，輕輕搓揉。揉碎之後掉落了乾草粉末……帶到這裡來，都乾掉了。那東西是生長在奇瓦契司的一種草，是針尖草！是一種在故鄉的原野上到處叢生的長枝雜草！

原本是毫無用處的雜草，但是……

離開故鄉之後，好幾次在夢裡見過；在那片變得昏暗的向晚原野上，針尖草有如髮髮波浪般地起伏盪漾。他並不怎麼想念故鄉，但只有那長著針尖草的原野經常在腦海裡揮之不去。他在那塊土地上，和這雜草一起長大，還在草地上打滾，弄得臉頰和衣服都沾上針尖草，而且當時哥哥也在。

他拿起一撮，聞了聞味道。雖然味道不重，但隱約可以嗅出秋天常會聞到的那股味道。

「我特地叫人去奇瓦契司拿來的。怎麼樣？你住的地方也有這種草吧？聽說這是奇瓦契司最常見的雜草。」

過了片刻，波里斯抬頭看著路西安，對他微笑說：

「當然有了，這禮物真的很不錯。」

□

和路西安一起住了快四個月，在炎炎夏日的七月底，他們帶著僕人與幾名獵手，到附近河邊做了一趟露營旅行。波里斯爲了安慰被蟲子螫到手腳而一臉難受的路西安，特地教了他奈武普利溫以前教自己的用魚叉捕魚的方法。結果第一次用這方法捕魚的路西安，很快就噗通噗通地跳來跳去，弄得衣服全都濕透，仍興奮不已。波里斯大約有一年沒在戶外露宿了。他捲起褲管，把他那像奈武普利溫一樣長的頭髮、如同奈武普利溫那樣往上紮起，與路西安共用一把魚叉，就這樣玩了一整天。

傍晚時分，他們抓了五、六條魚，拿上岸時，僕人們已經搭好帳篷，連營火也生好了，所以很快就得以做好晚餐。路西安雖然從小生長在富豪之家，但並不挑嘴，連波里斯照著和奈武普利溫在一起時學到的手藝煮出來的魚湯，路西安也讚不絕口，全部都吃得精光。

「你會的可眞多。我會的好像沒有幾樣。」

吃完晚餐，在睡覺之前，他們在外面看星星。這個時候，路西安用雙手撐著下巴，整個頭往上仰。當他如此說完之後，與他一起仰望天空的波里斯說道：

「不過你也很厲害，無論何事都能樂在其中。」

一到八月，海風開始吹向大陸，天候也比較不那麼炎熱。這幾個月來，路西安舉辦過一次藍鈴派對，而蘭吉艾當然是沒有來。波里斯原本很想問黎安，但覺得不要問比較好，所以波里斯也沒在派對會場待很久就離開了。

在卡爾茲家，也有間非常大的書房。自從天氣變冷之後，波里斯便經常借書來看。有一天傍晚，路西安結束劍術練習之後，用認眞的表情對波里斯說：

「我啊，在考慮要不要去學院讀書。」

「學院？」

「嗯。我呀，都已經十七歲了，卻好像沒學會什麼。可能是因爲盡把時間花在玩樂上面的關係吧。」

眞令人意外，竟然會從路西安的嘴裡說出這番話。波里斯歪著頭思索了一下，然後點頭說道：

「你要去學院學什麼？」

「嗯，魔法！距離這裡西邊稍遠的地方，有間安諾瑪瑞最好的魔法學院。聽說不只是教魔法，還教劍術、歷史學、古文學之類的。可是入學考試好像很難。我呀，今年秋天和冬天要努力用功讀書，暮冬時去那裡參加考試……波里斯……」

「幹嘛？」

路西安突然眨了眨眼睛，拉著波里斯的手臂，說道：

「你要不要一起去？」

「嗯？」

說得也對，像路西安這種個性，如果沒提議一起去，豈不是很怪？波里斯雖然心裡這麼想，卻無法輕易答應。坦白說，他沒有準備過什麼考試，但最重要的還是因爲……學院這種地方一定聚集了一大堆和自己同齡的孩子，得與他們相處。他和路西安相處，是因爲情況特殊，而波里斯仍沒有自信心可以和同齡的孩子合得來。他們一定會無法理解波里斯不得不變成這樣的過程，而自己也會難以接受那些孩子的平凡。沒有必要一定得去那種地方……

此時，路西安開口說：

「波里斯，嗯……我呀，這段日子看著你，感覺自己眞的一直都是隨心所欲地在過日子。當然啦，現在這個年紀還是應該玩玩有趣的，偶爾鬧一鬧，但是……我也該找出自己的專長，這樣不是很好嗎？一開始我的出發點就是這樣。你不是說過你從小就經歷了不少困境嗎？而我沒有，所以雖然和你同年，卻不像你那樣成熟。到目前爲止，我嘗試過很多種事情，雖然其中有很多都被人說很有資質，但終究都因爲我先厭倦而半途而廢。其實剛開始我都有決心努力要把事情做好的。可是……要不是有你在旁邊，我怕可能不會繼續努力下去。所以說，我們一起去吧。至於你的學費，我也會要求爸爸全都幫你付，拜託，一起去吧！」

「……」

波里斯並沒有立刻答應。如果路西安獨自去學院，波里斯就沒理由繼續待在卡爾茲家了，屆時他希望能夠回去克瓦雷，和傅寧叔叔一起過日子……但是，這樣會比較好嗎？

路西安見波里斯沒回答，點頭說道：

「我知道你無法很快下決定，你再考慮一下吧。啊，還有，考試對你而言應該不會很難才對。那裡主要有九個科目，聽說只要其中兩科很厲害，其他科目再怎麼差勁都沒關係。九科裡面有一科是劍術！也就是說，你已經有一科非常厲害了！所以，你慢慢考慮，朝好的方面去想！知道嗎？」

□

隔天，是個雨天。

波里斯來到露台坐著，透過雨絲，呆呆地遙望前方的白色圍牆。路西安說爲了準備開始用功，要去買書，就跟著家庭教師出去了。波里斯好久沒有像現在這樣一個人度過早上時光，他讀書讀到一半，就跑出來聽雨聲。

暮夏常會下雨。這個露台位於宅邸的西邊角落，所以是看夕陽的最佳地點。當然啦，今天這種日子不可能會看得到夕陽，但因爲是角落，隨時都能看得到宅邸外面的田野。所以波里斯就來到這個可以遠眺到地平線的地方，獨自坐著。

煙雨濛濛，遠處可以見得到一群樹影。他知道那裡有樹林，但卻從未去過。事實上，他也無法常常外出。就連卡爾茲豪宅裡面，他沒去過的房間也多得數不清。更何況，在宅邸裡面就已經有座建造得很不錯的大庭園，大到可以感受到在樹林裡能夠感受到的所有氣氛。

樹影在晃動著。

雨勢忽大忽小，當雨勢變小時，有棵原本看起來像是稍微突出的樹木，與他的距離竟然變近了。滴滴、答答、滴答。當雨勢小到連屋簷落下的雨滴聲都可以和雨聲相互區別的時候，他看出原來那是站在雨中的馬匹，上面乘著一個人，遠遠地立著，正望著這個方向。

似乎看得出來那個人的頭髮是淺黃色的。

好不容易等到他察覺那個人在看的是自己的那一瞬間，雨又再度傾盆而下。似乎就快認出的臉孔，也因爲雨勢而消失不見了。

那是一張似曾相識的臉孔。

□

「波里斯，你看這些，是不是很棒？」

路西安扯著他的袖子，要他看的並不是買回來的書內容有多好，而是要他看看那些充滿皮革味道的漂亮書皮。當然啦，路西安自己家裡的書其實已經太多了，但因爲這些是想看而買回來的書，所以不管是什麼書，他都覺得很棒。

波里斯翻看了幾本書，說道：

「你眞的會看這些書嗎？」

「不能只有看，想要有好成績，還得背下來！而且我也問出九個科目是哪九科了。分成三類：魔法、戰士、學識。魔法類的不管是哪個種類，只要大師（master）級的魔法師認可就行；戰士類的也是，不管選擇哪種武器，只要有一種很厲害就可以。學識類包含有煉金術、古文學、數學、音律、歷史學、邏輯學、辯論術。聽說還有一種情況，萬一考試沒通過，只要與學院校長談過，受到『符文』認可，就能無條件入學。當然……最後一個因符文認定而入學的人，是在五年前入學的，所以，那種好運是別期待了。」

「所以，你打算選擇哪幾科？」

「還剩不到半年，要讀完所有科目，我看一定不可能。不過，我已經先把書全都買回來了，要選什麼好呢？聽說必須要兩科很厲害，要不然，就是三科都中等程度，才算及格。劍術，因爲有向你學劍術，只要再繼續練習就可以。魔法，我完全不懂，一定很難吧？數學怎麼樣？我常在爸爸身邊看他算東算西。」

路西安的家庭教師在一旁笑著說：

「路西安少爺，數學應該不是簡單的科目。光只是很會計算，是不行的。如果您有自信會努力，我想可以選擇只要全背起來即可的歷史學。絕對不要選的應該是古文學和辯論術。因爲，古代語不是一天、兩天就能學得起來，而辯論術則似乎不太適合少爺您的個性。」

然而，路西安還是有好一陣子都在喃喃自語著：這個好呢，還是那個好呢？非常投入在選擇科目的事情上。波里斯只是笑著看他，同時在心中想著自己該選什麼科目才好。劍術他當然要選，還有，他學過聖歌，音律會是最佳選擇，可是自己目前處於不能再唱歌的立場，所以不可以選音律。那麼……

「……既然這樣，會不會還是歷史學和數學比較好……啊，對了，波里斯！我都忘記了。」

「忘記什麼？」

路西安從懷裡拿出一封信遞給他，那是封像是被雨淋濕之後再變乾的信。波里斯下意識地接了過來，一看信封，並沒有發信人的名字。

「剛才我回來的途中，在家裡附近遇到以前見過的一個人。就是那個人啊，你在銀色精英賽得冠軍的那一次，叫我賭你會贏的那個漂亮姊姊。那個姊姊要我把這個交給你……」

路西安無法把話說完，因爲，波里斯突然緊抓住路西安的肩膀，用路西安從沒聽過的口吻快速說道：

「你說在銀色精英賽見過？長得什麼樣子？年紀呢？」

「你怎麼了？那個姊姊大約二十歲，非常漂亮，帶著劍，頭髮很短……啊，金色頭髮之中有一小撮白髮……波里斯？」

「……」

波里斯鬆開了他的肩膀。路西安頭一次看到波里斯如此激動。波里斯的臉孔變得蒼白之後，又再度泛紅。而他那雙眼睛早已沒在注視著路西安，而是在悄然失去焦點之後，猛然轉向窗戶方向。當然沒有人在那裡，但他還是一副想要找出人來的模樣。外面早已經一片漆黑。

波里斯後退幾步之後，打開信紙。

如果可以，見個面
到西邊露台外面
晚上十點

熟悉的筆跡突然橫掃過他的眼睛。不對，他搖了搖頭。其實他不用搖頭，因為，她會來找他，一定是有什麼要事！

「路西安，我出去一下就回來。」

「上面寫著要見面？」

波里斯看到路西安的眼裡閃過一絲不安，於是靜靜地回答：

「我一定會回來的。」

□

有三盞大燈亮到足以照到西邊露台的圍牆外面。波里斯知道是誰把燈放到那裡去的。圍牆外面不遠處，立著一匹馬。地上因為下了一整天的雨而濕漉漉的，令他走起路來每個步伐都黏糊糊的。濕潤的空氣使得鼻尖感覺冷冷的。這是個冷冷的夜晚。

黑色的輪廓稍微移動了一下。

「久違了。」

「……」

波里斯聽到說話聲音的瞬間，感情一時激動不已，只得把到了嘴邊的話給收了回去。就在波里斯說不出話來的同時，她走近他。波里斯看到原以爲這輩子再也見不到的人嘴裡呼出熱氣，一縷白色煙氣在夜晚的空氣中散了開來。

因爲黑暗，所以看不清她的臉孔，只看得清楚頭髮亮光所形成的輪廓。那金色……她送的頭髮，他一直都好好地保存著，但他忍住，一次也沒有打開過。沒想到自己這輩子竟還能再看到她！

「你……又長大了不少。」

波里斯此時發現到，她的聲音竟有些顫抖。一察覺到這事實，他突然覺得心頭一陣鬱悶，同時有個東西——不對，事實上是一句他最想說的話——梗在那裡，但他說不出來，結果像是忍受不住似地，呼吸愈來愈急促。

他想要判斷是否可以說出來，但所有的一切都只被混雜在一起。他想說，想得快瘋了。

「我很想念妳，伊索蕾。」

他們是分別了一百年，還是才一天，他已經不知道了。

在黑暗之中，他曾經如此喜歡的那冷靜堅定如大理石般的聲音回答他：

「我也是。」

滴答、答、答……滴滴答。

嘩嘩……

雨又開始傾盆而下。雨勢比白天還大，一轉眼間，兩人的頭髮和衣服全被淋濕了，感覺好像是雨水失去了理智似地。雨聲麻痺了耳朵，濕透的身體散發著白色熱氣裊裊上升。他的呼吸變得很不規則。他伸手……握住了她的手腕。快速的脈搏，還有溫氣，一下子傳遍他全身。

「呼……」

就這樣，伊索蕾讓他握住手腕，不發一語。昏暗的天空像被鑿了個大洞似地，大雨傾洩而下，下了又再下……他眞想去到一個無人的地方，想要與她一起去，當他這麼想時，時間就如同薰香一般，在黑暗之中慢慢燒盡。

伊索蕾的另一隻手靠過來握住波里斯的手腕，把自己的手腕拿開。手一分開，心裡便全被雜音給阻塞住，一些自私的慾望雜音，甚至都快推開了腦子裡最後僅存的理性。此時，從背後傳來了話聲：

「那個……下雨了，請進來說話吧。我不會妨礙你們的。」

原來是路西安，他沒有僕人陪同，親自拿著雨傘來到了外面。波里斯聽到他異於平常地低聲，且小心翼翼的語氣，才逐漸回復到平常的自己。

□

壁爐裡已經生好了爐火，而且還準備了溫暖的茶水。這裡是路西安有客人來時使用的小型客房，平常幾乎沒在使用，一向是關著的。不過，因爲僕人經常清掃的關係，所以內部相當乾淨，只不過因爲很久沒人住，所以感覺有股莫名的寒意。

路西安帶他們兩人來到這裡之後，居然還令人驚訝地善盡了主人的義務，對伊索蕾說他會準備寢具，要她別擔心，儘管住下來。他還說會準備換洗的衣服，但伊索蕾卻微笑著鄭重拒絕了。波里斯知道她連一夜也不打算停留。

路西安出去之後，有好一陣子都只有壁爐的火苗在發出聲音。過了好久之後，波里斯才問她怎麼會知道這裡，又爲何會來找他。

「奈武普利溫祭司大人說過，你這個人不是那種會去嘗試新生活的冒險個性。他說你如果到了大陸，會在原本認識的其中一個地方重新生活。而且還告訴我，你曾經差點就成了克瓦雷城鎮的鐵匠助手。說你曾經說過，如果當時是選擇當助手，後來的人生會整個改觀。」

眞是令人驚訝！沒想到卡納波里的鏡子給予的解答連自己都不曉得，奈武普利溫卻早就已經看穿了。奈武普利溫……眞的很清楚波里斯是什麼樣的人。

此時，伊索蕾突然開口說：

「祭司大人病得不輕。」

伊索蕾看著波里斯的眼睛逐漸變大。波里斯隔了好久，才壓抑住情緒，問她：

「妳是指……奈武普利溫祭司大人？」

「沒錯。」

「怎麼會，他是哪裡生病了？有發生什麼事故嗎？和人決鬥嗎？」

「當然不可能。那是祭司大人很久以前的病。現在惡化了。」

波里斯聽到「病」字，原本還想再問她，卻突然整個人呆愣住。他低下頭來，又再搖了搖頭，嘴裡反覆地喃喃自語，輕顫著嘴唇。所有的一切就如同快速翻過的書頁一般，在腦海中掠過。他問自己：不是知道那是什麼病嗎？沒錯，他知道！

他知道是什麼病！

「很……嚴重嗎？」

「令人遺憾地……聽說活不過今年年底。是默勒費烏思祭司大人說的。」

原本一直低著頭的波里斯，突然砰地拍了一下桌子，猛然站起來。伊索蕾抬頭，看到他已經是淚流滿面。完全無法自制，他仰頭大喊：

「爲什麼……要對我說謊！爲什麼，到底是爲什麼！」

伊索蕾又再度徐徐垂下目光。她知道波里斯說的是什麼意思，她已經知道奈武普利溫在波里斯離開月島時對他說了什麼樣的謊言。而且……她也知道那是爲自己設想的。

「我要是知道是這樣……就算會死，也不會離開……」

哽咽的聲音斷斷續續地說著。伊索蕾把目光停留在壁爐的一角，緊抿著嘴巴。隔了片刻，她閉了一下眼睛之後又再睜開，對波里斯說道：

「當我得知這所有一切時，我也不知該說什麼才好。對，你最好恨我好了。祭司大人把能夠救他性命的最後一樣物品讓我用掉，那東西只能治療一個人，他卻對你說謊，說連他自己也治好了。我是在不久前才知道有『紅色心臟』這種東西，是從戴斯弗伊娜祭司大人那裡聽說始末經過之後才知道的。如果要追究，他會這樣，完全是因爲我和我父親，也就是我們父女造成的。」

波里斯無法做出任何回答。她接著說：

「我知道有『紅色心臟』這東西，以及它具有的治療力量之後，最先感到疑惑的是……為何第一個怪物所遺留的心臟無法治療奈武普利溫祭司大人。反正那場戰鬥中的生存者是祭司大人，我父親是不可能活下來的，這我比誰都還清楚。父親和我所學的颶爾萊劍術，其中有種技法就是犧牲自己性命同時殺死敵手。而且在父親留下的日誌裡，明明記載著他知道心臟的用途。那麼，到底是為什麼？」

波里斯看到從她的濕衣滴下的水珠，弄濕了一大片地板。

「我，有想過，那可能是因為父親的固執所造成的。」

波里斯早就知道是什麼原因。伊利歐斯祭司是因為收學生的事在生氣，所以故意把那東西給毀掉的，可是他並不想告訴伊索蕾。

「很久以前，當時我還小，在偶然間發現父親劍上刻著文字的祕密，還曾吵著要他做出同樣的東西。父親說他不會做，還說他連那劍的出處都不曉得。後來那劍傳給了我，我卻在很久以後才推想出劍的鑄造者是誰。我是在看到你也有同樣的劍之後，才推想出來的。」

伊索蕾的聲音就如同她的濕髮一樣沉重，像是已經歷無數煩惱、內心再也不會動搖的那種語氣。

「你不是說過那劍是奈武普利溫借你的嗎？我在其他人手上也看過那種劍……正確地說，是死人的手上。是那個人的遺物。所以我不久就推測出來了。歐伊農匹溫老人，也就是教授奈武普利溫祭司大人的那一位，正是問題的解答。嗯，事實上，我父親選擇死亡之路的那個清晨，我去見過奈武普利溫祭司大人。」

夜深了，就連曾經被深深隱藏的所有祕密，也被揭露了出來。

「祭司大人對我保證，一定會守護我父親，並說這樣才能還清長久以來的人情債……自從訂婚事件之後，那是我第一次和他說話，沒想到過了好幾年之後，竟要成爲最後一次。我一次也不曾認爲……奈武普利溫祭司大人會不管我父親死活，只管自己生存。可是我還對你說過那種話，實在是因爲留下的憎恨太深了。而之所以會有那股憎恨，完全是對死者不能死而復活的不捨所造成的。」

波里斯轉過頭去，雖然把目光移向天花板，但眼淚還是停不下來。

「可是時間流逝，因爲其他的一些事情，破壞了我的那種心情。現在我甚至還成了債務人，欠祭司大人一筆生命的債，還有……也欠你債。」

「……」

伊索蕾仰頭呼出了長長一聲充滿悔恨的嘆息，粉紅色的眼珠顫動著。

「我找不出報答的方法……就發了誓，出了月島。目的是在今年年底之前，盡全力再找出一顆用於治療的紅色心臟。當然，奈武普利溫祭司大人說我這樣是白費力氣、沒有必要。不，他還笑著說，如果我的目的是來找你，他才要讓我來大陸……我堅持要走，結果祭司大人要我發誓，如果發生不幸……」

伊索蕾的聲音似乎開始顫抖了起來，原本硬是壓抑的平靜，一時之間全都功虧一簣。

「要我……接他下一任……我父親去世之後，原本應由我來接的那個位子……要我把它接下來……要我發誓。他蒼白的臉龐……你……無法想像得到有多麼……」

她那忍了又再忍的哭聲，一下子湧出，兩手掩住臉孔。她是那種無論什麼事都不會哭的人，如今指間卻一直不斷地流出眼淚。波里斯曾經以爲她在伊利歐斯祭司死後，便連一次也沒有哭過。此時，之前在通往幽靈之地的內心森林裡，他曾聽年輕的奈武普利溫說過的話語，在耳邊響起：「我不想看到伊索蕾的淚……眞的，眞的是不想看到啊！」

「我……請妳讓我回去。」

伊索蕾沒有回答，波里斯又再一次堅定說道：

「只要讓我回去，讓我在他身旁直到最後一刻……那麼之後要我怎樣都沒關係。即使像那些從懸崖摔下的孩子們一樣……殺死我也沒關係。拜託請妳帶我回去，我沒辦法再這樣待下去。再這樣下去，等於是在這裡吊死的感覺。」

「你以爲奈武普利溫祭司大人……希望你回去？」

低著頭的伊索蕾，從口中發出沙啞的粗聲，繼續說道：

「他現在最大的希望就是盼望你幸福……你說你死了也沒關係？你的生命已經不是你一個人的，不能隨便就去赴死。不要再說『死』這個字了。」

「眞的……沒有方法可以回去再做巡禮者嗎？完全沒有嗎？」

伊索蕾隨即抬頭低聲地說：

「和莉莉歐珮結婚不就行了？」

波里斯僵直住身子，低頭看了一眼伊索蕾，說道：

「……現在都已經這樣了……請不要再開那種玩笑。」

「我不是在開玩笑。那孩子，自從你走了之後，聽說變得神經兮兮的，不像以前的她了。攝政閣下非常擔心她，如果你回去能讓那孩子情況好轉，說不定眞的會原諒你。」

「……」

這有多麼可笑啊！彷彿像是上天爲了戲弄他們三人，故意製造出來的惡性循環圈，而這之中會是哪個圈圈先斷裂脫離，誰也不知道。

不管是哪個圈圈……都像是不被原諒，卻不願切斷關係的罪人一樣，厭惡自己。雖然剛才他還認眞地說要回去，但現在卻猶豫了，無法回答……原因是：困著他的這個左右爲難的箱子太過堅固，根本看不到可以脫離的洞。

隨著這陣沉重的靜默流逝，喝剩的茶都涼了。

此時，傳來了時鐘敲著十二點的聲音。奇怪的是，他的所有思緒也突然就像這鐘聲一樣，變得非常清楚。對於伊索蕾來到這裡的原因，以及沒有任何選擇的自己，還有最後自己唯一能做的事，他現在全都清楚明白了。

好，只剩下一個了，不是嗎？確實……還在。

「我是不是不該來這裡……？但是我認爲不能什麼都不對你說。祭司大人當然不希望你知道，但那就像是父親的……事，應當要告知他兒子，不是嗎？」

因爲她經歷過父親的死，所以會這麼說。可是就連這樣的她，都無法輕易說出「死」這個字。而波里斯也一樣，若以奈武普利溫爲對象，這個字是他永遠不能接受的。

「或者，即使是在這種情況下，我也可能是因爲其他原因才來的吧。」

伊索蕾這句話，令波里斯嚇了一跳。可是她低著頭，根本看不到表情。她的話……是什麼意思？

「好了……我要走了。」

波里斯猶豫著是否要告訴伊索蕾他的決定。可是張了口，卻因爲想到不能讓她處於險境，而決定不說出來。這件事該由他自己一個人來解決才對！

兩人一起走到外面。時候不早了，路西安應該已經睡了。他們在宅邸入口處簡短道別之後，伊索蕾就走了。他完全壓抑住長久以來一直想對伊索蕾說的話，無法說出口。他看著伊索蕾愈行愈遠的背影，心裡深處更加感到苦澀，但是他確信，如果完成了他決心要做的事，一定可以再見到她。

到時候……應該就可以把心事全說出來了！

第二十一章

春天來了

Nature Seals Her Promise of Spring in White

01 因果報應

經常吹著涼風的八月初某一天，波里斯終於為四個月的停留劃下了句點。而這距離伊索蕾來找他，只過了兩天。

這兩天，路西安什麼話也沒說，既沒挽留他，也沒問原因。波里斯去見路西安的父親卡爾茲先生，說要去解決一個重大問題，之後會再回來，那個時候路西安也在場。杜門禮．卡爾茲先生看了一眼路西安的表情，沒說什麼就答應了。

波里斯要離開的這天早晨，路西安很早就等在宅邸入口，靠在古典的柱子上。波里斯就和來的時候一樣，只是簡單的旅行者裝束，加上兩把劍，然後披著一件黑色斗篷。他走出來之後，朝著路西安走去。

他的斗篷被風吹得衣角飄飄。此時，卡爾茲宅邸庭園裡種植的樹木，全都在飄落著樹葉。風兒掃過葉尖，撫過綠草，接著鼓脹了路西安白色短夾克的衣角。

「我呀，在你剛來這裡的時候……」

路西安靠著柱子，原本一直在原地踩著鞋印，見到波里斯走近，就開口說話。

「看到你和我如此地不一樣，看久了，總覺得世上怎麼會有生活如此無趣的人，心中不禁生起了使命感，決定要教你一些好玩的事情。」

波里斯站在他面前，露出啼笑皆非的微笑，喃喃地說：

「那也算是使命感？」

路西安搖了搖頭，突然大聲地說：

「你眞的和別人很不一樣！我到現在都沒交過什麼好朋友，是因爲我常常喜新厭舊。我什麼事都很容易厭倦，所以朋友這種東西，很快就會失去。可是你和我實在是差異太大了。你活在我不知道的世界裡，看到這樣的你，令我覺得很奇怪。那應該是我絕對感受不到、也經歷不到的世界吧。我鬧脾氣的時候竟敢把我打昏的，恐怕也只有你了。你呀，嗯……」

路西安轉動著眼珠子，選好要說什麼之後，說道：

「似乎不管認識多久，不管認識多少，都還是無法完全認識你。所以我就絕對不會厭倦了，不是嗎？」

波里斯的臉上浮現出像是感到困擾，卻又溫馨的微笑，此時從他口中說出了平常不會輕易說出的一句話：

「我也是，很喜歡你和我如此地不相同。」

「所以，我們相處得很愉快吧？」

路西安閉上嘴巴，費勁地做出一個微笑。兩頰圓圓突出之後，變得一副孩子般的表情。

「嗯。」

波里斯說道。這時候風兒又再度吹過。他平常總是束綁起來的長頭髮，因爲要去旅行，就直接放下來散著，如同波浪般隨風晃動。路西安不知是不是因爲風吹得他短短的金髮刺到了眼睛，揉了好幾次眼睛，揉到後來，他突然說：

「事實上，我很想拉住你，叫你不要走。」

波里斯仰望天空。今天的天氣實在非常適合旅行……

「我知道，你有著很多我不知道的事。但是這一次，我也搞不懂，總覺得眞的很危險，就是有那種感覺。但我也知道阻止不了你，但我還是、覺得你可能不回來了，一直、這樣覺得……」

「……」

波里斯一面聽，一面低頭俯視地面。聽完之後，他走近一步，把手放在強忍住心情的路西安肩上，然後用堅定的語氣說道：

「這一次要是我回來了……就和你一起去上學院。我們約好。」

「……」

這一回換成路西安說不出話來。波里斯點了點頭，像是再次確認約定的動作。可是他心裡很清楚，自己定下的是個無法輕易實現的約定。事實上，他覺得自己根本無法遵守的可能性非常大。

好，爲了一起去上學院，他要活著回來。

「好……你答應要做到哦！」

「嗯。」

爲了遵守約定，得越過無數困難障礙，這一點他很清楚，但是這一瞬間，波里斯是認眞的。

他收回手，後退一步，只短促留下一個微笑，就走出去了。有一匹馬立在前方，是路西安吩咐馬廄準備的，那是路西安平常騎的那匹最好的馬。

他騎上馬，頭也不回地離開了。

□

山林與田野不斷在他眼前掠過。

騎在奔馳的馬匹上，安諾瑪瑞變遠了。變得愈遠，就愈接近另一塊土地。更接近，又再更接近，他朝即將歸去的那塊黑暗土地馳騁而去。

這是一個沒有空閒停滯的旅行。要是稍作停留，所有一切恐怕就無法挽救！

八月中旬來臨之前，波里斯橫越過安諾瑪瑞的殖民地堤亞，隨即越過奇瓦契司邊境。越過邊境時，是路西安的父親替他準備的身分證明幫了大忙。越過邊境之後，他開始往東北前進。又再奔馳五天，八月底終於到達他要去的地方。

奇瓦契司的首都——羅恩。

這並非是他最終要去的目的地，但這裡卻有個處所，是他在前往目的地之前得先去的。現在他決心要回去的目的地，是個必須賭上性命的最後決勝點，所以在這之前他要先去見一個人，去了結過去的事情！

在羅恩市內，他花費了半天找到了那幢宅邸。

「你說要我通報的是哪一位？」

長途旅行下來，波里斯一身風塵僕僕。此時，一名中年守門人上下打量著他，充滿疑惑地又再問了一次。波里斯舉起右手，把散在額頭的髮絲全往後撥。他把被汗水弄濕的頭髮集中到後面，讓守門人看清楚自己的臉孔。但是過了片刻，守門人的眼裡還是透著疑惑。

「要是你還有眼睛，就不該懷疑我是他姪子，不是嗎？」

小時候常聽說，他們家族的人都長著相似的特殊臉形，而在波里斯漸漸長大之後，看到自己的臉孔，更確信此話不假。雖然年幼時察覺不出來，但他當時確實和耶夫南長得很像，而隨著他們的年齡增長，便愈是像他們的父親優肯，而優肯則是……則是和親弟弟勃拉杜．貞奈曼很像。不過，只有他那類似爬蟲類的淡黃色眼睛，與他們不像。

「嗯，看起來應該沒錯，但是您無法見到主人，因爲他兩天前就外出了，而且恐怕不會很快就回來。」

就在這個時候……

「夫人，拜託您！」

「請不要這樣啊，夫人！」

裡面傳來了幾名女僕懇切哀求的聲音；隔了片刻，似乎有什麼東西被打碎的聲響傳來。波里斯察覺到情況不對，便問守門人說：

「請問家裡發生了什麼事？是我叔叔的問題嗎？」

他從未想過自己會再稱呼勃拉杜爲「叔叔」，但是不管怎麼樣，他還是這樣問了。守門人有些猶豫，再看了一眼波里斯的臉孔之後，才讓他進去。

進到寬敞的會客室時，波里斯訝異地看到了一個意想不到的景象。這個外表看似氣派且乾淨的宅邸，內部竟非常地雜亂。這間看起來曾經被裝修成會客室的地方，到處都有物品傾倒。高花瓶碎裂掉在地上，裡頭的花朵早已枯萎，而歪斜弄縐了的地毯，也都沒人去整理。

「你是誰？你，是不是有帶消息回來？」

像孩子般蜷縮在會客室角落裡的年輕夫人，忽地抬頭看向波里斯，如此說道。波里斯低頭看她一眼，不得不把要說的話暫時打住。她看起來應該是這裡的女主人，但衣著零亂，甚至到了令人覺得可憐的地步；頭髮也沒整理，像發瘋似地不停顫抖著。

女僕們想要扶起她，但是她不要，匍匐般地走向波里斯。然後她一邊拉扯肩膀上的披肩，一邊將她布滿淚痕的臉龐，湊到波里斯眼前。

「告訴我！在哪裡？那孩子在哪裡？回到她父親身邊了嗎？是不是？那孩子是不是沒事？」

「請問妳是說……誰？」

波里斯用直覺猜出這夫人應該是他嬸嬸，但他並沒有表明身分。如果表明了，應該也不認得。她一直把身子往披肩裡縮，同時愁眉苦臉地繼續喊著：

「把她帶回來！把我的孩子帶回來！我的孩子在哭了！一想到她的哭聲，我都快瘋了！」

「……」

波里斯突然伸手握住這夫人的手腕。她嚇得想要甩開手，卻甩不開。就這樣，他緊握著她的手腕，問道：

「請問妳說的那個孩子……是不是嬸嬸妳和叔叔生的孩子？」

一聽到「嬸嬸」、「叔叔」，似乎給了她某種打擊。她像是想到什麼似地，突然使勁全力，掙脫掉波里斯的手，往後跌倒了。然後一面發抖，一面呼叫女僕。

「露琪卡！波爾妮亞！趕、趕快帶我走……我、我……」

波里斯一步一步地走向女僕。女僕或許是因爲剛才聽到波里斯說的話，已經知道他是誰，所以驚慌失措地說：

「那個、那個……我們夫人有些……不舒服。」

「孩子怎麼了？」

「小姐不見了……兩天前，小姐生日那天失蹤的……主人去找小姐了。聽說是執事先生帶走的……」

「執事？」

「是的，涂爾克執事先生……」

剎那間，波里斯像是後腦勺被挨了一記似地，感覺遭受打擊，重複地說道：

「涂爾克執事？」

這個名字他很久以前就已經忘記。涂爾克執事，不就是貞奈曼家族的……父親優肯的心腹嗎？一直以爲這個人當時就與父親一起死去了，怎麼還會在這個地方？

「涂爾克執事這個人……本來就在這裡嗎？」

「聽說他是主人很久以前帶回來的……我只知道這些。」

波里斯猛然轉頭，環顧四周，他需要一個能夠給他完整解釋的人。此時，從宅邸內側走出來一名年約七十的老人，他看到陌生人便停下來站住。女僕很快跑去對那老人低聲耳語著：

「老管家，那個……他說他是主人的姪子……」

老管家整張臉都變白了。他直盯著波里斯，打量了好一陣子，然後結結巴巴地開口說：

「那麼……您是已經過世的優肯先生的？」

波里斯想和這名老管家談一談，於是快步走過會客室。此時，這個家的年輕女主人彷彿疲憊的旅人一般，拖著身子往旁邊避開。雖然她十分擔憂女兒，但是並未離開，似乎想聽他們說話。

波里斯走近他，開口說道：

「對。優肯．貞奈曼是我父親。您怎麼知道我？」

老管家的眼睛睜大了一些。

「天啊，怎麼會……您眞的還活在這世上……太好了……我是以前，葉妮琪卡小姐去世之前，曾在貞奈曼宅邸裡待過……那時候我是一名私兵。可是他們兄弟兩位恩斷義絕之後，我就一直跟隨著勃拉杜主人了。統領閣下徵收羅恩所有私兵的時候，我因爲太老，就成了僕人。少爺您不記得嗎？我還常常帶您騎木馬呢……」

波里斯並不記得這名老管家。可是突然，他想到了，葉妮琪卡姑姑去世的時候自己根本還沒有出生。那麼說來，這老管家現在是把自己當作……

「我……不是耶夫南．貞奈曼。」

「什麼，那……」

「耶夫南哥哥很久以前就死了。我是弟弟。」

「啊……」

老人年紀太老，連耶夫南的年齡、外貌，似乎都已經記不清楚了。只因爲那個時候，貞奈曼宅邸裡只有耶夫南一個孩子，而他並沒有忘記有這麼一個孩子。可是過了片刻，原本望著波里斯的老人，眼裡卻噙著眼淚，說道：

「那麼乖巧的少爺，竟然去世了……」

波里斯突然說不出話來。看到這名他完全不認識的人，爲哥哥的死感到悲傷，格外覺得有股令他哽咽的情緒湧上心頭。他好不容易才平撫心情向老人發問：

「小孩子是怎麼一回事？」

「您還記得……涂爾克執事吧？」

「他是不是一直都待在這裡？」

「是……我看到他來到這裡，就推測優肯主人已經不在人世間……當時我眞的覺得很意外，您應該也知道吧，眾所皆知，那個人是優肯主人最忠誠的僕人，不是嗎？我在那個人去貞奈曼宅邸之前，就先跟隨勃拉杜主人了……但不管怎麼樣，他看起來應該不是那麼容易就背信的人，但卻改變了心志；當時我根本覺得不可思議。可是幾年下來，涂爾克服侍勃拉杜主人服侍得很好。其實他這是在做長久的準備，想給勃拉杜主人……一個最爲致命的報復，如今我才知道是這麼一回事。他眞的是……非常可怕的人。」

「那麼……」

波里斯這麼說，同時在腦子裡開始刻劃出大概的情況。他也記得，小時候他所看到的涂爾克，是個多麼陰鬱且難以接近的人物。

「那個人……綁架了小葉妮小姐。那天是葉妮小姐生日，很多客人都來看她，多到連小姐不見了，大家都還以爲是在和其他客人玩。可是派對快結束時，才發現已經有兩個小時都沒人看到葉妮小姐。夫人、主人、奶媽、女僕們全都沒有看到……於是翻遍了整個家，結果在涂爾克執事房間裡找出了一封信。勃拉杜主人看完信之後，便發瘋似地說要去把葉妮小姐給找回來，就離開家裡了……」

孩子的名字是「葉妮」……？波里斯並不十分清楚勃拉杜叔叔和葉妮琪卡姑姑之間的事，反而因此覺得意外。沒想到叔叔竟然把自己女兒的名字取得與慘死的姑姑一樣！

「我可以看一下那封信嗎？」

「主人把信帶走了，但是大概內容是這樣：『小孩子的生命是要用來償還死者的鮮血』。上面並沒有寫他帶著孩子去了哪裡，但主人說知道該去哪裡找。」

這一瞬間，波里斯也可以感覺得到，涂爾克是帶孩子去了哪裡，更明白勃拉杜怎麼會知道是那裡……那裡是只有被這一連串命運糾纏住的人們，才知道的唯一處所……可能會去的只有那個地方而已！還會有其他比那裡更適合償還父親血債的地方嗎？

而那裡也正是自己原本就要前往的目的地。

一旁的嬸嬸在喃喃自語之後，開始不知在喊叫些什麼。一開始，他聽不清楚，但是聲音變大之後，就全都可以聽得一清二楚了。

「血債血還！我就知道會有這麼一天……上天的石磨慢慢旋轉，祂連一顆細米都不會放過……你總是以爲不會輪到自己！但死者可不會忘記你！都是你，你的罪害了葉妮！都是你的罪害的！」

波里斯望著一直大叫、發出奇怪聲音不知是在哭還是在笑的嬸嬸，不禁變得僵直。他再轉過頭去面對老管家說話。然而，這幾年對勃拉杜所累積的怨恨……會有人比波里斯更加強烈嗎？

「我來這裡，原本是要質問我叔叔，爲何一定要犯下那些惡事，我想知道原因。因爲叔叔可怕的固執行爲，使我父親，還有耶夫南哥哥喪了命，逼得我一個人獨自存活。這幾年來，我數十次與死神搏鬥才活到現在。當時貞奈曼家族的家兵也是妻離子散，有的甚至還失去了性命。當他想要犯下會引來這些結果的罪行時……我相信他一定有不得已的原因……所以我認爲一定要知道原因，才能決定我要怎麼做。然而現在已經沒必要問了。等我叔叔回來，請您轉告他……」

「轉告什麼……？」

波里斯後退一步，低沉地說：

「請您這樣轉告他：你的罪……會由命運之手來清算，而非經由人類的手。總有一天，盛滿毒酒的酒杯會輪到你面前，到時候，想避也避不掉，而且也不會被饒恕！」

波里斯轉過身去，留下老管家、女僕們，以及精神幾近錯亂的年輕夫人，呆愣地望著少年的黑色斗篷消失在門外。

□

「這是從瓊格納先生那邊傳來的消息。」

柳斯諾．丹恩，這個身爲坎恩統領的祕密武器，且被稱爲「一翼」的人，已經有好幾年無法去見坎恩統領了。自從接受命令去找尋帶著冬霜劍的少年之後，已經過了三年。可是接到這任務以來，他便生平第一次嚐到連遭失敗的滋味。

有好幾次，他都已非常接近那少年，差點就能遇到……可是既然無法掌握在手掌心上，說什麼「差點就遇到」都是毫無意義的，這點他比誰都清楚。

最近，他第一次感受到原來自己也會焦急、提心吊膽。每次都是長久等待之後，又再從頭開始追蹤下落；這樣下來，已經有好幾次了。而這次，他終於抓到蛛絲馬跡，來到這個地方。可是，他眞的有一股回到原點的感受，因爲他們到達的不是別的地方，而是在奇瓦契司的克瓦雷城鎭。

「四翼」尤利希・普列丹也很久沒與他一起行動了。在好幾次錯失波里斯的行蹤之後，兩人在自尊心受損的情況下，有好一段時間都是分開來各自進行調查，而且幾乎是完全動員了自己所擁有的全大陸情報網。努力的結果，終於又在這個地方會面。事實上，波里斯是先進入滅亡之地，然後到克瓦雷城鎭的，要是他們知道有這種方式，等於就完成了幾乎不可能完成的調查。但是，他們當然沒想到這一點。

兩人探聽出來，克瓦雷城鎭有鎭民記得確實有個少年名叫「波里斯」。後來，他們連波里斯待過的傅寧打鐵舖也去了。

他們僞裝成波里斯的朋友，終於打聽出波里斯被大商人卡爾茲僱用，已經前往安諾瑪瑞了。就在他們得到這份情報的那一刻，他們終於得知要尋找目標的下落。可是此時卻從坎恩統領的魔法師瓊格納那邊，傳來了完全不同方向的消息。

聽完柳斯諾的解釋，尤利希不管三七二十一，就先發出近乎慘叫的聲音，說道：

「你說那傢伙出現在羅恩？呃啊，可惡！」

「嗯，聽說出現在勃拉杜・貞奈曼的宅邸之後，就不見蹤影了。可是，不曉得老管家和女僕的話到底該相信多少。」

「呃呃……我現在開始尊敬起那傢伙了！你說這一次是羅恩？眞是一個很會東躲西藏的傢伙！」

柳斯諾面無表情地看著尤利希的反應之後，說道：

「不知道你曉不曉得……勃拉杜．貞奈曼的女兒被人偷了。」

「什麼？他女兒幾歲，怎麼這麼小就被侵犯了？到底是誰啊？」

「我不是講那個……是勃拉杜．貞奈曼身邊的一名心腹背叛他，帶走小孩子就失蹤了。那名心腹是勃拉杜以前殺害的親哥哥……也就是我們在追捕的那少年父親身邊的人。那個人爲了報復，好像低聲下氣等了很久的樣子。」

「哼，用了背叛過主人的傢伙，當然會發生這種事。俗話說得好，會背叛者，不管能力多好，終究是個禍害。」

尤利希說出典型的奇瓦契司俗語之後，接著問他：

「那麼，現在我們是不是應該去羅恩？」

「我正在想，首先，那少年會出現在勃拉杜宅邸，想必應該是爲了報仇。因爲是他叔叔害死他父親的，所以現在才去找對方的理由，應該就是這個了！」

「說得也是，要不然……難道你認爲他並沒有眞的出現在那裡？」

「你也知道，事情都已經過了好幾年……少年外貌已經改變太多了。在這裡問過之後，你也知道了，不是嗎？那個少年現在的長相，在不是故鄉的地方，怎麼會有人認得？你不覺得有可能是老管家和女僕看錯人？」

「……是有可能。」

「所以說，不該隨便魯莽就跑去那裡。還有件事我覺得怪怪的，就是勃拉杜女兒的事。勃拉杜……是不是眞的是因爲女兒才離開家的？」

「什麼意思啊？如果不是因爲女兒……難道那個勃拉杜是爲了避開那小子而逃走？」

「這也是有可能的。根據我打聽到的，這少年在我們找不到他的這幾年，似乎已經長成一個具有相當水準的劍士。所以，你不覺得，勃拉杜是假藉女兒失蹤，故意躲起來的嗎？」

「這可眞是……複雜。嗯……那麼，該怎麼辦才好？」

「我們分頭去找。」

這是理所當然而且最有效率的答案。尤利希點頭說道：

「那麼，要怎麼分頭找？一個人去安諾瑪瑞，一個人到羅恩？」

「不對，沒必要去羅恩。如果說少年爲了報仇而去追勃拉杜的下落，或者勃拉杜眞的是出去找尋女兒，而帶走他女兒的人眞是少年父親的心腹，那麼要去的地方就不是羅恩了。」

「是哪裡？」

「隆哥爾德，他們的故鄉。」

過了片刻，尤利希也應和著：

「嗯，不會很遠。」

在奇瓦契司經歷無數風風雨雨成長出來的兩名刺客，能夠想到這些，並不是件困難事。一個忠僕為了報復當年殺死主人的仇恨，而忍氣吞聲了好幾年，終於綁架了仇家女兒，帶到主人的宅邸去殺死，這當然可說是最合理的故事情節了！

最後，兩人彼此看了看對方，點了點頭，便決定開始行動。

02 最後的問候

風聲呼嘯。

那聲音像是風吹拂過深邃山洞時發出的響聲，也像是人類沒經過鼻子，直接吸進肺部的呼吸聲。

這種聲音正從眼前這巨大的廢墟中傳來。

咻呼、嗚嗚嗚嗚……

波里斯跳下馬，仰望已經面目全非的宅邸。他當初最後看到它的模樣，是籠罩於鬥爭火花中的黑暗輪廓。因爲這樣，更令他沒有眞實感。現在的模樣與他十多年來記憶中的房子相比，實在是差別太大了！

看來這房子已經很久沒有人住了。因爲曾被毒液腐蝕過的關係，再加上長久風吹雨打與溫差變化的緣故，木頭材質的地方幾乎都已經腐朽。用石頭堆砌的地方則是處處碎裂，或者掉落，或者出現裂痕。在他慢慢繞房子一圈時，看到黑色青苔覆滿整面牆，彷彿是在月島的幻覺中看到的地磚模樣。

曾經在此生活過十二年的他，要不是親身站在這裡，恐怕很難相信這房子才被廢置不到十年，就變成了這副模樣。不對，應該說，他原本還期待裡面可能會有住人的，但是現在目睹之後，就只能搖頭了。

這簡直就像座巨大的墳墓……但裡面並沒有埋著任何人，有的只是被棄置的家具雜物。奇怪的是，波里斯對這房子現在的模樣只感到淒涼，並沒有什麼悲傷或難過的情緒，反而像是在看別人的房子一樣。可是，這房子裡面，卻有著他和耶夫南一起笑著玩耍過的房間、走道、樓梯、餐廳，這些地方應該都還在。

來這裡的途中，他想過勃拉杜的女兒，那個名叫葉妮的孩子的事。當然，波里斯不曾見過她，但是他還記得，之前在雷米抓到一名女刺客，當時她曾經提到勃拉杜有女兒的事。如果她所言不假，葉妮應該是個非常天眞，而且喜歡和人玩耍的孩子。

說起來，她算是他的堂妹。波里斯不曾有過弟妹，所以她的存在奇妙地觸動了他的心。她還小，而且沒有犯什麼罪，如果能救當然該救，但他愈是這麼想，竟然愈感覺對勃拉杜的憎恨更減一些。其實，波里斯會去勃拉杜．貞奈曼的家找他，並不是爲了要原諒他，而是因爲在波里斯爲奈武普利溫和耶夫南去做自己能做的最後一件事時，萬一失敗了，甚至會失去原諒或懲罰勃拉杜的機會，所以才會去找他做最後一次談判。撇開哥哥的遺言與自己的怨恨不談，他想要知道的，是這個人究竟是不是可以原諒的人。在他與自己之間，存在著一筆生前必定要清算的債！

可是他覺得，勃拉杜此刻已經遭受到懲罰了！記得他的僕人說過，小女兒失蹤時，他像個瘋子般瘋狂難過。在這惻隱之心生起的同時，他腦海裡卻浮現自己和耶夫南被勃拉杜害得必須逃亡的模樣。涂爾克執事會帶走葉妮，是爲了要替父親優肯．貞奈曼報血仇。連執事都這樣了，自己還該救那個孩子嗎？

可是，孩子畢竟只是個孩子……

就在他這麼想的剎那間，波里斯看到二樓有扇窗子突然閃現燈光。是錯覺嗎？雖然很快就消失，但實在是太過清楚，令波里斯不禁緊盯著那扇窗子，無法抽離視線，同時在心裡稍微猶豫了一下。這個地方不可能有人住，雖說是棄置了，但仍然是貞奈曼——也就是勃拉杜．貞奈曼的領地。他是坎恩統領身旁的人，應該沒有人膽敢隨便進到貞奈曼家族的領地吧，而且還是一幢頹壞到像鬼屋的房子！

可是，他明明看到燈光。

雖然波里斯這半天下來並沒有全力奔馳，但一直都沒休息，現在已經有些疲累。眼見等一下可能就要打一場大戰，或許稍微休息一下也好。似乎還要再過半個小時，太陽才會下山。此時，波里斯移動腳步，走向房子入口。

□

一進到屋裡，波里斯才憶起最後那一天屋頂被擊破的事，而在沒有人居住的這段時間裡，那個破洞逐漸變大，樹葉、雨水、冰雪、灰塵之類的東西，積滿了屋裡的角落。

他想去看看自己的房間，但是門口用鐵釘釘了塊大木板，只好作罷。耶夫南的房間也一樣。或許裡頭還遺留有一些小時候常用的東西吧，但他無心眷戀，就往二樓去了。

看到父親書房的房門半開著，他暫時停下腳步，但緊接著就直接走向宴會廳。因爲，那裡正是他看到燈光的地方。

門是關著的。

他以如同小時候為了想嚐美味的派對食物而偷窺的動作，轉動了門把。他盡量不出聲地開門，但門卻突然像是螺絲鬆掉似地，空轉著往後掀。波里斯好不容易緊拉住門把。然後，正當他要偷窺裡面的時候……

「少爺，請進。」

雖然有些心裡準備，但還是被眼前的景象給嚇了一跳。只有這個地方不像屬於這房子；這房間裡的髒物似乎都已經清理乾淨，地板也已擦拭過，彷彿像是暫時回復到波里斯還住在這裡時的面貌。而且，中央的長形大餐桌上，居然還準備了食物！

「看來我的運氣眞好。在這種日子、這種地方，竟然能夠見到少爺。請進來坐吧。」

他隱約還記得五年前最後看到的涂爾克執事是什麼模樣。其實住在這裡時，波里斯並不經常有機會見到他。波里斯長大之後變了很多，但涂爾克還是一眼就認出來。話說回來，反倒是波里斯看他幾乎都沒有改變，因而覺得很是驚訝。他怎麼有辦法與記憶中的模樣如此毫無變化啊？甚至連穿著都一樣？

會不會……他是故意這樣打扮的？

涂爾克執事就和以前優肯．貞奈曼還是這房子的主人時候一樣，穿著一件暗綠色長夾克，臉上也仍舊毫無表情。除了梳往後面的頭髮有幾根白絲之外，其他都完全再現以前的模樣。儘管宴會廳清掃之後仍無法完全掩去老舊面貌，但是餐桌上鋪了白色桌巾，椅子上還放了椅墊，刀叉等餐具也都閃閃發著銀光，就連準備好的食物，也幾近於正式餐宴，等於是備置了某種程度的排場。

餐桌下面放了一盞大油燈，波里斯剛才看到的就是這東西發出的燈光。涂爾克執事又再度拿出油燈，把餐桌上的四個燭台點上燭火，同時說道：

「您怎麼一直站著呢？」

眼前這幕景象實在是太過怪異了，弄得波里斯暫時失去判斷力，好不容易才回過神來。涂爾克……對了，聽說是他把勃拉杜叔叔的女兒帶走的。那麼，小葉妮在哪裡呢？

「執事先生，請問您……沒有把小孩子帶來嗎？」

「先不管這個，首先，波里斯．貞奈曼少爺……」

涂爾克把燭火全部點上之後，退到餐桌左邊，冷冷地說：

「少爺，您已經不是小孩子了。而且主人和耶夫南少爺既然都已去世，您就是貞奈曼家族的主人了，不是嗎？您這樣的身分，怎麼可以再對我用敬語？請您用對待下人的語氣和我說話。」

自從變成一個流浪大陸的迷途小孩之後，他就不曾再有這種想法。而且要以對下人般的語氣對涂爾克執事講話，也是件相當不自然的事。可是他又一副如果不照做就不回答的樣子，所以波里斯只好勉強再問一次：

「孩子……葉妮那孩子在哪裡？」

「啊啊，您是指小葉妮小姐？我會慢慢告訴您，請先坐下來吃晚餐吧。」

涂爾克的態度與其說是在演戲，不如說是眞的很嚴肅認眞，使波里斯無法輕易說穿事實。剛才不久前，波里斯還在考慮到底要不要救葉妮，因而心中混亂不已。但是現在，波里斯認爲應該先聽涂爾克說出葉妮的行蹤才對。爲此，只好照涂爾克的話去做了，於是他走到餐桌前頭的上座，拉開椅子坐下。

位於最遠位置的對面，似乎也準備了類似的食物。然而，看得出來那裡雖然沒有動過食物的跡象，但桌巾卻有些弄亂。

涂爾克走到他身旁，攤開餐巾，幫他放在膝上；也幫他在杯子裡倒了飲料，打開餐盤的蓋子，裡面盛著熱騰騰的燉牛肉。四盞燭火在白色桌巾上面，映照出搖搖晃晃的影子。

現在一定得吃下食物了，但波里斯還是有許多疑慮，所以先不吃。正當他想要問話時，涂爾克先開口說：

「要不要我和您說一說以前的事情？」

「以前的事情？我看還是先……」

「我是指少爺您以前的事，還有主人以前的事。當然，我說的主人是優肯・貞奈曼主人。我想您一定認爲他很討厭您吧。」

沒想到他要說的是這個話題，波里斯一時不知該怎麼回他，同時又很難叫他閉嘴不說。

「這樣說其實也沒錯。主人他把只要是稱作『弟弟』的，都當作敵人。其實主人在耶夫南少爺小時候，並不是這樣的人。那時是最好的時光，優肯主人，以及其他所有人，全都非常疼愛耶夫南少爺。但是自從葉妮琪卡小姐的事件發生之後，兩兄弟便反目成仇；後來，耶夫南少爺的弟弟，也就是波里斯少爺您，出生了。於是，優肯主人將少爺您視爲家中的厄運，而少爺您在成長過程中，也不像耶夫南少爺那樣個性開朗、樂觀，反而經常在害怕父親。您應該也本能地察覺到了吧，優肯主人並不十分關愛您。」

「等等，涂爾克執事……當時你還沒有在我家吧？」

雖然波里斯並不完全記得小時候的事，但是涂爾克執事進到他家的事，他卻記得很清楚。

涂爾克搖了搖頭，說道：

「您說的是沒錯，但我在那之前就已經服侍主人了。事實上，優肯主人像少爺這麼大時的事，我都還記得。因為，我那時也住在隆哥爾德。所以，我才能夠對您說這番話。」

「什麼……？」

「那時候的優肯主人，幾乎就和波里斯少爺您現在長得一模一樣。」

波里斯有些驚訝地仰頭看著涂爾克。他從來就不曾想過自己會特別像父親。想到自己與父親很像……心裡頭總覺得很怪。一提到父親優肯，在波里斯的印象裡，始終是一個非常遙不可及，且難以相處的人。

「事實上，像現在這種結果，早在很久以前就已經開始醞釀了。我連已經去世的葉妮琪卡小姐那時的模樣，都還記得。那位小姐在隆哥爾德這個地方，可說是如同天使般的人物；這樣的她，竟然會引發悲劇，實在是令人惋惜。」

「這是什麼意思？」

「要不是因為葉妮琪卡小姐那麼地美麗善良，兩兄弟也不會過了十年都還對她念念不忘。只要一想到對方，就想起葉妮琪卡小姐。兩兄弟無法原諒自己毀了高貴的葉妮琪卡小姐，在自責之下，甚至怨恨起對方，終究演變成企圖想用自相殘殺來抹除記憶的局面。優肯主人去世之後，勃拉杜主人之所以能夠享受到一段時間的內心平和，也是因為這個緣故。」

波里斯無法理解，爲何涂爾克執事會同時都叫兩人爲「主人」。他不是爲了替父親報仇，才搶走叔叔的女兒嗎？

「那段平和的日子，隨著小葉妮小姐的誕生而同時來臨。我一直在旁邊注意著，所以非常清楚。而誘導他把小小姐取名爲『葉妮』的，也是我。我……認爲這個小葉妮小姐的存在，是結束葉妮琪卡小姐死後發生的家族悲劇的重大關鍵。門一旦被開啓，就一定要再關上才行。如果沒有，便只會一直發生悲劇。爲了關閉這門而出生的這個小葉妮小姐，沒想到竟會與過世的葉妮琪卡小姐如此相像。我敢說，奇瓦契司全國沒有比這小葉妮小姐還要來得可愛漂亮的小孩了。因爲，不只是我，還有很多議員和選侯們，甚至爲了看這小葉妮小姐而前來拜訪貞奈曼宅邸。就這樣，小姐愈是長大，我就愈是認爲結束悲劇的時候近了。」

「……」

他不曾見過葉妮這孩子，也不知道她是個什麼樣的孩子，但聽到涂爾克這麼說，不禁感到一股惻隱之心油然生起。同時他也認爲，涂爾克竟會在看到一個年幼無知的小孩之後有這種想法，此人未免太過可怕而且無情。然而，波里斯雖然覺得不對，卻又無法指責什麼。因爲他知道，涂爾克會如此忠心於死去的優肯，可說與奇瓦契司人的「堅韌個性」有關。

「而且，勃拉杜主人對葉妮琪卡小姐的執著，較之於對待優肯主人的態度，實在是有很大的差別。他百般地想要阻止葉妮琪卡小姐的婚事，不僅只是因爲政派的緣故，更大的原因是他不想把妹妹交給其他人，這一點我可以十分確定。所以小葉妮小姐出生之後，他便轉而深愛著小小姐。我非常了解他內心的想法。以前，不論是能力或風采，勃拉度主人都不如優肯主人，但是葉妮琪卡小姐對待他卻如同大哥一樣敬愛。失去那樣的妹妹之後，他的空虛心靈終於有小葉妮小姐來填補。所以他以爲自己終於幸福了。可是我只希望，現在那個小姐失蹤的事，能夠完全了結家族的悲劇。」

波里斯搖了搖頭，他實在是無法理解。

「這樣怎麼能解決？小葉妮只是和葉妮琪卡姑姑長得很像，她並沒有犯任何罪。即使名字一樣，也不是同一個人啊！爲何要那孩子來擔罪？不對，應該說，更重要的是，犧牲了不同的人，別說是關上悲劇的門，甚至還會引來另一樁悲劇，不是嗎？」

涂爾克隨即正面直視著波里斯的眼睛，說道：

「少爺您是想原諒勃拉杜主人嗎？我認爲一定要有人死。因爲，葉妮琪卡小姐和優肯主人已經死去，人死不能復生。而像我這種還記得他們的人，卻知道必須用新的犧牲來封印住繼續流著的血。少爺您不知道吧？」

「葉妮要是死了！勃拉杜叔叔不可能會善罷干休的！然後就會又有人被殺死！這不就是悲劇嗎？」

「勃拉杜主人不會再殺死人了，因爲可以殺的就只有我而已，而我，沒有家人、朋友，什麼都沒有。」

「……」

波里斯聽到他這番鎭靜且理所當然的話語，實在是張口結舌。很明顯地，他根本已經置生死於度外；但是想到他如此爲死者們著想，心中不禁感到一股莫大的壓迫感。自己對父親的死，長久下來都無法有什麼特別的感受……然而，耶夫南的過世，卻帶給他無法言喻的痛苦。如果要替耶夫南報仇，對象當然是勃拉杜叔叔，可是這麼做之後呢？因失去女兒而精神恍惚的嬸嬸該怎麼辦？萬一葉妮活下來了，那孩子該怎麼辦？她們會原諒他嗎？

不，不……問題不在這裡。在奇瓦契司，根本沒有所謂無代價的饒恕。涂爾克也是這麼想。葉妮是奇瓦契司最可愛的小女孩，勃拉杜只是一個無法脫離對妹妹的愧疚的可憐男子，但是對涂爾克而言，這都不能成爲饒恕的理由。因爲，先死之人——優肯，他的眼神已經緊隨在他背後。

「波里斯少爺。」

波里斯感覺涂爾克的聲音蘊含著一股力道，不得不轉過頭去看他。涂爾克站在離他稍遠處，用沉著的目光看著波里斯，繼續說道：

「您與優肯主人不只是外貌相像——我小時候跟著優肯主人，所以我知道——您們連個性也十分相像。可是優肯主人比較疼愛的，卻不是與他相像的少爺您，而是與夫人相像的、已經過世的耶夫南少爺。然而父子總歸還是父子，優肯主人和您的關係一樣還是血濃於水。還有，如同我剛才和您說的，波里斯少爺您現在是貞奈曼家的主人。」

要是在以前，他可能會說「父親、兒子、家族主人，說這麼多，這些頭銜能夠給予現在的我什麼」，但如今他已不會說出如此幼稚的話，因爲波里斯也同樣沒有東西可以給他們。他的家族所遭遇到的不幸，並不是由某一個人擔起責任就可以，他也有責任。而即使去到其他任何地方……所遺傳的血緣也不會有所改變。

「我最先是服侍優肯主人的。人活在世上，可能會得到第二、第三個人生，但是再怎麼樣，都比不過第一個人生。於是，基於這一點，我便以優肯主人爲中心，決定所有行動。而在少爺您的心裡，有著誰呢？少爺，您要是有自覺到自己乃是貞奈曼家族的最後一代主人，那麼不管是對葉妮小姐，還是對勃拉杜主人，您都該狠下心來。正如同您所知道的，這樣才配稱是奇瓦契司每個族長應有的姿態。」

波里斯直盯著涂爾克的臉孔，直覺到他似乎很久以前就想說這番話。這是涂爾克的觀點，他一直以來都是這樣活過來的。在奇瓦契司，背叛被視爲最大的恥辱，在這樣的國家之中，涂爾克的眞正主人只能是優肯，優肯是這世上最優先考慮的順位。那麼說來，他對波里斯呢？

「涂爾克執事，你爲了我父親的事情，不惜冒著生命危險。同樣地，我也是以那種心態，跟隨著某個人。」

「是嗎？眞是令人意外。」

「嗯，你一定覺得很意外吧。在你心中，我父親是貞奈曼家族中最配當主人的人，但是在我心裡，卻不是這樣，這你知道嗎？父親那晚夜裡在湖邊死去，留下了兩個兒子……對我而言，家族主人的頭銜最後不是傳給我父親，而是耶夫南哥哥。耶夫南．貞奈曼才是我最後跟隨的家族主人。」

縱使時間很短暫，但耶夫南引導了波里斯……現在他終於知道。當時耶夫南即使一無所有，卻仍是貞奈曼家族的主人。也因此，他能夠如此奉獻犧牲自己的所有一切。縱使這其中也包括對弟弟的友愛，但同時也是被一股責任感所驅使。因爲，與母親一樣心胸開朗的耶夫南，同樣也是個道道地地的奇瓦契司男孩！

「耶夫南哥哥……他希望我活下去，不要報仇，他不只是用嘴巴說，還身體力行。他爲了救我，選擇了死亡……哥哥並不是因爲怕我沒有力量報仇，而要我守護自己就好。他是因爲知道毀滅家族的血腥是始於何處，流向何方，所以要我別去報仇。當然，要讓流血事件不再發生，也有像涂爾克執事你的這種做法。可是你跟隨的是留下遺志給你的優肯．貞奈曼的方式，而我則是跟隨耶夫南．貞奈曼的方式。我與你不同，你是執事，只要爲某人效死忠就可以，可是我不行。就像你所說的，因爲我是家裡的主人，我必須爲他人『活下去』，這是我所選擇的一家之主的方式。」

波里斯拿開餐巾，從座位上站了起來。涂爾克執事面不改色地聽完波里斯的這番話之後，深深地一鞠躬，同時說道：

「那麼，就照波里斯．貞奈曼主人您的意思去做吧。」

天色已暗，連夕陽也匿蹤隱跡，點亮這半倒宅邸的是最後晚宴的四支燭火……在燭火之前，波里斯第一次聽到「主人」的稱謂。所有人都已死去，如今他們這些最後的僅存者，以各自的方式結束悲劇的歷史。現在悲劇就要結束了，隨同這宅邸的倒塌消失，悲劇也將會被深埋於碧翠湖之中。

波里斯低頭看了一眼已經變冷，只剩微微熱煙裊裊上升的食物。他把刀叉拿起，擺在空盤上，並排斜放於右側，表示已經用餐完畢。

「涂爾克執事，對於你忠誠地跟隨我父親的這分心意，我十分感激。現在你可以去走你的路了，我不會忘記你今天說過的話。我會記住那句話，從現在起，將不會忘記我是貞奈曼家族的主人。」

涂爾克立直鞠躬的腰身，用蘊涵深意的眼神看著波里斯。波里斯從他的神情之中，看得出有個即使長久歲月流逝也絕對不會消失的傷口存在。

接著，涂爾克說：

「小葉妮小姐，我把她放在湖邊之後，就獨自回來了。現在應該還在睡夢中吧。主人，您就往記憶中的那個地方去，就可以找到她。」

波里斯點了點頭，快步朝著房門走去。正當他要跨出去的那一瞬間，從背後傳來了涂爾克的聲音。

「請小心，說不定您會遇到剛才在那個位子上坐過的人。這是我要提醒您的最後一句話了。貞奈曼家的最後一位主人啊，請您一定要守住堅韌的個性與自負，好好地活下去！」

涂爾克的手指著餐桌正對面的位子。波里斯看了涂爾克最後一眼，就飛也似地跑下了樓梯。

□

「葉妮！」

勃拉杜．貞奈曼大約比波里斯早到半個小時。一到碧翠湖附近，他就到處尋找女兒的蹤跡。

在羅恩知道這件事情之後，他就連忙急馳到這個地方來，這段時間已經令他簡直就快要發瘋。在貞奈曼宅邸終於見到涂爾克時，發現葉妮不在那裡，想要問出行蹤，所以硬是壓抑住情緒聽對方說話，結果一聽到「碧翠湖」三個字，他就再也聽不下去，立刻衝到這裡來尋找。這幾天，他的心情就跟以前被召喚獸克里格的毒液弄得腐蝕的宅邸沒什麼兩樣。

碧翠湖。

當時他殺害兄長優肯之後，曾經占據了隆哥爾德，但是停留的時間連一年都不到；離開之後，除了今天之外，還回來過一次，而碧翠湖則是從最後一次打鬥的那晚以來，都不曾再來過。他一直下意識地刻意不去想起這個地方，因爲這片碧翠湖的沼澤，是相繼吞噬掉自己的妹妹與哥哥的地方。

他殺死了他們兩個，自己卻活到現在；至今他都一直甩不掉這種想法，連歲月也不會饒恕他的罪行！他心裡明白這一點，但這幾年卻愚蠢地懷抱希望，以爲可以被原諒。可愛的小葉妮如同葉妮琪卡轉世出生之後，看著她、養育她，讓他信以爲可以讓妹妹復活。如果葉妮長大之後幸福了，他似乎就不再有任何罪惡。自己可以被原諒，而他所傷害到的其他人或想要傷害自己的所有人，也都可以被原諒。

可是這一切原來都是妄想……

涂爾克這傢伙說小葉妮是「結束貞奈曼家族悲劇的最後祭品」。原來他打從一開始，在葉妮出生的時候就已經算計好，要將這如同黃金花朵般可愛的小孩當作犧牲者……算計著這孩子的人生。這傢伙爲了這一天，甘願在他身旁做條忠誠老狗，用他可憎的臉孔騙了自己，直到現在！

勃拉杜就像瘋子般憤怒，同時心中感到不解，他無法相信這世上竟有人不喜愛葉妮。而且他也無法原諒自己，因爲當有人像野狼一樣虎視眈眈地想要咬走那孩子時，他竟然沒有察覺到。

眼前成堆的腐壞植物在後方夕陽的照射下，火紅地沉浸在沼澤裡。黑水……有屍體摻雜其中的湖水……

「葉妮！」

那天夜裡，他也是這樣呼喚她的名字……

「葉妮……！」

那是與優肯展開最後一次鬥爭的暮夏夜裡……兩兄弟都想打倒對方，但也同時喊出葉妮的名字。天使般的葉妮琪卡，現在恐怕連腐爛的屍體也已蕩然無存。現在拜託妳沉睡著……妳的詛咒沒有饒過貞奈曼家族的任何一個人，即使如此，只有葉妮……只有我的葉妮，拜託一定要還給我……

「葉妮！葉妮！拜託……趕快回答我……」

勃拉杜並不知道，在黑暗的碧翠湖之中，有個東西正悄然無聲地移動著。他只是一直沿著湖邊奔跑，心中只想著白衣的葉妮。怕她是不是跌落到哪裡去了，怕她是不是正受到威脅，怕她是否有危險，怕得心臟都快迸裂。

那個悄然無聲移動的東西，跟隨著勃拉杜。之後勃拉杜停了下來，這東西也跟著停住。停下腳步的勃拉杜，又再一次斷聲吶喊著葉妮。

「葉妮！妳在哪裡？快回答我！」

就在這個時候，一片漆黑之中，傳來了聲音。勃拉杜立刻就聽出是葉妮的聲音。之後細弱的聲音又再一次傳來，這次他聽得很清楚。

「葉妮，等著！」

可是眼前出現的卻不只是葉妮。

03 少年時期的寒冬結束

尤利希沿著黑暗的湖邊走著，同時注意聽著間或傳來的勃拉杜喊叫聲，一陣子之後，他用不滿的語氣喃喃自語：

「他到底要找一個小女孩找多久啊？」

尤利希雖然是個年輕人，但有個養子，所以勃拉杜尋找葉妮的心情，他並非完全不了解。聽到那種喊叫聲，有點令他心裡掛念，倒眞是希望能趕快找到人。

「我等的人還不來，眞是的，待在這個不是人待的地方。」

尤利希雖然聽過碧翠湖的傳聞，但他不曾想過眞有其事。他也知道有亡靈在此地徘徊的傳說，卻並不怎麼在意。不過，來到這座湖泊，確實感覺比想像中還要來得陰森，而且處處泥濘。他小心翼翼地走著，但偶爾踩到泥濘地還是會猛然怔愣一下；而且，這座湖到處都是腐爛的植物，也令他感到非常不舒服。雖說今天月亮接近滿月，比較明亮，但四周環境還是給他怪異的感覺。

同時他也在想：早知道就該選擇前往安諾瑪瑞。當初以爲立功的機會來了，自告奮勇要來隆哥爾德。可是在這座似乎有鬼怪出沒的沼澤，不斷聽到父親呼喊失蹤的女兒，愈待就愈覺得整個人都不對勁了。要不是相信波里斯會爲了報仇來找勃拉杜，他早就趕緊遠離此地，跑到聽不到呼喊聲的地方去了。

當尤利希有好一陣子沒聽到勃拉杜的聲音時，以爲他走遠了，於是加快腳步追趕。走沒多遠，就看到前方突出一塊沼澤地，橫擋住去路。他繞過這塊沼泥，眼前隨即出現一大片空地。他後退一步，以免行跡暴露，但當他藏身到腐爛植物的後方時，卻目睹到令人驚訝的一幕。

剛開始，他以爲只是霧氣在浮動，卻立刻看到有一隻像是煙霧形成的手臂直伸出來。這隻看似手臂的東西，長度少說也有三公尺。尤利希嚇得正要掩住自己的嘴巴時，那隻手臂拍打了一下水草中的某樣東西。

是尖叫……聲嗎？

小小白色的一團東西，彈到半空中後掉落在地。響徹四方的聲音，原來是勃拉杜宛如野獸般的尖喊聲。在黑暗之中，原本看不清楚勃拉杜的身影，後來才依稀看到，他拔出劍來，瘋狂般地直衝過去，猛刺那隻手臂。然而，明明已經正確無誤地刺了下去，但那煙霧般的手臂卻絲毫沒有一點變化。

當那隻手臂高高舉起時，尤利希才發現到，原來那不是手臂，而是巨大的翅膀。

「……」

這東西是……紅黑色的嗎？看起來彷彿像是染血的一團煙霧。原以爲是手臂的翅膀，骨頭下方有一塊塊翼骨，如同百葉窗般上翹。另一邊，也有相同的翅膀。這長著翅膀的怪物，巨大到兩邊整個伸展開來長達七公尺。

因爲黑暗，實在無法看清牠的長相……可是尤利希怎麼也不會想要走近去看清楚。當了這麼久的暗殺刺客，見識過無數奇奇怪怪的東西，然而這一次他眞的是被嚇壞了，能做的頂多就是沒有一屁股坐到地上而已。他這輩子第一次經歷到這種恐懼。

那是……惡魔。是從其他世界來的惡魔！

看到勃拉杜又再朝著怪物猛刺一次，尤利希眞的是佩服得五體投地。勃拉杜看起來毫不猶豫，即使劍刃無法發揮任何作用，他還是猛力刺擊揮砍。在這個龐然大物面前，他竟敢走近牠！而在怪物發出斷斷聲的同時，也響起了勃拉杜的大吼聲：

「幾百年來堆積了那麼多屍體，你還不滿足嗎？你這個吃肉喝血的怪物！你都已經吞下葉妮琪卡了，還不夠嗎？你──你如果敢再向葉妮伸出魔掌，我就要你沉到湖底，永遠休想再出來害人！」

他這番氣勢，簡直令人覺得訝異，人類怎麼會有此氣勢，敢這樣對這神鬼般的生物充滿殺意？這大吼聲喊得氣勢磅礴，接著，就展開攻擊……爲了要救回葉妮，他再次猛揮手上的黑刃之劍。

然而，他卻是心有餘而力不足。怪物一副不把勃拉杜看在眼裡的樣子，仍直直地就朝白色物體所在的方向伸出翅膀。然後，尤利希看到了，從翅膀尖端竟然冒出了白色閃閃發光、像爪子般的東西！那東西神速一伸，戳了一下地上的白色物體。

「不……不，不，住手！」

儘管勃拉杜強硬地大吼，還是沒有用，白色物體已經有血噴了出來。雖然黑暗，但尤利希還是看到了！勃拉杜如今眞的瘋了，他大吼大叫著，整個人衝向怪物。若不是想同歸於盡，是不可能這麼做的。怪物又再伸出爪子，這回是三根疾出而去。看到這些爪子刺向勃拉杜，尤利希根本就已經是信心盡喪，他想著自己一定要逃才行。然而，就在他要後退一步的刹那間！

不知從何處晃出一個如同閃電般快速的黑影，切斷其中一根尖爪。接著，另外兩根尖爪也被切下，掉落在地。這個人是……

這個人手上握著的劍，劃出一道白亮火光。尤利希看到這令人難以置信的燦爛光芒，心頭立刻爲之一震。沒錯！不用懷疑！這東西鐵定是他千尋萬找的那把白色劍——冬霜劍！

怪物被切下了爪子之後，先是像在探索什麼似地，低頭看著對方。這時，在牠面前握著閃亮白色劍的少年發出低沉的說話聲：

「我等這天已經等很久了……曾經在你面前逃走的少年回來了。爲了換取你奪走的那些生命，我要取走你的性命。可能……這才算是公平的代價！」

勃拉杜一脫離危險，便不顧自己安全，在毫無防備的狀態下，跑向地上的白色物體——那個已經沒有動靜的白衣小女孩——然後緊摟住她。他似乎翻開了小女孩的衣服察看了什麼，結果隔了片刻，便傳出這世上最爲悲痛的吼聲。

「葉妮——伊伊伊伊伊！」

尤利希則是聽著少年的說話聲，同時努力試著讓雙腳停止顫抖。姓貞奈曼的人在這湖邊住久了，肯定都已經發瘋。而他可不是瘋子，所以他要在暗處等著，等到打鬥結束，某一方死了，就可以奪取到他想要的東西。

□

波里斯聽到耳邊傳來勃拉杜叔叔的聲音……五年前，他把父親、哥哥還有自己，逼到這個地方，如今他抱著被犧牲的小孩悲痛大喊。這個什麼事都不懂的幼小堂妹……死了嗎？

波里斯抬起頭來，看著正俯視著自己的怪物。牠比起自己在月島與伊索蕾合力殺死的傢伙還要大上三倍，而且他敢確定，力量同樣也是強大三倍。不僅如此，波里斯還記得這怪物會說話，所以他才會一開始就在怪物面前對牠說話；他認爲這怪物聽得懂人話。

停滯的平靜時間很快便結束。怪物像是認定在牠面前發光的劍是敵手似地，完全展開牠那巨大的翅膀，而波里斯則是穩住身體，等著應付即將到來的攻擊。說不害怕是騙人的！因爲現在所面對的，是他記憶中最強大的敵人，是小時候噩夢中最可怕的怪物！

波里斯的心臟快速地跳動，簡直已經快到無法控制的速度，握劍的手也緊張到甚至在微微抖動……可是在此同時，他也十分激動。一直以來，爲了要洗刷恥辱、罪、怨恨，即使經歷無數考驗，也都不屈不撓，如今終於撐到這裡了！

可是冬霜劍——白色的冬日劍，卻一副完全不同於波里斯緊張的模樣。波里斯可以感受得到，這把長久以來不曾使用的劍，現在是多麼地盼望鮮血！

然而，這是存在於劍裡的那些亡魂的意志……冬霜劍本身並沒有任何意志。自己不能被任何意志所動搖，正如「冬日鐵匠」所說的，必須看清楚自己眞正要的是什麼。

他直衝而去。

噹啷！

可怕的爪子往上、往下、往左、往右，然後一個正面飛來。他現在只擁有一把劍，只要給了爪子任何一個有機可乘的攻擊機會，他就完了。他見識過比死還要難過的痛苦。耶夫南會希望弟弟也受到同樣的遭遇嗎？當然不會！

被砍斷的爪子散落在腳邊被他踩到了。踩著爪子，又再砍斷一根爪子，隨即後退，再前進，此時波里斯想到了伊索蕾。幸好她不在這裡……他這麼想著。要是對她說出怪物的事情，恐怕怎麼樣也阻止不了她前來此地。能夠治療奈武普利溫的最後一個希望……如果讓她知道有這種東西存在，伊索蕾不可能會怯步的。

當然，沒有伊索蕾的協助，自己根本沒有把握能夠打贏，他能做的就只是戰鬥而已。他一定要得到這怪物心臟裡的紅色寶石。耶夫南叫他不要報仇……並不包括對這怪物報仇。這怪物毀了貞奈曼家族……致使葉妮琪卡姑姑，還有耶夫南等人死去。現在，他是能夠爲他們而戰的唯一一人了。

他又再往前衝去。

「喝啊！」

劍刃白亮到變成了碧色……與他一起度過寒冬的劍——冬霜劍，似乎在他前方勇往直衝。

他感到死亡將近，沒錯，只要稍微踩錯一個步伐，恐怕就會被爪子攫住給扔出去，所以他才會感覺死神就在身旁緊盯著自己。

連續砍斷十幾根爪子之後，波里斯全身汗流浹背。尖爪揮來時，力道都比自己在月島殺死的那個怪物還要強大好幾倍；雖然砍得到爪子，但一直無法接近牠。而且，怪物似乎還只是在進行作戰剛開始的試探而已。

不過，冬霜劍卻在這段時間裡變得愈加發亮。只要刀刃所觸及處，什麼都會被砍斷，甚至還會變成粉末。要是自己……能擁有更佳的實力……搞不好連鬼魂也能在一眨眼間全都解決掉！

「你的爪子還要繼續嗎？這同樣的動作還要繼續多久？如果想殺我，就一次解決掉我啊！」

他又再砍斷另一根爪子，同時如此喊叫，那一瞬間，波里斯發覺到腦子裡響起了某種聲音。

這是他曾經快要遺忘的聲音，但此時此刻卻比任何聲音都還要來得清晰。五年前的記憶也隨之回來了。

「你終於回來……」

「終於拿著那把劍回來……」

波里斯緊跟著大喊：

「沒錯，我來是爲了要殺你，讓所有一切回到原點！」

此時，令人意外的一句話，穿刺到他的腦子裡。

「那時候我不是說過嗎？說你會回到這裡來。」

牠說什麼？

波里斯緊握住劍，咬緊牙關，瞪視著怪物發亮的眼睛。他知道，五年前的悲劇中，他確實是失去了某一部分的記憶。在月島與小怪物敵對時，只恢復了一點點的記憶，至今仍有「失憶」的部分。在月島時他曾記起牠說過的話，有關冬霜劍的事，牠確實這麼說過：「用這把劍啊，帶著這劍的人一定得度過長長的殺人者之夜，這你難道不知道嗎？」

「殺人者之夜……」

冬霜劍（Winterer）的原意是指度過寒冬者，這點他知道，但這怪物卻說是度過「殺人者之夜」。這麼說來，這怪物知道冬霜劍的事，甚至也知道它曾引發無數殺戮的事嗎？

「當然是殺人者之夜了，是已經非常接近你的殺人者之夜。趕快來我這兒啊，證明你是所謂的殺人者。就像其他無數的人類，你也同樣無法洗刷你染血的雙手！」

就在這個時候，波里斯的耳邊傳來完全不同的說話聲。

「喀喀、喀喀喀……眞是可笑了。墮落的怪物枸莫達啊，你不會不知道我吧？」

「你不會不知道我吧？」

「你不會不知道我吧？」

「咯哈哈哈……既然如此了解，爲何你不當個眞正的殺人者，把這孩子給吞掉？」

「把這孩子給吞掉？」

「把這孩子給吞掉？」

這是兩個完全不同的說話聲。波里斯知道這些聲音是被關在冬霜劍裡的靈魂們發出來的。從幾個月前開始，這種事便已經發生了好幾次。被關在冬霜劍裡的靈魂開始展現自我意志，說起話來；波里斯則是一直努力讓自己不受影響。路西安半夜在練劍場看到波里斯那副模樣時，就剛好是那種時候。

接著，無數的聲音同時嘻笑著說起話來。

「是啊，你應該也知道我吧。我啊，是長世之王——歐宙泰勒。你翅膀還是白色時，不是有看過我嗎？」

「你翅膀還是白色時，不是有看過我嗎？」

「你翅膀還是白色時，不是有看過我嗎？」

「何者的惡勢力比較強？是否要賭上一賭？我生前論賭可是一流的。這輩子賭輸的大概就只有一樣……就是我的性命。咯哈哈哈哈！」

「就是我的性命。咯哈哈哈哈！」

「就是我的性命。咯哈哈哈哈！」

波里斯緊握住同時摻雜著響起數十種聲音的劍，喊著：

「已經沒有肉體的人還能做什麼？快消失吧！不要插手我的戰鬥！」

那些聲音仍然沒有完全消失。可是波里斯並不在意，他往地上一蹬，就揮砍出去。怪物急發出十幾根爪子，波里斯則是幾乎到達無我境界，出招、收招、刺擊、劈砍。這時他可以感覺到，只要稍微閉個眼睛，冬霜劍就可能會控制住自己的打鬥方式。然而他不能這樣！如果眞的變成那樣，贏了打鬥之後也只能成爲失敗者；不是被敵人打敗，而是被自己打敗。

對方沉重的腳爪繼續攻擊著波里斯的手腕與手臂，當幾乎快撕扯到臉孔時，他便即時避開；而往肩膀下方刺過來時，他便一個後旋轉之後砍斷腳爪。他的劍每次一碰觸到頭一次碰到的腳爪時，就啪地發出像是什麼東西迸裂開來的聲音。

□

尤利希看到持劍少年的出招動作，發現自己根本就徹頭徹尾想錯了，因爲自己原本以爲只是個帶著寶劍、什麼都不會的小少年。天啊！這眞是天大的笑話！這少年的模樣任誰看了都無法否認：男孩已經長大成爲一個比任何人都還會使那把劍的戰士。

專長襲擊的尤利希承認，要是他面對那隻怪物，一定無法像這少年一樣厲害。他打算繼續等下去，等到所有一切都結束之後，再去收拾那把劍。然而，在他出神地看著怪物與少年展開打鬥時，竟沒察覺到自己不知不覺已經暴露了身影。

「不會結束的……葉妮，小葉妮，妳在哪裡？現在在哪裡？」

勃拉杜抱著靜止不動的小女孩，一個人自言自語著。他既沒有流淚，也沒有絕望地大喊，只是靜靜地像哄小孩般地哄著懷裡的女兒。接下來，他抱著女兒站起來，一副連身旁的打鬥也渾然不知的樣子，繼續走著，想要離開那個地方。可是走到有腐爛植物的地方時，他突然停住。

他皺了皺眉頭；黃色眼珠瞪視的黑暗之中其實什麼東西也沒有，但他就像是有一股無名火湧上心頭似地，後退幾步，把女兒放在地上，然後拔劍，用沉鬱的語氣說：

「哼，你是不是想把葉妮帶走……？」

聽到這句話時，尤利希猛然回過神來，這才發現到，原來勃拉杜．貞奈曼就持劍站在自己面前！

他的表情很怪異，像是要笑，又像是要哭，滿是憎恨，而且目光也並非直視著尤利希，連語氣都與平常人大不相同。

「我就知道。好，那就再對決一次，看看是誰贏。」

根本就沒有人在跟他說話，可是勃拉杜卻像是在與人對答似地，之後突然就把劍往前一伸。尤利希愣怔了一下，往後退步；突然想到一件事，這個人會不會是看到鬼了？

「你是不是一直要和我爭勝負……從小就一直，到現在還……」

他說完這句像是哽咽在喉嚨裡的話之後，就衝向尤利希。即使尤利希想避開、想開口對他說也都沒有用。勃拉杜根本聽不到尤利希說的話，只是一直自顧自地回答著只有他自己才聽得到的話。

尤利希的動作快速，剛開始都還能避開勃拉杜揮出去的劍。有好幾次想要解釋自己是誰，但都沒用，隨即便生氣地決定把這傢伙給殺了。原本他想用他擅長的武器流星槌，但馬上改變了主意，因爲對方連刺劍都刺不準了，應該用簡單的方法就可以輕易解決。而勃拉杜像也眞像是神智不清的人那樣，雖然出劍速度快，卻一直都揮砍或刺擊到不對的地方。

「不要怨我，這是你自找的！」

尤利希低穩著身子等著他，在對方攻擊的那一剎那，輕輕避開，同時從袖裡抽出匕首，低低刺去。結果他的計謀得逞，勃拉杜持劍的那隻手臂受了重傷，但隨即卻突然大叫著：

「不要做這種沒用的把戲！我不像大哥你那麼容易就死！曾在我手中死過一次的人怎麼可能贏得了我！」

尤利希覺得他那黃色的眼珠都已經在晃動了，可是整個人卻像沒有感覺到手臂傷口似地，又再揮劍攻擊，令尤利希不禁愕然。正當他張口結舌而無防備之際，勃拉杜的黑刃劍哈格倫乘虛刺進尤利希的右肩。鮮血湧出，將衣服染紅。

□

波里斯感受到體內產生了一股變化。

唰啊，唰，唰！

自己的劍法變得愈來愈快，而且開始起了某種變化。波里斯發現，這跟很久以前在銀色精英賽時感受到的變化相同。劍招超越自己的意志，以驚人的速度畫出數十種各自不同的路線。不論是何種劍招路線，都動作奇異、攻勢迅速。一轉眼間，靠近他身旁的尖爪都已被他砍下。

在銀色精英賽時，他無法妄下定論判斷這到底是由於冬霜劍的力量，還是由於奈武普利溫所教導的底格里斯劍法的力量。可是由前後因果判斷，當時幾乎已經可以確定是冬霜劍的力量沒有錯。因此，那個時候才會那樣努力想要制止這股力量。

然而這一次，情況卻變得不太一樣。

就在這變化形成的那一刻，原本在耳邊響著的無數聲音，剎那間都消失，變得安靜了。現在引導自己的那些劍招，完全阻斷了讓那些靈魂跑出冬霜劍的機會。冬霜劍的力量只集中在表現這些令人不可思議的劍招動作。連自己也與這些動作合而為一，甚至根本就難以再去想其他事情。

這是什麼呢？

波里斯在這些全新的劍招上加入力道，變得可以逐漸靠近怪物了。他避開無數的尖爪，用劍劃過一邊的翅膀膜骨，那一瞬間，眼前目睹到的，是猶如紙張被切開又再貼合的景象。同時，少說也有五十支尖爪與銳利的骨刺，正朝著他排山倒海而來。

他覺得口乾舌燥，腹部像有什麼東西燃燒似地。連自己也難以制止的快速劍招，形成一連串動作。但在這之中，波里斯突然發現到，自己竟能預測出目前的出招動作！

明明在銀色精英賽時，感覺還是被某種非自我意志的力量所牽引，可是如今卻能明顯感受到一個個照著自我意志所使出的招式動作，而且還預想到下一個招式。怎麼會這樣？

這眞的並不是冬霜劍的力量嗎？

「我會一個不剩……全都砍下來的……你等著！」

曾幾何時，他因爲無法原諒自己的逃走，而難過不已。耶夫南用自己的性命交換來的生命，他當然應該要好好地珍惜守護，但是之後應該過著什麼樣的人生呢？就像耶夫南在爭鬥之夜對涂爾克執事說過的話：「長久守護所謂天下絕品的武器，不就是爲了要在最壞的時刻使用嗎？」那麼他的性命是爲何目的而珍惜守護的呢？所以說，他應該要清算這些纏身的舊債才對！

尖爪大半已經都被他砍光，他看到其他爪子全都縮到翅膀中去了。他雖然已經抵擋住怪物的全力攻擊，但卻因而消磨掉太多體力。想要喘息，卻只能以咳嗽來呼吸。在這種狀態下，如果怪物又再次發動相同的攻擊，恐怕他是無法抵擋了。那麼……應該要等到稍微恢復體力，再將防禦轉換爲攻擊才對！

就在這一瞬間，傳來陌生人的聲音，令波里斯嚇了一跳。

「勃拉杜．貞奈曼，你再靠近一點！我就要把這孩子丟給怪物了。」

沒想到竟然有個男子在不遠處抱著葉妮一直往後退，而原本應該是攻擊波里斯的怪物爪子，卻突然伸向了那個人。就在這危險的瞬間，那個人把孩子丟往怪物，然後便以驚人的快速動作縱身避開攻擊。雖然這人沒有能砍斷爪子的刀劍，但他光用身體動作，竟然就完全躲掉了三根爪子的攻擊，甚至還能後退，跑得遠遠的。

其實，剛才尤利希已經被勃拉杜手持的黑刃劍哈格倫刺了一個很深的傷口，當時他就知道所有計畫已然泡湯。被哈格倫傷到，即使用恢復魔法，也難以很快治癒，而且擅長快速動作的他，在受到重創的狀態下要輕鬆避開攻擊，原本就不太可能。只好用葉妮當人質來阻止勃拉杜，沒想到卻反而是怪物首先反應，最後不得已，爲了引開怪物的注意力，他只好把孩子給丟了出去。如今也不管是不是要搶冬霜劍了，因爲逃命要緊。

當怪物的翅膀正要揮到葉妮小小的身子時，波里斯不由自主地蹬腳往前衝過去。他不知道孩子是生是死，但是一股莫名的衝動讓他勇往直前，跳了上去。雖然他有想到會在力氣用盡之前受重傷，但卻管不了那麼多了。

波里斯不顧一切地衝過去之後，反而是怪物一下子反應不過來。他只砍下兩根爪子，然後高舉起閃爍著白光的劍刃，從左側翅膀頂端劃到下端，左側翅膀整個切成兩半。在切開之際，一道充滿惡臭的空氣迎面衝來，實在是太臭了，臭得他難以睜開眼睛。被切斷的翅膀像團煙霧般掉在土地上，瞬間化爲枯骨。劍抽離的同時，波里斯屈膝，待雙腳落地之後回頭看，卻看到令人意外的景象。

三根尖爪同時朝葉妮揮去時，原來並不是要去刺穿她的身子，而是圍繞孩子的身體之後高舉到半空中，像是奉獻祭物似地，如同敬拜一個不存在的神明般地高舉，那孩子的……白色衣角與金髮被逐漸颳強的風給吹得飛揚起來。

可能是因爲看到這奇異的一幕而瞬間失去平靜的緣故，突然一個不注意，一股強大的力道便朝他揮來；原來是怪物剩下的另一邊翅膀！這股力道強大到幾乎可以摧毀巨木樹幹，波里斯無防備地遭受打擊，根本不及招架，就飛出七、八公尺外；幸虧是倒在碧翠湖的腐水邊緣，所以才勉強沒有死。他撞擊到的腐爛樹木被連根拔起，手中原本握著的冬霜劍則是插立在沼澤泥地上。

「……」

有好一陣子波里斯連喘氣都快喘不過來，感覺血液都逆流到頭頂，耳朵也嗡嗡作響，喉嚨裡湧出熱燙的液體。根本沒空停滯，他應該要立刻站起，但卻精神恍惚了起來。

「終於……結束了。現在終於落到我手中了……」

好像有人在說話，但一開始波里斯並沒有很快會意過來，不過沒多久他就發現，原來是剛才把葉妮丟向怪物的那名男子的聲音。

波里斯並不知道尤利希的眞正身分。雖然他一直在波里斯背後窮追不捨，但至今從未碰面。可是尤利希就不同了，長久追蹤下來終於見到成果的喜悅，還有心中一直想要逃離這險境的焦躁，令他死命地奔跑過去。一看到插在泥中的冬霜劍，他好不容易壓抑住想要吶喊的慾望，拔出劍來。

劍刃仍然散發著令人眼花撩亂的白光，那簡直就是令人神迷的誘惑之光，使他一時間連應該盡快逃走都忘記了。終於拿到手了，終於！

就在此時！

噗一聲！

原本昏暗的眼前突然變亮，尤利希用呆愣的表情望著另一支劍刃。這劍刃……是從背後直穿過腹部而出現在他眼前的。鮮血滴滴答答地滴下來……

這是哪裡來的……？他以爲對方已經倒在地上……已經奪了劍……怎麼還有？

他只想得到這麼多，然後就倒地不起，腦海裡最後浮現的想法是他第一次看到自己流這麼多血。隱約傳來波里斯的聲音：

「誰……你是誰？」

尤利希無法回答，然後就失去意識。

波里斯從這名倒地不起的人手裡搶回冬霜劍，看著奈武普利溫劍上出現的字句。這個人如此覬覦冬霜劍，他眞正的身分是什麼？是不是他第一次用這把劍殺死的那名刺客的同夥？他平常帶著兩把劍，結果竟不是用冬霜劍，而是用這把劍再次殺了人，這因緣未免也太過奇異了吧？

不過，他立刻就回過神來，拔掉那些刺進他肉裡的木頭碎片。但當他直立起身子時，卻從體內湧出一團東西；忍不住隨著咳嗽一起吐出，原來是一團鮮血。但波里斯只是舉起袖子把嘴角的血擦掉；現在已經不是這樣就停住的時候了！

抬頭一看，波里斯便看到他那像小聖女般在高處散發微弱光芒的堂妹；也看到……勃拉杜又再次衝向怪物。

波里斯從未想過勃拉杜會有這種氣勢，但現在他卻帶著即使對方堅硬如石也要揮砍下去的氣勢撲了上去。自從他懂事以來總給他可怕凶惡印象的叔叔……帶著軍隊取笑父親滅亡的奸惡男子……不管叔叔做出什麼事也換不回失去的幸福，但是當叔叔醒悟到某人的誕生讓他變得幸福時，卻……

勃拉杜雖然手持的是哈格倫，不是冬霜劍，但仍砍斷了抓住葉妮爪子所延伸出來的觸角。他一面去接住被摔在地上的葉妮，一面像瘋子般咯咯低笑，像是已死者對活人的嘲笑。此時，波里斯突然有某種預感，不由自主地喊著：

「快躲開！」

然而，勃拉杜連躲都還來不及躲，就有強大的空氣波動迎面襲來。波里斯知道那是什麼，他在月島的怪物那裡看過一次，而且知道被那種氣息捲到，後果將會不堪設想，因爲他親眼見過。

「呃呃呃……呃啊啊啊……」

勃拉杜手裡抱著像娃娃般的金髮女孩，跪在地上開始顫抖起來。足以令全身都快萎縮的空氣震動貫穿他整個身子，繼續侵襲他。要是換作普通一般人，一定會摀住耳朵，但勃拉杜並沒有那麼做。他只是抱住幼小的女兒，抱著那看起來已經死去的孩子，一直摟抱著，就像任何人在失神狀態下守著小女兒那樣。

然後，波里斯感覺到自己現在該做什麼事。

震動結束的同時，怪物的爪子正要蓋住他們父女。這個人他曾經恨得想把對方殺掉，也認爲是這個人奪走了他的所有一切；但其實他什麼也沒搶到，只是像小孩子破壞掉無法占爲己有的玩具一般，只是毀壞而已……這個人什麼也沒得到，孤寡一人，然後生了那個小葉妮，找回自己的人生。

這只是巨大悲劇的一部分而已……悲劇結束，這個人的角色也將結束。他將以死亡或者比死亡還更大的痛苦，爲之前的罪行付出代價，然後永遠落幕。

「你的敵人在這裡才對！」

波里斯咬緊牙關走過去，然而不知是鮮血還是沼澤水，卻從身體各處濕漉漉地直滴下來。不過，他仍繼續走著，逕自走向音波的風暴之中。

波里斯親眼看過月島的怪物做這種攻擊，他知道當牠使出這種可怕的空氣波動時，便無法進行其他的攻擊，連爪子、翅膀等所有部位都無法移動。因此，只有這可怕的瞬間是唯一的機會，於是他決定使出最後的手段。

不過，前提是他必須忍受得住這空氣的波動。

他感覺全身充斥著逐漸壓迫的氣息，簡直令耳朵、鼻、眼、頸迸裂開來。在他來到無法繼續忍受的位置時，便往地上一蹬，躍向前去。是這怪物帶給他從少年時期便開始的寒冬，如今他奮不顧身，爲的就是要永遠消滅掉這個敵人。爲了死者之名……爲了必須活下來的人的性命！

眞能忍受得住嗎？就在他泛起疑問的瞬間，突然心中感到一陣平靜。是因爲放棄了其他所有一切的關係嗎？太奇怪了……但是就在此同時，他受傷的身體變得輕盈，動作也變得自由自在。全身似乎感到有股舒爽的氣息流竄，同時又是那麼地溫暖……

像是有種不得而知的力量進到了他體內……像恩迪米溫……進入他體內幫助他的那個時候一樣！

他已經說不出話來了，從身體滴出的液體散向四方，好像有什麼熱燙的東西迎面而來，但奇怪的是，他能夠忍受得住。現在他甚至連判斷能力都沒有了，只能把所有一切都交付給那引導自己的劍招動作……

他看到揮向尖爪的冬霜劍冒出一股白色冰冷的氣息，每揮砍一次，都有冷風冰凍了他的臉頰。天色似乎變亮……總覺得好像有冷冷的白色太陽在頭頂上……

他說過要活下去的，忍受寒冬……耶夫南爲了救一個人，傾全部力量，做好家族主人的角色。如今他經歷過許多死亡來到此地，是爲了要救一個人，爲了要做好自己的角色。

最後的一瞬間，他甚至連眼睛也看不到東西了，但終於來到最後的敵人面前，揮起了消滅牠的一劍，用力砍下。

劃下一道像是要消滅所有一切的燦爛光芒……！

「降下冬日的孩子啊！吞噬我的肉體，成長壯大，來我的世界吧！」

「那個世界的力量正在呼喚你。」

「擁有力量之鑰匙，越過世界之邊境，來吧！」

「冬天現在就要開始。」

冰雪被腳踩到而碎裂。等波里斯又再度看見東西時，首先看到的便是這東西。範圍並不是很大，用一手抓起一把，便立刻融化。

波里斯還記得冬霜劍在月島製造出來的巨大冬天，當時那股把一整個村子都冰凍起來的力量，其實並非因爲波里斯想要而發揮出來。然而現在卻不一樣，這是依他所願，所以劍所散發出的冬天只有這樣程度的範圍就停住了。他覺得還不夠完美，但無論如何，他已成功地抑制住冬霜劍所爆發出來的力道。

這就是……底格里斯的力量。

他至今仍然記得冬日鐵匠說過，他擁有一股可以抑止冬霜劍的力量，而今天他總算可以控制這力量，並預知劍招動作。在這之前，那些劍招動作都是不屬於他的力量。

在銀色精英賽大會時，伊索蕾曾說過，底格里斯劍法練到某種程度之前，都會不知道自己在做什麼。

奈武普利溫故意隱瞞有教他底格里斯劍法，使得波里斯在月島的魔法容器裡留下頭髮舉行儀式時，可以不用發誓禁止使用這劍術。因此，這可說是奈武普利溫送給他的最後一樣禮物吧。

奈武普利溫從一開始就假裝沒有教他，是不是因爲有預想到今日這樣的結果？對於無法成爲巡禮者而只能遠離居住，這麼沒用的人……卻二話不說地送了這麼貴重的東西……或許是因爲他生命所剩不多，才這樣決定的吧。

突然間，波里斯的嘴角綻開了無法停止的微笑。好，奈武普利溫……現在可以救他了。耶夫南在生命的最後幾個星期讓他看到了爲了救一個人所做的努力……而波里斯現在也爲了救一個人而努力過。所以，最後這場戰鬥終究不算是報仇，而是爲了救人。

在他手上已經握著從怪物身體裡取出的紅色心臟，現在只希望一切都還不會太遲！波里斯收起微笑，突然紅了眼眶。至今他都還不曾爲他的老師做過任何事，長久以來都是在學習他的過程中長大成人。是他引領波里斯來到這裡的，他是引導波里斯走向未來的領航者。

「奈武普利溫，萬一……你不等我回去……我絕對不會饒了你……」

波里斯的全身仍然疼痛不已，但還走得動。長久的噩夢一消失，雖然碧翠湖仍然是片黑色沼澤，但卻給人不同於以前的感覺。應該說是少了鬼氣嗎？總之，就像是揭去一層外皮的感覺。

可是，怪物卻在最後一刻讓波里斯留下了一抹疑問，因爲最後那一瞬間，怪物對他說「冬天就要開始」。

波里斯認爲冬天已在此刻結束，但怪物卻說是要開始……這到底是什麼意思？還叫他到牠的世界去……指的是去另一個世界嗎？而要他呑噬牠的肉體，代表的是死亡的意思嗎？

事實上，走進音波的風暴之中，其實是有勇無謀的行爲，可是當時自己早已置死生於度外。顧慮到其他兩人的生命，以及想要抓住似乎即將消失的可能性的那股意志力，令他忘了一切。可是最後讓自己能夠支撐下去的，卻是身體裡的那股變化。他到現在都還難以理解，那股在瞬間降臨，卻在打鬥結束便隨即消失的奇怪力量到底是什麼？

還有，當冬霜劍將怪物砍成兩半、變成一堆枯骨時，只有他尋找的心臟如同廢墟中的寶石般閃閃發光。這也與在月島怪物被殺死之後的模樣不同。

這些都是無法解開的疑問，但只有一樣他非常確信，那就是碧翠湖，以及波里斯過去噩夢裡的怪物已經消失，再也不會出現了！

其他人怎麼樣了？

勃拉杜已經起身，但似乎感覺不到波里斯的存在，連怪物被滅也不關心。他只是俯視著小女兒的身體，然後抱著那孩子走進黑暗之中。波里斯什麼話也沒說，因爲和他沒什麼好說的，他已經遭受到最慘痛的懲罰！

轉過頭去看尤利希剛才倒下的地方，卻驚訝地發現那裡一個人也沒有。這個人都已經受了重傷，怎麼還逃得走？會不會是掉到沼澤裡去了？

不過都已經無所謂了。過了一會兒，波里斯也開始拖著步伐離開。

□

回到貞奈曼宅邸時，天空已閃現出淩晨的星光。波里斯仰望著籠罩在微藍昏暗中的宅邸，心裡帶著一股遺憾。這回離開之後，應該是不會再回來了。這個擁有噩夢與回憶，以及所有一切的宅邸，將會慢慢地傾倒。但他永遠也不會忘記離開當天籠罩於火光之中的宅邸，以及在四根燭火下接受的最後一次晚餐款待……

涂爾克執事會怎麼樣，他早已經預想到，但他還是像要親眼看到這一切似地，走進宅邸裡，上了二樓。

腳邊散落的樹葉是好幾年前秋天的落葉，但波里斯感覺像是新的秋天來臨。打開宴會廳的門，探看裡面之前，波里斯知道裡面應該是沒有人的。一進到裡面，長長的餐桌上仍然擺著晚餐。

不，其實是有些不一樣。晚餐並不是從那個時候擺到現在的冷食物，而像是剛才不久前準備的，還冒著熱煙。是魔法嗎？或者是涂爾克執事又再準備的？

隔了片刻，波里斯露出微笑。不管是哪一種可能，反正都是爲這傾頹宅邸主人所準備的。在這裡出生長大的那個怕鬼小孩，如今再也不必害怕，他已經是個十七歲的少年。宅邸化爲灰塵，少年則長大成人。

波里斯坐到位子上。一坐下來，便發現原本意味用餐完畢而放在一起的刀叉，又再度回到了原來的位置。他把餐巾鋪放在膝上，在開始用餐之前，面朝著半空中，說：

「謝謝你。」

□

黎明破曉時分，從塌落的牆壁隙縫中射進來的陽光，如同紅燙的鐵塊一般，而灰塵則宛如火苗般地旋轉徘徊。波里斯走出宴會廳，看到父親書房原本微開的房門已完全被關上。走近去推門，發現從裡面鎖上了。他低頭致意了一陣子之後，便往樓下走去。

他和耶夫南以前的房間門口仍然有木板釘住。用力一拆，走進裡面；看著裡面的模樣，波里斯不由自主地把手帶到了眼角。

環視周遭，房裡還是五年前耶夫南和波里斯急忙穿上甲衣、拿出珍藏的傳家之寶那天夜裡的模樣。似乎在那之後，就不曾有人進來過。就連散亂的衣服、拉出的抽屜等所有東西，都和記憶中一模一樣。只不過，上面全都積滿了灰塵。

看來，勃拉杜叔叔占用這屋子之後，似乎命令僕人直接把這房間釘封起來。不過爲何這麼做，他就不懂了……因爲這道命令，好像讓時光一直停留似地，又好像遙遠以前的時光倒流到現在，令他心中充滿矛盾。看到那天夜裡耶夫南脫下的衣服，一股難以言喻的情感湧上來，哽咽住喉嚨。波里斯拾起那衣服，茫然若失地站著撫摸了好一陣子。

然後進入旁邊相連的自己房間，把滿是灰塵的床單拉下一層，鋪上一條從櫃子裡翻找出來的乾淨床單。然後，將耶夫南的衣服放在枕邊。脫掉很久沒有脫下的斗篷與靴子，便躺在床上睡著了。

□

是夢裡的聲音嗎？

波里斯一個人奔跑在廣大原野之中。他沒有攜帶經常帶著的旅行用品和斗篷，一身輕便。高長的雜草總是一直刺到他的臉孔，卻不知疼痛。沒想到自己竟然能夠如此舒服快樂。

「你來了？」

從背後傳來某人的聲音，他回頭看，然後一面開朗笑著，一面說：

「嗯。我來了。等很久了嗎？」

「當然是等了好久好久。都快想死你了。可是馬上就得走了，不是嗎？先在這邊玩一下，好不好啊？」

「好吧。」

兩人一起奔跑在原野之中。跑著跑著，就出現了一座透明翠碧的湖泊。跑得身體都燥熱起來的他們，一屁股坐在湖邊，洗洗臉蛋與雙手，還脫下鞋子浸泡雙腳。並肩坐著的兩人，光著腳丫嘩啦嘩啦地踢水，過了片刻之後便微笑著互視彼此。

「好久沒和你這樣玩了。這些日子，你有沒有想念我啊？」

「怎麼會沒有想念你？可是能夠這樣見面，我就很滿足了。丟下你一人，我眞的一直很擔心你。很好，你長大了，而且現在一個人也能做得比任何人好，我實在是太高興了。」

「嗯，但我還是希望能夠一直待在哥哥身旁。啊，對了，哥！我已經把媽媽的遺物給贖回來了，比我們賣掉的時候還貴十倍以上。可是，因爲這東西實在是太珍貴了，我只好買下來。」

「太好了！替我好好保管，知道嗎？」

「當然。現在我絕不會再失去它了。」

波里斯看到有樹葉掉落到湖中漂流而去。愈流愈遠。一片、兩片……

「波里斯，我該走了。」

「怎麼這麼快就要走了？」

淡褐色的頭髮被湖風吹得柔柔飄揚著……波里斯一直非常喜歡的明亮藍色眼珠裡映照著自己的模樣。哥哥露出微笑；他一面露出這世上最好的微笑，一面說：

「現在我眞的得走了。」

波里斯微微顫抖，知道自己絕對不願這樣，同時卻說：「好，哥，再見。」

「怎麼了？小朋友，要哭了嗎？」

波里斯已經長得和以前的哥哥一樣高，但是哥哥卻仍然叫他「小朋友」。波里斯緊閉著嘴唇忍住，又再忍，最後他低聲喊著：

「當時你爲何不繼續待在我身邊？嗯？我現在還是……每當想到哥哥不在我身旁，就覺得所有一切都是噩夢，希望能夠趕快醒來……」

當哥哥伸出手撫摸他臉頰的時候，他知道自己早已淚流滿面。

「我看你應該已經從噩夢裡醒來了。你以自己的力量，做到這樣已經很好了。我知道，現在你已不需要我了，就像我放手離開你一樣，現在你也該放開我才對……因爲，我的小弟弟已經成爲戰士波里斯了。」

哥哥最後拉了波里斯的肩膀，抱住他。所有一切都化爲空無……他知道什麼都沒有了，但仍然感受到一股溫暖，不禁流下眼淚。接著，他又再睜開眼睛，看到的世界裡有著美麗的湖水、晴朗的天氣、高長的雜草，但除了他以外再沒有任何人。

波里斯一個人獨自在湖邊站起身子，帶著旅行行囊，披上黑色斗篷，穿上靴子，朝向太陽升起的方向開始出發。

□

隨著九月的到來，秋天降臨。

瓊格納下午去了某個地方，這時才回到位於羅恩的統領官邸；他看起來似乎突然老了好幾歲。統領一個人在會議室裡等著，而他則如同病患般拖著步伐進到會議室。

「你來了。」

原本坐在窗邊看著外面的統領，轉過身子。官邸所有人都知道，統領正因為聽到一項報告，而心情十分惡劣。瓊格納站在統領面前，疲憊得有好一陣子都不發一語。

「嗯，我知道你看到難過的事了。」

坎恩統領點了點頭，望著關上的窗子外面已被染成秋色的樹木，又再說道：

「季節結束……就是會有那樣的結果。」

瓊格納則是一直低頭俯視地板，開口說：

「聽說孩子……沒有死。可是那個人已經無藥可醫，整天除了看望孩子，什麼事也不做。我並沒有見到他。」

「那孩子一定病得不輕吧？」

「聽說得了……一種……瘋症。所以把她……關在房裡。」

統領轉頭看著瓊格納，隨即低聲說道：

「眞是可怕的遭遇。你說過，那孩子叫作……葉妮，是吧？」

「……」

坎恩統領望著瓊格納的臉孔，不再問他這事，轉了話題，說道：

「尤利希還是沒有消息嗎？」

「他仍然下落不明。連魔法感應也全都斷了音訊。或許死了也說不定。」

「眞是的……眞是令人不敢相信。我的四支翅翼竟然已經失去了三支！而且全都死在一個原以爲只是個孩子的少年手中。」

統領似乎因爲愈想心情愈鬱悶，有好一陣子都不說話。過了片刻，瓊格納說：

「柳斯諾的情況就比較不一樣了。聽說他已經找到目的地，也進行了潛入作業。」

「希望一切順利。我已經損失嚴重，要是連柳斯諾也失去了，我等於和勃拉杜一樣成了個廢人。」

坎恩統領當然不會因爲少了幾名部下就變成廢人，可是他會這麼說，可見心裡有多苦澀。

隔了片刻，瓊格納問道：

「那麼您打算如何處置呢？您要收回賜給勃拉杜・貞奈曼的隆哥爾德領地，還有他的羅恩宅邸嗎？」

「不，先別這麼做。他都已經變成那樣了，如果還從他那裡搶走什麼，對我有害無益。眞是可笑了……我看到那個家族發生的事，整個心情都不對勁了。你先派一個代理人到隆哥爾德去，還有，解除勃拉杜的職位，但是依舊撥給他俸祿。對了，幫他那個生病的孩子請幾個醫生。」

「很遺憾的是……醫生似乎已經沒有用了。」

瓊格納很久以前在優肯死的時候也在場。他從勃拉杜那裡聽說過怪物的存在，以及瘋症的事，所以他很清楚。當他一聽到那可怕的怪物被那名少年殺死的時候，還不禁打了個冷顫……如果說那是靠劍的力量做到的，他會覺得可怕，但如果是少年的力量，可就更加令人害怕了。

坎恩統領似乎也在想著同樣的事情。

「那個受詛咒家族唯一存活的少年，光是靠他自己一個人的力量，終究逃過了家族的命運，眞是了不起。我很好奇，想知道他會怎樣過他的人生。現在我想知道的似乎已不是冬霜劍，而是那名少年的未來。」

05 最美的聖歌

小浪拍打著船身，今天是個適合航海的好天氣。

只有退潮時候才露出身影的小島，漸漸浮現在暗藍色清澈海水另一頭的東邊。清晨一大早，原本染紅這島嶼頂端的太陽已經升到頭頂上，變成了一個白色圓盤。而原本潛藏到水中的海岸線則又再度現身，於水波之間蕩漾波動著。就這樣，一整天只露出幾小時的天然碼頭，悄然開始出現。

一名年輕人將小船停在淺水處，跳下船，拉著繩索將船綁到一顆岩石上。此時已是冬天，腳一沾到海水便備感寒冷，但他並不介意，依舊在水中走著，上了沙灘。他走上去，隨即出現一條石子路，他原想走向儲藏點的方向，卻突然傳來呼喊他的聲音。

□

「伊索蕾小姐！有人在城垣頂端等妳。」

「有人在等我？」

伊索蕾似乎很懷疑自己耳朵所聽到的。這個人說得像是有客人來找她似地，可是這裡除了島民，怎麼可能會有其他人來呢？

她走上通往城垣的石階，終於到達頂端時，停住了腳步。

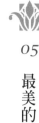

「你……」

有個人站在那裡望著她。

「我剛才就一直在看妳搭著的那艘船。」

他黑青色的頭髮隨著城垣上頭颳起的風，像長長的旗幟般飄揚起來。而且他在微笑；才十七歲，那微笑的模樣卻像個大男人般。

「你怎麼會來這裡？」

她並不想第一句話就這麼說，但是天性使然，她還是脫口而出。波里斯把他散亂的頭髮全抓成一把，同時說道：

「聽這語氣，妳還是一點兒都沒變。是退潮小島的守備隊長換了人，我輕輕鬆鬆就說服他，要他讓我進來的。要不然，我眞的得去抓幾個人，來演一齣挾持人質的戲。」

「你到底……」

伊索蕾把話打住，因爲剛剛要說出口的並不是她眞正想說的話；這種話一點用處也沒有，而且有違她的眞心。

「我是因爲有要事才來的。費了好一番工夫終於到達這裡，現在見到了妳，我就該走了。實在是沒有別的辦法，所以只好在這裡等妳來。我只能在這裡等，才能見到妳，不是嗎？」

這裡是到月島一定要經過的關口……曾幾何時，他們兩人一起進到這裡，拿出儲藏品，又再出海去。現在那種日子不會再有，光是想到這裡，就不禁難過起來。

伊索蕾的臉上終於露出悲傷的笑容。

「一路辛苦了，你怎麼會操縱帆船？」

「妳以前不是有教過我嗎？當然，我還是不太會，航行途中有好幾次差點沒死掉。」

「你這樣太冒險了。」

「是啊，可是我一定得來。因爲……」

波里斯從懷裡拿出一個小袋子，那是個繡有幸運草圖案的小荷包。他走近一步，把它交給伊索蕾。

一拉開小荷包的繩子，隨即紅光耀眼。伊索蕾驚訝地睜大眼珠，一時說不出話來。就這樣，兩人面對面地站在總是強風吹拂的城垣上頭，頭髮、斗篷衣角、袖子，全都飄揚著；連想說的話也隨風飄去。

這陣沉默蘊含了無數的話語。伊索蕾知道他必須做出什麼事才能得到這東西，她可以感覺到當時自己去卡爾茲宅邸時他爲何什麼也不說。當時他一定已經下定主意要決一死戰。那時說到奈武普利溫的事，他們兩人都曾忍不住落淚。奈武普利溫對他而言有著什麼樣的意義？是連繫了他們兩人，還是橫擋在兩人面前而讓他無法靠近她呢？

可是有了這寶石，可以直接證明波里斯是如何看待奈武普利溫的。伊索蕾抬頭，忽然說：

「波里斯，回來月島吧。」

波里斯凝視著伊索蕾，像是想要看出她說這話的內心想法。隨即，他搖了搖頭。

「不，我不回去。」

「不，你一定要回去，必須留在他身旁的人應該是你才對。只要有你在，我怎麼樣都可以配合。走吧。」

「伊索蕾。」

他平靜的眼珠沉默地直盯著她的眼。伊索蕾發現，他的眼神和之前離開月島時又再變得不一樣了，如今既沒有焦躁不安，也沒有壓抑過去，是那種知道很多事，而且知道什麼做不到，也知道該如何接受才正確……的成熟少年的眼神。

「我還有……無法放棄的事。」

波里斯一面說著這句話，一面望著伊索蕾的白髮，在初冬陽光下閃亮著白色的那綹髮……雖然還無法觸摸，她卻不會消失，一直會在這個地方。因爲這樣……所以沒有流淚的必要。

「……」

伊索蕾感覺到波里斯已經回答了幾個月前她提過的，「和莉莉歐佩結婚就可以回去」的事。然後她將小荷包繫緊，雙手微微顫抖。過了片刻，眼前的少年一面露出微笑，一面說：

「這個小荷包是以前蘿茲妮斯送給我的幸運物。他也認識蘿茲妮斯。現在需要幸運的人似乎不是我，而且我也沒必要保存這東西。」

「嗯，我會轉告他。」

「還有，嗯，我回去大陸後，會去上學，說不定會過和那些與我同齡的孩子一樣的生活吧。不知道能不能適應，但我想試一次看看。」

「啊，太好了……那是在哪裡？」

「我也不太清楚，只知道那所學校叫作尼雅弗。」

波里斯發現伊索蕾似乎有些難爲情。理由是什麼他知道。於是，他後退兩步，同時說：

「事實上我來這裡已經有一段時間，都快十五天了，有點無聊。」

「是嗎……那你都做些什麼事？」

「當然是創作聖歌了。」

伊索蕾用有些吃驚的眼神，看了一下波里斯，說：

「那是……」

「我當然知道。可是，我也曉得這座島是月島禁忌的模糊地帶。在大陸，我當然不能使用聖歌，月島我又無法進去，而這個地方是不屬於兩地之中的任何一地。原本，我是進不來的，但既然都能進來了，吟唱聖歌當然也就不成問題。」

伊索蕾難以置信地笑了出來。聽到她的笑聲，波里斯也露出微笑，說道：

「妳不想聽聽看嗎？」

伊索蕾的個性不像一般月島人那樣被律法束縛，所以立刻點頭說道：

「你唱唱看，我幫你修改。」

「嗯，現在也可以嗎？可是有點問題……」

「什麼問題？」

「因爲，現在沒辦法唱了……」

伊索蕾不懂這是什麼意思，不過，這時有一名男子走上了城垣頂端。伊索蕾回頭看，有些訝異地挑了一下眉毛。他不是別人，正是賀托勒。他一看到伊索蕾，不自然地笑著說：

「我是退潮小島的新任警備隊長葛蘭治。」

月島島民連在退潮小島也不使用本名，所以他用了第一次到大陸時使用的那個假名。伊索蕾想到應該是賀托勒幫助波里斯進入退潮小島的，又再吃了一驚。奇怪？這兩人的關係怎麼會變好了？

賀托勒對波里斯說：

「可以乘船的時間就快過了，這一次你要不要走？」

波里斯搖了搖頭，說道：

「不，我要看伊索蕾走之後，才去退潮海邊。」

隨即，賀托勒轉頭面向伊索蕾，對她說：

「如果要出海，必須趕快下去才好。」

他們都知道退潮小島的浪潮要漲潮是瞬息間的事。如果退潮結束時不立刻下去，甚至還會發生船隻漂走的事故。可是賀托勒都已經上來了，波里斯和伊索蕾就沒辦法再說什麼道別的話語。

「啊啊……那我走了。」

「一路小心。」

他們就只說這麼多。賀托勒率先走了下去，接著伊索蕾跟著往階梯下去，走了兩步，波里斯開口說：

「可以把這個……轉告給他嗎？」

「這個」是什麼？伊索蕾邊想邊轉過身去。可是波里斯手上什麼也沒有。就在她疑惑著是什麼東西時，從少年的嘴裡唱出了聖歌。

航海者啊
跟隨你所開導之航路
終成爲你孕育之戰士
有你賦予羽翅之戰士

從不停頓
你指引新的藍綠海岬
我只好隨行於你身後
我只好與你同飛同翔

過了變聲期的少年聲音，如今聽起來既低沉且成熟。航海者指的當然是奈武普利溫了……聖歌裡有著波里斯對奈武普利溫的所有心意，包括尊重、敬愛、感謝。

波里斯唱完，伊索蕾像是突然回過神似地，露出驚訝的表情。

「我很差勁，就只編了這麼多。」

「很好，這聖歌根本不需再修改什麼……我會原原本本轉告給他知道。」

然後兩人停頓了一下，像是想說什麼卻不敢啓口的模樣。之後伊索蕾首先轉過頭去，不一會兒，金髮就消失在入口處。

波里斯轉移目光，走向可以看到大海的地方。波里斯之所以能夠進到退潮小島，是因爲賀托勒遵守以前說過會幫他三次的諾言。

他站在船隻要前往月島的海岸邊，小浪如歌唱般拍打著岸邊。就像最初和奈武普利溫到這個地方時一樣，除了自己所站的一小塊地，四方都是一望無際……眞是奇妙。這麼廣闊的世界上，竟然能夠只有他一個人，而且只看得到他唯一一個人。

過了片刻，他看到白帆船出海。

風並不快，但足夠徐徐推動那艘船。波里斯跑到懸崖盡頭，岌岌可危地站在那裡看伊索蕾的船。不對，應該說是看伊索蕾。不一會兒，她也望向他這邊。因爲他的黑色斗篷飄揚，很容易一眼就看到。

並不是很遠。她那張……看不到表情的臉一直望著城垣上的波里斯，沒有離開過視線。而波里斯也是一樣。這種距離無法用言語傳達，只有小鳥能夠飛翔的距離，兩人卻彼此交換著看不到的熱烈目光……即使這樣凝望，卻也沒有怨言。

波里斯慢慢地舉起了手。

伊索蕾看到了。波里斯用雙臂比出一個大大的圓形，是她以前教過他的手語暗號……伊利歐斯祭司發明的手語。能解讀這手語意義的，這世上只有伊索蕾一人。

「請看這裡。」

啊啊，我在看。一直在看著，看到望穿秋水……看到遠方的少年攤開右手臂。左臂彎曲放到右手臂上，這意思是……

「我想在妳身邊。」

在沒有任何人看到的海上，一行淚順著伊索蕾的臉頰流下。她也忍不住舉起手來，然後做出一模一樣的手勢。

「我也想……在你身邊。」

一直無法用言語表達的他們，只在這一瞬間變得非常坦率。波里斯也感覺喉嚨哽咽了。多希望能在一起啊！還記得曾經每天都能夠看著她的眼神和髮絲，聽著她的聲音，可是那段時光像是閃亮不到一季的光芒般，很快就消失掉。

波里斯又再交叉兩隻手腕，並且以手肘做出菱形，高高舉起。這手勢的意思是……

「我答應妳。」

無言的對話比任何話語都要來得強烈，比眞心還更眞心。暴風般的大風將頭髮任意吹捲起來，但波里斯不發一語地舉起手臂，同時用嘴形無聲地說出：

「我會爲了妳……好好活下去。」

看到伊索蕾回答的手勢了。他眼前變得模糊，看不清楚，趕緊揉了揉眼睛，才看到就又變得模糊。她的手勢含意是：

「我不會忘記。」

大風連他的眼淚也吹捲掉了。爲什麼……現在才確定彼此的心意？要是早一點知道，他熱切的心就能用言語傳達些什麼，用行動做點什麼了。

可是話說回來，此時此刻他們只能用那些簡短的手語，爲了表達，無法摻雜做作、猶豫。如同伊索蕾一開始教他時所說的，這是無言的聖歌，因爲無法用說的，所以是更加懇切的祈願。船隻愈行愈遠，時間稍縱即逝，但是，但是……他們彼此心心相印，在傳達聽不見的聖歌。

要是能把以前講不出來的話語全都在這一刻傾出，該有多好！他想說話，眞想說話……可是退潮小島的退潮即將結束，伊索蕾一定得趕快回去才行。他們兩人全都非常清楚事情的嚴重性。

不過也沒關係，因爲他已經知道彼此有相同的心意。幾乎難以望見的藍光照射在天空與大海上。因爲他可以繼續等她，整個世界因而變得很不一樣。大海以及大陸的橫隔，即使分離幾十年，甚至無法再見面……也因爲得到她似乎不會改變的心意，而使得他的未來不再恐懼。

船隻行遠到無法看到手語了。波里斯放下手來，像是要讓她的身影長久留在眼裡似地，一直凝視著她，愈來愈遠，直到連小點也消失爲止。

說不定這是永遠的別離吧。

□

十二月的某天早上，一連好幾天的降雪似乎因爲積得太高，使得一根樹枝因而折斷。一名僕人拿著掃把走出來，準備清掃這一掃再掃的雪地，可是卻不知從何處接連丟出了好幾顆雪球。正當這僕人睁大眼睛環視四周時，又一球扔來，丟到了牆上，還留下了雪跡。仔細一看，似乎是從圍牆另一邊飛來的，於是僕人趕緊跑到圍牆邊去探看。

然後，這僕人難以置信地結巴著：

「啊，啊，嗯……」

丟雪球的人把手指直豎在嘴唇，然後手離開嘴唇，指向宅邸方向。

「叫少爺出來一下。不要提到我，悄悄帶他出來。到那裡，去那裡。」

□

路西安正認眞看書，他已經讀到厚書的最後一頁，過了片刻，他伸了個懶腰，一面打哈欠，一面猛拍自己的臉頰。因爲距離入學考試已經沒剩幾天，早飯之前，他就已經早早起床在看書了。由於要提早兩天到那裡，所以他計畫五天後出發。

老師們個個都說他已經十分認眞，一定會合格，但是他們又不知道其他孩子的實力，怎麼能確信他可以合格？雖然他的個性比較樂觀，但卻一次也沒考過試，所以其實還是滿擔心的。

可是話說回來，他以前確實沒有這麼認眞地讀過書。路西安以前看過波里斯讀書，這個外表看起來似乎與讀書距離遙遠的小子，讀起書來卻令人意外地快速。不過，那小子要是現在回來，他可以很有自信地對那小子說：我或許讀得沒你多，但要比一本書讀個幾十遍，你絕對贏不了我的。

然而，這小子至今卻還不回來……與他約好要一起去上學院的，考試都已經逼近了，怎麼還不回來。嗯，他是在夏天快結束時離開的，現在都已經冬天了……他是在何處，在做什麼？會不會是出了什麼事？事情順利嗎？

因爲這朋友，使得自己蛻變，有了引以爲豪的改變，所以心中相當期盼這朋友能回來看到自己現在的樣子。當初他用那種表情、那種眼神答應過的，應該不會不回來才對。愈是這麼想，愈覺得他會不會是遇到危險，然後……一些想法緊跟著浮現腦中。他搖頭想著應該不會，繼續埋頭讀書，但冬天愈深，對這朋友的思念就愈深。

眞是的，這小子可眞像個冬天。這小子……

不久前他甚至還想，這小子會不會是因爲不想去上學而故意等考試結束後才回來。愈想愈覺得有這麼一回事，所以決定在考試結束前就把這想法當眞。也因此，今天的心情比較高興一些。

似乎就要有好事發生。

「少爺！路西安少爺！」

僕人急急忙忙地跑過來，一在起居室入口停下，便突然換了個表情，清了清喉嚨，說：

「少爺，那個，請您去露台看一下。」

「幹嘛去露台？那裡不是很冷嗎？」

「可是……您出去看一下。有好事。」

「我現在在讀書耶！」

路西安一這麼回答，也覺得自己應該再繼續讀書，可是那名僕人搖了搖頭，又再催促他。

「只要一下子就行了。您如果不去會後悔的。」

「到底是什麼事啊？」

終於，路西安闔上書本，朝著露台走去。夏天他曾和波里斯一起坐在那裡玩擲骰子遊戲，也經常在那裡聊天。冬天一到，綠色植物都凋零了，冷風吹拂，所以門是關著的。僕人把門打開之後，看了一眼路西安，一副不關己事的模樣想把門關上。

「咦？你不待在這裡？」

「少爺，請您一個人待在這裡一下！」

僕人像是想開玩笑似地闔上了門。路西安搞不清楚是怎麼一回事，搔了搔頭，想去開門，可是突然有東西飛了過來，正中他的頭。

「哎呀！」

他一面揉著頭，一面正要轉身的剎那間，又一顆雪球飛來，砸中額頭。他用雙手拍掉雪，正要探頭去瞧露台外面是誰的時候……

「接住！」

又一顆雪球，路西安看到雪球這一次是以拋物線飛來，趕緊伸手接住；發現到露台下方丟雪球的人之後，整個人都呆掉了。

「在幹嘛呀？雪球都融了！」

連手上捧著的雪球滴出水來，他也沒發覺。看到露台下方站著那個他甚至以爲已經跑掉的黑髮少年，此時……沒想到竟然淚盈滿眶。這小子用這種方式出現……

「你……」

可是雪球又再飛來。看來，這小子似乎在等他的這段時間裡，做了很多雪球。兩、三顆同時飛來，一顆也沒虛發，全都打中他的臉、手臂、胸口等部位。然後路西安才像是回過神來一般，當場越過露台欄杆，跳了下去。

「你終於跑出來了！」

這話說得沒錯。路西安跑向波里斯，讓他措手不及地猛然抱住他。結果讓波里斯往後搖晃著幾乎跌倒，長髮和斗篷都往後傾斜。他有些吃驚，但並沒有推開路西安。

「再見到你……眞的好高興，你這小子！」

不過，路西安可也不是好惹的對手。緊接著這句話之後，手裡的雪球就塞進對方的領口去了。

「重逢的禮物！同時也是對你一次都沒給消息的處罰！」

波里斯往後退縮，推開路西安的同時，路西安已很快把原本放在地上做好的幾顆雪球往上丟去。雪球迸散出來，但波里斯還是沒輸，他後退到僕人清掃的雪堆，用腳踢雪。然後路西安乾脆跑到雪堆上面，波里斯趁機拾起剩餘的一顆雪球，一面瞄準一面說：

「無法給你消息，對不起。」

「要想道歉，就投降。」

「我不會投降的，可是話說回來……」

他的嘴角泛起像是昨天才剛離開的微笑，說道：

「我是爲了遵守約定才回來的。」

□

天空一片晴朗。

西部的安諾瑪瑞從二月底開始就是春天了。帕諾薩山脈西南側山坡斜度較緩，而尼雅弗學院就位於它西南側山脈尾端。

四座石造高塔彼此相對著聳立。高塔牆上爬滿老舊的牆垣藤蔓，牆面則是一副年代久遠般地呈現褪色的褐色。連結高塔與高塔之間的走道，看起來像是橋梁一般；只有北塔沒有走道連結。南塔後方有一小片樹林，從高處往下望去，彷彿像是草綠色的兔子蜷縮在那裡。

西塔的外側斜面有座山谷。從陡斜的山坡走下去，有一條相當大的河流，學院在那裡設置了一個碼頭，成爲那些從北邊往南的人的運輸航路。從南邊或東邊來的人，則大部分都是走雅弗利亞大道。這條路一直連接到學院入口的大片平原「貓背」，然後才開始有較小的道路通往學院入口。

在連接到小道路之前，有道石造的褐色拱門，門柱上面寫著「唯有學院教職之大師級魔法師許可方能進入」的標示語。這告示牌外觀雖然簡樸，但沒有人會違反上面的規定。因爲，貓背平原是屬於尼雅弗學院的土地。任何人都很清楚，如果隨便進入到有魔法結界的地方，會引來學院裡那些大師級魔法師們的憤怒，不會有什麼好下場。

不過，今天貓背平原倒是擠滿了從各地來的馬車、馬匹，一改往日平靜的氣氛。

鐘聲敲響三聲，原本到處分散的孩子們立刻聚集到四座高塔包圍的中庭，大約一百多張排列整齊的椅子上立刻坐滿了孩子。孩子們的座位後方有排成半圓形的座位，讓那些前往祝賀入學的父母與親人休息。

「好像要開始了。」

坐在身旁的路西安拊到波里斯耳邊嘰咕了一下，馬上又坐直身子。此時正面台上，學院的九名大師已開始入座。波里斯也看著正前方。花了一些時間之後，所有人才都入座完畢。

波里斯想到那天早上有個奇怪的包裹送到他和路西安住宿的地方。裡面有一個非常高級的羽毛筆筆盒，還有個水晶製的昂貴墨水瓶，可是到處都找不到寄件者的名字。只發現到一塊刻有「P」字的四角金牌。到底是誰送的？

「啊，我會不會眞的是最後一名進來的啊？」

路西安從早上開始就一直唸著這類的話。照他所說，他考試時太過緊張，以致於很多地方想不出來，錯了好多，劍術也考得亂七八糟，可是竟會收到入學許可；他認爲自己一定是最後一名沒有錯。波里斯聳了聳肩膀，說道：

「如果眞照你這麼說，那我這考試前五天才開始準備的人，不就是最後一名下面的某個神祕等級了？」

「最後一名下面？我是聽說正式錄取者放棄時會有候補者遞補上去。」

「……喂，我可不是候補上去的！」

此時，台上有一個人用魔法增強的聲音，遠傳到所有人都聽得到。

「請所有人安靜。入學典禮開始！」

今天天氣非常晴朗，是個沒有任何冬天氣息的陽光好日，現在是上午十一點。波里斯聽著前面其中一名大師說話，像是預感到什麼似地，一直環顧著四周圍。應該不會有人到這裡來看他的，他甚至根本沒告訴任何人入學的事。除了路西安的母親卡爾茲夫人以及僕人們，完全沒有人知道。

但他還是一直望著學生家屬們坐著的來賓席。兩次、三次，突然，他想起什麼事，轉而仰望天空。

啊……真的有。

擁抱明亮太陽在飛翔的翅膀……白色的鳥。波里斯認得那隻鳥，那是月島白鳥的其中一隻，當時就是牠們引導他到伊索蕾所在的魔法階梯，牠正展翅盤旋於湛藍的天空之中。此時，他注意到那隻鳥的頸子上掛著一個不十分清楚的裝飾品。波里斯立刻知道那是哪隻鳥。是白鳥的公主——尤茲蕾。

「波里斯……？你在看什麼？」

路西安察覺到波里斯的神色，也跟著一起仰望上方，可是發現不到什麼，只好訝異地歪著頭問他。

所有人都看著前方，只有波里斯，無法將目光從白鳥身上移開。那隻鳥自由自在、無憂無慮地飛翔，會飛往伊人所在的地方……

這時，他露出長久以來第一次從心底發出的真正微笑。

《符文之子　冬霜劍》全書完

《符文之子　冬霜劍》

寫作筆記

Notes

書名爲《符文之子　冬霜劍》的這部小說內容裡並沒有出現很多符文（Rune），這其實是個耐人尋味的問題。關於這一點，已經有不少讀者問過我。

事實上，比較符合內容的書名應該是《冬霜劍》，而非《符文之子》。「冬霜劍（Winterer）」雖是劍名，但也算是與劍一起成長的少年本身，同時更加廣義來說，是代表著那些在寒冬之中活下來的所有人物。這些人全都各自有著自己的寒冬，包括貞奈曼家族的優肯、勃拉杜、耶夫南，當然還有在月島及大陸所登場的許多朋友、敵人、閃現過的人們，最後甚至是小葉妮，全都是「越冬者」。

另一方面，《符文之子》其實是Softmax的線上社群服務《4Leaf》的十四個人物都會登場的整個小說系列的名稱。在第一集裡的前言也曾提過，當初一開始企畫《4Leaf》和《符文之子》時，就是與Softmax方面協力進行的企畫案，因此，都具有單一的原始資料，且小說與遊戲同時誕生的這種架構。就因爲這樣，我在這邊設定的背景與人物，一開始就有著小說的構想。

有關這十四個人物的故事，我已經構思完成。十四個人物雖然很難都各自成爲書中主角，不過，《符文之子》下一套新書即將出場的主角已經被敲定。還記得曾經有段時間傳聞一個笑話，說如果《符文之子》系列每個人物都寫一套，將會出一百本書，這當然不是眞的。

我的《歲月之石》與《太陽之塔》所屬的「阿倫德年代紀」小說系列，在寫作時同樣也是已經預定好了架構。這些文章總有一天全都會完結的，至於是哪一個先，或者這些所有何時會寫完，至今我還無法承諾，不過，相信我，每一篇都會盡力達到最佳的寫作。而且唯有這樣，才有動力繼續寫出自己心滿意足的文章。

另外要提到的是，書名會想到用劍名「冬霜劍」而不是用「越冬者」來命名，是因爲我有些不一樣的想法。《大英百科全書》曾經如此描述寫作過《黛絲姑娘》（*Tess of the D'Urbervilles*）、《無名的裘德》（*Jude the Obscure*）等作品的湯瑪士・哈代（Thomas Hardy）的文章：「悲劇小說之中隱然內含的『內在意志』……（中略）……此意志是『不論善惡』的無心、無意識的力量，同時是爲宇宙之原動力。此種衝動力量終究幾乎都隨時會招引滅亡。」

世界上可能眞的存在著這股所謂不論善惡的力量吧。與其說是力量，倒不如說是無數如地下莖（rhizome）般隨機蔓延的思維運動結果所產生出來的一種「傾向」。可是這種傾向和人類連貫的瞬間，本質就已經變得不重要。對每個人類而言，一旦有了這傾向，既沒有力量能夠看穿它的本質，也沒有足夠的閒暇，甚至連遠遠觀望的視野也不被確保。因爲如此，這股力量結果大多會連結到毀滅，這也可說是終究會有的「傾向」。

一個不懂得判斷大局趨勢的人，與懂得的人一起下棋，瞬間就能看出終究會有的結果，所下的棋子結果只會百戰百敗。而面對足以堪稱爲世界或宇宙的「傾向」時，大多數人都只能是棋子的立場，所以難以得知周圍三、四格以外的其他棋子是什麼樣的世界。明明每次都自認爲已經做了最佳選擇，終點卻是毀滅，經常發生類似《無名的裘德》裡的Jude和Sue發生的事情。

對這股不論善惡、非中立的力量下價値判斷，對人類而言果眞有用嗎？或者，有可能有用嗎？

但最重要的還是，這部小說既然不是教誨式哲學寓言類的書籍，那麼這類道理就由感受的人去自我體會吧！

有讀者發現到並且寄了電子郵件給我，沒錯，月島的巡禮者名字全都是希臘文。當然，他們的名字全都各自有其含意，只是我無法在故事內容裡一一陳述。舉例來說，戴斯弗伊娜是「女主人」的含意，史凱伊博爾則是「左手」，安塔莫艾莎帶有「花朵盛開」之意。

成就了魔法文明的卡納波里人的名字，都代表名字主人的未來。還有，主角的名字變化（波里斯、阿塔那陀史、達夫南）都在文章之中具有重要的含意，爲了設定這些，確實費了我好一番苦心。

長久以來我一直都對希臘神話很感興趣，也曾經因爲閱讀到以現代希臘爲背景的小說而感動不已。小說裡偶爾會出現與神話時代的人物相同的名字，但是他們的個性、角色、現在的模樣，都與神話時代毫無關係。

事實上，這沒有什麼好奇怪的。因爲，神話與現在的希臘人是生活在相同一塊土地上。然而對已經迷上希臘神話的我而言，彷彿像是神話時代的人物已然沒落似地，給我一股悲傷的感受。我就是在這個時候形成第一次構思的。爲了讓巡禮者有那種雖是擁有偉大歷史的民族，卻去到小島生活並逐漸忘記一切、甚至連本質也逐漸改變這種印象，我才會使用了希臘文。

一定有很多喜歡希臘神話的人都對賀托勒、恩迪米溫、默勒費烏斯、莉莉歐佩等名字感到不陌生。用了這些有名人物的名字，我是想要努力塑造出與他們神話性的命運相互呼應的人物出來，但我覺得似乎做得不夠好。變得只是因著語感的問題而同時使用到神話性名字與現代希臘語的單字，說起來，這一點確實是挺可惜的。

另外要提到的是，第六冊出現的「追擊者（Chaser）」骰子遊戲，我是將實際存在的遊戲規則，視情況加以稍做變化。那個遊戲名稱是Yacht，基本上規則都幾乎雷同。

第七卷第一章的標題「I am the master of my fate, I am the captain of my soul（我是我命運的主人，我是我靈魂的統帥）」，是英國詩人William Ernest Henley（1849-1903）的名詩〈我不會倒下〉（*Invictus*, 1975）的最後一句。以前有朋友很喜歡這首詩，而我覺得這詩的內容與「冬霜劍」的故事很相配，以下就是這詩的文句：

Invictus（尤克強中譯）

夜色沉沉將我籠罩
漆黑猶如地底暗道
我要感謝上蒼知曉
我的心靈永遠不倒

環境多麼凶險飄搖
我也不會退縮哭嚎
挑戰有時膽寒心焦
血流滿面我不折腰

在悲憤與淚水之外
恐怖陰霾逐漸逼來
歲月無情威脅迫害
但我再也無所懼駭

無論通路多麼險窄
儘管考驗無法躲開
我是我命運的主宰
我是我心靈的統帥

Invictus是拉丁語「不能征服」的含意。《符文之子 冬霜劍》這部小說裡面雖然還摻雜了許多其他的，但是回到最初的本質，是有關「波里斯·貞奈曼」從過去的自己走向未來的自己的故事。生命會被征服，但靈魂是不被征服的。

全民熙
二〇〇二年九月，等待黎明

附錄　符文之子的世界觀

大陸國家簡介

安諾瑪瑞（Anomarad）王國

是占有大陸西部大部分土地的強國。安諾瑪瑞南部有一座山勢平緩的帕諾薩山脈（Panossare Mts.）東西向橫貫，此處是大陸最宜居住的地方。曾經有過共和國的歷史，但現在已回歸爲國王當政。在東部邊境統治有三個殖民地〔翠比宙（Trebeezo）、嘉恩（Jhan）、堤亞（Tia）〕。

首都卡爾地卡（Keltica）。羅森柏格湖的支流蔚藍河（Bluette River）流經這個都市。

奧蘭尼（Orlanne）公國

位於安諾瑪瑞北邊的小國，屬於北方氣候。其國王自願臣屬於安諾瑪瑞王國，以公爵自居，禮敬安諾瑪瑞王國，不過內政卻是獨立的。

首都奧雷（Orlie），羅森柏格湖的支流河川也流經這裡。

雷米（Lemme）王國

由大陸東北方延伸出去的寧姆半島（Nym Peninsula）及其周圍的島嶼爲中心，所形成的一個海洋國家。典型的北方海洋性氣候，是唯一具有相當國力足以和安諾瑪瑞王國敵對的國家。在寧姆半島北部和埃爾貝島（Elbe Island）一帶，居住著以堪嘉喀族爲首的幾個古代野蠻民族，他們經歷過幾次內戰下來，現在與其說是雷米王國的外患，還不如說是與雷米人形成了一種特別的共生關係，扮演著守護海岸邊境的角色。

首都埃提波（Eltivo），位在羅森柏格湖的支流特寧河（Trene River）下游。

奇瓦契司（Travaches）共和國

占有大陸南方中央的貝殼（Seashell）半島大部分土地，但因東邊的卡圖那山脈（Katuna Mts. 屬於南德雷克斯山脈的一部分）包圍海岸，而無法發展海運業。由於山脈的影響，雖然地處南方，國土大部分卻都是乾草原地貌。自宣布實行共和政治以來，不再使用貴族名稱，而改用領主、議員、選侯、統領等新階級。國內因爲家族爭鬥這種特殊傳統以及派系爭戰造成政治紛亂的緣故，內政非常混亂複雜。

首都位在羅恩（Ron）。

珊斯魯里（Sansruria）王國

位在無人接近的大陸中央「滅亡之地」的另一頭的東方海岸。因地理因素和外國幾乎互不往來，因而發展出政教合一的特殊國王政治制度。王族全都是信奉珊斯魯神的神官或巫女，在傳統上，都是女王執政。雖然和雷米王國有一些交流，但具體面貌至今還是蒙著一層神秘的面紗。

首都珊斯魯（Sansru），與他們所信奉的神同名。

盧格杜蘭司聯邦（Rugdurnense Union）

分散在大陸東南方的金盞半島（Marigold Peninsula）、藍寶石灣（Sapphire Gulf）、水珊瑚群島（Aqua Coral Island）之間的一些都市國家的聯邦政體。最初是盧格芮和杜蘭沙兩個都市國家合併，因而取名爲盧格杜蘭司；不過，歷經長久變遷下來，現在是由五個國家組成聯邦。只是，當聯邦成立時僅是小都市的一些國家逐漸擴大爲領土型國家之後，聯邦的組織就已變得十分鬆散。

聯邦首都早在十幾年前的嚴重對立時，便因聯邦存立變得不明朗，而改由各個所屬國家的首都（也就是最初產生都市國家時的地方）每年輪流擔任。

——雷克迪柏（Lekordable）

占有金盞半島北部的大部分土地。是聯邦各國之中領土最廣的國家，但因爲北邊和「滅亡之地」相接壤，國土絕大半數都只是無用的荒蕪之地和沙漠。

長久以來，人民一直過著游牧民族的生活，因而發展出一種典型的傭兵職業，擁有全大陸最強的傭兵團體。這種傭兵團甚至有些勢力強大到可以左右政權。在雷克迪柏境內，有幾支淵源不明的少數民族仍保有他們的特有宗教與風俗，雖然散居各處，但大多是被打壓的對象。

——杜蘭沙（Durnensa）

依傍著位於金盞半島和貝殼半島之間的藍寶石灣，逐漸往西發展的商業國。杜蘭沙立國之初就是以商人的聯合團體爲基點而發展出來的，所以他們的商人至今仍然在整個大陸上各自開拓據點、並共有這些據點組織成的商業網，互相合作。可以說是聯邦內最富有的國家。

因爲南部靠近海盜的根據地貝殼半島，所以很早以前就和海盜合作建立彼此的共生關係。海盜們一般都是無國籍的自由民，經常在杜蘭沙庇護之下攻擊他國的船隻；遇到抗議時，就以海盜無國籍爲由，巧妙地迴避掉，因此杜蘭沙素有不負責任的海盜國家之惡名。

——帕爾蘇（Palshu）

位於藍寶石灣東邊的一個小國。爲杜蘭沙的旁系王族所建立的國家，至今仍然尊奉杜蘭沙爲主國。每年向杜蘭沙獻貢，並受杜蘭沙的海盜們庇護。

——盧格芮（Rugran）

位在金盞半島半腰位置的小國。是聯邦各國中最先成立的國家，擁有悠久的歷史和藝術傳統，扮演著聯邦的文化宗主國角色，首創十五歲到十九歲的所有大陸年輕人都會參加的全大陸劍術大賽「銀色精英賽（Silver Skull）」。盧格芮國王現在仍主持多項聯邦活動，然而國力已漸衰退，如果再不謀求突破，恐怕就要被杜蘭沙或海肯等國排擠成二流國家。

——海肯（Haiacan）

擁有金盞半島南部和整個水珊瑚群島領域。雖然可以耕作的平原不多，但因處處是美麗的山地、湖泊、島嶼和海岸，所以吸引不少旅客；特別是這裡林立了各國貴族的別墅，使海肯變得相當繁榮。雖是最晚加入聯邦，但現在富有程度已經可以和杜蘭沙相提並論了。海肯也是聯邦諸國中討論是否廢存聯邦最爲激烈的國家。

大陸地理

滅亡之地（Mortal Land）

是大陸中央一塊巨大的荒蕪之地。雷米、珊斯魯里、雷克迪柏等國的國境都和這塊土地相接壤。雖然領域廣大，但沒有任何國家敢侵犯到這塊土地。傳說這裡曾建立過一個古代的魔法王國「卡納波里（Ganapoly）」，但因爲不明原因的魔法戰爭而滅亡之後，就變成了不容生者存在的地方，也就是變成了「滅亡之地」。

變成不死生物（Undead）和闇影怪（Shadow）的古代人類以及一些眞相不明的怪物，至今還是在這塊土地上到處游走，覬覦魔法王國的寶物而進到這塊土地的人，都會被他們毫不留情地殺害。這塊土地藏有的祕密至今仍然不爲人知。

而且不知爲何原因，這塊土地每年都會擴大一些面積。

德雷克斯山脈（Drakens Mts.）

縱貫大陸中央的巨大山脈，廣義通稱爲德雷克斯山脈。山脈的範圍很大，地形也很多樣，甚至廣大到連那些延伸到各地方的山脈，都被當地人換以其他的山名來稱呼。

以寧姆半島一帶的萬年雪地區爲中心，越往北方越險峻（最高海拔八千公尺），往南延伸的山勢則比較低緩（平均一千公尺）。這座山脈的存在分隔了乾燥的「滅亡之地」與肥沃的「安諾瑪瑞」，具有像是防波堤的功能。

羅森柏格湖（Rosenberg Lake）

位於安諾瑪瑞北邊，是大陸最大的湖泊，也是蔚藍河和特寧河等河流的發源地。湖內的銀葉島（Silver Leaf）和殞星島（Fallen Star）等幾個大島乃是水運要地。湖泊附近的羅森柏格關口連接了安諾瑪瑞、奧蘭尼、雷米三國的中心地。穿越德雷克斯山脈的山路而造出的羅森柏格關口，是連接安諾瑪瑞和雷米的最大關口。

月島（Moon Island）

必須長時間航行才能到達的島嶼，位於大陸的東北方海域。大陸上甚至很少人知道這座島嶼的存在，在雷米的行船船員之間，這是傳說之島。當地住民的根源與文化，也同樣籠罩在神祕之中。

退潮小島（Ebb Isle）

位在行經月島航路上的一座小島。到達月島的長途旅行一定要經過這座島嶼，否則沒有任何船隻可以承受得了。在大陸上，這裡同樣也是一座幾乎無人知道的島嶼。

其他

魔法劍術學院：尼雅弗（Nenyaffle）

位在安諾瑪瑞南部的帕諾薩山脈西邊，專門傳授魔法與劍術的學院。原本名稱是尼雅—亞弗洛利（Nenya-Yaffleria），但大部分的人都稱之爲尼雅弗。

具有悠久的歷史與傳統，以高水準的教育聞名，每一任校長都由大陸最強的魔法師擔任。此學院傳授魔法、煉金術、古文學、數學、音律、劍術等，共有九位大師，全都是在各個領域裡赫赫有名的優秀老師。

傳統上招收學生時，不分平民和貴族，但入學考試非常煩瑣，而每個學期無法通過升級考試的學生立刻被勒令退學；也因爲這嚴格的學制受到不少批評。

Children of the Rune

符文之子

德莫尼克〔愛藏版〕卷一

德莫尼克 Demonic
adj. 惡魔的；惡魔般的；有魔力的，天才般的

喬書亞是阿爾寧家族的「德莫尼克」，擁有驚人天才，也因此人生註定孤獨。幼時在農場與年齡相仿的少年麥克斯明相遇，爲他帶來了改變。兩人分隔多年後重逢，這次「德莫尼克」的血統，以及圍繞著權力鬥爭的陰謀與謎團，將帶領這對好友與少女裁縫師瑞秋展開一場驚險刺激的大冒險。

Winter 2016

國家圖書館出版品預行編目資料

符文之子：冬霜劍／全民熙作；邱敏文, 陳麗如譯
. -- 初版. -- 臺北市：蓋亞文化, 2016.05
冊； 公分
ISBN 978-986-319-130-8(卷4：平裝). --

862.57 103026750

符文之子 冬霜劍〔愛藏版〕卷四［完］

作者／全民熙
譯者／邱敏文、陳麗如
插畫／中川悠京
封面設計／克里斯
出版／蓋亞文化有限公司
地址◎台北市103赤峰街41巷7號1樓
電話◎（02）25585438 傳眞◎（02）25585439
網址◎http://gaeabooks.pixnet.net/blog
電子信箱◎gaea@gaeabooks.com.tw
投稿信箱◎editor@gaeabooks.com.tw
郵撥帳號◎19769541 戶名：蓋亞文化有限公司
法律顧問／宇達經貿法律事務所
總經銷／聯合發行股份有限公司
地址◎新北市新店區寶橋路二三五巷六弄六號二樓
電話◎（02）29178022 傳眞◎（02）29156275
港澳地區／一代匯集
電話◎（852）27838102 傳眞◎（852）23960050
地址◎九龍旺角塘尾道64號龍駒企業大廈10樓B&D室
初版一刷／2016年05月
定價／新台幣 380 元
Printed in Taiwan

ISBN／ 978-986-319-130-8
著作權所有・翻印必究
■本書如有裝訂錯誤或破損缺頁請寄回更換■

Children of the Rune-Winterer
Copyright © 2001 by JEU MEDIA all rights reserved.
Complex Chinese language translation Copyright © 2015 by Gaea Books Co., Ltd.
This translation rights arranged with JEU MEDIA through M.J AGENCY.